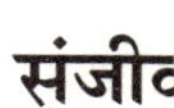

मूर्धन्य कथाकार संजीव का जन्म 6 जुलाई, 1947 को सुल्तानपुर, उत्तर प्रदेश में हुआ। 38 वर्षों तक एक रासायनिक प्रयोगशाला में कार्यरत रहे। सात वर्षों तक 'हंस' समेत कई पत्रिकाओं का सम्पादन और स्तम्भ-लेखन किया। लगभग दो वर्षों तक महात्मा गांधी अन्तरराष्ट्रीय विश्वविद्यालय, वर्धा और अन्य विश्वविद्यालयों में अतिथि लेखक रहे।

संजीव का अनुभव-संसार विविधताओं से भरा हुआ है। साक्षी हैं उनकी प्राय: दो सौ कहानियाँ और 'अहेर', 'सर्कस', 'सावधान! नीचे आग है', 'धार', 'पाँव तले की दूब', 'जंगल जहाँ शुरू होता है', 'सूत्रधार', 'आकाश चम्पा', 'रह गईं दिशाएँ इसी पार', 'फाँस', 'रानी की सराय', 'मुझे पहचानो' आदि उपन्यास। नवीनतम कृतियाँ हैं—महात्मा जोतिबा फुले पर केन्द्रित उपन्यास 'ज्योति कलश', छत्रपति शाहू जी पर केन्द्रित उपन्यास 'प्रत्यंचा', पुरबी के अनन्य गायक महेन्द्र मिश्र पर केन्द्रित उपन्यास 'पुरबी बयार' और 'प्रतिनिधि कहानियाँ'। कुछ कृतियों पर फिल्में बनी हैं, कुछ की उन्होंने पटकथाएँ लिखी हैं।

उन्हें 'साहित्य अकादेमी पुरस्कार', 'कथाक्रम सम्मान', 'इन्दु शर्मा अन्तरराष्ट्रीय कथा सम्मान', 'पहल कथा सम्मान', 'सुधा कथा सम्मान', 'श्रीलाल शुक्ल स्मृति इफको साहित्य सम्मान' समेत अनेक सम्मान प्रदान किए जा चुके हैं।

सम्प्रति : स्वतंत्र लेखन।

सम्पर्क : writersanjiv@gmail.com

प्रत्यंचा

छत्रपति शाहूजी महाराज की जीवनगाथा

संजीव

राजकमल पेपरबैक्स

पहला संस्करण 2019 में वाणी प्रकाशन से प्रकाशित

राजकमल पेपरबैक्स में
पहला संस्करण : 2025

राजकमल पेपरबैक्स : उत्कृष्ट साहित्य के जनसुलभ संस्करण

राजकमल प्रकाशन प्रा. लि.
1-बी, नेताजी सुभाष मार्ग, दरियागंज
नई दिल्ली-110 002
द्वारा प्रकाशित

शाखाएँ : अशोक राजपथ, साइंस कॉलेज के सामने, पटना-800 006
पहली मंजिल, दरबारी बिल्डिंग, महात्मा गांधी मार्ग, प्रयागराज-211 001
1, अनमोल सोराबजी सन्तुक लेन, धोबी तलाव, मरीन लाइंस, मुम्बई-400 002

वेबसाइट : www.rajkamalprakashan.com
ई-मेल : info@rajkamalprakashan.com

विकास कंप्यूटर एंड प्रिंटर्स
ट्रॉनिका सिटी-201 102
द्वारा मुद्रित

मूल्य : ₹350

PRATYANCHA
Novel by Sanjeev

ISBN : 978-93-6086-742-3

ज्ञात-अज्ञात उन तमाम शख्सियतों को
जिन्होंने जाति प्रथा, रूढ़ियों, अन्ध आस्थाओं और
शोषण के उच्छेद के लिए अपना जीवन समर्पित कर दिया।

आभार

डॉ. सुनील कुमार लवटे (कोल्हापुर), डॉ. जयसिंह पवार (निदेशक, छत्रपति शाहू शोध संस्थान, कोल्हापुर), डॉ. रमेश जाधव (जीवनीकार और शाहूजी विशेषज्ञ, कोल्हापुर), डॉ. धनंजय कीर (दिवंगत) (शाहूजी के जीवनीकार, कोल्हापुर), ए.बी. लट्ठे (दिवंगत) (शाहूजी के जीवनीकार, कोल्हापुर), डॉ. गिरीश काशिद (वारसी, शोलापुर), प्रो. ब्रजलाल वर्मा (कानपुर), श्री संजय सहाय (सम्पादक *हंस,* दिल्ली), श्रीराम पचिन्द्रे (मराठी उपन्यासकार, कोल्हापुर), डॉ. विवेक मिश्र (दिल्ली), डॉ. प्रेम प्रकाश (दिल्ली), डॉ. प्रकाश कांबले (कोल्हापुर), प्रो. वंशीधर (बड़ौदा), प्रभाकर गजभिए (गोंदिया, महाराष्ट्र), छत्रपति शाहू शोध संस्थान (कोल्हापुर), डॉ. गवस राजन और कोल्हापुर के मित्र (पुणे, कोल्हापुर) और हुतात्मा डॉ. नरेन्द्र दाभोलकर (कोल्हापुर)

प्राक्कथन

राजनीतिक गुलामी से भी त्रासद होती है सामाजिक गुलामी। कुछ इसे मानते हैं, कुछ नहीं। जो मानते हैं उनमें भी इसका उच्छेद करने की पहल करने का नैतिक साहस बहुधा नहीं होता। औरों की तरह शाहूजी के जीवन में भी यह त्रासदी प्रकट हुई। राजा थे, चाहते तो आसानी से इससे पार जाने का मानसिक सन्तोष पा सकते थे। मगर नहीं, उन्होंने अपनी व्यक्तिगत त्रासदी को सामूहिक त्रासदी में देखा और मनुष्य की आत्मा तक को जला और गला देने वाली इस मर्मान्तक घुटन और पीड़ा को सामूहिक मुक्ति में बदल देने का संकल्प लिया।

मातृ ऋण, पितृ ऋण, गुरु ऋण, सन्तान ऋण और मित्र ऋण की तरह ही एक ऋण और होता है—समाज का ऋण। इस दुनिया और इस समाज की बेहतरी के लिए जिन्होंने जीवन समर्पित कर दिया, उनका ऋण!

यह उपन्यास उसी ऋणमुक्ति की एक विनम्र कोशिश है। मेरे लिए यह उपन्यास लिखना इसलिए भी जरूरी लगा कि झूठ के घटाटोप में असली नायक गुम न हो जाएँ और लोग देख सकें कि सम्भव क्या है, असम्भव क्या, सच क्या है और झूठ क्या।

पुहुँप—पुहुँप—पुहुँप—पूँ—पूँऽऽऽ!

आकाश की ओर मुँह उठाए बज उठी तुरही। साथ ही घहरा उठे ड्रम—धक्कड़-धक्कड़! धम्म! धम्म!

तुरही या रणभेरी! एक आसन्न युद्ध का आह्वान!

अब एक-एक कर इक्कीस तोपें दग रही हैं धाँय! धाँय!...मखमली आसनी से ढके कतार-दर-कतार हाथी खड़े हैं। घोड़े खड़े हैं, ऊँट खड़े हैं। तिलकित मस्तक पर सूँड़ उठाकर सलामी दे रहे हैं हाथी। पारम्परिक विन्यास में सेना और सुरक्षा प्रहरी के सलामी गारद सलामी दे रहे हैं। ब्राह्मणों का मंत्र-पाठ अविरल चल रहा है। अंग्रेज और भारतीय राजपुरुषों, सभासदों और जनता की उमड़ती-उथलाती भीड़ के बीच वर्षों से घटाओं में लुकाछुपी खेलता, भटकता[1], भरमता, महारत्ता और मराठों का सत्ता-सूर्य आसमान में

1. बीच के 214 वर्ष! आपसी रंजिश, यातना और छीना-झपटी के वर्ष! सम्भाजी की निर्मम यातनाएँ। औरंगजेब ने सम्भाजी की विधवा पत्नी और उनके पुत्र शाहूजी प्रथम को बन्दी बना लिया। मराठे-गैरमराठे फिर एकजुट हुए शिवाजी के दूसरे बेटे राजाराम के नेतृत्व में। हर जाति के लोगों ने कुर्बानियाँ दीं। राजाराम दिवंगत हुए 1700 ई. में तो उनकी विधवा पत्नी ताराबाई ने तलवार उठा ली—भारत की वीरांगनाओं में अग्रगण्य ताराबाई भोंसले जिनकी हदस से ही अहमदनगर में मर गया औरंगजेब! महाराष्ट्र की गद्दी पर काबिज थे मराठे और दिल्ली की गद्दी पर औरंगजेब के छोटे बेटे आजमशाह। गजब का कूटनीतिज्ञ—बन्दी शाहूजी प्रथम को छोड़ दिया ताकि ताराबाई आपसी सत्ता संघर्ष में उलझ जाएँ और वह महफूज रहे। वही हुआ। लड़ बैठे देवर-भाभी।

आजमशाह की हर शर्त मानते हुए उसके सामने आत्मसमर्पण कर दिया शाहू ने। पुरुष प्रधान समाज। मराठा सैनिकों ने ताराबाई को छोड़, शाहू का साथ दिया। शाहू की राजधानी बनी सातारा और ताराबाई भोंसले की कोल्हापुर। महारानी ताराबाई ने पुत्रमोह में अपने नाबालिग बेटे शिवाजी प्रथम को राज्य का उत्तराधिकारी घोषित किया। →

परचम-सा लहरा उठा है। सूर्य छोटा है, धुंध भरे कई वलय घेर रहे हैं उसे, फिर भी कोल्हापुर की जनता इस गौरवपूर्ण क्षण की एक झलक पाने को हर तरफ से उमड़ी आ रही है।

दबी जबान कई तरह की टिप्पणियाँ उछल रही हें।

वह सन् 1674 था जब रायगढ़ के किले में शिवाजी महाराज का राजतिलक हुआ था, यह 1894 है, कोल्हापुर में शाहूजी का राजतिलक हो रहा है, 220 वर्ष बाद। वह 3 अप्रैल, 1680 था, जब महाराष्ट्र के निर्माता छत्रपति शिवाजी महाराज ने आँखें मूँदी थीं और यह 2 अप्रैल, 1894 है, जब शाहूजी नरेश के नेतृत्व में एक नया युग आँखें खोल रहा है।

सिर पर गुलाबी साफे लहरा रहे हैं। फिजा में बासन्ती हवाओं की खुशबू के साथ बीते दिनों की यादें हैं—शिवाजी, सम्भाजी शाहूजी, बाजीराव-1, 2, ताराबाई भोंसले, मुगल, अंग्रेज कई-कई नाम उछल रहे हैं।

तब तक ईस्ट इंडिया कम्पनी आ चुकी थी। 1812 में कोल्हापुर और ईस्ट इंडिया कम्पनी के बीच सन्धि हुई। तब तक दत्तक के रूप में शिवाजी द्वितीय का आगमन हो चुका था। पर वह सन्धि मराठों के लिए दुर्भाग्य का सबब बनी। कोल्हापुर स्वतंत्र राज्य न रहा। रह गया मात्र एक रियासत। संचालन अंग्रेज रेजीडेंट के हाथों में।

इस तरह 18वीं सदी के आखिरी वर्षों से 19वीं सदी के शुरुआती वर्षों तक वही वैमनस्य, वही सत्ता संघर्ष, वही अन्त:कलह और वही अस्थिरता।

अब शिवाजी के दूसरे बेटे राजाराम की दूसरी पत्नी राजसबाई, राजसबाई का छोटा बेटा सम्भाजी। सम्भाजी शाहूजी से लम्बे समय तक लड़ते रहे। 25 अप्रैल, 1731 को दोनों के बीच सन्धि हुई।

राज्य के राजा चाहे जो भी हों, मंत्री पेशवा ही होते आए थे। मराठों की आपसी कलह के बीच वे धीरे-धीरे अपना वर्चस्व बनाते जा रहे थे। शाहूजी प्रथम की अन्तिम इच्छा थी कि दोनों फिरकों में सुलह हो जाए और सम्भाजी को राज्य सौंप दिया जाए। पेशवा बालाजी बाजीराव ने तो इसे मान लिया पर ताराबाई न मानीं। गद्दी के लोभ में उन्होंने रामराजा को भी छोड़ा। इस कलह का फायदा उठाया बाजीराव ने। उसने ताराबाई की एक न चलने दी, रामराजा को पराजित कर सत्ता अपने हाथ में कर ली। बिल्लियों की लड़ाई में लाभ बन्दर को!

शिवाजी की मूलधारा 1760 में ही खत्म हो गई। फिर तो नजदीकी रिश्तेदारों से दत्तक आने लगे। पर दत्तक भी तो पुत्र ही होते हैं!

घूम-फिर कर वही नाम ताश के पत्तों से फेंटे जाते रहे—शिवाजी, सम्भाजी, शाहूजी, राजाराम, रामराजा...

सन् 1862 में गोद लेने की सनद के तहत कोल्हापुर राज्य को गोद लेने का अधिकार मिल गया। अब कोल्हापुर एक जिला भर था—फकत एक जिला और राजा...? उपाधि तो महाराज की मगर वस्तुत: एक मुख्तार मात्र!

राजघरानों की साजिशें!

क्या कोई अदृश्य सूत्रधार है? क्या है वह? नियति! संयोग! ईश्वरेच्छा! यह एक संयोग ही था कि ताराबाई सम्भाजी के बेटे से हारकर कोल्हापुर आईं। संयोग ही था कि शिवाजी चतुर्थ की ऐसी मर्मान्तक मृत्यु हुई...और यह भी एक संयोग ही कि कोल्हापुर की राजगद्दी उसे ही मिली वरना किसी वंचित और बिगड़ैल छुटभैये राजकुमार की तरह वह भी किसी वेश्या या रखैल या किसी जंगली सूअर के पीछे हाँफता हुआ भाग रहा होता।

इतनी टकराहटें, टंकारें, घटनाएँ, दुर्घटनाएँ! सबको रौंदता ले आया है समय का रथ उन्हें आज यहाँ इस मुकाम पर!

प्रात: बम्बई के राज्यपाल लॉर्ड हैरिस के आवास पर मुख्तारी बहाल करने का सादा पर गरिमापूर्ण समारोह और अब सायं पाँच बजे कोल्हापुर के राजमहल में शाहूजी के राज्यारोहण का विशिष्ट समारोह। राज्यपाल लॉर्ड हैरिस के राजमहल में प्रवेश करते ही सलामी में सत्रह तोपें दग उठीं—धाँय! धाँय! करवीर और पास-पड़ोस से आए राजे-महाराजे, अधिकारी और सरदार और तमाम विशिष्ट लोग। सबके यथायोग्य आसनों पर बैठने के बाद राज्यपाल के दाहिनी ओर के आसन पर विराजमान हुए शाहूजी...। राज्यपाल का अभिभाषण शुरू होता है...“यह अत्यन्त आनन्द और सौभाग्य की बात है कि पिछले तीस वर्षों के कटु अनुभवों के बाद कोल्हापुर को शाहूजी जैसा राजा मिल रहा है। अपने कृतित्व से अजर-अमर हुए छत्रपति शिवाजी के सिंहासन पर शाहूजी को विराजमान होने का सौभाग्य मिल रहा है। ऐसे में ब्रिटिश सार्वभौम सरकार को बहुत आनन्द हो रहा है। अब शाहूजी राजा द्वारा रियासत के सूत्र अपने हाथ में लेने के क्षण से ही रिजेन्सी काउंसिल बर्खास्त हुआ।”

गुरुवर फ्रेजर, राजनीतिक प्रतिनिधि वुड हाउस और ली वार्नर को उन्होंने महाराज्यपाल का सन्देश पढ़कर सुनाया और फिर वे सन्देश शाहूजी को सौंप दिये। भाषण का समापन इस उम्मीद के साथ सम्पन्न हुआ कि शाहूजी सत्य के मार्ग से कभी विचलित नहीं होंगे, कि प्रजा तृप्त और सन्तुष्ट होगी।

भाषण का मराठी अनुवाद प्रभारी सचिव जी. सी. ह्वाइटवर्थ ने पढ़कर सुनाया। सभी उठकर खड़े हो गए। राज्यपाल हैरिस ने शाहूजी को ससम्मान राजसिंहासन पर बिठाया। तुरही की आवाज! तभी चारण विरुदावली का पवाड़ा गूँजने लगा—

"जय भवानी बोल के छत्रपति महाराज बैठे हैं तख्त पर..."

इक्कीस तोपों की सलामी! स्वर्ण थाल में तलवार और बेशकीमती दुशाला, पगड़ी, तलवार उठाकर सौंपते हैं गवर्नर, शाहूजी को।

शाहूजी उठकर खड़े होकर आभार व्यक्त करते हैं—राज्यपाल हैरिस के अमूल्य सुझावों के सहयोग के लिए ब्रिटिश सरकार का आभार! एक बार शान्त हुए फिर भर्राए गले से कहा, "इस अवसर पर सबसे पहले मुझे अपने पूज्य पिताश्री का स्मरण हो रहा है। स्मरण कर रहा हूँ गुरुवर फ्रेजर साहब, जेम्स फर्ग्युसन, लॉर्ड रे, कर्नल हंटर, कर्नल वुडहाउस को। रोम-रोम ऋणी है, खून की बूँद-बूँद समर्पित है देश, जाति और प्रजा को।"

राजशाही के अपने तामझाम अपने अदब कायदे हैं। सोने की तश्तरी में चाँदी के वरक में पान और इत्रदान में इत्र-फुलेल थमा रहे हैं राज्यपाल और विरुदावली शुरू हो गई है चारणों-भाटों की, 'इत्र मुदित गुलाल...'

अगला दिन मंगलवार! बहुत बड़ा शामियाना खड़ा हो रहा है। कोल्हापुर नगरपालिका द्वारा जनता की ओर से सम्मान पत्र दिया जा रहा है। कन्धे पर जनेऊ, नंगे बदन भोज खाती ब्राह्मणों की पाँत। एक, दो, दस-बीस नहीं, कुल ग्यारह हजार ब्राह्मण। दक्षिणा की धूम! रात को राज्यपाल के सम्मान में टाउन हाल में खास भोज। दीप ही दीप सजे हैं जयन्ती नाले से टाउन हाल तक! हैरिस साहब ने भोज के लिए आभार और ब्रिटिश महारानी विक्टोरिया की दीर्घायु कामना भी पढ़ी—बाहर आतिशबाजियाँ शुरू हो गई हैं। कदम-कदम पर फूटते रंग-बिरंगी चिनगारियों के फौव्वारे, रोशनी की लड़ियाँ...।

बुधवार 4 अप्रैल को सरदार-जागीरदारों द्वारा शाहूजी को मान-पत्र दिये जाने का समारोह और उस रात शास्त्रीय नृत्य और गायन का समा बँध गया...फिर लावणी! कुछ भी कहो, आम आदमी का लावणी, तमाशे के बिना रंग नहीं जमता।

पूरे महाराष्ट्र में और कोल्हापुर में खास उत्सव का माहौल जिसे प्रतिबिम्बित करता था 'केसरी' में लोकमान्य तिलक का आलंकारिक अग्रलेख—

"कोल्हापुर की गद्दी पर शाहू महाराजा छत्रपति को स्थापित किया गया, यह देखकर करवीर रियासत की प्रजा को प्रतिपच्चन्द्र दर्शन जैसा आनन्द हुआ होगा। राज्यारोहण का दिन समूचे महाराष्ट्रवासियों के लिए गौरवास्पद बने हुए श्री शिव छत्रपति के ही वंश के पुरुषों को अब भी अपनी रियासत की, महाराष्ट्र की, हिन्दुस्तान की प्रजा के कल्याण के लिए बहुत से काम करने लायक हैं। हिन्दुत्व पर उचित गर्व करना तथा उसकी समृद्धि के लिए निरन्तर प्रयासरत रहना कोल्हापुर के शासकों का पुनीत कर्तव्य रहा है। इस कर्तव्य पालन के निमित्त ईश्वर छत्रपति को लम्बी उम्र दें तथा वह अपने उत्कर्ष में निरन्तरता और एकरूपता प्राप्त करें।"

'हिन्दुत्व पर उचित गर्व करना एवं उनकी सुख-समृद्धि का पालन!' के साथ लम्बी उम्र का विप्र आशीर्वाद! तिलक की अलंकार खचित भाषा में कोई गुप्त मनोभाव भी था।

इस गहमागहमी में छत्रपति द्वारा जारी प्रथम आज्ञा-पत्र दिशा सूचक यंत्र की तरह अलग नाच रहा था—

"सोमवार, 2 अप्रैल, 1894

"शालिवाहन शक 220 विजयनाम संवत्सरे फाल्गुन वद्य इन्दु वासरे क्षत्रिय कुलावतंस...आम प्रजा के लिए घोषित किया जाता है कि आज तक हम अवयस्क थे, कोल्हापुर रियासत का राज-काज काउंसिल ऑफ एडमिनिस्ट्रेशन द्वारा चलाया जा रहा था, पर अब हम वयस्क हो चुके हैं अतः आज से उनका अधिकार समाप्त होता है और हमारे हाथ आता है।"

आज्ञा-पत्र में सभी वर्गों के प्रति वफादार रहने का वचन दिया गया था, साथ ही प्रजा से यह कामना भी कि सभी वर्ग के लोग उनका सहयोग करेंगे।

आज्ञा-पत्र की दो बातों पर विप्र समाज का ध्यान विशेष तौर पर गया—पहली 'क्षत्रिय कुलावतंस' और दूसरी 'शक संवत्'![1]

नये राजमहल में आकर सभी माताओं के चरण स्पर्श किये। दादी अहल्या बाई और माता आनन्दीबाई ने सीने से लगा लिया। किसी ने तंज कसा, 'इतने भी बड़े न बन जाओ कि हम तुम्हें छू भी न सकें।' झेंप गए यशवन्त, झुक गए यशवन्त। दीवार पर फ्रेम में जड़ी पुरखों की तस्वीरें लगी हैं। रुक-रुककर प्रणाम कर रहे हैं। शिवाजी और शिवाजी चतुर्थ तथा जन्मदायी पिता घाटगे के चित्रों के सामने देर तक खड़े हैं। भावुक क्षण! भारी क्षण!

अपने शयन कक्ष में गए तो पालने में सो रही थी बेटी। गोरी गदबदी गुड़िया! महीना भर भी नहीं हुआ उसे इस दुनिया में आए हुए। झुककर चूमा, कहीं नींद में खलल न पड़ जाए।

सामने आकर खड़ी हो गईं महारानी लक्ष्मीबाई। शाहूजी के कपड़े-वपड़े उतारने में मदद करने लगीं, "थक गए होंगे?"

"थकूँगा नहीं? मन-मन भर के हार, फिर ये कपड़े और छत्र वाली पगड़ी ही कम बोझ थी कि ये पसेरी भर की तलवार और पट्टे-वट्टे।"

गुड़गुड़ाती हँसी रानी की, "महाराज होने की महा सजा! यह तो शुरुआत है—मात्र पहला दिन! जब रोज-रोज इतने बोझ उठाने पड़ेंगे तो कहाँ भागकर जाओगे महाराज?"

सहसा उन्हें लगा महाराज ने कोई उत्तर नहीं दिया। पलट कर चेहरा देखा तो गम्भीर दिखा, "क्या बात है, मैंने कुछ...?"

"तीन वर्ष का था कि आई चली गई, बारह वर्ष का हुआ तो वडील—सिर्फ तीस वर्ष के थे वे। एक पिता को शराब ले गई दूसरे पिता को साजिश और मर्मान्तक यातना! मेरे सारे ही पुरखे अति पराक्रमी थे पर उनकी शक्ति शत्रु की अपेक्षा आपसी सत्ता-संघर्ष में बीती...।"

---

1. शिवाजी ने प्रथमत: शक संवत् से शुरूआत की थी। पेशवाई आने के बाद शुद्धतावाद के मारे नाना फड़नवीस और सखाराम वाक्रील ने इसे टाल दिया था। क्षत्रिय बनाम ब्राह्मण बौद्ध बनाम हिन्दू ब्राह्मण के वर्चस्व-संघर्ष की परम्परा! शाहू इसे खींच कर वापस अपने पाले में ले आए।

लक्ष्मी को लगा आज कोई शाहूजी महाराज नहीं, एक मातृ-पितृहीन बालक यशवन्त खड़ा है उनके सामने, अँधेरे में रोशनी के लिए दोनों हाथ फैलाए हुए...।

"मैंने शपथ ली कि मैं दारू नहीं छूऊँगा, नहीं छुई; ऐसे लोगों का संग-साथ न करूँगा जो दारूबाज हैं, नहीं किया। आपस में सत्ता-संघर्ष में लिप्त नहीं होऊँगा, नहीं हुआ। मैं प्रजा का जवाबदेह, गुरु का जवाबदेह हूँ, माताओं का जवाबदेह हूँ।"

"ऐसा...?" महारानी ने माहौल को हल्का करना चाहा।

पर यशवन्त तो किसी और ही भावभूमि से बोल रहे थे—

"लक्ष्मी, हमारा विवाह हुआ तो तुम सिर्फ ग्यारह वर्ष की थीं—एकादशी! गुरुवर फ्रेजर ने कहा, जब तक तुम अच्छी तरह से परिपक्व न हो लो, तुम्हारा स्पर्श नहीं करूँ। यही तुम्हारे पिताश्री की इच्छा थी और मेरी भी।

"तुम्हारी पैंजनी खनकती रही—एक रसभीना, सुरभीला आमंत्रण, मेरी चार-चार विधवा माताओं, दादियों के बीच तुम हरीतिमा की अकेली फुहार थीं। पर मैंने छुआ कभी वक्त से पहले?"

"ऊहूँ!" कहकर अपने बलिष्ठ पुरुष की गोद में ऐसे जा बैठी जैसे उनकी पत्नी नहीं, बच्ची हों।

"विचित्र पहेली है रानी, जब तक मैं जवान नहीं हुआ था, तुम जवान नहीं हुई थीं, मेरा राज्यारोहण नहीं हुआ था, मन करता दिन जल्दी-जल्दी बीतते क्यों नहीं, अब जब दिन बीत गए, अभिप्रेत की दहलीज पर आ खड़ा हुआ, मन में हल्की-सी पीर है—इतनी जल्दी क्यों बीत गए दिन! मैं शाहूजी महाराज वगैरा वगैरा नहीं, एक बार फिर सिर्फ और सिर्फ यशवन्त बन जाना चाहता हूँ।"

अब यशवन्त रानी की गोद में था—"जीवन में ऐसे मकाम आएँगे जब मेरे पाँव लड़खड़ाने लगेंगे तब तुम मुझे सँभाल लेना। मेरे एक ओर मेरे आराध्य शिव हैं, दूसरी ओर दूसरे शिवाजी महाराज; और प्रजा! सिर पर कुलदेवी की छत्रछाया है और माताओं का आशीर्वाद, अन्तस्थल में तुम और सन्तानें! प्रजा भी मेरी सन्तान ही है।"

रोम-रोम में शिवाजी व्याप रहे थे—19 मई, 1673 ई. को शिवाजी ने सेना की रसद संग्रह के लिए जरूरी निर्देश जारी किये थे—अनाज, ईंधन, घास, सब्जी, तरकारी आदि बाजार से खरीद लो...अगर फौज ने लोगों से ये चीजें जबर्दस्ती ले लीं तो लोग कहेंगे तुमसे तो मुगल ही अच्छे।

शाहूजी के 14 अप्रैल, 1894 के आज्ञा-पत्र में वही नैतिकता बोल रही थी—

> गेहूँ, ज्वार, चावल, दाल, आटा, शक्कर, मसाले आदि वस्तुएँ कोल्हापुर के खानगी विभाग से ले ली जाएँ!
>
> बकरे, मुर्गी, अंडे आदि वस्तुएँ खरीदने के लिए खानगी विभाग के एक व्यक्ति को भेजकर वहाँ के पेंठ के दिन मालिक को पैसा देकर खरीदी जाएँ। उसकी रसीद स्थानीय कर्मचारी के सामने पैसा चुका कर उसके हस्ताक्षर ले लें। अगर वह उपस्थित न हो तो गाँव के चौधरी या कुलकर्णी के सामने पैसा अदा किया जाए और उसकी गवाही ली जाए। दूध के लिए भैंसें साथ में ले जाने का इन्तजाम किया जाय अथवा जिससे दूध लिया जाय, उतना पैसा उसे तभी चुका दिया जाय।
>
> माननीय पॉलिटिकल एजेंट साहब, करवीर परगने या कर्नाटक का कोई अधिकारी, कोई अन्य अमला किसी काम से आए तो उस स्थान से तहसीलदार, या रिश्तेदार आदि जो साहेब लोग माल लेंगे उनसे या उनके हाथों से नकद रकम लें और बाजार की दर के हिसाब से जिनसे सौदा लिया, उसे तभी दे दें।
>
> —दीवान करवीर सरकार के हुक्म से

कई दिनों बाद की एक सुबह!

सुबह तो महज एक मुहूर्त्त का नाम होता है। बहुत पहले से सुबह के आगमन की तैयारी चल रही होती है। गद्दी पर बैठने के पहले ही दिन एक साथ इतनी सारी राजकीय घोषणाएँ कि लोग चौंक उठे।

गुरुवर फ्रेजर साहब आए तो सिर झुकाकर अदब से उठकर खड़े हो गए सिंहासन से। मुस्करा पड़े गुरु, "अब मुख्तार और राजा हो गए हो, कोल्हापुर की रियासत के, मेरे स्टूडेंट नहीं, वक्त-बेवक्त खड़े न हो जाया करो। मर्यादाओं का खयाल रहे।"

बैठकखाने में आए तो पुरानी यादों का सिलसिला चल निकला।

"अरे हाँ, मैं तो पूछना ही भूल गया, कितनी ट्रांस्लेटेड हुईं तुम्हारी लोकधर्मी कोशिशें...ऐक्शन में?"

"शुरुआत तो कर दी है जय भवानी, जय शिव बोलकर!"

"पुराने प्रशासन मंडल को भंग करना होगा।"

"कर दिया।"

"डिस्मिस्ड?"

"नहीं वे एडवाइजरी कमिटी में रहेंगे।"

"तो फिर राजस्व, लगान और न्याय किसके अधीन हुआ?"

"दीवान के!"

"और दीवान तुम्हारे अधीन।"

"जी!"

"गुड!"

"पर अपनी प्रशासनिक मशीनरी में 75 में से 64 ऑफिसर्स ब्राह्मण हैं, खानगी में 53 में से 46।"

"करोगे क्या! बर्वे ने ब्राह्मिन्स से भर दिया, बचे-खुचे पदों को 'तारापोर' ने पारसियों से। शिक्षितों में 80 परसेंट ब्राह्मिन्स, 8 परसेंट मुस्लिम्स, 10 परसेंट जैनीज, 10 परसेंट लिंगायत! मराठे तो सिर्फ 7 परसेंट और कुनबीज 2 परसेंट! सारे न्यूजपेपर्स, सारे जर्नल्स ब्राह्मिन्स के हाथ में, पूरे देश में पहले से एजुकेशन, व्यापार, कारोबार—सब पर ब्राह्मिन्स; कुछ पर यूरोपियन्स, कुछ पर पारसीज!"

बिन बताए ही शिष्य की दुविधाओं को भाँप लेते हैं गुरु। थोड़ी देर तक चुप्पी पसरी रहती है, दोनों के बीच। इस बीच चाय-पानी रख जाते हैं नौकर। "खैर! दीवान किसे एप्वायंट किये?"

"अभी तय नहीं किया। वैसे सबनीश कैसा रहेगा?"

"मराठा है?"

"न प्रभु, कायस्थ!"

"अभी सवाल हुक्मउदूली और साजिश का है।"

"इंस्पेक्टर ऑफ आर्डर्स नियुक्त कर रहा हूँ। सही समय पर आना-जाना—वक्त की पाबन्दी और समयबद्ध काम, लीव अप्लिकेशन देकर घर बैठ गए, सो नहीं चलेगा। पन्द्रह रुपये पेनाल्टी तय कर दी गई है।"

"अरे हाँ, तुम्हारे राज-काज की भाषा? क्या तय की?"

"मराठी और इंग्लिश, मराठी की लिपि मोडी की जगह देवनागरी, अभी दोनों ही। देवनागरी ही किसी न किसी फॉर्म में पूरे उत्तर भारत की स्क्रिप्ट है।"

"वाइज डिसिजन! अरे हाँ, मैं तुम्हारे 'हुजूर ऑफिस' में गया था। वहाँ सब 'हुजूर-ही-हुजूर'! व्हाट ए फन!"

झेंप गए शाहूजी, 'अब नहीं सुनेंगे।'

"तुम्हारे लिए तो होना ही चाहिए। जैसे वो क्या है 'महाराज'! राजा की मर्यादा का भी तो सवाल है।"

"तब सिर्फ मेरे लिए रहेगा।"

"और...? घर-परिवार में सब स्वस्थ-प्रसन्न हैं तो?"

"जी...।"

विदा लेते-लेते बोले, "देखो, रोम वाज नॉट बिल्ट इन ए डे! बट मुझे यकीन है, तुम असम्भव को भी साध कर दिखा दोगे।"

"मैं शिवाजी के किले पर होता हूँ या फतेहपुर सीकरी में, अकबर के साथ, अशोका या चन्द्रगुप्त के साथ, आपकी ही उँगलियाँ थामे हुए होता हूँ।" फ्रेजर ने स्नेह से कन्धे दबाए।

रात। यशवन्त का शयनकक्ष! बगल के पालने में दो महीने की बेटी झूल रही है और प्रियतम के बाहुपाश में रानी।

"उस समय, सबसे ज्यादा तुम्हें कौन याद आए?"

"बेटी।"

"और?"

"तुम!"

"और?"

"माता-पिता!"

तिल-तिल कर बीत रहे हैं पल।

"यह दत्तक भी कमाल की चीज है—दो-दो माताएँ, दो-दो पिता? एक जैविक, एक वैधानिक!"

"मिस्टर फ्रेजर आए थे—गुरु जी!"

"हाँ।"

"क्या बोले?"

"जन्म से आज तक अंश-अंश जोड़ कर शिक्षित-प्रशिक्षित कर तैयार किया गया मुझे। क्या से क्या हो गया शिवाजी द्वारा स्थापित महाराष्ट्र! अब मेरी बारी है, खुद को प्रमाणित करने की।"

2

गर्म होने लगे हैं दिन। बीतते बसन्त में गर्मियों के रेशे। कोयल और पपीहे के साथ-साथ पनडुब्बक और चील की खिंची टेर जाने किस देश की ओर जाती-सी लगती हैं। उधर उस कच्ची सड़क पर भी जूमते हुए ऊँटों, हाथियों, घोड़ों और बैलगाड़ियों का एक छोटा-सा काफिला चल पड़ा है पन्हाल-गढ़ की ओर। "कोई फौज-वौज जा रही है क्या?" गन्ने के खेतों में काम कर रहे किसान अचकचा कर ताकने लगते हैं।

"अरे नहीं, कोल्हापुर की राजधानी जा रही है, जैसे देश की राजधानी गर्मियों में कलकत्ते से शिमला चली जाती है।" पास से गुजर रहा कोई सयाना कुलकर्णी बताता है।

"जभी कहें देवा, क्यों इतनी मरम्मत हो रही थी किले की।"

शाहूजी राजा भी, मुख्तार भी, रियासत के जज भी। पुराने कर्मचारियों में अफरातफरी मची है। 600 तो मुकद्मे अटके पड़े हैं। दो हजार अर्जियाँ हैं। गर्द और जालों से झाड़-झाड़ कर रखी जा रही हैं।

पहले दिन निबटाईं 6 अर्जियाँ, 6 मुकदमे "ऐसे तो 100 दिन लग जाएँगे।" शाहूजी ने कहा, "इस काम में और तेजी नहीं लायी जा सकती?"
"आप ही कहते थे, किसी के साथ अविचार न हो।"

"हाँ वह भी तो है।"

भूत की तरह लग जाते हैं काम में। अभी बिजली नहीं आई है यहाँ? झींगुरों और तरह-तरह के कीड़ों की आवाजें पेट्रोमैक्स के सों-सों में घुल-मिल गई हैं जैसे सह्याद्रि की पहाड़ियाँ और यह सारा जंगल उसाँसें ले रहा है।

पन्हालगढ़ गुलजार है। मौसम ठंडा। अलस्सुबह यह ठंडक और तीखी होती है अब ऐसे में शाहूजी का ही जिगरा है ब्रह्ममुहूर्त में स्नान-ध्यान करने का। नौकर-चाकरों और इन अस्थायी रहवासियों की शामत। शाहूजी के सवेरे की सैर से लौटने तक सभी का अपने-अपने मुकाम पर फिट हो जाना लाजमी है। शुकर है, इतनी जल्दी नहीं लौटकर आने वाले। सुबह-सुबह की इसी घुड़सवारी में अपने क्षेत्र की परिक्रमा, पर्यवेक्षण, हालचाल भी उनकी दिनचर्या में शामिल है और कहीं बारिश में घिर गए तो कहना ही क्या...जैसे आज। साथ में बापूराव और अन्य घुड़सवार हैं। बिजलियाँ कुछ ज्यादा ही कड़क रही हैं, सो पेड़ों से हटकर खड़े-खड़े भीग रहे हैं चढ़ान पर।

भाई से पूछा, "कुछ देख रहे हो?"

"हाँ, पानी बरस रहा है।"

"पानी बरस तो रहा है मगर ढलानों में बहता ही चला जा रहा है, टिक नहीं रहा। यहाँ मस्त चाय की खेती हो सकती है। मैंने यूरोप में देखा है..."

"चाय के साथ कॉफी भी...?"

"नहीं कॉफी भूधरगढ़ में।"

"लिखित रूप में बताया जाना चाहिए कि इस मद में इतना खर्च हुआ और इस मद में इतना।" नया फरमान।

परामर्शदात्री समिति के पसीने छूट रहे हैं।

"घबराइए नहीं। मोटे तौर पर इतना भर समझ लें कि फिजूलखर्ची बिलकुल नहीं लेकिन विकास और कल्याणकारी कार्यों में कोई कटौती नहीं, स्टेशन की बगल में जो बाजार है, उसके गुड़ की मंडी, राजाराम कालेज, चारागाहों, पशुपालन में कोई कटौती नहीं होगी। एक भी शेतकरी की सम्पत्ति

नीलाम नहीं होगी—एक भी! महाजन हो या हाकिम, कर्मचारी हो या पुलिस का सिपाही—किसी ने भी लगान वसूली में आतंकित कर या धमका कर जबरन वसूली की तो उसे सजा मिलेगी। दीवानी अदालतों में यह फरमान जारी किया जा चुका है।

"...और मैं अपने लिपिकों-क्लर्कों को साफ-साफ बता देना चाहता हूँ कि शिवाजी के जमाने से ही लीक को लाख, लाख को लीक बनाने का जो कौशल कुकृत्य वे करते आए हैं, उनसे बाज आएँ। अपने पिता के जमाने से भी उनकी नीम चालाकियाँ देखता रहा हूँ। उन्हें सावधान किये देता हूँ।

"प्रशासनिक मशीनरी और ऊपर से प्रेषित योजनाएँ, कहाँ-कहाँ अटकी पड़ी हैं उसके प्रति ढिलाई बरतने वाले अपनी कार्यशैली सुधार लें।"

रानी पूछती हैं—"मैंने एक राजा का नाम सुना है फ्रांस में जो घोड़े की पीठ पर ही सोता था!"

"नेपोलियन?"

"शायद! भारत में होता तो जानते हैं उसका क्या नाम होता? शाहूजो! वह तो माना कि हर पल लड़ाई को तत्पर रहता और आप...? आप किस लड़ाई के लिए अविराम तत्पर रहते हैं—प्रातः चार बजे स्नान, ठंडे जल से, ठंड में भी। स्नान-ध्यान के बाद नाश्ता—कभी किया, कभी बाँध लिया पीठ पर, बल्लम बन्दूक, लेकर चढ़ गए घोड़े की पीठ पर। किस लड़ाई में जाते हो रोज-रोज?"

"ढीले प्रशासन को चुस्त करने के लिए स्वयं को हर घड़ी चुस्त-दुरुस्त रखना पड़ता है। युद्ध कभी भी लड़ा जाए, युद्ध का रियाज तो हमेशा करते रहना होता है।"

घाटी में उतरे ही थे कि रोज की तरह घेर लिया किसानों ने। सबकी अपनी-अपनी शिकायतें थीं और सबसे बड़ी शिकायत कर्ज!

"तुम लोहार हो न? तुम्हारी बायको बीमार थी?"

"ठीक है हजूर।"

"तुम्हारी मोट फट गई थी या बैल को कुछ हो गया था?"

"मोट!"

"मोट के साथ, तुम्हें नया फतुहा भी सिला लेना चाहिए अब।"

हर किसी की समस्या का निदान करते-करते एक समस्या पर आकर अटक जाते, आधे से ज्यादा समस्याग्रस्त लोग 'ईनामदार' होते।

"बापू तुम तो अचूक निशानेबाज हो?" शाहूजी ने अनुज बापूराव को टोका?

"और तुम?"

"अभी सवाल तुम्हारा है। निकालो बन्दूक, मेरे उछाले गए सिक्के पर निशाना लेना है। रेडी?"

"येस!"

"तो ये लो।" कहने के साथ सिक्का हवा में उछला और टन्न की आवाज आई।

"शाबाश!" शाहू ने ढूँढ़ कर सिक्के को उठाया और नाटकीय ढंग से भाई के मस्तक पर साट दिया।

"यह क्या?"

"पुरस्कार! यह तुम्हारा राजतिलक कर रहा हूँ। आज से तुम कागल के जागीरदार हुए।"

बापूराव ने उसी नाटकीय अन्दाज में सलाम किया, "हुजूर का इकबाल बुलन्द रहे।" तनिक ठहरकर पूछा, "अगर मेरा निशाना चूक जाता तो हुजूर?" हँसने लगे शाहू, "मुझे सौ प्रतिशत यकीन था तुम पर लेकिन एक शिकायत है तुमसे।"

"क्या?"

"कहाँ मैं छह फीट के पार लम्बा-चौड़ा, कहाँ तुम...? मेरे ही अनुज हो न!"

"गुस्ताखी माफ हो तो बन्दा अर्ज करे! अफजल खाँ की लम्बाई छह फीट से ज्यादा थी जब कि शिवाजी साढ़े पाँच फीट के।"

मुस्कान पसर गई भाई के चेहरे पर।

देखते-देखते बीत गया प्रवास! बीत गए तपते दिन! वर्षा की बूँदों ने तर कर दी धरती! यशवन्त कागल गए। छोटे भाई बापू साहब को जागीर प्रदान करने का औपचारिक उत्सव हुआ। वहाँ से दोनों भाई अहमदनगर को कूच कर गए—

दत्तक पिता शिवाजी चतुर्थ की समाधि। इतिहास के अभागे राजा जिसे कुटिल ब्राह्मण बर्वे, अंग्रेज नौकरों और हत्यारे ग्रीन ने बर्बरतापूर्वक मार डाला। क्या-क्या अपमान नहीं सहे तुमने पिता! पागल बनाकर प्रतिपल अपमान और यातना! और वो ग्रीन, उसने तो बूट से प्लीहा ही फाड़ दी...!

एक भव्य मन्दिर की समाधि। पन्द्रह हजार रुपये समाधि के लिए देकर लौट आए।

किले की सबसे ऊँची बुर्जी पर खड़े हैं शाहू दम्पति। नीचे दूर-दूर तक फैली घाटी है।

"यहाँ से देखने पर दूर के पेड़, ढोर-डाँगर आदमी कितने छोटे-छोटे लगते हैं।" रानी चकित भाव से कहती हैं।

"मैं कई दिनों से इनके जीवन को करीब से देख रहा हूँ। सिर्फ दिखते नहीं, छोटी है ही इनकी जिन्दगी। विश्वास नहीं होता, यह मेरे ही राज्य की प्रजा हैं। दो-चार पैसे में गुजारा कर लेते हैं। दो-चार पैसे में! बहुतों के पास यह भी नहीं होता। मुझे कई दिन यहाँ भटकते बीता, शायद ही कोई ईनामदार या किसान मिला, जो कर्ज और लगान से परेशान न हो।"

पता नहीं, क्षितिज पर डूबती शाम की मोहक पेंटिंग में उदास भाव से क्या ताकते रहे, हठात् बोल उठे, "अच्छा बताओ, क्या ईश्वर है?"

"यह आप पूछ रहे हैं?"

उनकी नजर बाँहों पर गुदे शिवलिंग पर है। झेंपते हुए बताते हैं, "रोज पूजा करता हूँ, आज भी...मगर जब मैं अपने लोगों को देखता हूँ तो विश्वास नहीं होता। ईश्वर अगर है तो इनका और मेरा ईश्वर एक कैसे हो सकता है?"

"आपकी तरह पढ़ने-लिखने का सौभाग्य मुझे नहीं मिला, न फ्रेजर, न फर्ग्यूसन जैसे विद्वान गुरु, पर मेरा मन कहता है, ईश्वर है। कहाँ है, किस रूप में—यह नहीं पता।"

अँधेरा गहराने लगा तो सीढ़ियों से नीचे उतरे पति-पत्नी।

ईश्वर धीरे-धीरे उतरने लगा अपने अनेक उद्धारक रूपों में—गुड़ की मंडी में, चरागाहों में, पशुपालन में, गरीब किसानों और 'ईनामदारों' के चेहरे पर उभरती चमक और चहक में। एक-एक कर जुड़ती रहीं कल्याणकारी योजनाएँ। पन्हाला की ढलानों पर चाय और रबर की खेती शुरू हो गई।

बजट पेश हुआ। 60 लाख का घाटा। आँखें सिकुड़ीं, 'विकास के कामों के लिए एक-एक रुपये का मोहताज हो रहा हूँ और यहाँ 60 लाख का घाटा।' सयाने कर्मचारियों के कान खड़े हैं—'नौसिखिया राजा है, अभी नहीं पटा तो आगे क्या होगा?'

गुरुवर फ्रेजर जैसे चाणक्य ने बहुत ठोंक-पीट कर तैयार किया है अपने इस चन्द्रगुप्त को। एक राजा को इस बात की पूरी जानकारी होनी चाहिए कि किस मद में कितना खर्च होता है। आमदनी और खर्च का सन्तुलन होना चाहिए। गलत इन्दराज और फिजूलखर्ची की सूरत में राजा को आगे बढ़कर हस्तक्षेप करना चाहिए...। आश्विन आ गया। यानी राज्याभिषेक के बीते छह महीने हो गए पर अभी भी अभिनन्दन समारोहों का सिलसिला थमा नहीं। अब पुणे का अभिनन्दन समारोह।

शाहूजी के साथ अनुज बापूराव और महारानी लक्ष्मीबाई के प्रति पुणे वासियों में असीम उत्साह था। होता क्यों न, मराठा नायक शिवाजी की मृत्यु के इतने वर्षों बाद उनका कोई वंशज महाराष्ट्र की गद्दी पर बैठा था! अभिनन्दन पत्र का पाठ कर रहे गोपाल कृष्ण गोखले की भाषा में हृदय से प्रशंसा है, साथ ही यह अनुरोध भी कि महाराज अपने राज्य की प्रजा की सुख-शान्ति और सर्वात्मिक उन्नति का खयाल रखेंगे।

उत्तर में शाहूजी ने कहा, "सिर्फ अपने राज्य की नहीं, सम्पूर्ण महाराष्ट्र की सर्वतोमुखी सुख-शान्ति और विकास मेरा लक्ष्य रहेगा। मात्र कोल्हापुर की प्रगति मेरा लक्ष्य नहीं है। मेरी नजर में हिन्दू ही नहीं, मुसलमान और अन्य साम्प्रदायिक इकाइयाँ भी हैं। सबमें परस्पर स्नेह और सौहार्द होना चाहिए...।"

बहुतों के कान खड़े हो गए—"यह कैसी भाषा है? क्या हिन्दुत्व के आधार पर नहीं चलेंगे शाहू? क्या शिवाजी महाराज की मर्यादा भूल जाएँगे राजा?"

"इन सबने मिलकर शिवाजी को हिन्दू राजा कब बना दिया?" कुढ़ कर रह गए थे शाहू।

मगर दूसरे दिन पुणे के सारे अखबार शाहूजी की इस नीति की प्रशंसा से भरे पड़े थे। नुक्कड़ों, चौराहों, गलियों, महफिलों में उसी की चर्चा थी। 'सुधारक' पत्र में अक्षर-अक्षर छपा है—जाकर पढ़ ले कोई।

पुणे की यात्रा अधूरी थी अभी। अपने सहृदय शुभचिन्तक बम्बई के गवर्नर लॉर्ड हैरिस के सम्मान में प्रीतिभोज दिया जा रहा है।

स्वागत कक्ष यूरोपियन और विशिष्ट भारतीय अतिथियों से भरा पड़ा था। आयोजन तो एक बहाना था, प्रयोजन कुछ और था, इस बात को समझना कि पुणे में कहाँ क्या है, कहाँ क्या, उनसे प्रेरणा लेना और उनकी सहायता करना।

सूची बन रही थी—सूती मिल कहाँ है, सूती मिल...? रेशम की मिल भी है क्या? कहाँ? और लीजिए सूती के सूत और रेशम के धागों को ढूँढ़ते-ढूँढ़ते मिल गए धातु के धागे-तार! आदमी के दिमाग की बलिहारी! उनका दिमाग अनायास ही कारीगरों, शिल्पकारों के प्रति आदर और ममत्व से भर उठा। सभ्यता के मूलाधार! उसे गति और विस्तार देने वाली मेधा! पर इस मेधा को मिला क्या—अपमान, सिर्फ अपमान!

वैसे, तार बनाने वाले वल्लाल नामजोशी ब्राह्मण थे, तिलक के मित्र। नामजोशी अभिनन्दन पत्र दे रहे हैं, साथ ही पिता आबा साहब से अपने सम्बन्धों का हवाला देकर कुछ आर्थिक सहयोग की माँग भी। एक गुणी आदमी भी याचना करते समय कितना दीन-हीन बन जाता है! बोले, "महाराज, मैंने 'मराठा' और 'केसरी' को आर्थिक सहयोग भी दिया है।"

मन तो करता है खजाना ही उलट दें, मगर राजा के ऊपर भी राजा है। अब कोल्हापुर से महाबलेश्वर जाना है या गुरुवर फ्रेजर को कोई उपहार ही देना है, ब्रिटिश आकाओं की मंजूरी जरूरी है। मन मसोस कर रह जाते हैं बख्शीश देनी हो या फाँसी देने का अधिकार, कुछ भी नहीं अपने पास! सीमाएँ तो सर्वत्र हैं, उन्हीं सीमाओं के बीच काम करना है, पर काम तो करना ही है। किसी महत्त्वपूर्ण पद के लिए उपयुक्त नाम सोच रहे थे।

लीजिए आ गए दो नाम—दाजीराव विचारे और भास्करराव जाधव! रानडे मिले तो छूटते ही पूछ बैठे, "आप गैर-ब्राह्मण पर ही क्यों जोर दे रहे हैं?"

"इसलिए कि आबादी के लिहाज से सही प्रतिनिधित्व नहीं है।" त्यौरियाँ चढ़ गईं रानडे की, "हूँऽऽऽ!"

"आप तो स्वयं जज हैं, सोचिए, क्या यह उचित है?"

"मुझे जिरह में मत डालो।"

"परम्परा में डालूँ! मोरपन्त पिंगले ने छत्रपति शिवाजी महाराज से क्या पूछा था, मालूम?"

"क्या?"

"यह कि तुम शूद्र मराठों और कायस्थ प्रभुओं के अधीन रह कर हम ब्राह्मण कैसे काम करें?"

गम्भीर हो गए रानडे, "इसका मतलब यह हुआ कि आपको शूद्र कहा जाना पहली बार नहीं हो रहा। खैर...ये भास्कर राव जाधव...?"

"वह प्रथम श्रेणी में एम.ए. हैं। थ्रू आउट फर्स्ट क्लास।"

"हाँ, पर सुनते हैं फुले का शिष्य है।"

"बुरा क्या है?"

8 जून, 1895 को करवीर रियासत में जाधव की नियुक्ति हुई।

उधर 14 सितम्बर का दिन। बड़ौदा और कोल्हापुर—दो बड़े मराठा परिवारों की सेतु सच्ची भारतीय, वत्सला महारानी अहिल्याबाई ने आखिरी साँस ली। शाहूजी के मन में उनके लिए असीम प्यार था। अगले साल अक्टूबर में उनकी स्मृति में एक भारतीय दवाखाना खोल दिया।

आए दिन सरकारी पदों पर गैर-ब्राह्मणों की नियुक्तियाँ होने लगीं।

दीवान तारापोरवाला ने शाहूजी को सावधान किया, "सर, आपकी नीति लोगों के लिए भले ही कल्याणकारी हो, पर ब्राह्मण और अंग्रेज आपके प्रति ईर्ष्यालु और प्रतिकूल हो जाएँगे। फिर ये अनुभवहीन युवक राज्यकार्य चलाने में अक्षम हैं। बदनामी हो रही है।"

शाहूजी ने जैसे सुना ही नहीं। जले पर नमक! 24 जून, 1896 को प्रभु (कायस्थ) आर.बी. सबनीस को मुख्य राजस्व अधिकारी के पद पर बहाल कर दिया। मुस्कराए, "मेरे ऊपर पड़ने वाले कलंक का कुछ हिस्सा आपको भी भोगना पड़ेगा। एक साथ सबको सन्तुष्ट कर पाना लगभग असम्भव है।" तारापोरवाला के बाद बारी आई सार्वजनिक निर्माण विभाग के मुख्य अधिकारी आर.जे. शैनन की। अंग्रेज होने के कारण सत्ता का गुरूर था। उनके निर्माण कार्य के एस्टिमेट पर स्पष्टीकरण माँगा गया था। 'मी टू!, मैं भी?'

"मैंने ही माँगा था।" शाहूजी की आँखें स्थिर थीं।

अपमान सह न सके।

मेम साहिबाओं में पहली मेम नर्स साइकीस। 1 जनवरी, 1896 को रिजाइन कर बैठीं। फिर बारी आई महिला शिक्षा विभाग की अधीक्षिका मिस लिटिल की।

जीर्ण-शीर्ण पत्तों को झड़ना ही था। उनकी जगह नये किशलयों को लेनी थी। पर किशलय भी कैसे-कैसे, न अंग्रेज, न 'ब्राह्मण!'

"क्यों?"

"एक राज्य के प्रति वफादार नहीं, दूसरा राजा के प्रति। फिर मुझे सभी जातियों का समुचित प्रतिनिधित्व भी चाहिए ताकि किसी के प्रति अन्याय न हो।"

"पर ये गैर-ब्राह्मण, गैर-अंग्रेज आएँगे कहाँ से?"

"मैं बोलूँ," राजमाता ने पूछा।

"बोलिए।"

"क्यों न गंगाधर भाऊ की सहायता ली जाय। सन् 1833 से ही डेक्कन मराठा एजुकेशन सोसायटी के तहत गरीब और योग्य छात्रों की मदद करते आ रहे हैं।"

"पता करें।"

"ये भूदेव तो एकदम से बौखला गए हैं।" सबनीश ने चारों तरफ से बीनी—बटोरी सूचनाओं का सार पेश किया।

"स्वाभाविक है।" शाहू ने कहा।

"अखबार भी जहर उगल रहे हैं।"

"उन्हीं ब्राह्मणों के नियंत्रण में हैं।"

"अपने तिलक जी भी!"

"इन सबके सेनापति जो ठहरे!"

"एक ब्राह्मण, मेरा खयाल है इन सबसे अलग होगा।"

"कौन?"

"रानडे।"

"रानडे!" सबनीश ने एक गहरी साँस ली, "उनका चेहरा उदार ब्राह्मण का है। प्रकट में तो कुछ नहीं बोलते पर मन में खौलता रहता है। किससे कहें अपना असन्तोष! ब्राह्मणों से कह नहीं सकते, मराठों से कह नहीं सकते सो मुझसे कहा, सोचा, प्रभु (कायस्थ) है, अपने सवर्ण वर्ग का, बोले, 'सबनीश जी, हम और आप जिस बेहतर ढंग से काम कर सकते हैं, ये जाधव कर पाएगा?'

"हूँऽऽऽ!"

इस आघात को सह पाते कि अगला आघात। शेनान के रिक्त पद को भरने आ गए भाऊ के दूसरे शिष्य अमृतराव विचारे। पद था कार्यकारी अभियन्ता का, "क्या अहं है, क्या मान! न ब्राह्मण मुझे सह पा रहे हैं, न अंग्रेज। मैंने उन्हें नियुक्त किया और पॉलिटिकल एजेंट ने किया खारिज़।"

रायगढ़ के ध्वस्त किले में चहलकदमी करते हुए धूल से अँटी पड़ी एक-एक चीज को छू-छू कर देख रहे हैं शाहू—एक-एक दीवार, एक-एक पत्थर। आगे शिवाजी की प्रतिमा है—धूल और मलबे में प्राय: जमींदोज—मराठों की आपसी रंजिश, घात-प्रतिघात, पेशवाओं का युग, अंग्रेजों का युग, मलबे में दबकर रह गई महाराष्ट्र निर्माता की प्रतिमा! कितने-कितने लोगों ने यहाँ खजाना होने के चलते खुदाई की। यही हाल बाजीराव का हुआ। क्या पता खजाना मिला भी या नहीं। शिवाजी का खजाना सिर्फ एक आदमी को मिला—महात्मा ज्योतिबा फुले को 1869 में। उन्होंने इस वीर पुरुष पर पोंवाड़े की रचना की।

अब गोविन्द बाबा जोशी की मुहिम सभी सामन्तों-सरदारों से अपील! कमान पिता अबा साहब घाटगे के हाथों आई। लोकमान्य ने समाधि के जीर्णोद्धार का बीड़ा उठाया है। 15 अप्रैल, 1896 को समारोह है।

शिवाजी आन्दोलन...?

शिवाजी के बहाने राष्ट्रीय जागरण!

जो ब्राह्मण शिवाजी के पौत्र के नाम पर स्थापित राजाराम कालेज को अब चन्दा तक नहीं देते, उन्हें हठात् शिवा भक्ति सूझी है तो उसके कुछ तो निहितार्थ होंगे!

टहलते-टहलते वे उस कुएँ के चबूतरे तक खिंचे चले आए हैं। यहीं बैठकर वे आने-जाने वालों का हाल-हवाल पूछा करते थे।

शाहूजी ने मन ही मन उस कुएँ और चबूतरे को प्रतिमा की तरह उठाया और सोनतली में स्थापित कर दिया। कुआँ बन गया बरगद का पेड़। जगत बन गया चबूतरा। अब यहाँ एक नये शिवाजी आविर्भूत हो रहे थे—शाहूजी के रूप में...!

उधर कहीं दूर से भृकुटियाँ तन रही थीं, 'एक और शिवाजी!' हुँह!

यह तिलक थे।

3

जनता में इन दिनों एक विचित्र चर्चा है, कि शिवाजी महाराज तक ने भी ब्राह्मणों का अपमान नहीं किया और यहाँ ब्राह्मणों को हटाया जा रहा है, उनकी जगह 'नीच' भरे जा रहे हैं। और यह अफ़वाह फैला रहा था कौन? खुद दीवान तारापोरवाला साहब!

अन्ततः गुरु फ्रेजर के शरणागत! गुरु ने शिष्य को समझाया, "जल्दबाजी या तात्कालिक आग्रह में कोई निर्णय न लो। तारापोरवाला हो या कोई और, पहले समझाओ, उसे सुधरने का मौका दो, अपने बचाव का मौका दो, फिर कुछ करो।"

"कोई उच्च पदाधिकारी आ रहा हो तो मेरा उपस्थित रहना जरूरी है?"

"पहली बार शिष्टाचार के तहत चले जाओ, विदा के वक्त भी। पर इसके बीच नहीं।"

"लोगों से मिलने का वक्त...? लोग कहते हैं कि राजा उनसे नहीं मिलते।"

"आप इससे सम्बन्धित मामा परमानन्द का *Letters to an Indian Raja* फिर से पढ़ लें और लोगों से मिलने का दिन और समय निश्चित कर लें, जागीरदारों की शिकायतों को व्यक्तिगत कौशल से सुलझाएँ, राजनीतिक या प्रशासकीय मतभेद का निराकरण मैत्री के सम्बन्ध पर नहीं होना चाहिए।"

रात रानी ने राजा से कहा, "कहाँ भटकते रहते हैं सुबह से शाम तक?" राजा ने बताया—"जब से दत्तक हुआ, देश-विदेश कहाँ-कहाँ की यात्रा नहीं करवाई अपने गुरुओं ने, क्या-क्या नहीं पढ़ाया...पर सच रानी, अपने राज्य की जब से यात्रा शुरू की, लगा, कुछ नहीं देखा, कुछ नहीं पढ़ा।

"काश तुम मेरे साथ होतीं और मैं तुम्हें दिखा पाता...

"चीथड़े लपेटे या मामूली नाकाफी कपड़ों में लिपटे कंगाल, लाठी टेकते बूढ़े-बूढ़ियों के कंकाल! कर्ज के बोझ के तले दम तोड़ते शेतकरी। राजकुमार सिद्धार्थ ने पूछा था किसी से...यह किसका राज्य है, किसकी प्रजा है ये।

"बताया गया—'आपकी, राजकुमार!' "

"मैं उनका राजा और ये मेरी प्रजा! धिक्कार है मुझे।" सिद्धार्थ ने कहा होगा।

"'मुझे अपने खाने-पीने, जीने और अपने होने पर धिक्कार आया।" तदुपरान्त पत्नी को कलेजे से लगाते हुए पति ने पूछा, "सिद्धार्थ ने पत्नी से पूछ कर गृह त्याग किया था। मैं तुमसे पूछूँ...तो?"

पति के सीने में मुँह गड़ा कर पत्नी बोली—"मैं तुम्हारी राह में बाधा कब बनी?"

बाहर रो उठी है बेटी।

"ले आओ। अन्दर लेती आओ।" दाई को पुकारा!

दाई अदब से लाकर देती है बेटी को। थाम लेता है पिता, चूमता, दुलारता है बाप, "तुम्हारे साथ अन्याय हुआ न। दुधकट्टी कर दी मैंने।"

माँ ने बेटी ले ली और दूध पिलाने लगी।

"जिसके जो जी में आए, कहता फिरे, मुझे चुपचाप अपना काम किये जाना है। ब्राह्मणों ने मुझ पर ब्राह्मणविरोधी होने का ठप्पा लगा दिया है। ब्राह्मणविरोधी नहीं हूँ। नहीं हूँ। नहीं हूँ। हाँ, अगर सबके सर्वात्मक उत्थान का नाम ब्राह्मणविरोध है तो और बात है। किसी शूद्र की तपस्या से किसी ब्राह्मण को पुत्र-शोक होता है—तो रखें अपने पास ये प्रपंच भरे गप! मुझे किसी से सर्टीफिकेट की जरूरत नहीं है।

"अन्तर्यामी ईश्वर सब जानता है। इधर कुछ दिनों से यह समाज तनिक संशय ग्रस्त है। एक विधवा ब्राह्मणी, एक अनाथ ब्राह्मण पुत्र की मदद करनी थी। मैंने की। एक नहीं अनेक ब्राह्मणों की मदद की है, कभी देखा नहीं पलट कर।"

जब जी को कहीं से भी करार न आया तो गुरुवर फ्रेजर को लिखने बैठ गए—पर वह नहीं लिखा, कुछ और ही लिखा—'अपनी तकलीफों को लेकर प्रजा राजा के पास नहीं जाएगी फरियाद करने, बल्कि राजा खुद जाएगा प्रजा के पास। जबसे गद्दी पायी है, मैंने नियम बना लिया है कि 11 से 12 के बीच सभी ऑफिस के दिवसों में लोगों से मिलूँगा।'

यह नियम भी टूट गया। अस्तबल जाते समय भी लोगों से मिलने लगा। सिर्फ 11 से 12 या सिर्फ अस्तबल...? यह नियम भी तोड़ दिया।

राजा और रैयत के बीच कोई दीवार नहीं रहेगी। कोई भी कभी भी आकर मिल सकता है। 'क्रोनिकल' अखबार में लिखा है—'एक सुदीर्घ, बलिष्ठ युवक, अजनबियों के बीच तनिक शरमाया-शरमाया चेहरा मगर अन्दर से सहृदय... थोड़ी देर में ही विश्वास जीत लेने वाला...' तिलक ने पढ़ा और रख दिया।

फीतेदार ने पढ़ा और लोगों को सुनाने लगे। 'क्रोनिकल' पोस्टर बन गया। 'क्रोनिकल' आख्यान बन गया।

दूसरी बेटी आई और गई। जैसे, महज झाँकने आई थी कि उसका बाप अपनी भूमिका ठीक-ठीक निभा पा रहा है या नहीं, कि आगे की चुनौतियों के लिए वह तैयार है या नहीं!

राजा ने रानी के शोकार्त्त चेहरे को देखा, फिर दृष्टिपथ में आ गए दूसरे चेहरे—महारानी विक्टोरिया, महारानी अहिल्याबाई लाखों का जन्म-मरण, दुख सन्ताप...और अकाल!

गर्मियों की तपती दोपहरियों में चिलचिलाते पहाड़, जंगल...जहाँ-तहाँ मरे पड़े ढोर-डांगर, अब इनसानों की बारी थी। इस भीड़ में जैसे हाथ छूट गया बेटी का!

4

कृष्णा और पंचगंगा का संगम। शिरोल आए तो इस स्थल की रमणीयता ने मन मोह लिया। नरसोवाबाड़ी में दत्तजी के दर्शन किये। थोड़ी देर तक उस नयनाभिराम दृश्य को देखते रहे। अब लौटना होगा। सईस घोड़ा ले आया। रकाबी पर पाँव रखा ही था कि उतर गए। मन्दिर के सामने दोनों ओर इतने भिखमंगे! नंगे-अधनंगे, कंगाल स्त्री, पुरुष, बच्चे! अरे ये तो कोढ़ी लोग हैं। ठूँठ हुए हाथों का सलाम आ रहा है—

"महाराज की जय हो।" चिढ़ा रह थे ठूँठ हाथ। गलित नाक, लाल-चितकबरा बदन!

"ये सारे कोढ़ी यहीं क्यों?"

"हुजूर ऐसा विश्वास है कि नरसोवाबाड़ी में आकर इनका रोग ठीक हो जाएगा। पुण्य कमाने के लिए लोग दान भी देते हैं खूब! शिवजी का एक रूप कोढ़ी का भी है। सो कोढ़ियों की तादाद बढ़ती जाती है।" किसी ने बताया।

"यह तो बहुत घिनौना रोग है। कितनों का ठीक हुआ? न! इस रोग से इन्हें मुक्ति दिलाने की कोशिश करनी ही होगी ताकि इनका कुष्ठ ठीक हो और दूसरे लोगों में कुष्ठ न फैले!" सोचते हुए लौटे आ रहे हैं।

कुष्ठ का सामना करें कि कंगाली का?

अकाल का सामना करें कि प्लेग का...?

पहले तो रे (Wray)! इस बिगड़े युवा गवर्नर का दिमाग ही सनका हुआ है। आप कितना भी चढ़ावा चढ़ाएँ, चाहे महारानी विक्टोरिया की हीरक जयन्ती पर उद्‌घाटनकर्ता का सम्मान या और कुछ, यह अष्टावक्र टेढ़ा का टेढ़ा रहेगा। इन बिगड़े शहजादों का मिजाज ठीक करें या अकाल और प्लेग में कराहती प्रजा की कराह सुनें!

बारिश हुई ही नहीं पिछले साल, उसके पिछले साल भी। जगह-जगह धरती चिहरा कर फट गई। कुओं का पानी पाताल चला गया। पंचगंगा और कृष्णा को छोड़कर बाकी नदियों में पानी ही नहीं है। मेघ को लाने की तरह-तरह की प्रार्थनाएँ और टोने-टोटके चल रहे हैं। लोगों ने देव मूर्तियों को पानी में डुबो-डुबोकर विनती की। मेढ़क की टाँग पकड़कर बाँधी। औरतों ने नंगे होकर हल चलाया पर इन्द्र देवता न पसीजे तो नहीं ही पसीजे। झाड़ियाँ तक सूख गईं। लोग गाँव छोड़-छोड़ कर परिवार और मवेशियों को लेकर जाने लगे। आपस में बतकही करते, एक रुपये, चौदह आने मन की जोआरी चार रुपये मन और चावल-गेहूँ चार रुपये मन बिक रहा है। जमकर जमाखोरी मची हुई है। कुलकर्णी, पाटिल, वतनदार मौज में, बाकी के लिए अन्धेर—अँधेरा।

"पहले सिर्फ नृसिंहबाड़ी में आकर कोढ़ी और भिखारी बैठा करते थे अब हर मन्दिर पर।"

अकाल का दौरा करते शाहू को नई-नई जानकारियाँ मिल रही थीं। गड़हिंगलज, कटकोला, भूधरगढ़ रायबाग, पन्हाला होते हुए गरगोटी पहुँचे तो झुंड के झुंड लोग अपने राजा को देखने आने लगे। कृष्णा और पंचगंगा

के संगम पर दर्शन की उथलाती भीड़। एक-एक शख्स की कहानी करुणा भरती थी, शाहू की समझ में न आता कि किस-किस को सान्त्वना दें और क्या? सिर्फ दो साल वर्षा न होने पर लोग मरने क्यों लगेंगे? कहीं-न-कहीं तो गड़बड़ जरूर है। अकाल तो सबके लिए है। अगर गरीब शेतकरी मर रहे हैं तो साहूकार महाजन कैसे मौज कर सकते हैं?

वणिक समाज को बुलाया, अपील की। अपील में व्यंग्य का पुट था, "श्रेष्ठिजन क्या ऐसा नहीं हो सकता कि आप भी जिन्दा रहें और शेतकरी और गरीब आदमी भी?"

एक प्रतिष्ठित वणिक ने कहा, "आपकी तरह हम भी चिन्तित हैं महाराज। मगर मुश्किल क्या है न, हमें भी तो अनाज कहीं से खरीदना पड़ता है।"

"अकाल हमेशा नहीं रहेगा सेठ। तब तक लागत भाव पर बेचो। माने दो रुपये मन खरीदा तो दो रुपये मन ही बेचना है।"

"हुजूर ले आने-ले जाने, रख-रखाव और दीगर खर्चे हैं।"

"आपका घाटा हम भर देंगे।"

लौट गए लोग।

कुछ ने माना। सस्ते दर पर अनाज की दुकान खोल दीं। कुछ ने हथियार डाल दिये—"हमसे नहीं होगा।"

अब क्या करोगे राजा?

'एक भी जन को मरने नहीं दूँगा, चाहे इसके लिए मुझे दूसरों के सामने भिखारी ही क्यों न बनना पड़े।' चादर फैला दी। कर्नाटक से धान मिला। कहीं से कुछ, कहीं से कुछ। काम के बदले अनाज के तहत भूमि सुधार, कुओं की सफाई, उन्हें और गहरे करने, बाँध, सड़कें और तालाब निर्माण जैसे काम शुरू करवा दिये। साथ ही खुलवा दीं गाँव-गाँव सस्ते गल्ले की दुकानें।

मनुष्यों की समस्या काबू में आई तो मवेशियों की सुधि ली गई। एक भी इनसान को भूख से मरने नहीं दिया पर गाय, भैंस, बैल और ऊँट जहाँ-तहाँ मरे पड़े मिलते, जो नजर आते, उनकी उभरी पसलियाँ, उभरे हाड़-हाड़ दिख रहे थे। तब शाहूजी ने जानवरों की छावनी खोल दी—6 एकड़ जमीन में फैला 'पांजर पोठ'—जानवरों के लिए मुफ्त चारा-पानी, मुफ्त चिकित्सा!

जब सब कुछ मुफ्त ही मिल रहा है तो कर्नाटक और आन्ध्र के भी लोगों ने अपने-अपने मवेशी ठेल दिये—"चलो कोल्हापुर! प्रजावत्सल राजा का इकबाल बुलन्द रहे!" मुफ्त का पानी! मुफ्त का चारा! कुछ इनसे भी बड़े उठाईगीर निकले। अपना कहकर दूसरे की गाय, भैंस और बैल हाँक ले गए—"अब अकेले महाराज पर कितना बोझ डालें! सो अपने मवेशी लिए जा रहे हैं। कुछ तो बोझ हल्का हो उनका।"

"है न?" विट्ठल ने पूछा।

"जी।"

"ये आपके हैं?"

"आपका क्या खयाल है?"

"मेरे हैं।"

विवाद बढ़ा। ऐसे कितने विवादों के बवंडर उठते, शान्त होते रहे पर 'पांजर पोठ' बन्द नहीं किया गया।

शाहूजी के पास खबरें आईं : हँसने लगे। "अब क्या करोगे? जिनकी सचमुच की गायें घपले में गईं, उन्हें तो हरजाने दो।"

चालीस हजार रुपये तो सिर्फ रास्तों की मरम्मत में जाया हो गए।

डेढ़ लाख लगे 75 मील नये रास्तों के निर्माण में।

वहाँ भी बिना काम किये हाजिरी बनाने वालों की बन आई। नकली नाम, झूठे काम!

तब नियम बनाना पड़ा, काम देते समय स्थानीयता का ध्यान रखा जाएगा, जो जहाँ का है, उसे वहाँ नहीं, दूर किसी स्थान पर ही जाना होगा। बच्चों वाली मजूरनों के लिए बाल संरक्षण गृह और झूले लगवाए गए। खास प्रशिक्षित नर्सें रखी गईं। शिशुओं की देखभाल के लिए बीच-बीच में काम को स्थगित कर मजूरन माताएँ आकर पिला जाती हैं दूध, झुला जाती हैं झूलें... सारे राहत शिविरों पर निगहबानी थी उनकी।

जहाँ जाते हैं पिलपिलाती भीड़ छेंक लेती हैं उन्हें। अभी भी सबको काम नहीं मिल पाया है। रियासत के सभी आय वालों के लिए अकाल भत्ता देने का फरमान दिया।

इस बीच 1 नवम्बर, 1896 को बेटा पैदा होने की सूचना! वर्षों बाद वंश को पुत्र प्राप्ति। 'वह तो होना ही था।' लोगों ने कहा, "इतना पुण्य जो कमाया है राजा ने।" पर राजा को प्रसन्नता की जगह तसल्ली का भाव था। जय भवानी! रानी की दूसरी बेटी के निधन का घाव भर जाएगा। 16 दिन बाद नामकरण हुआ राजाराम...।

एक साथ कितनी भूमिकाओं में आ गए हो शाहूजी?

अपने बच्चे को देखने की फुरसत नहीं है। कोई बात नहीं, वो देखो, किसी माँ का बच्चा रो रहा है। उतर जाओ घोड़े से। दाई माँ बन जाओ। उसे झूले झुला दो। रानी हँसतीं, "भला हो भगवान का, तुम्हें दूध नहीं दिया, नहीं तो बैठकर पिलाने लगते।"

अरे! चले कहाँ? देखते नहीं, उधर पुर खड़ा है। मोट टेकने वाला कोई नहीं। जुआठ छोड़कर भाग गए बैल? खींचना पड़ेगा रस्सा? यह भीमकाय काया है किसलिए? चलो, आ गया शेतकरी। उधर देखो उसका मिट्टी भर पलड़ा उठाने वाला कोई नहीं। झुको, राजा झुको। तुम्हारे लोग तुम्हारी तरह लम्बे नहीं हैं।

हो गया? क्या सोचने लगे? कुष्ठ रोगियों के ढूँठ हाथों का प्रणाम! रात को चैन से सो तो पाओगे राजा? अणुस्का में लेपर एसाइल्म तो बन ही रहा है, अभी प्लेग के बारे में सोचो।

एक युद्ध जीत रहे थे, एक सामने था।

अकाल से लड़ने की दूसरी रणनीति थी, प्लेग से लड़ने की दूसरी! अकाल से भूले भटके कुछ मौतें भले हो गई हों, प्लेग से किसी को मरने नहीं देंगे। युवा राजा। युवा उत्साह।

प्लेग में पहला फरमान—लगान की वसूली स्थगित रहेगी। 'रे' की भृकुटियाँ तन गईं।

दूसरा फरमान—जाँच शिविर में सबकी जाँच होगी, सन्देह होने पर विदेशियों की भी।

विदेशी साहब और मेमें खासे परेशान—हमें भी?

स्पष्टीकरण आया—"प्लेग यह तो नहीं देखेगा कि आप गोरे हैं कि काले। जरूरत पड़ने पर तीन-चार दिन कैम्प में रहकर रोगमुक्त होकर आगे जाने से आपको कोई नहीं रोकेगा।"

तीसरा फरमान—प्लेग से आक्रान्त किसी मरीज के बारे में सूचना देनेवाले को दस से पन्द्रह रुपये इनाम!

"खजाना खाली कर दोगे क्या?"

अहंमन्य रे ने दूसरी बार पूछा है लगान वसूली के बारे में।

"रैयत तो महाजनों के कर्ज से पहले से ही दबी हुई है, फिर प्लेग जैसी महामारी फैली हुई है। कहाँ से देंगे?"

रे को नागवार लगा। कुछ ही दिनों बाद उनका आरोप पत्र हाजिर था—"प्लेग के हॉस्पिटल में जाने में ढिलाई क्यों बरती जा रही है?"

शाहूजी ने उत्तर भेजा, "मैं तो प्राय: रोज ही जाता रहा। हाँ, इधर स्थिति थोड़ी नियंत्रण में दिखी तो रोज-रोज कोटितीर्थ के अस्पताल जाना जरूरी नहीं लगा। यद्यपि कोल्हापुर पर मेरी नजर बराबर बनी रहती है। घूम-घूमकर आवश्यक निर्देश देता रहता हूँ। पुराना और नया दोनों ही राजमहल प्लेग से संक्रमित हैं। वहाँ अक्सर मरे चूहे नजर आते हैं। आवश्यक उपाय किये जा रहे हैं। दिक्कत है, प्लेग के साथ अकाल की भी समस्या है, सूखे की भी। फसलें एकत्र करने में लगे हैं किसान। मालगुजारी का वही तो आधार है। लेबर सप्लाई की समस्या है।"

दूसरे पत्र में 'रे' के प्रश्न के जवाब में लिखा, "इनफैक्ट, मुझे इस बात का खेद है। इस मुद्दे पर रमाबाई पंडिता की तरह मैं भी बेचैन रहता हूँ। मैं पन्हाला में केवल सोता भर हूँ, बाकी सारे दिन अपने कार्यालय में काम करता हूँ।"

'रे' से दूरी बढ़ती ही जा रही है। उसके काम करने का तरीका ही अहंमन्यता भरा है। उसे इलजाम लगाने का बहाना भर चाहिए। बस! वकील डी.सी. फर्नांडेज से रे को चिढ़ है। अब चिढ़ने का क्या है, अफसरों को चिढ़ने के कारण तलाशने की जरूरत नहीं होती। चिढ़ गए, सो चिढ़ गए। फर्नांडेज की वकालत की सनद रे ने रद्द कर दी और शाहूजी पर दबाव डाला कि इसे दरबारी अदालतों में भी वकालत करने से वंचित कर दिया जाए।

चीजें अपनी स्वाभाविक ढलान में दुलक रही थीं कि 1899 के अगस्त की पाँचवीं तारीख को काउंसिल के एक सदस्य मिस्टर जेम्स के सम्मान में दिये जाने वाले भोज के ठीक पूर्व रे को पत्र मिला—'भोज के भोजन में विष है।'

उस वक्त भोज की तैयारी में नये राजमहल का दरबार हाल बिजली के लट्टुओं से दमक रहा था। रे ने शाहू से कहा, "पार्टी तो मैं और मेरी पत्नी दे रहे हैं जो भी अघटन होगा, वह हमारे सिर जाएगा।"

शाहू ने कहा, "पूरे भोज को रद्द कर दो और पहरा बिठा दो पुलिस का।" रे राजी न हुए, फिर कहा कि उनका भोजन स्टोर कीपर फिलिप अलग से बनाकर ले आएगा। दाल में कुछ काला है!

चप्पे-चप्पे पर पूरी सतर्कता बरती जा रही थी। तभी एक खानसामे ने दिखा कर कहा, "ये देखिए हुजूर, ब्रेड में काँच के टुकड़े दिख रहे हैं।" रे ने रोका, "चुप रहो, दरबार की बदनामी होगी।"

शाहूजी ने सख्त, पर शिष्ट अन्दाज में कहा, "यह आपकी महती कृपा कि आप दरबार पर लगने वाले कलंक की फिक्र कर रहे हैं। पर मुझे लगता है, चुप्पी लगा जाने से अपराधियों का हौसला बढ़ेगा।" पुलिस इंस्पेक्टर मि. गैनन आ गए। रे ने फर्नांडेज को गिरफ्तार कर लेने को कहा।

"पर फर्नांडेज के खिलाफ कोई साक्ष्य कहाँ है हमारे पास?"

"भूल रहे हो शाहूजी, इसी प्रकार की घटना के चलते बड़ौदा नरेश को गद्दी छोड़नी पड़ी थी।"

अन्ततः गिरफ्तार हुए फर्नांडेज। दिखाने के लिए चन्द और अधिकारी भी। 'ड्रॉप इट!' उद्देश्य सिद्ध हो गया तो "ड्रॉप इट"! रे अब इस मामले को दबाना चाहते थे पर शाहूजी को सत्य के अन्तिम सिरे तक पहुँचना था। जाँच के लिए इस बार आए हैं मिस्टर ब्रेविन। रे फिर भी जाँच को स्थगित करने पर अड़े हुए हैं।

6 अक्टूबर को जाँच की जो रिपोर्ट पेश की वह खासी दिलचस्प रही। रिपोर्ट में कहा गया कि फर्नांडेज ने रे की हत्या का कोई षड्यंत्र नहीं रचा, प्रत्युत रे ने ही स्टोरकीपर फिलिप से मिल कर फर्नांडेज को हटाने का षड्यंत्र किया था। शाहू ने बम्बई जाकर गवर्नर से रे की करतूतों का पर्दाफाश करना ही बेहतर समझा। आश्चर्य! शाहूजी की सूचनाओं की कोई नोटिस नहीं ली गई।

अगले साल 'रे' सालाना छुट्टी पर इंग्लैंड चले गए। जाते-जाते उन्होंने शाहूजी को पत्र लिखा जिसमें उनके स्नेह और सौजन्य-संवेदना के लिए धन्यवाद दिया। रे फिर आए। फिर आए...मगर टूटे नख-दन्त लेकर अपना

कार्यकाल बढ़वाने की सिफारिश लेकर जबकि फर्नांडेज ने उन पर मानहानि का केस दायर कर दिया था।

आँधी-तूफान गए, मगर छोटे-छोटे बवंडर अभी भी उड़ते नजर आ जाते। तिलक पूना सिल्क मिल को खरीद लेने का दबाव बना रहे थे। सबनीश उनकी रग-रग से वाकिफ, मना कर दिया। खीझ गया विप्र समाज। प्रचारित किया कि सबनीश विश्वास पात्र नहीं है, कभी भी धोखा दे सकता है राजा को। शाहूजी को याद आई रानडे की कही बात। मूँछों ही मूँछों में हँसे। हटाना तो दूर, उलटे सबनीश को दीवान के पद पर पदोन्नति दे दी।

5

ई. सन् 1899। बीतते अक्टूबर की ठिठुरती भोर और उस पर कार्तिक पूर्णिमा का पावन स्नान। पश्चिम में अपने सभासद तारों के साथ डूबते चाँद की छीजती चाँदनी है और पूरब में उगते सूरज की खिलती लाली। स्नान-पर्व के लिए पंचगंगा के तट पर कुछ ज्यादा ही चहल-पहल है आज। एक लम्बा, बलिष्ठ सुदर्शन युवक नदी के पानी में खड़ा है। अगल-बगल सद्य:स्नात अनुज बापू साहब, साले साहब, मामा साहब, खानविलकर, विद्वान मित्र राजाराम शास्त्री भागवत आदि और सबको मंत्राभिसिंचित करता पुरोहित नारायण भट—

गंगा गंगेति यो ब्रूयात योजनानां शतै रपि
मुच्यते सर्व पापेभ्यो विष्णु लोकं स गच्छति
नम: कमलनाभाय नमस्ते जलशायिते
नमस्तेस्तु हृषीकेश गृहाणर्घ्यं नमोस्तुते
इमामि गंगे तवपाद पंकजं...

राजाराम शास्त्री की भौंहों पर बल पड़ते हैं, "क्यों पंडित जी, यह वेदोक्त है?"

"स्नान का मंत्र है।" नारायण भट उत्तर देते हैं।

"मैंने पूछा, वेदोक्त स्नानमंत्र है?" झेंपता है नारायण, फिर सँभल जाता है।

"नहीं यह पुराणोक्त है।"

"क्यों, वेदोक्त क्यों नहीं?"

"वेदोक्त मंत्र क्षत्रियों के लिए हैं, शूद्रों के लिए नहीं।"

"लगता है, आपने स्नान भी नहीं किया है?"

"शूद्रों के लिए मंत्र पाठ में कोई आवश्यक नहीं।" गजब का ढीठ उत्तर।

"रात भर वेश्या के पास रहे, कायदे से स्नान तो कर लिए होते।" पूछते हैं शास्त्री।

खौलने लगा है पंचगंगा का पानी।

"उसका कसूर नहीं, उसे जो सिखाया गया है, वही बोल रहा है।" कोई बोलता है।

ऋचाएँ शान्त हैं। दिशाएँ शान्त हैं। पंचगंगा में खड़ा है कोई अभिशप्त अश्वत्थामा, जिसके मस्तक की मणि अभी-अभी छीनी गई है। बूँद-बूँद टपक रहा है पानी। पानी नहीं, खून। खून नहीं जहर! बूँद-बूँद पिघल रहा है मान। कपड़े बदल रहे हैं। शिवलिंग पर जल का अर्घ्य अर्पित कर चल पड़े हैं कदम-कदम।

"महाराज यह तो सरासर अनुचित और पाप है। राजपुरोहित राजोपाध्याय जी को कोई कायदे का पुजारी भेजना था।" एक प्रतिक्रिया!

"कायदे का...? अरे यह तो नम्बरी वेश्यागामी है। सुना नहीं, सीधे वेश्या के पास से चला आ रहा है। स्नान भी नहीं और 'वेद' की जगह 'पुराण' मंत्र!" दूसरी प्रतिक्रिया।

बापू साहेब के हाथ तलवार की मूठ पर चले जाते हैं। हाथ बढ़ाकर रोक देते हैं शाहू अपने अनुज को।

राजभहल के आदमकद आईने के सामने खड़े हैं। मर-मर मेरे अभिमान! धिक्-धिक् मेरे आह्लाद! तू क्षत्रिय नहीं, शूद्र है। छत्रपतित्व और राजत्व के बावजूद महज एक शूद्र! और यह निर्णय देने वाला नारायण भट—तुम्हारा ही अधीनस्थ एक अदना वेश्यागामी ब्राह्मण। उसका वेश्यागामी होना, स्नान न कर मंत्र पाठ करना, उसकी हुक्मउदूली—सब क्षम्य है, कारण, वह ब्राह्मण है।

कल तक किस गुमान में थे यशवन्त? आ गए न अपनी धरती पर! ये रही तेरी धरती! वो रहा तेरा आकाश! जरी, किमखाब, जवाहरात के ये

चमकीले, भड़कीले राजपोशाक, ये मुकुट-पगड़ी, पगड़ी में झूलते ये मोतियों, हीरे-जवाहरात की मालाएँ, ये कलंगियाँ उसे ढक नहीं सकतीं। तुम्हारे ही अन्न पर पला, तुम्हारे ही राज्य का एक अदना ब्राह्मण...!

जूते पहनाने के लिए खड़े भृत्य, तलवार थमाने को खड़ी रानी, पगड़ी थमाने को खड़ी राजमाता आई—सब अवाक्...! क्या हुआ? क्या हुआ आज? जहाँ-तहाँ लोग चर्चा करने लगे थे।

कब्रों को खोद-खोद कर मुर्दे निकाले जा रहे थे और उन्हें कठघरे में खड़ा किया जा रहा था—"बताओ, तुम कौन हो? तुम? तुम...?"

"महाराष्ट्र के ब्राह्मणों ने शिवाजी को क्षत्रिय नहीं माना और उनका राजतिलक करने से इनकार कर दिया तो महाराष्ट्र से ही कभी काशी गए एक मान्य पुरोहित गागा भट को बुलाया गया। उदयपुर के शिशोदिया वंश से उनका सम्बन्ध था, बस इसी सूत्र को पकड़ कर गागा भट ने कर दिया राजतिलक वेदोक्त पद्धति से। कटकर रह गए यहाँ के ब्राह्मण। एक लाख की रकम जो गागा को मिली, उन्हें मिल सकती थी!"

"ब्राह्मण लालची होते ही हैं। बीमार थे गागा, पर पैसे के लोभ में आ गए।"

"सच-सच बतलाना।" बोलने वाला आँखें नचाते हुए बोलता है, "क्या सचमुच दाएँ या बाएँ पाँव के अँगूठे से राजतिलक हुआ था?"

"अरे, एक शूद्र को क्षत्रिय बनाने के इसी पापवश वह अपने ही गू-मूत्र में लिथड़कर मरा।"

कोई मराठा कुरमुराता, "ना! ना! ना! किसी ब्राह्मण से सुनी होगी तुमने यह कथा।"

"हाँ, पर तुम्हें कैसे मालूम?"

"मालूम है न! अव्वल तो यह कि यह कहानी ही झूठी है।"

"और अगर इसमें कुछ भी सच्चाई हो तो?"

"तो वह सब कुछ इस तरह होगी कि गागा भट पहले से ही बीमार चल रहा था। अन्तिम समय में उसकी दुर्गति इसलिए हुई कि उसने पाँव के अँगूठे से एक क्षत्रिय योद्धा का तिलक किया। जरा सोचो, बाद में फिर वही टकराव ताराबाई भोंसले के साथ भी तो हुआ। रामचन्द्र पन्त अमात्य ने रुकने को कहा,

पर रानी समझ गई उनकी चाल। शाहू द्वितीय ने उदयपुर के राणा से सातारा की गद्दी के लिए राजकुमार को बुलाकर सबका मुँह बन्द कर दिया।"

"और कोई प्रमाण देना चाहते हो?"

"जो शाहूजी महाराज के साथ इधर हुआ, वह सातारा में प्रतापसिंह के साथ बहुत पहले हो चुका था। नाना फड़नवीस ने उसके पिता को मना लिया था कि उनके अनुष्ठान पुराणोक्त पद्धति से होंगे। शूद्र बताए जाने के लिए क्या-क्या चालें नहीं चली जाती रहीं। बिना स्नान, बिना यज्ञोपवीत संस्कार के उनका राजतिलक करा दिया। जैसे छल से गोमांस खिलाकर बाद में शोर मचा दे कोई, 'अरे इसने तो गोमांस खा लिया।'

कोई बीच में बोल उठा, "अरे हम शिवाजी की सन्तानें हैं। छापामार युद्ध जानते हैं। इतने सस्ते नहीं मरने वाले हम!"

"दोनों ही अंग्रेजों के गुलाम हैं। इतनी बड़ी-बड़ी डींगें नहीं हाँकनी चाहिए गुलामों को।" एक अजीब-सी आवाज।

चौंक गए शाहूजी, "यह किसकी आवाज है?"

द्वारपाल ने बताया, "कोई पागल था, ज्योतिबा फुले का शिष्य। ज्यादा पढ़ने-सोचने से दिमाग फिर गया। फिर आएगा महाराज।"

इस चर्चा से ध्यान को जबरन हटा कर दैनिक राजकाज में लगाते हैं। पचासों काम हैं—स्नान-ध्यान, पूजा के बाद परिवार, परिक्रमा, राजकीय कार्य, स्पोर्ट्स, कुश्ती और सप्ताहान्त में शिकार! इन सबके बीच आकाश में चीखती हुई-सी कोई चील—तुम शूद्र हो! तुम शूद्र हो! ग्रंथ खोलकर बैठ जाते हैं। मन नहीं लगता। रख देते हैं। ऊपर-ऊपर वे सामान्य दिखते हैं—गतिमान, जीवन्त मगर उनका एक अंश वहीं खड़ा है—पंचगंगा में जलता हुआ।

जब एक राजा को वह सरेआम शूद्र कहकर लांछित करने का दुस्साहस कर सकता है तो बाकी गैर-ब्राह्मणों के साथ कैसा सुलूक करता होगा वह अदना ब्राह्मण! अपने किये पर उसे जरा भी पश्चात्ताप नहीं है। कितनी गहरी गई हैं घृणा की जड़ें! वह अकेला नहीं बोलता, उसके पीछे एक पूरा समाज बोलता है। अधिसंख्य ब्राह्मणों ने उसी का पक्ष लिया है।

ज्योतिबा का पागल चेला आज फिर आया था। 55-60 का, ताँबई चेहरा, पके बाल। आते ही जैसे उसने उस दिन की छूटी वार्ता को फिर से उठाया।

शाहूजी ने द्वारपाल से उसे न छेड़ने का संकेत किया और छुपकर सुनने लगे। वह कह रहा था...

"द्वंद्व के कई रूप थे। कोई कहता, हम महान हैं, कोई कहता हम। महानता सिद्ध करने के खेल में किसी ने खुद के वंश को चन्द्र से जोड़ा तो किसी ने सूर्य से। मामला तेजस्विता का था, व्यंजनात्मक, जो सूर्य-चन्द्र से जोड़ते ही रूढ़ और अभिधात्मक होकर हास्यास्पद हो गया। महाराष्ट्र, चोलों, चालुक्यों तक का अयोध्या से खुद को जोड़ कर दैवी बताना भी इसी मानसिकता की अबूझ पहेली है, जितनी कि रामकथा स्वयं में।"

शाहूजी को याद आया स्वयं उनके छत्रपति वंश को चक्रवर्ती भगवान राम से जोड़ा जाता है।

ज्योतिबा का पागल चेला आगे बता रहा था, "ब्राह्मण महानता के अलग दावे करते रहे, क्षत्रिय अलग। एक के वकील थे व्यास, वशिष्ठ, गौतम, भृगु, मनु, याज्ञवल्क्य, भरद्वाज; नायक परशुराम! दूसरे के वकील थे जनक, विश्वामित्र, कण्व, अंगिरा आदि। पुराण और कल्पनाविलास सत्य, तर्क और विवेक पर छा गया।"

"सत्यशोधक जी, इसे इतिहास से कैसे जोड़ेंगे?" किसी ने टोका।

"बहुत मुश्किल है, बहुत! गूलर के कीड़ों की तरह अपने देश को ही सारी दुनिया समझने वालों के लिए बहुत ही मुश्किल। फिर भी कोशिश करते हैं, पुराणों में जाएँ तो वशिष्ठ-विश्वामित्र, राम-रावण, बलि-बामन, इतिहास में जाएँ तो नन्द-चाणक्य, वृहद्रथ-पुष्यमित्र शुंग जैसे द्वंद्व समास! ब्राह्मण शस्त्र चला नहीं सकते थे, सो शास्त्र को चुना, देह पर अधिकार नहीं, मस्तिष्क पर अधिकार...।"

"रुकिए-रुकिए, आप कैसे कहते हैं ब्राह्मण शस्त्र चला नहीं सकते थे, बाजीराव प्रथम ने चालीस लड़ाइयाँ लड़ीं, एक भी नहीं हारे।"

"हारे! ब्राह्मणों से ही हारे! मस्तानी से उत्पन्न उनकी किसी सन्तान को ब्राह्मणों ने जाति में नहीं स्वीकारा।'

"इन ब्राह्मणों से पार पाना बहुत मुश्किल है, बहुत ही मुश्किल—

ब्राह्मणोऽस्य मुखामासीद्बाहू राजन्यः कृतः।
उरु तदस्य यद्वैश्यः पदभ्यां शूद्रो अजायत॥

ब्राह्मण ब्रह्मा के मुख से, भुजाओं से क्षत्रिय, पेट से वैश्य और पैरों से शूद्र की उत्पत्ति। इसे ब्रह्मा के मुँह से कहलवाया। ऋग्वेद के दशवें मंडल में है।

'चतुर्वर्णं मया स्त्रष्टम्...' चारों वर्ण मेरे बनाए हुए हैं। इसे विष्णु के अवतार कृष्ण से गीता में कहलवाया। किया खुद, नाम लगाया ब्रह्मा-विष्णु का। अपने पक्षकार ईश्वर रचे ब्रह्मा, विष्णु, महेश फिर उनकी संख्या बढ़ाते गए। शास्त्रों को अपने समर्थन के हिसाब से प्रक्षिप्त किया। 'शतपथ ब्राह्मण' में यह कहकर कि राजा बनने की हमारी योग्यता नहीं है, क्षत्रियों को अपने पक्ष में करने की कोशिश की। इन सबसे आश्वस्त न हुए, तो कहा कि सम्पूर्ण विश्व देवताओं के अधीन है, देवता मंत्रों के अधीन और मंत्र ब्राह्मणों के अधीन हैं। इस प्रकार ब्राह्मण ही सबसे बड़े हुए—

देवाधीनं जगत्सर्वं, मंत्राधीनाश्च देवता:
ते मंत्रा ब्राह्मणाधीनास्तस्माद् ब्राह्मण दैवतम्!

कोई धीरे-से डंक मारता है, "लगता है, आज किसी ब्राह्मण से अच्छी तरह पिट कर आया है।"

"इन्होंने भगवान को भी जाति और जनेऊ दे दिया, हनुमान जी को भी... इनसे पार पा सकोगे?" यह कहते हुए वह झटाक से उठकर खड़ा हुआ और दनदनाता हुआ चला गया।

"यह जन्मना नहीं, कर्मणा ब्राह्मण के लिए कहा गया होगा।" एक टिप्पणी। किसी ने प्रतिटिप्पणी की, "इतने भोले न बनो।"

"लगता है, पागल का भूत अब आप पर सवार है। आप पच्चीस नहीं सिर्फ एक साक्ष्य दीजिए।"

"सन्त रामदास स्वामी, 'दासबोध' ग्रंथ। ब्राह्मण साक्षात वेद हैं, भगवान भी ब्राह्मणों का वन्दन करते हैं। ब्राह्मण मूर्ख हो तो भी वह जगतवंद्य है।"

"गोपाल कृष्ण गोखले तो एक सुलझे हुए समाज सुधारक हैं। उन्हें क्यों परेशानी होने लगी बहुजनों के उभार से?" एक तीसरी टिप्पणी।

"सुधारक और संस्कारों में द्वंद्व होता ही है। कभी सुधारक जीतता है कभी संस्कार।"

"पर भैये अपने आदरणीय तिलक महाराज में तो संस्कार ही जीतता है।"

किसी की बहुत धीमे से की गई टिप्पणी पर बहुत जोरों से हँसी का फौव्वारा फूटा।

शाहूजी आकर खड़े हो गए तो सभी भरभरा कर उठ खड़े हुए, पर उनके चेहरे पर अब तनाव की जंगह प्रकट हास्य मचल रहा था—

"बस थोड़ा धीरज धरें—थोड़ा! जिस दिन डॉक्टर बनकर हमारी नई पीढ़ी गोखले और तिलक जैसों की नब्ज पकड़ेगी बारी-बारी, उस दिन पूछूँगा।"

सत्यशोधकों और ब्राह्मणों की इस बहस में जिस दिन 'लट्ठे' शामिल होते, बहस का रंग ही निखर आता।

"ऐसे भी उदाहरण हैं कि एक ही व्यक्ति क्षत्रिय और ब्राह्मण दोनों एक साथ हो सकता था।" लट्ठे कहते।

पक्ष और प्रतिपक्ष दोनों गड़बड़ा जाते।

"जैसे?" प्रतिपक्ष उन्हें टोकता।

"जैसे कण्व, जैसे दक्षिण के 'जगहोती'।" प्रश्नकर्ता अविश्वास से ताकता।

"अरे ह्वेनसांग ने लिखा है भाई।" लट्ठे बताते।

शाहूजी आँखें मूँदकर सब कुछ अपनी आँखों के सामने होता हुआ देखते—अफरा-तफरी में भरमती, भटकती मानवाकृतियों की परछाइयाँ...!

शाहूजी के क्षत्रिय होने के पक्ष में पंडों की तरह वंशावली खँगाली जाती। ब्राह्मण पुराने तर्क से उसे निरस्त करते, "परशुराम ने इक्कीस बार क्षत्रियों का संहार किया है, अब क्षत्रिय बचे कहाँ? कलियुग में दो ही जातियाँ हैं—ब्राह्मण और शूद्र।"

अब्राह्मणों का तुर्की-ब-तुर्की जवाब होता, "अब इस धरा पर कोई ब्राह्मण है भी क्या?"

"ए भाई! वकीलों की तरह झूठ न बोलो, ब्राह्मण भी हैं, क्षत्रिय भी हैं। दोनों में खुद को बड़ा दिखाने की होड़ भी। इतिहासकार टॉड साहब ने कितने नये क्षत्रियों के बनने और यज्ञोपवीत धारण करने की बात कही है। कुनबी जैसी कमेरी जातियों में से कितनों ने यज्ञोपवीत धारण किये।"

"और कितनों के यज्ञोपवीत काटे या उतारे भी गए।"

"ऐं!"

"हाँ, उन्हें तौला भी गया।"

सारी चीजों का उत्खनन किया जा रहा था, जैसे गाड़ी गई गिन्नियों के लोभ में खंडहरों को खोदा जा रहा हो। इसी क्रम में एक दिन परख का केन्द्र बन गया 'महाराष्ट्र'—उत्तर और दक्षिण की गाँठ पर अवस्थित 'महरट्टा' को किस कौशल और पराक्रम से शिवाजी ने 'महाराष्ट्र' का एकीकृत रूप दिया!

ब्राह्मण शिवाजी को महाराष्ट्र बनाने का श्रेय भला कैसे लेने देते? बोलते, "शिवाजी को शिवाजी बनाने का श्रेय गुरु समर्थ रामदास को जाता है।"

"मगर जहाँ तक हमें मालूम है, शिवाजी का साथ तो हर जाति ने दिया था, विशेषकर उपेक्षित जातियों ने।"

"ऊँह! दिया होगा, मगर असल गुरु तो ब्राह्मण ही थे।"

"हमेशा ब्राह्मण-ब्राह्मण करते रहोगे तो इतिहास छूट जाएगा। सुनो, 'महरट्टा' पर राज करनेवाले चालुक्य, और शिलहर, पल्लव, राष्ट्रकूट बादामी, मालवा के पवार, मौर्य वंश के अवतंश मोरे, दक्षिण की कितनी-कितनी शासक जातियों के ओज से बना था वह रक्त जो शिवाजी की धमनियों में बहता था। महारत्ता का मतलब ही होता है क्षत्रिय। अशोक के शिलालेखों में भी अंकित 'राष्ट्रिका' इन्हीं सीमान्त शासक जातियों के लिए है।"

"तुम्हारा अभिप्राय घुमा-फिराकर शिवाजी को क्षत्रिय बनाने का है। यह तो छल है।"

"और सुनो, महारत्ता से मराठा या गुफा में अंकित आन्ध्र की रानी महारथी राष्ट्रिका की बेटी के 'मराठी' बनने की बात कही जाती है।"

"और?"

"आन्ध्र के बाद महाराष्ट्र पर 'रत्ता' और 'राष्ट्रकूटों' ने शासन किया।"

"और?"

"विद्वान राधामाधव चम्पू ने शिवाजी के पिता शाहूजी को शिशोदिया क्षत्रिय; ध्यानेश्वर महाकवि ने देवगिरि के यादवों या जाधवों को क्षत्रिय कुल शिरोमणि कहा। बाद में किसी धनगर राजाराम ने देवगिरि पर शासन किया।"

"बहको मत वह तो मात्र 'क्षत्रिय कुल शिरोमणि' कहा, पैसा मिल जाय तो ये कवि उन्हें विष्णु का वडील (बाप) तक बता दें। तुम्हारा अभिप्राय समझता हूँ—यही न कि किसी भी कोण से देखो, मराठे क्षत्रिय ठहरते हैं।"

"हाँ।"

"बहुत कहा, अब एक बात मेरी भी सुन लो, समर्थ गुरु रामदास कहते हैं कि ब्राह्मणों को बचाने के लिए लड़े, अतः गुलाम ही तो हुए। चलो 'गुलाम' छोटी बात है, सेवा की सो सेवक तो हुए ही। अब भाई, सेवा कौन करता है ब्राह्मण की...?"

"शूद्र!"

भास्कर राव जाधव एक सूची पेश कर रहे थे—

1. वह अधिकारी जो महाराजा को बातें समझाता है, ब्राह्मण है।
2. जिलाधीश ब्राह्मण है।
3. खासगी कर भारी ब्राह्मण है।
4. पब्लिक प्रोसेक्यूटर ब्राह्मण है।
5. मामलातदार ब्राह्मण है।
6. फॉरेस्ट ऑफिसर ब्राह्मण है।
7. सिटी फौजदार ब्राह्मण है।

चिढ़ गए शाहू, "ये बार-बार ब्राह्मण-ब्राह्मण क्या रट रहे हैं, सिर्फ पद बताएँ।"

"जी! इनके अतिरिक्त टेक्निकल स्कूल के सुपरिंटेंडेंट, उपन्यायाधीश, दरबार सर्जन, जेलर, भूतपूर्व दीवान, चीफ रेवेन्यू ऑफिसर, जिले के अन्य ऑफिसर ब्राह्मण ही हैं।"

"इसमें एक पद रह गया, जोड़ लें सूची में, राजपुरोहित भी ब्राह्मण हैं।" शाहू ने कहा तो जाधव आश्चर्य से मुँह ताकने लगे, "वह तो होता ही है महाराज!"

"क्यों होता है?" जाधव निहितार्थ समझ न पाए।

शाहू ने कहा, "बाद में समझेंगे। ये बताइए इन ब्राह्मणों की आबादी क्या है?"

"पाँच प्रतिशत थी कुल आबादी की, अब कम हो गई होगी।"

"क्यों घट क्यों रही है?"

"ऐसे ब्राह्मण, जिन्होंने आपको राजा स्वीकार नहीं किया, राज्य छोड़कर चले गए।"

"पर इन ब्राह्मणों में नारायण राजोपाध्याय जी, हमारे राजपुरोहित शामिल नहीं हैं। खैर...? क्या कहते हैं राजोपाध्याय जी?"

पुजारी नारायण शास्त्री गोविन्द सेवेकरी की शामत आई थी। खुद तो 'श्रावणी' की ही, साथ में बापू साहेब और अन्य कई मराठों की भी 'श्रावणी' करा दी। इसी पर रुके होते तो भी एक बात होती, ऋग्वेद-पाठ में भी उन्हें निमंत्रित कर दिया। कैसे सहते यह अनीति भूदेव?

"इतना बड़ा दुस्साहस! यह जानते हुए भी कि मराठे शूद्र हैं!" एक कुपित प्रश्न धूमकेतु-सा उग आया था।

"मराठे क्षत्रिय हैं। इसलिए उन्हें श्रावणी करने और वेद-श्रवण का अधिकार है।" सेवेकरी ने सफाई दी।

"ठहरो। बड़े वेदज्ञ बने फिरते हो न! तुम्हारी भी दवा किये देते हैं।" तत्काल तो शान्त रहे भूदेव पर बाद में उन्हें जाति से ही बहिष्कृत कर दिया गया। बाँचते रहो वेद। उधर राजपुरोहित अब बुलाने पर भी न आते। शाहूजी ने उन्हें कितने सन्देशे भेजे पर वे न आए तो नहीं ही आए।

राजोपाध्याय कोई अल्पशिक्षित ब्राह्मण नहीं हैं। अंग्रेजी पढ़ी है। बी.ए. किया है। कानून की पढ़ाई कर रहे हैं। उन्हें पता है कि वे क्या कर रहे हैं, उन्हें इस छोटी-सी बात की जानकारी नहीं है कि शाहूजी राजा हैं, जिनकी एक भृकुटि पर उनका भविष्य निर्भर करता है। सो, निवेदन किया, "बस कुछ दिनों की मुहलत और दे दें।"

13 अक्तूबर, 1901 को खानगी प्रधानमंत्री के पास एक दर्खास्त आती है—"नारायण शास्त्री सेवेकरी और उनके अनुयायियों को श्री देवी महालक्ष्मी मन्दिर में किसी भी धार्मिक अनुष्ठान या देवी के स्पर्श करने का निषेध किया जाय, कारण ब्राह्मणों ने नारायण शास्त्री सेवेकरी को जाति से बहिष्कृत कर दिया है।"

अनसुनी रह गई दर्खास्त की फरियाद। राजोपाध्याय शान्त बने रहे। 14 अक्तूबर। नवरात्र का पहला दिन। सेवेकरी मन्दिर आए, पूजा-अर्चना की। ब्राह्मणों का दल और कुपित हो गया—'देवा रे देवा, भ्रष्ट कर दिया, इस भ्रष्ट ब्राह्मण ने जगदम्बा को!'

इस कोप की उत्कट अभिव्यक्ति हुई 'दशमी' के दिन।

राजमहल में पारम्परिक भोज में भी सेवेकरी उपस्थित है! हद हो गई। विप्रजन भोजन छोड़कर 'देवा-देवा' कहते हुए उठकर चले गए। खड़ी देखती रह गईं राजामाताएँ, खड़ी देखती रह गई धर्मपरायणा रानी। खड़े देखते रह गए सभासद। सभी अवाक्! परोसा गया सारा भोजन पड़ा रह गया पत्तलों पर।

देखते ही देखते 'काँव-काँव' करते कौवे टूट पड़े पत्तलों पर, टूट पड़े कुत्ते। पशुओं के लिए ले जाते समय जहाँ-तहाँ गिरे पड़े पकवानों-मिष्टान्नों पर भी छीना-झपटी! वक्ष पर बाँहें साधे खड़े देखते रहे राजा चुपचाप।

"हमें अपमानित करने के लिए नारायण सेवेकरी को बुलाया था।" ब्राह्मणों की तरफ से आरोप आया।

मामला धीरे-धीरे जिद पर आ रहा था। शाहूजी ने कहा, "ऐसा है तो अगले नवरात्र से सारे ही अनुष्ठान वेदोक्त पद्धति से कराए जाएँगे।" फरमान राजोपाध्याय के पास गया और उनका वही टालमटोल रवैया। "कोई बात नहीं, एक मुर्गा बाँग न देगा तो क्या सुबह नहीं होगी? अपने सेवेकरी जी तो हैं न!"

पर नहीं।

कल नवरात्र है और आज ही विघ्न!

इस बार अवरोध बाहर से नहीं, खुद उनके घर से आया था। दादी सकबार बाई अड़ गईं, "पुरानी परम्परा त्यागकर देवता और ब्राह्मणों के शाप के भागी क्यों बनना चाहते हो?"

'लो भूदेवो! प्रसन्न हो जाओ कि तुम्हारा संक्रमण मेरे घर-परिवार तक आ पहुँचा।' दादी के पास पहुँचे तो एक-एक कर सारी महिलाएँ इकट्ठी हो गईं। शाहूजी ने सीधे दादी को सम्बोधित किया, "सुनो दादी, मैं फिर से बता दूँ कि मैंने अपने सभी मान्य रिश्तेदारों से पूछ लिया है—सातारा, बड़ोदरा और उदयपुर...! सबका कहना है कि क्षत्रिय होने के नाते हमें वेदोक्त अनुष्ठान करने का हक है। रही बात इन ब्राह्मणों की, तो इन्होंने पूज्य शिवाजी महाराज से लेकर आज तक हमें कभी क्षत्रिय स्वीकारा ही नहीं, शूद्र कहा। पूरे प्रान्त में यह विवाद चरम पर है और इन बेचारों की सर्वत्र पराजय और हमारी सर्वत्र जय होती रही। विवेकवान ब्राह्मण तक हमारा समर्थन कर रहे हैं। कुटिल ब्राह्मणों की कुटिल चालों को गिनाने चलूँ तो उम्र बीत जाय।

फैसला आपके विवेक पर छोड़ता हूँ दादी—इनकी कुटिल चालों में फँसकर आप अपना पुण्य और गौरव दोनों का क्षय होने देंगी या शिवाजी और हमारे बहादुर मराठा योद्धाओं द्वारा अर्जित गौरव की रक्षा करेंगी। क्षत्राणी हैं तो क्षत्राणी की गरिमा से बोलिए। इनकी चालों में पड़कर दीन-हीन न बन जाइए।"

बात ने असर किया। मान गईं दादी। पूरे हर्षोल्लास से मना नवरात्र! 8 नवम्बर को राजोपाध्याय को चेत जाने की अन्तिम चेतावनी जारी की गई कोल्हापुर दरबार से—'राजप्रासाद के सभी अनुष्ठान वेदोक्त पद्धति से करने को तुम्हें बार-बार कहा गया पर तुमने ध्यान न दिया। लिखित रूप से बताओ—करोगे या नहीं। इच्छा न हो तो वह भी। ऐसी हुजूर सरकार की आज्ञा है।' उपाध्याय ने पुनः मौन साध लिया।

"मेरे धैर्य की परीक्षा न लो नारायण। चाहूँ तो बिना एक पल गँवाए तुझे बर्खास्त कर सकता हूँ। पर मैं कल को किसी को यह कहने का मौका नहीं देना चाहता कि मैंने तुझे मौका नहीं दिया।" अन्दर ही अन्दर गुर्राकर रह गए शाहूजी।

अगला कदम! एक समिति गठित हुई : रायबहादुर कृष्ण जी नारायण पंडित, न्यायाधीश वि. वि. गोखले और तीसरे सदस्य के रूप में राजोपाध्याय भी। समिति का कार्यालय राजोपाध्याय का आवास। पाँच महीनों तक गवेषणाएँ चलती रहीं। अन्ततः समिति ने माना कि राजा को 'वेदोक्त पद्धति' का अधिकार है। मगर जाते-जवाते यहाँ भी राजोपाध्याय छिटक गए। उन्होंने निर्णय पर हस्ताक्षर करने से ही इनकार कर दिया।

यह मार्च का प्रारम्भ था, शनिवार का दिन। शाहूजी के शिकार-अभियान पर जाने का दिन। निकल पड़े घोड़े पर। कहाँ जा रहे हैं, कुछ पता नहीं। किंचित आगे बढ़ते ही शुरू हो जाता है जंगल। पलाश के लाल-लाल फूल अगवानी कर रहे थे। कचनार और दूसरे जंगली फूलों की भीनी-भीनी खुशबू फिजा में तैर रही थी। फूलों के भार से झुकी-झुकी डालियाँ मानो पुष्पांजलि लेकर खड़ी थीं और छोटी-छोटी कोपलें लाल-पीली झंडियाँ लेकर स्वागत कर रही थीं। पर उनका ध्यान न फूलों पर था, न डालियों पर, न कोपलों पर। वे झाड़ियों में अपनी भैंगी आँखों से ताक रहे, मनहूस दाँतों को बिदोरे उस मनहूस जंगली सूअर की तलाश कर रहे थे जो उन्हें कब से छका रहा था।...और वो दिख गया। वो रहा! आज 'पिग स्टिकिंग' नहीं, सीधे-सीधे वार!

धाँय! धाँय! बन्दूक से घायल तो कर दिया पर गोली से बिद्ध होने के बावजूद भाग गया नाले के पार उस गँझौटे में। कुछ तितलियाँ उड़ रही थीं, बाकी जंगल को बेधती एक हल्की कराहती आवाज मात्र! खड़ा कर दिया घोड़े को।

तभी पीछे से कई घुड़सवारों के आने की आहट! एक-एक कर आकर रुके, एक बोला, "महाराज! बिना हमें सूचित किये अकेले-अकेले निकल पड़े?" दूसरा बोला, "वो तो कहिए दीवान साहब ने आपको अकेले जाते देख लिया था।" शाहूजी की उँगलियाँ नाले की ओर से आती उस मद्धम कराह की ओर इशारे कर रही थीं।

हुँह, वंश परम्परा के राजपुरोहित! तीस हजार सालाना वेतन और राजपुरोहित की राजसी सुविधाएँ भोगोगे पर पूजा नहीं करोगे! वेदमंत्र नहीं पढ़ोगे! क्यों? इसलिए कि तुम मुझे क्षत्रिय नहीं, शूद्र मानते हो। कुछ ने इसी बिनाह पर छोड़ भी दिया कोल्हापुर—ऐसा सुनने में आ रहा है। तुम भी छोड़ दो राजपुरोहित का पद। कोई दूसरा ब्राह्मण आएगा। सो नहीं। छोड़ोगे भी नहीं। छोड़ दोगे तो यह राजसी भोग कहाँ मिलेगा? काफी ब्राह्मण तुम्हारे साथ हैं न? सो छकाते रहे तुम हमें। चुनौती देते रहे हो मेरे धैर्य को, मेरी सहनशीलता को। मूर्ख समझते रहे हमें। मूर्ख और अधम!

एक जंगल से निकल रहे थे, एक जंगल में समाते जा रहे थे—आगे और पीछे तक पसरा नागफनी का जंगल। निकाले नहीं निकलते ये काँटे।

सातारा में पिता का श्राद्ध था। ईश्वर और ब्राह्मणों के निमित्त भोजन बना रहे थे ब्राह्मण रसोइए। बालक शाहू कौतूहलवश व्यवस्था देखने के लिए जाना चाह रहा था, मगर उसे रोक दिया गया। पूछा, "क्यों," तो जवाब मिला, "तुम्हें वहाँ जाने का अधिकार नहीं है राजकुमार।"

"मगर क्यों?"

"इसलिए कि तुम शूद्र हो।"

तभी नजर पड़ी, ब्राह्मण रसोइए पर, बगल में एक बिल्ली दबा रखी थी उसने। बिल्ली अस्पृश्य न थी, पर मनुष्य अस्पृश्य है। याद आया, उन्होंने दुखी होकर कहा था, "इससे बेहतर होता, मैं अन्त्यजों के साथ भोजन करता।

जो ब्राह्मण समाज बिल्ली से अपवित्र नहीं होता, मुझसे हो जाता है, वह मेरा समाज कैसे हो सकता है? ये गाय की विष्ठा खा सकते हैं, वह गाय जो आदमी की विष्ठा भी खाती है, मगर मेरा छुआ अन्न नहीं; वे उस गाय का मूत्र पी सकते हैं, मगर मेरा छुआ पानी नहीं! मैं तो भूल ही गया था उस घाव को। धन्यवाद राजोपाध्याय, तुमने उसे फिर से हरा कर दिया।"

खबरें दिलचस्प होने लगी थीं। खबरें फैलने लगी थीं। खबरों की दुकान लगाने वाले विट्ठल ने लक्षित किया कि सफेद घोड़ी वाला वह आदमी आज भी अखबारों को उलट-पलट रहा था। ऐसे ग्राहकों से उलझन होती है विट्ठल को—लेना-देना एक नहीं, रोज आकर छेंके रहेंगे दुकान। पहली बार आज उसने दो पैसे का 'महारत्ता' खरीदा तो जिज्ञासा बढ़ी, "आप कोल्हापुर के निवासी हैं?"

"काशी का बौद्ध भिक्षु हूँ, नाम पद्मनाभ। श्रीलंका के लिए निकला था सत्य-सन्धान के लिए पर यहाँ आकर सत्य की गाँठ में फँस गया।"

बातचीत के क्रम में उसने आगे बताया कि वह भी विट्ठल की तरह ही अविवाहित है। एक जून पेट भरने का ही तो सवाल है, भिक्षु को माँग लेने में क्या लाज! रात काटने के लिए सराय ही काफी।

"अकाल में भी?"

"अकाल में भी!"

विट्ठल को आदमी दिलचस्प लगा, बोला, "उधर खान गाँव के टीले पर सत्यशोधक समाज की एक कुटिया है, वहीं अकेला रहता हूँ। कोई उज्र न हो तो जबतक चाहें, मेरे साथ टिक सकते हैं।"

इस तरह एक सत्यशोधक पद्मनाभ दूसरे सत्यशोधक विट्ठल की कुटिया में आ गया। जोआरी की भाकरी या खिचड़ी खाकर नीचे नाले का 'स्वच्छ' पानी पीकर दोनों दिन-रात बहस करते रहते, दोनों ही एक साथ बाहर निकलते, दोनों नहीं, तीनों; घोड़ी भी, जिसकी पीठ पर विट्ठल के गट्ठर लादे होते—ज्ञान के गट्ठर!

अकाल निवारण के लिए राजकीय मुख्य द्वार पर ही एक विभाग खोल दिया गया था। प्रभारी बनाया गया था भास्कर राव जाधव को। इस मद में छबीस हजार रुपये से भी ज्यादा लग चुके। 48,785 निराश्रितों को वास स्थान दिया गया। इन आश्रमों में भोजन, पानी, दवा मुफ्त दी जा रही थी। बूढ़े लाचार लोगों की सहायता अलग से। पशुओं और पक्षियों तक के लिए ऐसे इन्तजाम अलग से थे ही। सबनीश रिपोर्ट पढ़कर सुना रहे थे, "पूरे देश में दस लाख से ज्यादा लोग अकाल कवलित हो गए मगर कोल्हापुर में..." पढ़ने वाले ने आगे पढ़ना रोक कर जिज्ञासा को चरम पर पहुँचा दिया, "कोल्हापुर में एक भी नहीं। आपने अकाल से लड़ने में अपना सर्वस्व दाँव पर लगा दिया था। बीजापुरकर तक को इस बार प्रशंसा करनी पड़ी।"

(Wray) रे का भूत शान्त हुआ पर पावरोटी के काँच के टुकड़े अभी भी चुभ रहे थे आँखों में—शिवाजी क्लब।

"कौन शिवाजी क्लब? एक शिवाजी क्लब की स्थापना तो हम सब ने अपनी किशोरावस्था में की थी, बाल गोवध बन्द कराता था, वह क्लब?"

"वही-वही! मगर क्या है, न आप किशोर रहे न क्लब।" सबनीश ने कहा।

"वो!"

"अरे वो भावेकर नहीं थे! क्या तो, हाँ, हनुमन्तराव कुलकर्णी!"

"गजब का नशा है नायकत्व लूटने का। वो यह कि महापुरुषों के नाम की आड़ लेकर अंग्रेजों और उनके पक्षधरों को मारो। औरंगाबाद के भीर में पैसे-कौड़ी का प्रबन्ध करना इन्हीं के हाथों में था। सभी नौजवान। प्राय: सभी ब्राह्मण या सवर्ण, लाठी से लेकर तलवारबाजी का अभ्यास करते हैं सभी पंचगंगा के तट पर। क्या तो, देश को 'आनन्दमठ' की तर्ज पर आजाद कराएँगे।"

"लोकमान्य को सूचना है?"

"कुलकर्णी का काम क्या है?"

गम्भीर हो गए शाहूजी, "अब समझा, शिवाजी के नाम से प्रेरणा पाने के लिए नहीं, शिवाजी के बहाने लोगों की सहानुभूति प्राप्त करने के लिए

बुना गया मकड़जाल है यह शिवाजी क्लब। कल को मेरा नाम भी जोड़ दें तो क्या आश्चर्य!"

"भीर विद्रोह के नेता बेलापुर स्वामी मठ के सदस्य हैं। भाऊ साहब लिमये नेतृत्व करते हैं—नाम बदल-बदल कर कभी बाबा साहब, कभी आबा साहब रामचन्द्र, कभी राव साहब। ब्राह्मण राज्य स्थापित करना ही सबका उद्‌देश्य है, पर प्रकट में यह सब कह नहीं सकते, सो 'स्वराजी'।"

"नाम देखकर पहले मैं भी इनके झाँसे में आ गया था।"

"उधर आपने प्लेग से बचाव के लिए डुगडुगी पिटवाई—लोग अपने-अपने घर-बार छोड़कर बाहर आ जाएँ, उनके घरों की रखवाली राज्य करेगा, इधर इन स्वराजी भाई लोगों की बन आई। मौका देखा और लूटपाट शुरू।"

"इनकी कोई आचार संहिता नहीं?"

"नहीं, देशप्रेम में सब जायज है। बोले तो, वैदिकी हिंसा हिंसा न भवति।

"हमारे सिपाहियों ने इन्हें रंगे हाथों पकड़ा पर क्या मजाल कि जरा भी अपराध-बोध छू गया हो इन्हें। वे सब क्रान्तिकारी की शौर्याभा से दिप-दिप कर रहे थे।"

राजाराम कालेज के प्रिंसिपल एफ अर्डमर सेवानिवृत्त हुए। उनका पदभार सँभाला सिडनी लूसी ने। इस अवसर पर एक नाटक मंचित हुआ—तुकाराम।

नाटक में रामेश्वर भट्ट तुकाराम के लिए वेदोक्त अनुष्ठान का निषेध करता है—"तुम शूद्र हो तुकाराम, अतः तुम्हें वेदोक्त का अधिकार नहीं है।" चारों ओर तुकाराम के चर्चे थे। जिसके मुँह से सुनो यही संवाद।

ब्राह्मणों की संगठित सत्ता के सामने अकेले खड़ा था युवा नरेश। फिजा में जातीय कटुता घोल रहे थे प्रो. बीजापुरकर, बाद में तिलक आदि विप्र समुदाय भी आ जुड़े उनसे। ऐसी सारी कटूक्तियों, कूटोक्तियों और दुष्चक्रों की पल-पल खबर रखते हुए मत्त गजराज से आगे बढ़ रहे थे वे। 27 अक्टूबर को बम्बई के गवर्नर सी.एच. हिल का ढारस बँधाने वाला परामर्श आया है—"आपकी दृढ़ता और निष्ठा सराहनीय है। आप किसी भी अनुचित प्रकाशन को रोक दें या शासनविरोधी किसी भी आदमी को नौकरी से हटा दें।"

उधर पॉलिटिकल एजेंट सिली जा रहे हैं। उनकी जगह कौन आएगा—पता नहीं? कहीं 'रे' की तरह एक और शत्रु लद न जाए कन्धे पर बेताल की तरह! गुरु फ्रेजर के सामने अबोध शिशु की तरह जा खड़े हुए, "भेजने के लिए किसका नाम लिखूँ?"

हँस पड़े फ्रेजर, "किसी का भी नहीं। सिर्फ इतना लिखें कि किसी योग्य एजेंट को ही भेजें।" और लीजिए, यहाँ भी गुरु की सीख काम आई, पुराने मित्र लॉर्ड फेरिस आ गए। मुरीद हो गए गुरु के, 'कितनी बड़ी टेक्निकल भूल करने जा रहे थे, बच गए। अगर उन्होंने खुद कोई नाम सुझाया होता तो समझते, निश्चय ही कोई स्वार्थ है, सम्भव है अनुरोध टाल भी देते।'

बापू साहब को लग रहा था ब्राह्मणों के व्यूह की घुटन में घुलने से क्या ही अच्छा होता, कुछ दिन बाहर गुजार दिया जाता। माँ भवानी ने, लगता है, उनकी सुन ली—एडवर्ड अष्टम् के राज्याभिषेक में शामिल होने का आमंत्रण आया है। चलो, कुछ दिन के लिए जंजाल से मुक्ति मिलेगी।

राजकाज अपनी गति से चल रहा था। चालाक भूदेव! शाहूजी की क्षत्रिय ग्रंथि को भलीभाँति समझते थे भूदेव। मामला तनिक शान्त पड़ता कि फिर से उकसा देते।

उनका एक सूत्रीय अभियान, गड़े मुर्दे उखाड़कर साक्ष्य खड़ा करना था—"शाहू क्षत्रिय ही कहलाना चाहते हैं न? हो जाएगा! बस उन्हें दक्षिण ब्राह्मण सभा और कोल्हापुर के ब्राह्मणों से एक साथ घोषणाएँ करानी होंगी!"

कोल्हापुर के राजपुरोहित आप्पा साहेब राजोपाध्याय ऐसे छोटे-मोटे लफड़े में पड़कर अपना गाम्भीर्य नहीं खोते। ये काम तो उनके नारायण जैसे चेले चपाटियों का है। दंडित करना तो दूर राजोपाध्याय ने एक बार भी नारायण पुरोहित को बुलाकर पूछना भी जरूरी न समझा, उलटे वही नहीं, तिलक समेत सारे गण्यमान्य विप्रों ने नारायण का ही समर्थन किया।

नई-नई कथाएँ उत्खनन से निकलतीं। ब्राह्मण कहते, "अनूपदेश के क्षत्रिय राजा कार्तवीर्य सहस्रार्जुन शिकार करने निकले। भटक कर जा पहुँचे जमदाग्नि ऋषि के आश्रम में। ऋषि ने यथोचित अतिथि सत्कार किया मगर मदान्ध कार्तवीर्य ने जमदाग्नि और उनकी पत्नी रेणुका का बेहद अपमान किया। आश्रम तहस-नहस कर डाला और उनकी कामधेनु (गाय) हाँक ले गया।

जमदाग्नि के पुत्र परशुराम उस समय कन्द-मूल फल लाने बाहर गए थे। लौटे तो उन्होंने कार्तवीर्य को युद्ध में परास्त कर उसका वध कर डाला। अब कार्तवीर्य के पुत्र सुभूमा ने प्रतिशोध में परशुराम के पिता को तड़पा-तड़पा कर मारा। हिंसा के अगले पड़ाव में परशुराम ने कार्तवीर्य के पूरे खानदान का सफाया किया ही, माँ की आज्ञा से सारी क्षत्रिय जाति का इक्कीस बार काट कर सफाया कर डाला। कोई क्षत्रिय रहा ही नहीं। नन्द के बाद क्षत्रिय बचे ही नहीं। जाकर देखो काशी के कमलाकर भट्ट ने अपने ग्रंथ 'शूद्र कमलाकर' में क्या लिखा है—कलियुग में सिर्फ ब्राह्मण और शूद्र—ये दो ही वर्ण हैं।

"अकबर के काल में कृष्ण भट ने भी 'शूद्राचार शिरोमणि' में प्रकारान्तर से परशुराम द्वारा क्षत्रिय विनाश की बात लिखी—नन्दातम क्षत्रियं कुलं!"

"परशुराम ने इक्कीस बार क्षत्रियों का संहार किया, जो मिथ में परशुराम थे वही इतिहास में चाणक्य, दूसरे पुष्यमित्र शुंग।"

"घर में कामधेनु थी और परशुराम और उनके भाई जंगल में गए थे कंदमूल फल लाने?"

"कभी कहोगे कामधेनु वशिष्ठ ऋषि के पास थी जिसे चुराने विश्वामित्र आए थे।"

"कभी कहोगे, समुद्र मन्थन से निकली थी कामधेनु। भला बताओ, पानी से! चलो मान लिया। समाज के मस्तक हो, दिन को रात कहो, या रात को दिन! पूछने भी नहीं जाएगा धर्मभीरु हिन्दू समाज, 'कितनी कामधेनुएँ थीं और किस-किस के पास थीं? ये धेनुएँ अन्ततः गईं कहाँ या अभी किसकी गोशाला में हैं—तिलक के, कि बीजापुरकर के, कि नारायण शास्त्री के...?' "

"सच तो यह है कि गपोड़ी ब्राह्मणों के मगज में थीं गायें। ऐसे गपोड़ियों का सटीक जवाब फुले महाराज ने दे दिया है।"

"वो तो मूर्ख है।"

"और तुम...? महामूर्ख!"

एक मामूली ब्राह्मण और मामूली मराठा का संवाद इस तरह शुरू होता और इस तरह खत्म होता।

मिथ में जो परशुराम थे, वही इतिहास में चाणक्य।

मिथ में सींग न समाती तो इतिहास में दौड़ते, इतिहास में न समाती तो मिथ में।

कभी यह वार्तालाप दूसरे ढंग से शुरू होता। सातारा के छत्रपति प्रतापसिंह के शासन काल में भी यह विवाद उठा था। सनातनी ब्राह्मणों ने संकेश्वर के शंकराचार्य से कहलवाया था कि कलियुग में क्षत्रिय नहीं हैं। शिवाजी महाराज या अन्य कोई क्षत्रिय नहीं थे। अत: प्रतापसिंह स्वयं के लिए 'क्षत्रिय कुलावतंस' जैसी विरुदावली का प्रयोग न करें, न ही अपने महल में वेदोक्त संस्कार ही करें। तब प्रतापसिंह ने इसके निर्णय के लिए दोनों पक्षों की विद्वत् सभा बुलायी, कोने-कोने से विद्वान आए। नंगी तलवार लेकर स्वयं प्रतापसिंह खड़े हो गए—आज फैसला 'शस्त्र' से नहीं 'शास्त्र' से होगा। उस शास्त्रार्थ सभा में ब्राह्मणों के पाँव उखड़ गए। उनकी पराजय हुई और मराठों के सेनापति कौन थे—आबा परसनीस एक प्रभु! उन्हें मानना पड़ा कि कलियुग में क्षत्रियों का अस्तित्व है, कि मराठे क्षत्रिय हैं, न सिर्फ छत्रपति भोंसले बल्कि उनके सभी रिश्तेदार घाटगे, माने, शिर्के, मोहिते, जाधव, पालकर, महाडिक, खानविलकर, मोरे।

सनातनी बार-बार परास्त हो रहे थे, पर वे पराभूत होने को कतई तैयार नहीं थे। धूल झाड़ कर फिर खड़े हो जाते, नये कुतर्कों के साथ। मामूली आदमी इनकी अबूझ बातों को सुनकर चकरा जाता, 'हमें मालूम न था देश में इतने बड़े-बड़े पंडित और ज्ञानी अभी पड़े हुए हैं। इतने महाविद्वानों के बावजूद हम बाहरी आक्रमणकारियों की लातें ही खाते रहे, आश्चर्य है!'

तिलक और आगरकर ने बर्वे जैसे सनातनी ब्राह्मणों का विरोध कर 'केसरी', 'मराठा' में आलोचना करते हुए शाहूजी के गोद लेने का युक्तियुक्त का समर्थन किया था, जिसके कारण उन्हें जेल जाना पड़ा था। यही नहीं, तिलक की 'डेक्कन एजुकेशन सोसायटी' को कोल्हापुर दरबार से आर्थिक सहायता मिलती थी। अत: शाहूजी को उम्मीद थी कि वे वेदोक्त प्रकरण में सत्य का पक्ष लेते हुए उनका ही साथ देंगे। मगर हुआ उलटा। तिलक ने तो आँखें मूँद कर उनका विरोध और अपनी जाति का ही समर्थन किया। इधर ताई महाराज के प्रकरण में भी वे जब-जब कोल्हापुर आते उन्हीं सनातनियों के साथ रहते। शिवाजी क्लब भी उन्हीं के इशारे पर राष्ट्रविरोधी अराजक

गतिविधियों को बढ़ावा दे रहा था। 22 और 29 अक्टूबर, 1901 में 'केसरी' समाचार-पत्र में 'वेदोक्ताचे खुळ' शीर्षक दो अग्रलेख लिखकर सनातनियों का खुला समर्थन और शाहू का खुला विरोध किया था।

यह तर्क का नहीं, आस्था का युद्ध था और आस्था आधारित होती है आग्रहों और कल्पना विलासी मिथकों पर। हाट-बाट, गाँव-गाँव, गली-गली फैलता गया युद्ध। रस्साकशी दोनों ओर थी। दोनों ओर से नई-नई टीका-टिप्पणियाँ, फब्तियाँ, नये-नये तर्क-कुतर्क और तंज कसे जा रहे थे।

तिलक ने लिखा, "वेदोक्त संस्कार का पागलपन सर्वप्रथम बड़ोदरा के सम्भाजी राव गायकवाड़ के सिर पर सवार हुआ, अब कोल्हापुर के शाहूजी पर सवार है। धर्मशास्त्र पर लिखे हुए प्रसिद्ध और सर्वमान्य ग्रंथकारों की राय है कि सच्ची क्षत्रिय और वैश्य जातियाँ पूर्णतया नष्ट हो चुकी हैं और अब सिर्फ ब्राह्मण और शूद्र—ये ही दो जातियाँ अस्तित्व में हैं।...आगे उनका आशय था कि हिन्दू धर्म की रक्षा के लिए शिवाजी तथा तबके कुछ मराठों को सहूलियतें मिली थीं, अब वैसा कुछ नहीं है। उनके सारे अनुष्ठान वेदोक्त नहीं पुराणोक्त से होते आए थे अत: शाहूजी छत्रपति और मराठों की वेदोक्त की माँग, निरा पागलपन और अनैतिक है। वे अपना पागलपन छोड़ दें। उनकी नजर में यह सरासर अनुशासनहीनता है...अगर कोई यह सोच रहा है कि वेदोक्त संस्कारों से युक्त होने पर मराठे ब्राह्मणों के समकक्ष आ जाएँगे तो यह उनकी खुशफहमी है। वेदोक्त का निष्कर्ष क्या है? ब्राह्मण जाति की औरतों को वेदोक्त मंत्रों के पाठ का अधिकार नहीं है, फिर भी वे जाति से ब्राह्मण हैं और भले ही मराठे आजीवन वेदोक्त मंत्र रटते रहें, पर रहेंगे मराठे ही।"

तिलक कभी तो कट्टर ब्राह्मण-सा बोलते कभी नम्र हो जाते। अभी उस दिन कहा, "शाहू राजा छत्रपति हैं, इसलिए उन्हें वेदोक्त पद्धति से संस्कार कराने का अधिकार है।" शाहू हँसे, "अपने ही समाज में विघटन पैदा करने की यह कौन-सी चाल है। मैं छत्रपति, सो मुझे वेदोक्त अधिकार। मैं क्षत्रिय हूँ मगर मेरे बाकी स्वजनों और मराठों को नहीं। यह किस लँगड़े तर्क पर आ गए लोकमान्य? भविष्य में एक-आध मुस्लिम अगर छत्रपति बन जाय तो उसे वेदोक्त का अधिकार मिल जाएगा?"

"तब उसका निर्णय उस समय के ब्राह्मण करेंगे।"

इन ब्राह्मणों ने तिलक तक का लिहाज न किया। फिर शाहू कहाँ ठहरते? तिलक दो पाटों के बीच फँसे जान पड़ते थे। कट्टर सनातनी उन्हें 'तेली-तम्बोलियों' के नेता कहते और मराठे 'सनातनी'।

'ब्राह्मण बनाम मराठा' के विवाद का जहर प्रकारन्तर से पूरे महाराष्ट्र को अपनी जद में लेता जा रहा था।

शाहूजी ने इस बीच उदयपुर, बड़ौदा, सातारा तक क्षत्रियत्व का प्रमाण लाने को दूत भेजे थे कि आखिर वहाँ वेदोक्त प्रकरण की क्या स्थिति थी। राजोपाध्याय हँसते,

"आप लाख सिर पटक डालो, गागा भट्ट की तरह शास्त्र विमुख आचरण कर मुझे नरक नहीं जाना शाहू छत्रपति!"

7

याद आते हैं ज्योतिबा फुले—

"विद्या के बिना मति मारी गई, मति के बिना नीति गई, नीति के बिना गति गई, प्रगति गई। गति के बिना धन गया। बिना धन के शूद्र पस्त हुए। इतने सारे अनर्थ एक अविद्या ने कर दिये।

"सलाम तुम्हें अंग्रेजो, तुमने तो सन् 1833 में ही शिक्षा के रुद्ध कपाट सबके लिए खोल दिये। सलाम एलफिंस्टन साहब। यद्यपि भारत की जमीनी हकीकत से पूरी तरह वाकिफ न थे। तभी तो यह मान बैठे कि ऊपर के वर्ग शिक्षित होते गए तो नीचे अपने आप रिस-रिस कर शिक्षा फैल जाएगी 1 हकीकत से परिचय कराया महात्मा फुले ने। 1882 में हंटर कमीशन के सामने अपनी माँगें पेश कीं—12 वर्ष तक सभी के लिए शिक्षा अनिवार्य की जाए, सरकार बहुजनों को उद्योग की शिक्षा दे, सरकार उच्च शिक्षा की अपेक्षा प्राथमिक शिक्षा पर अधिक खर्च करे। कितने दूरदर्शी थे तुम! स्त्री-शिक्षा के लिए तुम्हारी पत्नी सावित्रीबाई फुले ने जितना किया, कोई क्या करेगा! बहुजनों और नारियों के लिए तुम्हीं दोनों साक्षात गणेश-सरस्वती हो।"

1893 के नवम्बर माह में अपनी रियासत के टूर पर निकले तो उनकी वास्तविक स्थिति सामने आई। कदम-कदम पर रोड़े, कदम-कदम पर दुविधा।

हातकणंगले, इचलकरंजी, शिरोल, कुरूंडवाड, निपाणी, गड़हिंगलज आजरा दाजीपुर, गारगोटी, आंवबोली, पन्हाला की तराई, सह्याद्रि की घाटी। अपनी प्रजा को देखा, उनसे बातें कीं, उनकी दशा देखी। ठेस लगी। कहाँ के शिक्षक। कहाँ के पढ़नहार, यहाँ तो विद्यालय ही नहीं हैं। मर गए ज्योतिबा, मर गई सावित्री बाई। बुझ रही हैं उनकी मशालें!

दीवान पेश कर रहे थे शिक्षा की रपट—

कोल्हापुर की कुल आबादी—नौ लाख

पाठशालाओं की संख्या—दो सौ चौबीस

विद्यार्थी—पन्द्रह हजार

रियासत की कुल आय—अड़तीस लाख नब्बे हजार पचासी रुपये

1881 तक शिक्षा पर खर्च—एक लाख पैंतालीस हजार सात सौ बीस रुपये

"प्रतिशत में बताइए। "किसी ने टोका।

"3.75 प्रतिशत!"

"इनमें अलग-अलग जातियों के आँकड़े क्या हैं?"

"राजाराम कालेज में 61 में से 55 ब्राह्मण छात्र।"

"राजाराम हाईस्कूल में 441 में से 368 ब्राह्मण!"

परिषद् में कानाफूसी होने लगी। इसके बीच दीवान के आँकड़े उछलते-गिरते रहे—ब्राह्मण 79 प्रतिशत, मराठा 8.6, कुणवी 1.5, मुसलमान 7.5, जैन और लिंगायत 10.60।

"यानी ब्राह्मणों को छोड़कर बाकी लोग प्राय: अशिक्षित हैं।" शाहू ने कहा।

"जबकि उनकी संख्या 5 प्रतिशत मात्र है।" किसी सदस्य ने जोड़ा।

"इन्हें पढ़ने-लिखने से किसने रोका?"

"जाहिर है, ब्राह्मणों ने।" कुछ एक आवाजें आईं।

"सिर्फ ब्राह्मणों ने रोका हो—यह कहना सत्य नहीं है।" जाधव ने कहा।

"निर्धनता, कुसंस्कार और सबसे बढ़कर प्रोत्साहन का अभाव।"

"निर्धन तो कई ब्राह्मण भी हैं।" एक आवाज आई।

"कुनबियों और कमेरी जातियों, अस्पृश्यों की खिल्ली उड़ाते हैं शिक्षक।"

"माने शिक्षक भी कारण हुए।"

"शिक्षक ही नहीं महाराज, छात्र भी खिल्ली उड़ाते हैं। जहर छिड़कते हैं। जाति कारण है, जाति!"

"अगर एक ही जाति के छात्र एक साथ हों तो कम से कम जातिगत खिल्ली तो नहीं उड़ाएँगे।"

"जी, पर अमीर-गरीब का सवाल तब भी रहेगा।"

"इसके लिए बोर्डिंग हाउस चाहिए—अलग-अलग जातियों के अलग-अलग बोर्डिंग हाउस।"

"पर सब के सब बोर्डिंग का खर्च उठा पाएँगे?"

"जरूरतमन्द छात्रों की मदद छात्रवृत्ति, या फिर सारा व्यय राज्य उठाए जो इसकी कुल आय 38 या 39 लाख में सम्भव है क्या? राज्य के सामने दूसरे भी तो काम हैं।"

"शिक्षा का काम कौन देखता है?" शाहू ने पूछा।

"उप शिक्षणाधिकारी।"

"उप! पहले ही कमतर आँकना!"

"हमारी सर्वोच्च प्राथमिकता है तो पद भी सर्वोच्च रहेगा। इसे बदलकर करो 'प्रमुख शिक्षणाधिकारी'?"

"जी!" दीवान ने संशोधन किया।

"इस पद के लिए कौन उपयुक्त रहेगा? कौन...कौन?"

किसी ने 'लट्ठे' का नाम लिया, किसी ने डोगरे का, किसी ने जाधव का...

"वी.के. कीर्तिकर कैसे रहेंगे?"

"जी! दुरुस्त!"

और दीवान बी. एन. जोशी के हस्ताक्षर युक्त फरमान से कीर्तिकर बने प्रथम शिक्षाधिकारी। इसी आज्ञानामा से 1 सितम्बर, 1895 से स्त्री शिक्षा अधीक्षिका के पद पर नियुक्त हुई राधा बाई केलवलकर।

आम जन के लाल बुझक्कड़ों ने सुना तो समझा, कीर्तिकर और केलवलकर सेनापति या मंत्री-वंत्री बनाए गए होंगे। ये शिक्षा-विक्षा कोई ऐसी जरूरी चीज तो है नहीं!

शाहूजी की पेशानी पर बल पड़े, "क्या बात है महाराज?"

"कैसे-कैसे लोग होते हैं! रानडे का मराठों पर लिखा गया इतिहास पसन्द न आया सो यह दायित्व पर्सनीज को सौंपा। चार हजार रुपये भी दिये। अभी तक डकार भी नहीं ली। क्या पता, एक भी पृष्ठ लिख पाए या नहीं। अरे भाई, तुमसे नहीं होता है तो साफ-साफ बोल दो न! सो नहीं।"

खानविलकर ने हँसकर कहा, "गलत घोड़े पर दाँव लगाया आपने महाराज। वह मैट्रिकुलेट भी नहीं हैं, प्रतिभा की चमक भी तो कहीं दिखी नहीं।"

"तो वह क्या थी जिसने मुझे प्रेरित किया?"

"ब्राह्मणी वाग्मिता जिसके लपेटे में आप आ गए! डॉ. भंडारकर और वर्नाक्यूलर सोसायटी को भी उसने चूना लगाया था।"

"पर मुझे यह काम कराना ही कराना है।"

"ब्राह्मणों में हैं तो कई विद्वान, मगर पहले वे ब्राह्मण हैं, फिर मुश्किल है, हर जगह वही हैं। न्यायालयों में भी।"

"पहले से सुशिक्षित हैं न!"

"मजा क्या है, अभियुक्त भी ब्राह्मण, वकील भी ब्राह्मण, न्यायाधीश भी ब्राह्मण! ब्राह्मण के खिलाफ कई ब्राह्मण जजों ने तो मुकदमा लेने से ही इनकार कर दिया।"

"इसीलिए तो ब्रिटिश जज के सेशन कोर्ट में मुझे जाना पड़ा, वैसे ब्राह्मण वकीलों के लाइसेंस तक रद्द कराने पड़े जो पहले ब्राह्मण थे फिर और कुछ। चाहता हूँ कि अब्राह्मण आगे बढ़कर यह दायित्व सँभाल लें।"

खानविलकर ने इधर गौर किया कि शूद्र और अतिशूद्र जातियों के पिछड़ेपन पर कुछ ज्यादा ही झल्लाने लगे थे राजा, "पढ़ेंगे नहीं तो उन्हें सरकारी और स्थानीय नौकरियाँ कैसे मिलेंगी? कैसे सामना कर पाएँगे, उनके ऊपर जो आए दिन अन्याय-अविचार होते रहते हैं? कितनी तो छात्रवृत्तियाँ जारी कीं, निर्धन छात्रों को राजमहल तक में पनाह दी, मुफ्त भोजन, मुफ्त वस्त्र सब मुफ्त! पर सबके सब बन गए साहबजादे, आदमी नहीं बन पाए। इस मुफ्त भोजन-आवास योजना का लाभ भी ले गए ब्राह्मण लड़के। चालाक हमेशा आगे रहेंगे, लद्धड़ हमेशा पीछे।"

"यही क्या कम है कि बीजापुरकर जी ने आपको आगे बढ़कर शाबाशी दी कि सच्चा राजधर्म निभाया राजा ने, बिना किसी भेदभाव के सबकी सहायता की।"

"जले पर नमक! एक उदाहरण देता हूँ—कोल्हापुर कालेज में ब्राह्मण ही ब्राह्मण थे। 1896 में। न्यायाधीश गोखले की अध्यक्षता में दरबार ने उच्च शिक्षा के लिए एक छात्रावास खोला था। आपको बताऊँ एक भी गैर-ब्राह्मण छात्र नहीं। तो भेदभाव का सवाल ही कहाँ था?"

"मगर महाराज, ये गैर-ब्राह्मण रह कहाँ गए?"

1899 के कालखंड का एक टुकड़ा अँधेरे में धूप-सा जल उठा, "वह कौन था, हाईस्कूल पास करके, किसान का मुलगा? पांडुरंग पाटील। आगे की पढ़ाई जारी रखना चाहता था। उसे भीगे कपड़े की तरह निचोड़ दिया जाता तो जो भी टपकता, जानते हो, वह क्या होता, ब्राह्मणों द्वारा दिया हुआ अपमान का जहर। कुछ उदार ब्राह्मणों से बातें कीं—पहले रानडे, फिर गोखले। जातीय घृणा के जहर को दोनों ने ही महसूसा, अगर पाटील या पाटील जैसा कोई दूसरा छात्र ब्राह्मणबहुल छात्रावास में रहता है तो यही होगा।"

"आप सही हैं। एक आदमी को बच्चेपन से कोंचते रहो, तुम नीच हो, तुम वर्जित हो तो उसका मान और गुमान कहाँ बचेगा?"

"तो जरूरत है, इस विष के ताप से उन कोमल हृदयों को बचाना। और ऐसा तभी होगा जब वे घृणा की उस झुलसा देने वाली आँच से दूर रहें। और अगर उसका अपना एक छात्रावास हो—मसलन मराठा छात्रावास, तब तो उसे यह अपमान नहीं झेलना पड़ेगा?"

"नहीं।"

"लेकिन शाहूजी किस-किस का छात्रावास बनवाओगे?"

"सभी प्रमुख संवर्गों का—जैनियों, लिंगायतों, ईसाइयों, मुसलमानों, महारों...जब तक उनके अलग हॉस्टल खुल नहीं जाते, सब मराठा छात्रावास में रहेंगे।"

कुछ दिन बाद डायरेक्टर ऑफ पब्लिक एजुकेशन मिस गाइल्स से भी विमर्श हुआ, उन्होंने पत्र लिखकर मराठा छात्रावास के खोले जाने का समर्थन किया।

और मराठा छात्रावास खुल गया। पहला गैर-ब्राह्मण छात्रावास। 18 अप्रैल, 1901 ई. को। पॉलिटिकल एजेंट द्वारा महारानी विक्टोरिया के नाम पर विक्टोरिया

मराठा बोर्डिंग हाउस के नाम से...। हालाँकि उसकी अपनी बिल्डिंग बनकर अभी तैयार न हुई थी। कभी मन्दिर में, कभी कहीं और! पन्हाला वन-विभाग के बँगले में ही बोर्डिंग हाउस का श्रीगणेश हुआ। पांडुरंग समेत चार मराठी छात्र!

भूमि—राज्य की, लगान में 22 हजार वार्षिक आय देने की व्यवस्था। बीजापुरकर के पत्र 'समर्थ' का मराठा छात्रावास का समर्थन और ब्राह्मणों को ब्राह्मण छात्रावास न खोल पाने के लिए भर्त्सना! पत्र में इस बात पर भी प्रसन्नता व्यक्त की गई थी कि यहाँ न केवल मराठा बल्कि मुसलमान, कोली, माली, गवाली आदि सभी गैर मराठी जातियों के छात्रों को सारी सुविधाएँ दी जाती हैं।

पॉलिटिकल एजेंट कर्नल सीली ने विक्टोरिया मराठा बोर्डिंग हाउस के अपने उद्घाटन भाषण में एक विशेष तथ्य की ओर इशारा किया—"मराठा छात्रों का निवास, भोजन, छात्रवृत्ति यह सब तो स्वागत योग्य है पर छात्रों की नैतिक शिक्षा और स्वास्थ्य तथा सदाचार पर भी ध्यान केन्द्रित करना चाहिए। अभिभावकों को भी कोल्हापुर राज्य के विकास पर ध्यान देना चाहिए क्योंकि राज्य में केवल मराठा ही नहीं रहते।"

सवा सोलह आने का परामर्श। छत्रपति की आँखें चमकने लगीं। बोर्डिंग हाउस के स्थायी कोष के लिए चाह हजार रुपये प्रदान किये। आठ सौ रुपये की सम्पत्ति संस्था के प्रसार और विकास के लिए, पाँच सौ रुपये वार्षिक सहायता का वचन।

पता नहीं, बीजापुरकर की यह कौन-सी चाल थी—प्रशंसा, विद्रूप, ईर्ष्या या ब्राह्मणों के लिए ललकार! तिलक को विक्टोरिया मराठा बोर्डिंग हाउस में सिर्फ जातीय संकीर्णता नजर आई। नसीहत दे डाली, "शिवाजी जातीय संकीर्णता मुक्त थे। शाहू को शिवाजी की तरह उदार और निष्पक्ष होना चाहिए।" "सत्य वचन! पर हमने किस ब्राह्मण को सुविधा वंचित किया भगवन्? अभी मराठे स्वयं शैक्षिक रूप से पिछड़े हैं। क्या मराठे, क्या गैर मराठे, और शैक्षिक पिछड़ों—सभी के लिए खुला है मराठा छात्रावास।"

"बिलकुल।"

"जरूरत है इस आँच से उन कोमल हृदयों को बचाना, यह तभी होगा जब वे अलग रहें।"

तिलक और बीजापुरकर को मराठा छात्रावास भले न जँचा हो, उन्हीं दिनों जैनियों के नियत स्थान में सम्मेलन हुआ, जिसमें शाहूजी की इच्छा के अनुरूप ही जैन छात्रावास का प्रस्ताव स्वीकार किया गया।

दैव दुर्विपाकात शाहूजी के दाहिने हाथ में उनके शिकारी गिरोह के एक कुत्ते ने काट लिया। पहले खुश हुए, उनका प्रशिक्षण सफल हो रहा है, फिर झरते रक्त पर चिन्ता हुई। दर्द बढ़ता रहा। दाहिने हाथ से टाइप करना मुश्किल हो गया। बाएँ हाथ से अभ्यास करने लगे। बाएँ हाथ का पत्र गुरुवर फ्रेजर को और फ्रेजर साहब का सहानुभूति के भरे पत्र की मरहम-पट्टी—"घबराना नहीं, कुत्ता खीझा रहा होगा, पागल नहीं होगा।"

यह क्या अभिधा है या व्यंजना...?

उधर बेटी-दामाद के बीच अनबन। उफ ये घरेलू समस्याएँ...!

कहाँ का गुस्सा कहाँ फूटता है! राज्य का एक बड़ा अफसर अपनी पत्नी को छोड़कर किसी वेश्या से जा फँसा है और पत्नी फरियाद लेकर आई है। लोग क्या-क्या अपेक्षाएँ पाल लेते हैं, "रँगे हाथों पकड़कर पीटो कि नशा हिरन हो जाय। मैं तुम्हारी रक्षा के लिए गली में खड़ा हूँ।" और रंगशाला में ही जाकर पीट दिया उसकी पत्नी ने। रंग में भंग। वेश्या तो गिरते-पड़ते भाग चली पर अफसर ने इलजाम लगा दिया अपनी पत्नी पर, "तू जरूर महाराज से फँसी है, वरना तेरी क्या औकात थी कि तू हाथ उठाती।" गली में खड़े-खड़े चुपके-चुपके अपने कानों सुना...।

ऐसे कितने वाकये होते रहते घरों में। कहीं सास, ननद, देवर सताता तो कहीं पति।

कब तक किस-किस की रक्षा के लिए किस-किस गली में खड़े रहोगे महाराज? और इस प्रकार नींव पड़ती है 'घरेलू हिंसा के कायदे' की।

बेंगलुरू जाकर गुरु फ्रेजर और सिन्धु दुर्ग जाकर पूर्व पुरुष शिवाजी को प्रणाम करने के बाद एक और मेहमान उनकी प्रतीक्षा कर रहा था—ब्रिटिश संसद के सदस्य अल्फ्रेड पीज। पीज के साथ आए हैं मिस्टर फेरीज। उनकी टिप्पणी प्रेरणा से भरी कलेजे को ठंडक पहुँचाने वाली थी—'30 वर्ष पहले जब कोल्हापुर आए थे, मराठों की स्थिति अत्यन्त दयनीय थी। किसी भी सरकारी पद पर कोई मराठा न था, कुछ एक चपरासी अवश्य थे।

उन्होंने कहा कि सरकार और समाज सुधारकों के प्रयास से मराठों के लिए शिक्षा का द्वार खुला है तो मराठों को इसका भरपूर लाभ उठाना चाहिए वरना लोग उनकी गणना नीच वंश में करेंगे। जगें और आगे बढ़कर पुरातन रूढ़ियों, अन्धविश्वासों तथा अन्धपरम्पराओं की कैद से मुक्त हों।'

शाहूजी सोचने लगे, एक ओर ये अंग्रेज हैं जो हमें शिक्षित और रूढ़ियों, अन्धविश्वासों से मुक्त करना चाहते हैं और दूसरे ये हमारे ब्राह्मण देवता तिलक, बीजापुरकर, नारायण राजोपाध्याय जैसे लोग जो हमें उसी में डुबोए रखना चाहते हैं!

याद आया सातारा के छत्रपति प्रतापसिंह के बचपन में उन्हें अशिक्षित बनाए रखने का षड्यंत्र...कल्पना में झिलमला गईं वे काली रातें जब पेशवा नाना फड़नवीस के पहरे लगे थे कि किसी भी कीमत पर राजकुमार पढ़ने न पावें। धन्य हैं वे माताएँ जो सब के सो जाने पर आधी रात के बाद नीम रोशनी में उन्हें साक्षर बना रही थीं।

याद आ रही थीं अँधेरे में रिसती सत्ता के लिए आपस में लड़ते पूर्वजों की दास्तानें और वे करुण चीखें। यही कोई एक काम है क्या करने को, पचास काम हैं। फिर पूजा, परिवार, परिक्रमा, इस चर्चा से हटाकर दैनिक राजकाज में लगे रहते।

1 मई, 1902। उधर सूर्य तप रहा था, इधर मन! राजपुरोहित को अन्तिम चेतावनी दी जा रही थी—"राजपरिवार के दैनन्दिन अनुष्ठानों में वेदोक्त पद्धति का पालन करने की राजाज्ञा के बावजूद तुमने उनका अनुपालन नहीं किया। क्यों न तुम्हें राजपुरोहित के पद से हटा दिया जाय? दो दिनों के अन्दर तुम्हारा कोई उत्तर न आया तो तुम्हें राजपुरोहित के पद से मुक्त कर दिया जाएगा।"

इस बार राजोपाध्याय के दिमाग की घंटी बजी, कहा "आपके भेजे गए हुक्मनामे के गृहीत कृत्य तथ्यहीन हैं।...छत्रपति की आज्ञा और इच्छा का अनुपालन करने में मुझे भला क्या आपत्ति है! बस समाधान के लिए तनिक शंकराचार्य और काशी, नासिक आदि के विद्वानों के राय की प्रतीक्षा थी। उनकी मान्यता मिल जाय, बस! मेरे पुत्र का विवाह 15 मई को है। कृपया थोड़ी-सी मुहलत और दे दें।" पत्र पढ़कर रख दिया, "फिर वही चाल।"

इधर एडवर्ड सप्तम के सिंहासनारोहण में शामिल होने के लिए 14 मई को शाहूजी का इंग्लैंड प्रस्थान करना तय था। पता नहीं, वहाँ से आने में कितना वक्त लगेगा—दो-तीन या चार महीने। राजोपाध्याय खामखाँ खींच रहे थे समय को। मेरी सहनशीलता और धैर्य की परीक्षा न लो भूदेवो। और बीत गए एक-एक कर पाँच दिन...।

8

'राजोपाध्याय बर्खास्त! सम्पत्ति जब्त!'

आगन्तुक ने सिर झुका कर अखबार का शीर्षक पढ़ा। लोग जुट आए। फिर उन्होंने जोर-जोर से पढ़कर सुनाया, जैसे कोई मुनादी कर रहे हों—

"वेदोक्त प्रकरण के नेपथ्य के सूत्रधार कोल्हापुर के राजपुरोहित नारायण राजोपाध्याय छत्रपति शाहूजी महाराज की चेतावनी के बावजूद वेदोक्त पद्धति से उनके अनुष्ठान करने की आज्ञा को अमान्य करते रहे थे। कल 6 मई, 1902 को छत्रपति का फरमान आया—"तुम्हें राजपुरोहित के पद से तत्काल प्रभाव से नौकरी से बर्खास्त किया जाता है। इसके साथ ही तुम्हारे प्रशासनिक दंडविधान और राजस्व विषयक सारे अधिकार जब्त किये जा रहे हैं।' भीड़ इतनी बढ़ी कि विट्ठल को ही अपनी दुकान से धकेल कर बाहर कर दिया लोगों ने। पता नहीं चल पा रहा था कि कौन खुद से बोल रहा है, कौन अखबार पढ़कर...।

"1 मई, 1902 को ही अन्तिम चेतावनी दे दी गई थी लेकिन राजोपाध्याय टाल-बहाने करते रहे।"

"अजी उनके पीछे पूरा ब्राह्मण समाज था?" एक टिप्पणी।

"अभी तो उनके बेटे का विवाह है। क्या जाने 15 या 16 मई को।"

"यही बहाना तो लगाया था उन्होंने कि बेटे के विवाह तक तो उन्हें थोड़ा अवकाश दे दें।" दूसरी टिप्पणी।

"7 मई को सबेरे ही धड़धड़ाते हुए पुलिस बल आ घुसा राजोपाध्याय के महल में। 'धड़ाम-धड़ाम' फेंके जाने लगे बर्तन-भाड़े। एक-एक कोना तलाशा गया। एक-एक फाइल, एक-एक रजिस्टर। सारे कागजात सील कर बगल

के कमरे में रख दिये गए। राजोपाध्याय की आई, भाई, बहुएँ, घर के बच्चे और ढेर सारे घुस आए तमाशबीनों के बीच जब्ती चलती रही। तमाशबीन अन्दर ही नहीं, बाहर भी जमा हो गए थे। भला बताइए, इस तरह जबरन घुस कर कहीं लांछित-निष्कासित किया जाता है किसी को?" तीसरी टिप्पणी।

राजोपाध्याय की सम्पत्ति जब्त।

सड़क पर, चौबारों पर, गलियों में, दुकानों, खलिहानों में हर जगह कापूस के रूए-सी उड़ रही थी खबर। इसी के साथ एक और खबर थी, महाराजा विलायत जा रहे हैं। कब जाएँगे? 14 मई को! अकेले? साथ में पूरी एक टीम जा रही है। इंगले-पिंगले...। तरह-तरह की जल्पनाएँ, कल्पनाएँ।

"नारायण की जगह कौन बैठेगा और शाहूजी की अनुपस्थिति में रियासत को कौन सँभालेगा?"

"राजोपाध्याय की जगह का तो पता नहीं लेकिन शाहूजी ने अपने आदमी ठीक कर दिये हैं।"

"कौन बापूराव?"

"बापूराव खुद ही जा रहे हैं साथ में। न बापूराव, न परसनीस, न बाला साहब।"

"जिम्मेवारी दी जा रही है, मुख्य न्यायाधीश कृष्णराव पंडित शिरगाँवकर और कृष्णाजी मराठे..."

"तब तुम नहीं जानते।" तीसरा जानकार कहता, " 'मराठे' को हटाकर भास्कर राव जाधव का नाम आया है।"

"फेरिस साहब का सुझाव!" इस पर राजदरबार में कोई झुँझलाता। "तुम क्यों फिक्र के मारे मरे जा रहे हो, जिसे फिक्र करनी है, वो तो अखबार देख रहे हैं।"

शाहूजी ने खिन्न मन से अखबारों को उठा कर परे रख दिया। 'केसरी', 'ब्रह्मोदय', 'विद्याविलास', 'समर्थ', 'मोदवृत्त', 'कल्पतरु', 'अरुणोदय', 'गुराखी'...भूदेवों के सारे नाग एक साथ जहर छिड़कने लगे थे।

राजमाता आनन्दीबाई ने तनिक रुककर राजकुमार का चिन्तित चेहरा देखा और कहा, "क्या बात है बेटा?"

"कुछ नहीं।"

"बाहर कुछ ब्राह्मण खड़े हैं।"

"जानता हूँ।"

"क्या चाहते हैं?"

"मिलना।"

"तो मिल क्यों नहीं लेते?"

कपाट की झिर्रियों से देखा—

पच्चीस-एक ब्राह्मण, कुछ के आधे सिर छिले हुए कपाल पर तिलक। कुछ रामनामी में, कुछ यूँ ही अपने विशिष्ट विन्यास में धर्माधिकारी। हर सिर पर शिखा-गुच्छ उनका ब्राह्मण होने का जयघोष करता हुआ। उनके हाथों में कुछ-कुछ सामग्री है।

1892 के दिन याद आए। प्रस्थान का शुभ मुहूर्त ज्योतिषी पंडितों ने तय किया था। शुभ दिन! शुभ मुहूर्त! उन्होंने अपनी तलवार भेजी थी प्रतिनिधित्व के लिए। एक ब्राह्मण ने जनेऊ, एक व्यापारी ने मधु, किसी किसान (शूद्र) ने फल,...जो-जो प्रस्थान के लिए जरूरी था, किया गया। पर शुभ लग्न शुभ न रही। बारिश, दंगा! एस.एम. रेलवे कोल्हापुर और पुणे के बीच कई जगह टूट गई। रविवार तक बारिश कुछ थमी। मंजुरी और राजोवादी के बीच नाले पर डायवर्सन रेल ट्रैक बनाया गया। बादल फिर उमड़ रहे थे। 'देवा-देवा' करके पुणे पहुँचे थे। उसी यात्रा में दादर, बड़ौदा, माउंट आबू देखा था, उसी यात्रा में कर्नल प्रतापसिंह से जोधपुर में दोस्ती हुई और उन्होंने शिकार के कई गुर सिखाए, पिंग स्टिकिंग भी, कितने फुर्तीले थे प्रतापसिंह राठौर...!

जोधपुर के राजपूत, महाराष्ट्र के जाधव और मराठे और बाकी लोग आपस में मिल लेंगे लेकिन ये ब्राह्मण हमें मिलने नहीं देंगे।

1892 की वह यात्रा!

दिल्ली से मथुरा आए। यमुना में स्नान किया। ब्राह्मण भिखारियों ने सारा मजा किरकिरा कर दिया। दरिद्र की तरह घेर लिया—खुद को सिरमौर कहेंगे और आत्म-सम्मान जरा भी नहीं। धूर्त और पाखंडी! मन-ही-मन सोचा, मथुरा आवें तो पर्याप्त सिपाही रखें ताकि इन ब्राह्मणों से बच सकें। वैसे इनसे बचने का एक तरीका यह भी है कि मुट्ठी भर ताँबे के सिक्के उछाल दो, ये एक-दूजे को धकियाते, झपटते उसे लूटने में मस्त रहेंगे। वंशावली की पोथियाँ लहराते

हुए न सिर्फ मथुरा में, बल्कि नासिक, प्रयाग, वाराणसी, हरिद्वार सर्वत्र यही परम्परा है...मक्खियों की तरह ये ब्राह्मण भिखारी बाहर भिंदक रहे हैं।

पर वह दस साल पहले की बात थी। आज...?

खोल दिया कपाट। बाहर आए। उन्हें देखते ही घेर लिया पुरोहितों ने। यह क्या? न प्रणाम-पाती, न आदर-सत्कार!

"इंग्लैंड जा रहे हैं?" रामनामी से भरे एक ललाट से चन्दन झरता है।

"जी।"

"महाराज आपने ब्राह्मणों के साथ भले ही उचित व्यवहार नहीं किया, मगर हम ब्राह्मणों ने सदैव आपकी मंगल कामना ही की।"

"अहो भाग्य हमारे।"

"अभी आपकी उम्र कम है सो हम बता देना उचित समझते हैं। इस राज-परिवार राजदरबार की परम्परा रही है कि दूर विदेश यात्रा पर ब्राह्मणों का आशीर्वाद लेकर प्रस्थान करते हैं।"

भूदेव तनिक रुककर अपनी बात के प्रभाव का आकलन करते हैं, फिर जोड़ते हैं—"जिसने भी अवज्ञा की, वह अमंगल से बच न सका।"

"और जिन्होंने अवज्ञा न की?"

"उनका मंगल ही मंगल...!"

"आपा साहब और हमारे दादा राजाराम महाराजा आपका आशीर्वाद लेकर ही इंग्लैंड गए थे। क्या-क्या मुसीबतें न आईं! दादा जी तो लौट ही न पाए। यही था आपके आशीर्वादों का मांगलिक प्रभाव?"

"फिर भी महाराज!" एक दूसरे विप्र ने कहा, "विदेश जाते समय आप अपने सिर पर ब्राह्मणों के शाप लेकर तो न ही जाएँ।"

"शाप! अभी तो आपने कहा कि आपने कभी भी छत्रपति का अमंगल नहीं चाहा फिर ये अभिशाप कहाँ से...?"

मूँछों में मन्द-मन्द मुस्कराते हैं राजा, "मुझे आपके आशीर्वचनों की आवश्यकता नहीं, वरंच मैं आपके अभिशापों के साथ ही जाना पसन्द करूँगा।"

मई का मध्य है। हालाँकि अभी सुबह के नौ ही बजे हैं मगर आसमान दोपहर से ही तप रहा है। पर मौसम से ज्यादा गर्मी कोल्हापुर की फिजा में है।

स्टेशन जाने वाली सड़क की दोनों ओर लोग भर गए हैं। अटारियों, छज्जों, बरामदों तक पर लोग खड़े हैं। प्रजा अपने राजा की एक झलक पाने को बेताब। शाहूजी का रथ चला आ रहा है, रथ पर शाहूजी के अतिरिक्त इंग्लैंड जाने वाले दीवान सबनीश, दत्ताजी राव इंगले और बापू साहब हाथ हिला रहे हैं। 'छत्रपति शाहूजी की जै' का जैकारा रह-रह कर गूँजता है। कोल्हापुर रेलवे स्टेशन तक भीड़ का सैलाब बढ़ता गया। स्वयं कर्नल फेरिस तक का शाहूजी तक पहुँचना मुहाल! यह जनता का ब्रह्मवृन्द के अपमान का अपना जवाब था।

15 मई को बम्बई पहुँचे। 17 मई को अरब सागर के हिलकोरे लेता चल पड़ा 'एस.एस. पेनीन्सुलर' जहाज इंग्लैंड को। एक से एक विशिष्ट यात्री सवार है जहाज पर—पति-पत्नी गुरुवर फ्रेजर साहब, इन्दौर के महाराजा प्रतापसिंह जी, मराठों पर शोध करने वाले द. बा. पारसनीस जैसे भी...।

प्रातपसिंह ने वेदोक्त प्रकरण में शाहूजी को उनकी चट्टानी दृढ़ता के लिए धन्यवाद दिया और विकास मूलक सुधारों के लिए शाबाशियाँ। शाहूजी को सुखद आश्चर्य हुआ कि कोल्हापुर के बाहर भी इन कदमों की धमक है। प्रतापसिंह ने कहा, "सदियों की शरारतें हैं, ठीक करते-करते पीढ़ियाँ गुजर जाएँगी।"

"आप भी सम्भवत: इसी निमित्त आर्य समाज से जुड़े हैं?"

"इतना बड़ा दावा तो नहीं कर सकता। यह तो अन्दर की पीड़ा है जो बाँट रहा हूँ।"

"कुछ बताएँगे इस प्रसंग में?"

कहीं दूर देखने लगे थे प्रतापसिंह।

"हिमालय के हरिद्वार से गंगा मैदानों पर आती हैं..." लगा, गंगा के साथ-साथ अवतरण कर रही थी वाणी..."और वहीं से पाखंड भी। पंडों या ब्राह्मणों, जो कह लीजिए, के उस पाखंड के खिलाफ कभी वहीं से शुरुआत की थी गुरु नानक देव ने। वहीं से शुरुआत करते हैं अपने दयानन्द स्वामी जी भी। पाखंड के खिलाफ 'पाखंड खंडिनी' की पताका लेकर अकेले ही दौड़ रहे थे...। पाखंड मात्र से उन्हें सख्त नफरत थी। क्या हिन्दू, क्या इस्लाम, क्या क्रिस्चैनिटी, क्या और कोई धर्म या पन्थ...!" मिलने का एक-सा क्रम बन गया। विमर्श का विषय एक ही होता—जाति प्रथा, कर्मकांड और पाखंड!

"वेदों पर आपकी आस्था से मेरा मन प्रसन्न हुआ। धन्य हैं।"

"पर मुझे वेदोक्त का अधिकारी नहीं माना उन्होंने। कहते हैं, मैं क्षत्रिय नहीं हूँ।"

हँस पड़े प्रतापसिंह, "और वे महामान्य ब्राह्मण हैं?"

"हैं ही।"

"यह फैसला करने वाले वे कौन हैं—खुद ही?

तू बामन बमनी का जाया,
आन मारग ते काहें नहीं आया।

अरे ये ब्राह्मण, ये शूद्र, ये पौराणिक गप सब इनके प्रपंच हैं। वेद की जो व्याख्या स्वामी जी ने की है, उससे यह स्पष्ट होता है कि आदमी कर्म से ब्राह्मण, क्षत्रिय, वैश्य या शूद्र होता है, जन्म से नहीं।"

"सुना, आप अशोक से लेकर महात्मा फुले तक को मथ रहे हैं? "प्रतापसिंह ने पूछा।

"वेदों के बारे में आपकी क्या राय है?"

"वहाँ तो अभी तक नहीं पहुँच पाया हूँ—ठीक-ठीक ऋग्वेद या यजुर्वेद में।

ब्राह्मणोऽस्य मुखमासीद बाहू राजन्यः कृतः
उरु तदस्य यद्वैश्यः पद्मया शूद्रा अजायत।

"अभिधा में अर्थ लिया होगा?"

"क्यों?"

"अभिधा से कन्फ्यूजन होगा, व्यंजना में जाना पड़ेगा।"

"स्त्रियों को, शूद्रों को; ब्राह्मणों ने सबको वंचित कर दिया, ब्राह्मणों तक को! वेद पढ़ने का सबको अधिकार है। स्वामी जी ने कहा, विवेकानन्द ने नहीं।"

"तीर्थों या नदियों में स्नान से कोई पाप नहीं धुलता, सिर्फ देह धुलती है, पाप को भोगना पड़ता है। ये पंडों के अपने खाने-पीने का प्रपंच है। किसी मूर्ति में कोई सामर्थ्य नहीं होती, सारे धर्मग्रंथों में घपला कर अपनी इच्छित वस्तु मिला दी गई है। जैसे वेद का वह श्लोक!"

शाहूजी ने झुकी नजर से तिरछे ताका, 'कहीं यह उनके पंचगंगा स्नान की व्यर्थता की तरफ तो इशारा नहीं है?'

"इन ढोंगी ब्राह्मणों की मानो तो आप विदेश यात्रा न करो, कूपमंडूक बने रहो। वेद मत पढ़ो, उस पर इनका एकछत्र अधिकार है, इन स्वयंभुओं की मानें तो जन्म से मृत्यु तक फलाफल निर्धारित करने का अधिकार सिर्फ इन्हें है, आप सिर्फ उनके सेवक हैं।"

"आर्य समाज जाति मानता है?"

"जाति या छुआछूत नहीं, पर वर्ण तो वेद का प्रतिपादन है सो वर्ण मानता है—गुण-कर्म विभाजन।"

"तो यहाँ भी शूद्र सिर्फ सेवा करेगा।"

"हाँ, पर वेद किसे शूद्र मानता है? वे जो जड़ है—मस्तिष्क ही तो प्रधान है!"

"वेद ईश्वर कृत हैं?"

"अवश्य।"

"सिर्फ चार-पाँच हजार वर्ष पहले की। उसके पहले कुछ न था?"

"इस पर फिर कभी...।"

"आर्य लोग कौन थे?"

"ये जो पामीर की छत है वहीं इनका मूल निवास है, पृथ्वी पर इनका एकछत्र राज्य था।"

"कुछ विद्वान कहते हैं, ईरान से आए हैं ब्राह्मण?"

"झूठ कहते हैं।" वे नित्य ही कुरान, बाइबिल, पुराणों आदि की अतार्किक प्रतिपत्तियों का उपहास करते।

जैनी ग्रंथ रत्नसार, बौद्ध ग्रंथों की बातों की बखिया उधेड़ते; शैवों, शाक्तों, तांत्रिकों, मार्गियों, चोली मार्गियों, भैरवी की शर्मनाक हरकतों पर लानतें भेजते।

"शिवपुराण में शिव बड़े हैं तो ब्रह्मा-विष्णु उनकी पूजा करते हैं, विष्णुपुराण में विष्णु बड़े हैं, बाकी उनकी पूजा करते हैं। सबके 'सृष्टि के कारण' भिन्न-भिन्न हैं।

"शिवपुराण में शिव की इच्छा हुई कि सृष्टि करूँ तो नारायण जलाशय निर्मित किया। नारायण की नाभि से कमल, कमल से ब्रह्मा। ब्रह्मा ने जल में हाथ पटका तो बुदबुदा बना, बुदबुदे से उत्पन्न हुआ पुरुष। पुरुष ने ब्रह्मा से कहा, पुत्र तू सृष्टि कर। ब्रह्मा ने कहा, मैं नहीं—तू मेरा पुत्र है, तू सृष्टि कर। हजारों वर्ष बुदबुदा और ब्रह्मा लड़ते रहे, तब एक विराट तेजोमय लिंग निकला जिसके न आदि का पता था, न अन्त का।

"अब भागवत पुराण में विष्णु की नाभि से कमल, कमल से ब्रह्मा तक वही कहानी चलती है, बाद में ब्रह्मा के पैर के अँगूठे से शतरूपा, ललाट से रुद्र, मरिचि, दक्ष...आदि...। बेहद अजीबोगरीब कल्पनाएँ। भागवत पुराण पर अविश्वास करने वाले पाप के भागी ही हैं। शतपथ में कुछ और है।

"मार्कण्डेय पुराण की सुनिए...देवों के शरीर के तेज से दुर्गा जी बनीं जिन्होंने महिषासुर को मारा। और वो, वो रक्तबीज...? इसके उलटे मिथ इधर चलते हैं। कबीलाई थे सबके सब।

"अब श्रीमद्भागवत! नारायण के नौकर जय-विजय बाद में हिरण्याक्ष-हिरण्यकश्यप। पृथ्वी को चटाई की तरह लपेट कर सिरहाने रखा और सो गया। फिर विष्णु ने वराह यानी सूअर बनकर हिरण्याक्ष का वध किया। वाह! क्या कल्पना है! पृथ्वी को चटाई की तरह लपेट कर सो गया—पृथ्वी चटाई की तरह! कितने ज्ञानी हैं रचनाकार। फिर पृथ्वी तकिया बनी तो आप सोये किस पर? शून्य में? गँवारों की गप! और सुनो, कंस के भेजने पर अक्रूर वायुवेग से दौड़ने वाले घोड़ों से सूर्योदय से चले और सूर्यास्त को पहुँचे हैं। गोकुल से मथुरा की दूरी 4 मील। 12 घंटों में 4 मील! सबसे तेज गति से चलने पर?"

"उन्होंने जो-जो जहर, भाँग, अफीम और धतूरे बोए हैं, उन्हें साफ करने में कितने वर्ष लगेंगे पता नहीं।"

"हरिद्वार, गया या काशी में श्राद्ध या पिंडदान करके पितरों की भटकती आत्माओं की मुक्ति।"

"अरे पंडे खाते हैं पिंड। वो कौन-सा पुराण है?"

"गरुड़ पुराण!"

"हाँ गरुड़! हम रोम में पाप मोचन पत्र बेचने वाले पादरियों की खिल्ली उड़ाते हैं और यही या ऐसी ही बातें हमारे पंडे करते हैं और हमें सच्चाई जानने का हक तक नहीं देते। कहते हैं, धर्म की आलोचना करने वाले नास्तिकों का सर कलम कर दो।"

प्याज के छिलकों की तरह परतें उधड़ती रहतीं।

पुराण-मन्थन के गरल की सम्प्राप्ति के बाद उपनिषदों की कुछ दार्शनिक बातों से बौद्धिकता को शुद्ध करते मगर अगले दिन फिर कोई न कोई प्रकरण। न सही पुराण, ऐतिहासिक प्रसंग ही उठ जाता।

"एक दबंग पंडित ने क्या कहा मालूम, कहा, 'काशी के स्वामी शिव हैं पर दिक्पाल या कोतवाल काल भैरव हैं। उन्होंने वो-वो चमत्कार दिखाए कि औरंगजेब की सेना पर बड़े-बड़े गोले बरसने लगे कि जान लेकर भागा।'

"ऐसे ही पंडों ने कच्छ की रानी के गहने छीने होंगे। ऐसे ही पंडों ने सोमनाथ लुटवाया होगा गजनवी से। क्षत्रियों ने युद्ध करना चाहा होगा तो उन्हें यह कहकर रोक दिया होगा कि रहने दो, अभी शिवजी का तीसरा नेत्र खुलेगा और महमूद समेत सारे यवन भस्म हो जाएँगे या कि शिवजी वीरभद्र को भेजेंगे।"

"ठहरो! पतन की इतनी रोचक कथा का इतनी जल्दी अन्त न करो। प्रतापसिंह जी तनिक विस्तार से बताइए।"

हँसने लगे प्रताप, "सोमनाथ हमारे अन्धविश्वासों का शिखर है। पंडों को वीरभद्र के साथ-साथ भैरव, हनुमान जी, दुर्गा जी तक का स्वप्न आया था। कुछ ज्योतिषाचार्यों ने तो गणना करके भी बताया था—अभी तुम्हारी चढ़ाई का मुहूर्त नहीं है, होते ही हम बताएँगे।" एक ने कहा।

"आठवें में चन्द्रमा है। दूसरे को सामने योगिनी दिखाई पड़ी। महमूद का आक्रमण हुआ। पंडे-पुजारी और उनके चेले-चपाटी, कुछ सिर पर पाँव रख कर भागे, कुछ पकड़े गए। जो पकड़े गए, गिड़गिड़ाए 'तीन करोड़ स्वर्ण मुद्राएँ ले लो पर मूर्ति और मन्दिर को मत तोड़ो।'" गजनवी ने कहा, "हम बुतपरस्त नहीं, बुतशिकन हैं।" मूर्ति तोड़ी। मन्दिर तोड़ा।

"पाषाण चुम्बक के सहारे मूर्ति बीच में लटक रही थी। पंडे चमत्कार बताकर उल्लू बनाते थे। छत टूटी मूर्ति गिरी। चमत्कार का अन्त हुआ।

जब मूर्ति तोड़ी गई तो अठारह करोड़ के रत्न निकले। पंडों-पुजारियों पर गजनवी के मुसलमान सिपाही लगे कोड़े बरसाने, बता, कहाँ है बाकी खजाना। बिलबिलाने लगे पुजारी। गजनवी उनकी माया पर नहीं पसीजा, सारा कोष निकालकर ऊँटों, खच्चरों, घोड़ों पर लादकर चला गया। जाने से पहले भूदेवों की वो दुर्गति की कि पूछिए मत—तरह-तरह के घृणित बेगार, जाँत पीसना, घास खुदवाना, गन्दगी उठवाना। खाने में मात्र चना। वही सारे अपकर्म जो जीतने वाले हारने वालों पर करते हैं और उन्हें अछूत बनाते हैं। कोई भी मूर्ति उनकी रक्षा न कर सकी, कोई भी मंत्र किसी मक्खी की एक टाँग तक न तोड़ सका, जो रक्षा कर सकते थे। उन्होंने उन्हें बुत बना छोड़ा था।"

शाहूजी कुछ अन्यमनस्क भाव से सुन रहे थे, बोले—

"दुनिया में कहीं भी कमजोर इनसानों को इतनी बेहयाई के साथ असहाय बनाए रखने की वैसी साजिश नहीं रची गई, जैसी कि अपने देश में सनातनियों ने रची।

"राम ने शबरी, गीध, जटायु और भीलों, निषाद, वानरों और भालुओं को गले लगाया, क्यों नहीं ये आगे बढ़कर गले लगाते? जातिप्रथा ही खत्म हो जाय! खुद को कहते हैं राम भक्त और राम के विरुद्ध आचरण देवताओं के कन्धे पर बन्दूक रख कर दागते हैं ये पाखंडी।"

बगल से गुजर रहे सबनीश के कानों में भनक पड़ी, मन में आया टोक दें पर दो रियासतों की आपसी बातचीत में विघ्न न पड़े, सो चुपचाप आगे बढ़ गए।

प्रताप 'तथागत' हो रहे थे और शाहूजी 'आनन्द'।

इन चौदह दिनों की सागर-यात्रा में प्रतापसिंह ने शाहूजी को चौदह भुवनों की यात्रा करा दी। पाखंड खंडन, और क्षत्रियत्व की परिभाषा पर उनकी आँखें चमकने लगीं—

जिस किसी में शौर्य है, जो अन्याय का प्रतिकार करे, वही क्षत्रिय, वाह! यही वह पन्थ है। सिर्फ किसी विशेष कुल में जन्म लेने से कोई बड़ा-छोटा नहीं होता! इंग्लैंड पहुँचते-पहुँचते वे आर्य समाज के मुरीद हो चुके थे—

सिर्फ वेद को मानेंगे, बाकी किसी को नहीं।

उधर इंग्लैंड से दूर अपने वतन से दो-दो खबरें—एक हर्ष की, एक विषाद की! हर्ष की खबर यह कि उनके यहाँ के स्वागत-सत्कार से पूरा परिवार आह्लादित है। और विषाद की?

मुख्य न्यायाधीश शिरगाँवकर का 27 जून का पत्र—"कोल्हापुर के ब्राह्मणों के षड्यंत्रों और गलत कार्रवाइयों से काम करना मुश्किल होता जा रहा है। जल्दी लौट आइए।"

"हूँऽऽऽ! लौट तो आऊँ बस कुछ मजबूरियाँ हैं और कुछ दायित्व। विदेश में हूँ जहाँ से देश बहुत दूर है। फिर भी घबराओ नहीं, नीलकंठ त्र्यंबक का भक्त हूँ। गरल मेरा कुछ भी नहीं बिगाड़ सकता।" खुद ही खुद से कहा।

इंग्लिश चैनल पार कर पहुँचते हैं फ्रांस—शान से खड़े नये-नये निर्मित एफिल टावर और नेपोलियन की समाधि की जगह! पर उन्हें फ्रांस के नहीं, अपने नेपोलयिन की समाधि पर जाना है। शानदार प्रतापी पूर्वज छत्रपति राजाराम की प्रस्तर प्रतिमा के पास!

आर्नो नदी का तट! नीचे वेदी, ऊपर मूर्ति। दो हार—एक मणि-माणिक्य का, दूसरा कौड़ियों का। सिर पर पगड़ी, उस पर सिरपेंच और मोतियों का तुर्रा। अगरु शलाका जल-जल कर धुआँ-धुआँ हो रही है। धुआँ-धुआँ हो रहा है मन। इस जलावतन योद्धा की मृत्यु स्वाभाविक थी या प्रायोजित! गरीबों का भोज देकर कहा, "यही तुम्हारी अन्त्येष्टि का विप्र भोज है। विदा मेरे शानदार पितर!"

साथ के लोग थकने लगे हैं पर उन्हें तो अभी और भी बहुत कुछ देखना बाकी है—इटली का मधुमक्खी पालन, कृषि...सनक की इन्तहा यही नहीं। नेपल्स के माउंट विसुवियस ज्वालामुखी की ओर कदम बढ़े जा रहे हैं।

गाइड चीखता है, "ना ना लौट आओ शाहूजी। जान जाने का जोखिम है।

"आगे बढ़कर ज्वालामुखी के मुख में झाँक लेने की हठीली इच्छा।

रोम के प्राचीन अखाड़े में देर तक टहल रहे हैं। पता नहीं, क्या-क्या ताक और आँक रहे हैं—वर्षों पहले के दमित आक्रोश, ग्लैडियेटर्स की कराहें

और गुर्राहटें हैं...या और कुछ? एक मन यहाँ है, एक जज शिरगाँवकर के खत के साथ...। उत्तेजना के शमन के लिए वही परिचित अवलम्ब शिकार! सो स्कॉटलैंड का शिकार उस दुर्धर्ष शिकारी से कैसे छूटता? नहीं। असली शिकार तो इसके बाद लन्दन में! और इसी बीच आधी रात को जलते दिन सा प्रकट हो गया वह दिन। घटनाएँ जिस ढलान में दुलक रही थीं, इस दिन का आना ही था।

26 जून, 1902। किसे पता था कि स्थितियाँ एक युद्धरत विवश राजा को ऐसा अमोघ अस्त्र उठाने को बाध्य कर देंगी जिसका परिणाम इतिहास की चूलें हिला देगा, जिसकी टंकार इतिहास में नये युग का आगाज करेगी—बहुजनों द्वारा अधिकारों के लिए संघर्ष का आगाज!

युद्ध भूमि में सारे अस्त्रों के विफल होने पर ऐसे अमोघ अस्त्र उठाते हैं महान योद्धा। बात बहुत ही सामान्य और बुनियादी थी—एक ही परिवार में जब बड़े सदस्य छोटों को अधिकार देने से वंचित कर रहे हों, एक दो दिन-एक दो वर्ष नहीं, युगों से, तो कहना पड़ता है—हमारा तुमसे नहीं निभेगा अब। मेरा हिस्सा अलग कर दो।

कोल्हापुर गजेट में प्रकाशित मेनिफेस्टो को कभी नींव की ईंट की तरह इतिहास के विद्यार्थी उठाकर पढ़ेंगे—"राज्य के हर व्यक्ति की शिक्षा के विकास और अनुराग के लिए पिछले वर्षों से कोशिशें चल रही हैं मगर महाराज को दुख के साथ कहना पड़ता है कि आशानुकूल सफलता नहीं मिली...सर्वत्र एक-सा फल नहीं है।

"कुछ हद तक इस पर विजय पाने के लिए अति पिछड़े वर्ग को कुछ इन्सेंटिव्स (incentives) जरूरी हैं। उन्हें नौकरियों में जितना हिस्सा मिलता रहा है, उससे ज्यादा मिलना चाहिए। इस नीति के तहत महाराज को यह निर्देश देते हुए हर्ष हो रहा है कि इस तिथि से जो भी रिक्तयाँ होंगी, उनका 50 प्रतिशत पिछड़े वर्ग से भरी जाएँगी। उन सभी दफ्तरों में जहाँ अभी पिछड़े वर्ग की उपस्थिति 50 प्रतिशत से कम है, अगली नियुक्ति इसी (पिछड़े) वर्ग से होगी।

"इस राज्याज्ञा के जारी होने के बाद से सभी विभागों में ऐसी सभी नियुक्तियों की तिमाही रपट जमा करनी होगी।

"इस हुक्म के तहत, 'पिछड़ा वर्ग' का आशय उन सभी जातियों से होगा जो ब्राह्मण, प्रभु (कायस्थ), शेनविस, पारसी और दूसरे अगड़े वर्गों से नहीं आते हैं।"

तुरही बज उठी थी। कुछ सुन पा रहे थे। कुछ नहीं। जो सुन पा रहे थे, अचम्भित, आन्दोलित और आतंकित थे।

सच, क्या ऐसा भी हो सकता है? क्या मनु का नियम उलट जाएगा? क्या पुष्यमित्र शुंग को मिर्गी आएगी? क्या चाणक्य अपनी चोटी के बल शीर्षासन करने लगेंगे?

बहुजनों को रौंदते, अबाध गति से दौड़ते ब्राह्मणवाद के अश्वमेध के घोड़े की लगाम किसने पकड़ कर झुका दी? एक मामूली नरेश ने! और घोड़ा...? घोड़ा हिनहिना रहा था। आक्रोश और करुणा की अटपटी हिनहिनाहट।

क्या बीजापुरकर, क्या नारायण राजोपाध्याय, क्या लोकमान्य तिलक! क्या 'कल्पतरु', क्या 'केसरी', क्या 'समर्थ' और क्या अंग्रेजी का 'Marhatta', सारे ही प्रतिवाद और प्रतिकार में उठकर खड़े हो गए—ब्राह्मणों के साथ भीषण अन्याय!

अब से सरकारी नौकरियों के पचास प्रतिशत पर पिछड़ी जातियों की ही नियुक्ति होगी। ब्राह्मणों, प्रभुओं और पारसियों को सिर्फ 50 प्रतिशत?

5 प्रतिशत ब्राह्मण और वर्ग अब तक 95 प्रतिशत पर काबिज था, तब तो आपको अन्याय न दिखाई पड़ा!

अभी भी 5 प्रतिशत आप बाकी 50 प्रतिशत पर काबिज होंगे। यह क्या है? गणितीय दृष्टि से भी यह गलत है। संख्या के लिहाज से सिर्फ आपको पाँच प्रतिशत नौकरियाँ मिलनी चाहिए।

—क्या कहा, अब्राह्मण अयोग्य हैं?

—आपने हमें योग्य बनने का मौका दिया आज तक?

ब्राह्मण वर्ग तिलमिलाकर अनाप-शनाप बकने लगता—वे ब्राह्मण भी जिन्हें अब तक कोई भी सरकारी नौकरी नसीब न हुई थी और ब्राह्मणत्व का सूखा आशीर्वाद छिड़क कर भीख पर जी रहे थे।

यूरोप में सचमुच सीखने को कितना कुछ है। क्या-क्या सीखें? क्या-क्या चुनें?

"विन्चेस्टर के स्वागत समारोह में मैं अंग्रेजी में बोलने वाला था। पर जब मैंने पाया कि मैलन साहब ने अपना लेक्चर लैटिन में दिया, मेरी भाषा की दुविधा जाती रही। मैंने अपना व्याख्यान सुसंस्कृत मराठी में दिया। निजता का सम्मान हो। रायल एशियाटिक सोसायटी ने देशी नरेशों के सम्मान में भोज दिया। अपने प्रतापसिंह ने अंग्रेजी में बोलना शुरू किया पर हिन्दी में लौटना पड़ा।

अन्दर-ही-अन्दर कितना कुछ कौंधता रहता है।

"एल्डर शाट की वो परेड! 30,000 सैनिकों की परेड। उतने कदमों के एक साथ संचालन से क्या शानदार छवि बनती है फौज की! काश अपने यहाँ भी सारे योद्धाओं के कदम एक साथ उठते और गिरते! ब्राह्मण, मराठे, महार सब के!"

"और...?"

"और वह नई चिकित्सा पद्धति होमियोपैथी!"

"और...?"

"मेरे ब्राह्मण विरोध पर मेरा नैतिक समर्थन देने वाले यूरोपियनों का प्रोत्साहन—नया बोध।"

"दुनिया के सारे प्रगतिशील एक जैसा सोचते हैं।"

"बस?"

"नहीं, 4 जुलाई को इंडिया हाउस। मामूली-सा यह भवन, जहाँ से भारत पर शासन किया जाता है। 3,000 लन्दन वासियों से सजा हाल और भारतीय नरेश। सभी नरेश अपनी-अपनी तलवारें वहाँ भेंट कर रहे थे...तलवारें या अपनी-अपनी वफादारी! पिता शिवाजी चतुर्थ याद आए और याद आया उन पर ढाया गया बर्बर अत्याचार।"

"16 जुलाई को पिता के मित्र ली-वार्नर द्वारा दी गई एक टी-पार्टी। आश्चर्य तब हुआ, जब पिछड़ों, वंचितों की शिक्षा के क्षेत्र में किये गए मेरे कार्यों की सराहना की गई...। सारी ब्रिटिशशाही इसका समर्थन कर रही थी। मनोबल बढ़ा। चलो अपना मान-सम्मान दाँव पर लगाकर भी सबके लिए सामाजिक न्याय हासिल करना सम्भव हो, तो सौदा बुरा नहीं है। फिर इसके सिवा और विकल्प भी कहाँ थे अपने पास! सदियों से नहीं, युगों से कपट

और अन्यायपूर्ण तरीक़े से पीछे ठेले जाते हुए दलितों, दोहितों, वंचितों, की मुक्ति के लिए मैं सब कुछ—अपनी गद्दी भी, अपनी जान भी कुर्बान कर सकता हूँ सब कुछ, बशर्ते राहें खुलें, वरना ऐसे तो कई युग गए, कई युग और चले जाएँगे। मुझे राजा राममोहन राय याद आते हैं, कहा था, 'मैं बैठ नहीं सकता, बैठने का मतलब है एक और निर्दोष विधवा का दाह!' मुझे भी बैठने का अधिकार नहीं। उन्हें भी उन्हीं अंग्रेजों से मदद लेनी पड़ी, मुझे भी लेनी पड़ रही है तो क्या हर्ज है!"

विदेश यात्रा की डायरी। छोटे-छोटे नोट्स।

टुकड़े-टुकड़े में याद आएगा प्रवास! नींद के पहले या किसी गहरे एकान्त इन्द्रधनुष-सा टँग जाएगा।

कैम्ब्रिज यूनिवर्सिटी द्वारा मानद एल.एल. डी! कितने सारे भारतीय और अंग्रेज मित्र! फेरिज ने तो भारत में यहाँ तक कह डाला—सम्पूर्ण कोल्हापुर में किसी भी ब्राह्मण को वह शैक्षिक गौरव हासिल न हो सका और न ही उनके शिक्षा-विरोध के चलते भविष्य में हासिल होने की गुंजाइश ही बनती है। राजा, छोटे राजा ही सही अलफ्रेड, आर्थर और फ्रांस में नेपोलियन जैसे बड़े-बड़े विश्वविजेताओं के बीच खुद को पा रहा था। यह सच है, नहीं, सपना है। नहीं ये सच है, नहीं सपना है! फिर 'दुत्त' कहकर इस उलझन के जाले को नोच फेंका...इतिहास से लेकर पुराण, देश से लेकर विदेश जहाँ-जहाँ जो-जो भी अच्छा है उसे अपने सीने पर सजा लेना है? सीने पर...? नहीं सीने के अन्दर!

ओह, फिर वही! अपने पारम्परिक पोशाकों में इठलाते चहलकदमी करते हुए भारतीय नरेश। दरबार में उपस्थित 3,000 अंग्रेजों के लिए ये चिड़ियाखाने के जन्तु हैं। इनसे तो बड़ौदा नरेश गायकवाड़ सायंजी महाराज ही अच्छे! गुलामगिरी का यह प्रदर्शन कितना ओछा लगता है!

और तुम राजा? तुम भी तो इस परेड में शामिल हो! तुम्हारी पर्सनालिटी के चलते तुम्हें तो कुछ ज्यादा ही तवज्जो मिल रही है। बस न?

"हाँ शायद! यह क्षुद्र महत्त्वाकांक्षी लोभी मन! कभी इसी की कामना की थी मगर जब कामना पूरी हो रही है तो एक अलग किस्म की उदासी घेरने लगी है। बीच-बीच में चौंक जाता हूँ जैसे नींद से उचट-उचट जाए मन—

मैं एक गुलाम बच्चा हूँ! सोने का मुझे अधिकार नहीं। मुझे हर घड़ी कुछ सीखना है, हर पल कुछ सीखना है। दुनिया देखना बहुत जरूरी है, न सिर्फ देखना बल्कि अन्दर तक महसूसना, छाँटना और अपनाना, जहाँ-जहाँ संजीवनी बिखरी पड़ी है, ऐसी संजीवनी चाहिए ताकि उससे अपने राज्य को जिला सकूँ।"

यूरोप के एक संक्षिप्त दौरे के बाद लौट आए लन्दन। छात्र मिले, भारतवंशी मिले, फत्ते सिंह गायकवाड़ मिले। क्या ही अच्छा होता दुनिया पैदल घूमा जाता, जहाँ जितनी देर रुकने का मन करता रुक जाता, फिर आगे बढ़ जाता! पैदल चलना अपने आप में किसी किताब से गुजरने जैसा होता है, सो हाइड पार्क से आवास तक पैदल। बगल में बकिंघम पैलेस जैसे अलविदा कहता हुआ। यूरोप के इस भाग की सबसे बड़ी खासियत है गर्मियों के दिन—बीस-बीस घंटे के। रातें नाम मात्र की। दो पल दम नहीं ले पाती रात कि सुबह की दस्तक! हाथ छुड़ाकर चल देती है। मुसलमानों के लिए तो और भी मुसीबत मगरिब की नमाज अदा करते न करते आ धमकती फजिर की नमाज।

वेस्टमिन्स्टर चर्च का कोरोनेशन हॉल! 9 अगस्त, 1902 की सुबह। राजकुमार एडवर्ड सप्तम का राज्याभिषेक! लम्बे-लम्बे सफेद चोंगों में कैंटरबरी और आर्क विशप का अनुष्ठान। इस समारोह में जहाँ भी नजर जाती है, अंग्रेजों के लिए विचित्र पर अपने लिए अपनी रौबदार पोशाकों की नुमाइश करते अपने देशी रजवाड़े। कई तो प्रिंस ऑफ वेल्स के अगल-बगल ऐसे चल रहे थे मानो उनके सिपहसालार हों।

ऑक्सफोर्ड विश्वविद्यालय के भारतीय छात्र। नया खून है सो इस गुलामगिरी पर क्षुब्ध और हैरान, आपस में मजाक उड़ाते हैं—और झुको। और...जमीन में गड़ जाओ, जमीन में, कहीं राज छिन न जाए। मजा तो तब होता जब आप महारानी के पल्लू पकड़ कर उन्हें पहुँचाने जाते, 'केसरी' उसी अन्दाज में इन स्वाभिमान हीन रजवाड़ों को महाराष्ट्र में कोस रहा था।

मन उचट रहा था।

मिस्टर हिल, प्रतापसिंह, भारतवासी छात्र, मित्र, पार्लियामेंट के सदस्य एवं राजनयिक, सम्राट-सम्राज्ञी परिवार से मिलते-मिलाते पाँच दिन लग गए।

14 अगस्त को जलयान ने बम्बई का किनारा छुआ, अपने वतन का किनारा। 31 अगस्त को कोल्हापुर। उस दिन रविवार था पर भीड़ उथला रही थी।

उथलाती क्यों न? 50 प्रतिशत दलितों-पिछड़ों को सरकारी नौकरियों में सीटें पक्की कर आए थे उनके राजा। इस भीड़ में जैन भी थे, मुसलमान भी। कोल्हापुर के 26 हजार ब्राह्मण खिन्न थे—हारे हुए-टूटे हुए और 9 लाख अब्राह्मणों के चेहरों पर उजाला!

पूरे परिवार में प्रणाम पाती। बच्चों से मिले, अजीज दोस्तों से मिले, पलने-मिलाने की रस्मों के बाद आज इस मन्दिर, कल उस मन्दिर जाने की योजना!

क्यों शाहूजी, क्या एक बार भी नहीं याद आए प्रतापसिंह...मूर्तिपूजा पाखंड है...! और भी कितना कुछ! शाहू ने प्रतापसिंह से आँख चुराकर सिर्फ उतना ही लिया जितना उन्हें लेना था, बाकी छोड़ दिया।

"रुको महाराज!" चौंक कर देखा। सामने खड़े थे वही पुरोहित। ये मन्दिर और इसके देवी-देवता इनकी बपौती हैं?

"क्या बात है? "पूछते हैं शाहूजी!

"समुद्र पार करने का पाप आपके सिर पर है। इस पाप का प्रायश्चित्त किये बिना महालक्ष्मी मन्दिर में प्रवेश करने का अधिकार नहीं है आपको।' आगे बढ़कर उनकी राह रोक पाने का नैतिक साहस किसी में नहीं था। छत्रपति के समर्थन में एक विशाल भीड़ हुंकारे भर रही थी।

छत्रपति मूँछों ही मूँछों में मुस्कराए। भीड़ को देखा और हाथ जोड़ लिए, "जबसे मैं गया, तभी से आप सब यहीं खड़े हैं क्या भूदेव?"

10

आज्ञा-पत्र लन्दन से टप्पा खाकर महाराष्ट्र में गिरा और लहरें उठने लगीं। 'केसरी', यानी तिलक ने कहा—"यह आज्ञा-पत्र सिर्फ ब्राह्मणों को ही धक्का पहुँचाने वाला नहीं हैं, अपितु रियासत के हितैषियों को भी धक्का पहुँचाने वाला है। इसके पहले तो कभी सुनने में नहीं आया कि छत्रपति ने पहले कभी तेली, तंबोली और मुसलमानों को शिक्षा देने का प्रयत्न किया हो।"

अंग्रेजी अखबार 'मराठा' में तिलक ने लिखा—"यह आज्ञा-पत्र घोषित कर शाहू छत्रपति ने राज कारोबार में जातीयता का मुद्दा खड़ा कर दिया।"

'केसरी' ने आगे लिखा—"शाहू महाराज पिछड़ी हुई जातियों के हित का बुरका ओढ़कर मात्र मराठा समाज के हितों की रक्षा करना चाहते हैं।"

"क्या सच?"

विमर्श टप्पा खाकर जनता के बीच आया—

'इस समय कोल्हापुर रियासत की कुल आबादी है नौ लाख, जिसमें 100 में ब्राह्मण ठहरते हैं मात्र 3। यानी 3 प्रतिशत ब्राह्मण रियासत की 97 प्रतिशत पर काबिज हैं। नये विधान का मतलब क्या हुआ? यह कि 50 प्रतिशत पर अब्राह्मण, शेष 50 प्रतिशत पर अभी भी ब्राह्मण...! सच पूछें तो 3 प्रतिशत ब्राह्मण अभी भी 50 प्रतिशत नौकरियों पर काबिज रहेंगे। बाकी 97 प्रतिशत अब्राह्म 50 प्रतिशत पर। अनुपात तो अभी भी दुरुस्त नहीं है।'

"तुम ब्राह्मण-ब्राह्मण क्या चीख रहे हो? कहो, ऊँची जात वाले!"

शाहूजी के 50 प्रतिशत आरक्षण की पहेली लोग अपने-अपने ढंग से बूझ रहे थे—तिलक से लेकर मामूली आदमी तक। बीजापुरकर ने 'समर्थ' में इसका मर्म इस प्रकार खोला—

'इस अपवित्र आज्ञा-पत्र ने कानून की पवित्रता ही नष्ट कर दी है। शास्त्रों में उच्च वर्णियों को जो अधिकार प्रदान किये गए हैं, उन्हें उससे वंचित कर दिया गया है।'

खबरें छन-छनकर राजमहल में पहुँचती हैं। सुनकर अवाक् हो गईं राजमाता, "यह सच नहीं है। सच बोलो ब्राह्मणो, सच! मेरे बेटे का किसी भी ब्राह्मण तो क्या, किसी भी जाति से कोई द्वेष नहीं है। वह हमारे पूज्य शिवाजी महाराज की तरह धर्म-जाति की संकीर्णता से मुक्त है। दोष लगाओगे तो तुम नरक में जाओगे और शाहू ने पक्षपात किया होगा तो वह नरक में जाएगा। ये तोफखाने, करमरकर, गोखले, भिडे...किर्लोस्कर कौन हैं? और ये साँगली के अभ्यंकर कौन हैं? रानडे कौन हैं?" आनन्दीबाई के पेट में पहले ही शूल था और अब यह नया शूल? हाय देवा!

अगले माह पेट की बीमारी से तड़पती हुई माँ आनन्दीबाई गुजर गई। जन्मदात्री माँ की गोद सूनी पड़ती देख जिस माँ ने इस मातृहीन बालक को

आगे बढ़कर अपनी गोद में उठाया, वह माँ चली गई। जिस औरत ने खुद को औरतों की शिक्षा के लिए समर्पित कर दिया, वह औरत चली गई।

भूदेव फिर आ गए थे बिन बुलाए, तब आशीर्वाद लेकर आए थे, अब अभिशाप लेकर। उन्होंने आनन्दीबाई की मौत के लिए सीधे-सीधे शाहूजी के पापों को जिम्मेवार ठहराया। इतने पर भी शान्त न हुए। वह 14 सितम्बर की रात थी। इसके साथ ही किसी अनिष्ट के प्रतीक खूनी पंजे दीवारों पर जहाँ-तहाँ नजर आने लगे। डराने के लिए और भी बहुत कुछ कर रहे थे षड्यंत्रकारी। लोग आशंकित थे—पता नहीं क्या होनेवाला है।

यह सब राजोपाध्याय और अन्य ब्राह्मणों के साथ किये जा रहे अन्याय के कोप का कहर है। डर तो वे भी गए थे। वे भी, जो महात्मा फुले, रानडे और अन्य धर्म सुधारों से प्रभावित होने लगे थे।

शाहूजी को लगा, जैसे वे दो हजार वर्ष पहले के काल में आ गए हों जहाँ चाणक्य नन्द को शूद्र कहकर अपमानित कर रहा हो। वक्त आ गया है कि चाणक्यों को फिर से उनकी औकात बता दी जाय। उन्होंने ऐसे ब्राह्मणों को ससम्मान राजमहल के बाहर छोड़ आने का हुक्म दिया, अब तक जाति के नाम पर जदरबार से जो भी इनाम-इकराम दिये जा रहे थे, सबको निरस्त कर दिया।

पंचगंगा के घाट पर माता आनन्दीबाई का शव पड़ा था। हड़ाई गई मक्खियों की तरह पुरोहित-दल यहाँ भी आ बैठा था। उनका एक बड़ा समुदाय महज यह सुनिश्चित करने आया था कि आनन्दीबाई की अन्त्येष्टि पुराणोक्त पद्धति से ही हो, वेदोक्त पद्धति से नहीं।

लेकिन यह क्या? यह तो वेदोक्त है। धर्म का इतना बड़ा अपमान! भूदेवों में खलबली मच गई कि उनके कुछ भाई-बन्धु विप्र लोक सम्मति के विरुद्ध धर्म विरुद्ध आचरण कर रहे थे। कुछ उत्तेजित विप्र सामने आए—"रुकिए-रुकिए विप्रगण। हमारे रहते आप ब्राह्मण होकर धर्म विरुद्ध आचरण नहीं कर सकते।"

प्रतिक्रिया में कई आवाजें उठीं, "कौन-सा आचरण धर्म विरुद्ध है महाराज?"

"किसी शूद्र का अन्तिम संस्कार वेदोक्त पद्धति से किया जाना।"

"यह राजमाता हैं।"

"हैं तो शूद्रा ही न!"

"शूद्रा! शूद्रा!! शूद्रा!!!"

भीड़ हुंकार उठी, 'मारो मारो...'

बापूराव ने किसी सिपाही की म्यान से सर्र से तलवार खींच ली। मातृ वियोग असहनीय था और उस पर उस धर्मपरायणा माँ के शव का अपमान! शाहूजी ने खून के आँसू रोए। बापूराव की तलवार फिर से सिपाही को वापस कर भीड़ को शान्त रहने का इशारा किया।

विरोध कर रहे ब्राह्मणों को ठेल कर परे हटाया गया। वेदोक्त पाठ शुरू हो गया।

बापू साहब को भाई का यह रुख अच्छा नहीं लगा, "अब तो पानी नाक के ऊपर आ गया। कुटिल जातिवादियों को अभी सबक न सिखाया गया तो कब सिखाया जाएगा?

"हम तो सिर्फ भाई का लिहाज कर रहे हैं वरना इन्हें दो मिनट में बता देते कि उचित क्या है और अनुचित क्या।" शोकार्त्त भीड़ शान्त हो गई।

ब्राह्मणों की कुटिलता का यहीं अन्त नहीं था। राजमाता के शवदाह में राजमहल के सारे ही लोग पंचगंगा तट पर आए हुए थे। सारा ध्यान चटचटा कर जलती चिता पर था। तभी किसी का ध्यान पीछे की ओर गया, वहाँ भी कुछ जल रहा था।

कुछ दुष्टों के साये कब राजमहल की ओर बढ़ चले थे, उन्हें कयास भी न था। भीड़ का एक हिस्सा राजमहल की ओर दौड़ पड़ा। वहाँ इक्के-दुक्के प्रहरियों ने कुछ हलचल देखी, मगर उन्हें खटकने वाली बात लगी नहीं। शस्त्रागार तो दूसरी ओर था। पर उनका खयाल गलत था। थोड़ी ही देर में पुराने राजमहल से आग की लपटें लपलपाने लगीं। अब लोग दौड़े आ रहे थे। घाट से बापू साहब को राजमहल भेज कर स्थिरचित्त खड़े थे छत्रपति।

धुँधिया-धुँधिया कर जल रहा था पुराने राजमहल का वह किनारा। एक आग वहाँ जल रही थी, एक यहाँ और एक अन्दर। यह आग तो प्रत्यक्ष दिखाई पड़ रही थी पर वह आग जो अप्रत्यक्ष थी, उससे कैसे बचते लोग?

भला हो कर्नल फेरिस और मिस्टर ब्यूक का जो अपने लाव-लश्कर के साथ तुरन्त पहुँच गए। न आते तो...! ब्राह्मणों ने अपनी विजय की दुन्दुभी पीटी, "हमने क्या कहा था?"

"इसी बात का डर था। "शाहूजी ने सबनीश से कहा।

"डर और आपको?"

"हाँ। मुझे किसी भी दुर्घटना से डर नहीं लगता। डर सिर्फ इस बात का है कि दुर्घटना को आधार बनाकर ब्राह्मण वर्ग को अन्धविश्वास फैलाने का अवसर मिल जाएगा और हमारे उद्‌देश्यों को धक्का लगेगा।"

झुंड के झुंड नगरवासी आ-आ कर उनके विलायत से सकुशल लौट आने और बच जाने पर बधाई दे रहे थे। विरोधी ब्राह्मणों के चेहरे उतरे हुए थे।

"आपकी अनुपस्थिति में तिलक के दो ए.डी.सी. आए थे। ताकि आपके विरुद्ध विरोध खड़ा कर सकें।"

"मालूम है लेकिन मैं इन्हें कैसे रोक सकता हूँ?"

"नारायण भट भी सातारा गया था—राजोपाध्याय के पक्ष में जनमत बनाने।"

"तो?"

"सफल नहीं हुआ, फिर पुरानी चाल पर लौट आया।"

राजोपाध्याय कोर्ट गए, वतनी सम्पत्ति की जब्ती के विरुद्ध। उनका और उनके बड़े भाई का तर्क था कि वे कुलगुरु हैं, यह सम्पत्ति उनके भरण-पोषण के लिए थी। वे कोई भी राजकीय कर्मकांड करने के लिए बाध्य नहीं हैं। कई ब्राह्मण अम्बा देवी के मन्दिर में एक नये ढंग के पूजा-पाठ में जुटे हुए थे—राजा के अपकर्म के लिए शुद्धि-प्रायश्चित्त! समूचे कोल्हापुर में इसकी चर्चा थी। अलग-अलग मत थे, अलग-अलग व्याख्याएँ। एक कदम और! राजोपाध्याय परिवार द्वारा कहा गया कि यह सम्पत्ति राजा की नहीं, उनकी व्यक्तिगत है। ब्राह्मण अपनी ऐंठ में थे, साथ ही डर भी रहे थे कि कहीं उनको मिली 'इनामी' या 'वतनी' सम्पत्ति छिन न जाय।

कोई कह रहा था, "मठ के महन्त स्वामी शंकराचार्य की सम्पत्ति भी 1903 में अटैच्ड हुई थी। सारी अकड़ निकल गई। अन्त में माना की शाहूजी क्षत्रिय हैं।"

बाहर आम चर्चा थी, "तुम इन ब्राह्मणों को नहीं जानते। इनके पास हजार कहानियाँ, हजार जी हैं। अभी जो कहानी फिजा में तैर रही है, जानते हो, क्या है वह, राजा नृग की कथा। महादानी नृग ने ब्राह्मणों या किसी ऋषि को हजार गायें दान दीं। भूल से एक दान दी हुई गाय दूसरे को दे दी। कोई कहता है राजा के पास ही लौट आई। इसके शमन के लिए एक सौ हजार गायें दान करनी पड़ीं। ब्राह्मणों का कोप फिर भी शान्त न हुआ। राजा को उन्होंने माफ नहीं किया। उन्हें नरक में जाना ही पड़ा।"

"अरे देवा! कहाँ से ढूँढ़ लाए?"

"कहते हैं, यह भागवत पुराण है।"

"अरे सिर्फ एक पुराण नहीं, सारे ही पुराण यही कहते हैं कि ब्राह्मणों से अगर कोई अपराध हो जाए या वह आपको मारें-पीटें, शाप दें फिर भी उन पर क्रोध न करो, वह वन्दनीय हैं, उनको प्रणाम करो। पूजा करो।"

ये चर्चाएँ अभी चल ही रही थीं कि 16 अक्टूबर, 1903 को राजोपाध्याय की कोर्ट से पराजय की खबर आई। जैसे कोई कलशी थी, गुड़गुड़ा कर डूब गई कुएँ में!

11

गुड़गुड़ा कर जो डूब गई उसे तो लोगों ने सुना, और जो गुड़गुड़ा कर रहा गया, वह क्या था?...यह कि विष्णु भट्ट, बालक भट्ट और वासुदेव भट्ट, तीन ब्राह्मणों ने शंकराचार्य से पूछा है कि कृपया स्पष्ट करें शाहूजी क्षत्रिय हैं कि नहीं, कि उन्हें वेदोक्त अनुष्ठान का अधिकारी माना जाय या नहीं, कि उनकी तो दोनों तरफ मौत है—वेदोक्त न करें तो नौकरी से जाएँ, करें तो बिरादरी से!

1895 से ही मठ के शंकराचार्य थे विद्याशंकर भारती और जैसा कि मठों में होता आया है, वहाँ उनका मुक्त आहार-विहार चल रहा था। मूलनाम वासुदेव शास्त्री मिलवादिकर। वेदोक्त विवाद ने उन्हें कुछ और भी निरंकुश कर दिया। खुल्लमखुल्ला मनमानी! खुद को हिन्दू धर्म का महामंडलेश्वर मान लिया। वासुदेव शास्त्री ब्रह्मनालकर। वाग्मिता के धनी नये शंकराचार्य ने ब्राह्मणों के

प्रोत्साहित करते हुए कहा, "कह तो दिया भई, शाहूजी शूद्र हैं। उन्हें 'वेदोक्त' का कोई शास्त्रीय अधिकार नहीं है।"

"साधु! साधु!" विप्र समाज ने उन्हें शाबाशी दी।

ब्रह्मनालकर जगह-जगह भड़काऊ भाषण करते रहे। भूल गए कि खानविलकर द्वारा की गई उनकी नियुक्ति ही अभी कच्ची है। यह नियुक्ति पक्की तब तक नहीं होगी जब तक राजदरबार से इसकी स्वीकृति नहीं आ जाती।

मार्च 1903 में मठ की सारी सम्पत्ति कुर्क कर दी गई और मई में उनसे मठ के मुख्य अधिकारी के अधिकार छीन लिए गए। यह ब्राह्मणों का दूसरा दुर्ग था जो ध्वस्त हुआ, जहाँ से वे वार करते थे। भूदेव मायूस थे और उधर उनके विरोधी खेमों में रेवड़ियाँ बँट रही थीं।

सत्ताच्युत होने पर भी विप्र समाज अपने इस वाक्पटु और तार्किक प्रतिनिधि को कैसे छोड़ देता! पुणे में बाकायदा थैली देकर उनका सम्मान किया गया। भीड़ में रेलमपेल—सम्मानित कर कौन रहा है? खुद लोकमान्य! सम्मान से गद्गद ब्रह्मनालकर 'ब्रह्मवाणी' कर रहा है—

"कुछ लोगों को शायद फिर से बताने का समय आ गया है—जगत मंत्रों के अधीन है, मंत्र ब्राह्मणों के अधीन?"

खिसियानी बिल्ली खम्भा नोचे!

शाहूजी का जब कुछ न बिगाड़ पाए तो सारी खीझ निकाली जाने लगी ब्राह्मणों के उस छोटे से वर्ग पर जो शाहूजी के साथ था। चुन-चुन कर ऐसे लोगों पर कार्रवाइयाँ होने लगीं। कुओं-नलकों से पानी भरने पर रोक लग गई। शादी-ब्याह पर रोक लग गई... यहाँ तक कि उनके दाह-संस्कार पर भी रोक! जन्म से लेकर मृत्यु तक के नियन्ता मानते थे खुद को भूदेव!

कोल्हापुर की दीवारों पर जहाँ-तहाँ खूनी पंजों के निशान। यह एक नई चीज थी। ब्राह्मण वर्ग के शेखचिल्लियों के इस नये घिनौने प्रयोग की बाढ़ आ गई थी। लोग डर-डर कर देखते, पता नहीं, कौन भूतप्रेत रातोंरात कर जाता है यह सब? कौन-सा अशनि-संकेत है, कौन-सी प्रेतलीला?

भास्कर राव जाधव से एक दुकानदार ने डरते-डरते पूछा तो उन्होंने हँसते हुए कहा, "ऐसी बन्दरघुड़कियों से डरने की जरूरत नहीं है। जिसे भी छापते देखो, दो लात लगाओ चूतड़ पर।"

तिलक-राजोपाध्याय गुट ने दूसरी बार फिर काउंसिल से अपील की है। पहला प्रयास शाहूजी के यूरोप प्रवास में ही विफल हो चुका था। काउंसिल से खारिज होने के बाद पॉलिटिकल एजेंट कर्नल फेरिज के पास अपीन करनी पड़ी। 19 फरवरी, 1903 को वहाँ से निर्णय आया—"राजकीय वेतनभोगी राजोपाध्याय को राजकीय आज्ञाओं की अवज्ञा करने का अधिकार नहीं है। अगर आपने अवज्ञा या उल्लंघन किया है तो इस एवज में आपके इनामों और सनदों को निरस्त किया जाना पूरी तरह न्यायसंगत है। कर्तव्यच्युत होने पर दंड तो भोगना ही पड़ेगा।"

अब बम्बई अपील करने जा रहे हैं हारे हुए योद्धा।

"बाल हठ! त्रिया हठ! और राज हठ! इसकी तरह एक हठ और है—विप्र हठ!" बोलने वाले का वाक्य शाहूजी की तनी भृकुटि देखकर मुँह में ही रह गया। पर किस-किस का मुँह बन्द करते शाहूजी? दूसरे ने कहा, "समर्थ गुरु ने स्पष्ट कर दिया है—ईश्वर भी विप्र वन्दना करते हैं। शास्त्रों से ही धरती चलती है। शास्त्र विरुद्ध आचरण के कारण ही लोभ के वश में आकर विद्वान गागाभट्ट ने शूद्र शिवाजी का तिलक किया, क्षत्रिय बनाया लेकिन फल? गागाभट्ट अपने ही गू-मूत में लिथड़ कर मरे और शिवाजी...? आज तक उनके वंश में सुख-शान्ति नहीं है।"

ब्रह्मनालकर के रूप में चाणक्य तिलक को चन्द्रगुप्त मिल गया था। वे उसे नये राष्ट्रनायक बनाकर जगह-जगह शिवाजी की स्मृति सभाओं में पेश कर रहे थे। कुछ ज्यादा ही उत्साह में आते गए ब्रह्मनालकर। उन्हें क्या पता था कि नियति कुछ अलग ही रचना रच रही थी...!

मठ में गुरु-शिष्य खानविलकर और ब्रह्मनालकर में विवाद हो गया। गुरु ने शिष्य को वेदोक्त प्रकरण की मीमांसा के लिए संकेश्वर में बुलाया। मगरूर शिष्य भला क्यों आने लगा! गुरु ने इसमें अपना अपमान देखा। प्रतिक्रियास्वरूप गुरु ने ऐसा कदम उठा लिया जो शिष्य के लिए घातक हुआ। खानविलकर ने शाहूजी को कोलाम्बी वस्त्रों से सम्मानित और वेदमंत्रों से अभिषिक्त किया।

ब्रह्मनाल पर बैठा साक्षात ब्रह्म हँसता है, "गुरु भूल रहे हैं कि अब शंकराचार्य वे नहीं, मैं हूँ।"

चिंचली जाते हुए रथ के गड़हे में चले जाने के कारण सेहुँड़ के काँटों से बींध गया शरीर।

हँसता है ब्रह्मनालकर, "अब भी होश में आ जाओ राजा।"

"मुझे तो खुभ कर भी नहीं चुभे, तुम क्यों मरे जा रहे हो?"

"आपको तो कुत्ते ने भी काटा था! पचा गए।"

"तो क्या चाहते हो, मैं भी उन्हीं की तरह भौंकता-काटता? यह तो जीवन की राह है, काँटे भी मिलेंगे, फूल भी।"

नहीं, सचमुच आज किसी शीतल लेप की जरूरत थी!

शिरोल रोड पर कपड़े की मिल और नरसोबाबाड़ी धर्मशाला का उद्घाटन करने गए तो मन मचला—शास्त्रीय गायिका अजनी बाई मालपकर की गायकी सुनने को। एक मन कह रहा था, चलो, एक मन किंचित संशय ग्रस्त, सँभालो शाहू खुद को, यह सब तुम्हारे लिए नहीं है। हाथों में गजरा, शेरवानी पर इत्र फूल, कदम बहके-बहके और लीजिए, फिसल गए न जीने पर! खुद की भारी काया पर लानतें भेजीं, शरीर को इतना वजनी न बना लो कि सँभाले न सँभले। कोई ग्लैंड-व्लैंड बढ़ गया क्या, अरे इतना मोटा कैसे हो गया मैं? पहले योद्धा खाते थे तो जान हथेली पर रख कर लड़ते भी थे। और मैं...!

लड़ाई क्या अकेली वही होती है जो युद्ध भूमि में लड़ी जाती है? प्रत्यक्ष लड़ाइयों से वे लड़ाइयाँ कहीं ज्यादा खतरनाक होती हैं जो अप्रत्यक्ष और अमूर्त होती हैं, जहाँ एक ही वार में हत्या नहीं की जाती, बल्कि तड़पा-तड़पा कर पीढ़ी-दर-पीढ़ी कोंचा जाता रहता है। जहाँ आपके मोरल पर ही प्रहार होता है—तुम शूद्र हो! अंग्रेजों की हजार गोलियों से ज्यादा मन जहर विकार और सड़ाँध फेंकती हुई गाली!

इतने दिनों की कोशिश अब रंग लाने लगी थी। 1905 की सार्वजनिक सेवाओं के उत्तीर्ण छात्रों में आधे से अधिक गैर-ब्राह्मण थे और 600 क्लर्कों में उनका प्रतिशत 10 से बढ़कर 60 हो गया।

दूसरा रंग कुछ दूसरे रंग का था। सरकार ने राजोपाध्याय की अपील को अनुचित और असंगत बता कर खारिज कर दिया।

हमेशा की तरह तिलमिला उठे ब्राह्मण, हमेशा की तरह लगे चीखने। हमेशा की तरह इनमें सबसे चाँड़ स्वर था तिलक के 'केसरी' का। 'केसरी' ने न सिर्फ इस निर्णय को पक्षपात पूर्ण माना बल्कि यह भी जोड़ा कि सरकार के पास उन 'देसी' नरेशों को हटाने का अधिकार है ही नहीं। विवेकशील जनता जिस दिन जगेगी, सारा हिसाब बराबर कर लेगी।

राजोपाध्याय की तीस हजार सालाना आय और सारी राजकीय सुविधाएँ समाप्त।

"कौन बने नये राजोपाध्याय?"

"तात्या साहब जोशी राव!"

उधर फेरीज साहब सम्राट के जन्म दिवस पर हर योग्य व्यक्ति को सम्मानित कर रहे थे और इधर खुद को सबसे योग्य मानने वाले ब्रह्मनालकर...

वेद भूल गए। वेदान्त भूल गए, पुराण भूल गए, मंत्र भूल गए। बिसर गया वेदोक्त, सूख गई वाग्मिता। महाबली का पतन देखा तो उनके नीचे की धरती खिसक गई। जिस गागाभट्ट और शिवाजी को कोस-कोस कर खैरख्वाही और वाहवाही लूटी थी उनके समस्त गर्व को खर्व करता हुआ वह पिशाच-सा अट्टहास करता हुआ आ प्रकट हुआ।

सिक्कों की खनक के (पैसों की लालच के) आगे शास्त्राचार बदल गए। फिर एक गागाभट्ट पैसे पाकर एक छत्रपति का वेदोक्त मंत्रों से अनुष्ठान करा रहा था, फिर एक स्वयंभू महाधर्माचार्य स्वयं के घोषित शूद्र को क्षत्रियत्व प्रदान कर रहा था।

मूँछों ही मूँछों में मन्द मन्द मुस्कराता है राजा—मराठे तो मराठे, पैसे पा जाएँ तो ये भूदेव किसी को भी क्षत्रिय मान लें, वेदोक्त करा दें। शास्त्रों की इनकी कुल परिक्रमा सिक्कों तक की है।

10 सितम्बर को महाराज ने ब्रह्मनालकर की सारी जब्त सम्पत्ति उनके लिखित आश्वासन पर लौटा दी कि आइन्दे से उनकी मति भ्रष्ट नहीं होगी और वे 'अच्छे बच्चे' की तरह रहेंगे।

धर्म क्या है। कर्तव्याकर्तव्य क्या हैं—सब ब्राह्मणों का ढकोसला। 50 वर्षों से चले आ रहे वेदोक्त प्रकरण की परिसमाप्ति ऐसी होगी, किसी ने सोचा भी न होगा।

सकुचाया-शर्माया ब्राह्मण समुदाय! बीजापुरकर ने इस प्रकरण का लाभ लेते हुआ सुझाव दिया कि जिस-जिस ब्राह्मण पुजारी की सम्पत्ति, इनामदारी और सनदें छत्रपति ने जब्त की हैं, सबको कृपापूर्वक लौटा दें, उन्हें पुण्य मिलेगा, कीर्ति बढ़ेगी। इतनी जल्दी बदल गया स्वर...?

लेकिन 'केसरी'...? बड़ी अटपटी स्थिति में था 'केसरी'। कल तक जिस ब्रह्मनालकर को नायक बनाकर परचम-सा लहराते नहीं थकता था, वही आज उनके लिए स्वार्थी, धूर्त, प्रपंची और पतित हो गया।

12

भोर का धुँधलका है। या धुँधलके की भोर है! कोहरे की धुंध में डूबी है सहयाद्रि पर्वत-मेखला। भोगवती नदी की धारा को रोककर खड़ी है कोई चट्टान। चट्टान हिल उठी और इसके साथ ही बम्बई के गवर्नर जनरल लॉर्ड लैमिंग्टन की टोकती आवाज—

"यू ऽऽऽ! शाहूजी ऽऽऽ गुड मॉर्निंग! "

चट्टान पलटी, चेहरे पर भोर की मुस्कान के साथ ही शाहूजी ने प्रभात के अभिवादन का उत्तर दिया।

लैमिंग्टन की नीली आँखें चमकीं, "आपकी विशाल आकृति को देखकर वहम हुआ, इस नदी की धारा को रोककर कोई चट्टान खड़ी है।"

यह 23 मार्च, 1908 था।

दो दिन पहले ही उनके आमंत्रण पर परियोजना का मुआयना करने आए थे गवर्नर जनरल। शाहूजी बता रहे थे, "1902 की फरवरी में ही इंग्लैंड से लौटकर आने के बाद ही नई इरिगेशन पॉलिसी बनाई—शंकर सीताराम गुप्ते को नियुक्त किया सिंचाई अधिकारी। कुएँ, बावड़ियाँ, तालाब...और नदी, नाले, झील समेत सारे जल स्रोतों का उद्धार। बीस एक नये तालाब भी खुदवाए पर न, नहीं हो सका। राज्य की जमीन डिबकों, टीलों से भरी पठारी। शिकार अभियानों के दौरान मैंने देखा कि सह्याद्रि की पहाड़ियों पर कितना पानी बरसता है और यह सारा पानी बहकर चला जाता है समुद्र में। कोल्हापुर की ऊँची-नीची

धरती के मीलों फैले खेत प्यासे रह जाते हैं। नदी या कहूँ, नदियाँ भी सूख जाती हैं। अपने लोग तबाह! मेरे दिमाग में 1902 का देखा हुआ यूरोप था। सोचता रहा, क्या ऐसा यहाँ नहीं हो सकता! मैंने अपने चीफ इंजीनियर विचारे साहब को बुलाकर पूछा।

"विचारे, मैं सोच रहा हूँ कि अगर इस भोगवती नदी पर डैम बना दिया जाए तो समूचे कोल्हापुर का उद्धार हो जाय।"

"पर महाराज, यह तो साक्षात सह्याद्रि पर्वत उठाने जैसी चुनौती है।" विचारे ने कहा।

"मुझे यह चुनौती स्वीकार है, तुमने बालाजी (हनुमान जी) के पर्वत उठाने की बात सुनी होगी।"

"जी।"

"इसी तरह पर्वत उठाया करते होंगे बालाजी?" लैमिंग्टन ने पूछा।

"जी! फिर हमने सर्वे किया और...।"

"आपने मिस्टर फ्रेजर को बताया?"

"बिलकुल। उन्हें लिखा, 'इस डैम के पूरा हो जाने पर मेरे जीवन का उद्‍देश्य पूरा हो जाएगा। काली माटी सोना उगलने लगेगी। सिंचाई तो सिंचाई, बिजली भी। अँधेरे उजालों में बदल जाएँगे। फिर पिछले साल नारियल फूटा। श्रीगणेश हो गया। डैम आई राधाबाई और जलाशय महारानी लक्ष्मीबाई को समर्पित!"

"ये नारियल का फोड़ा जाना, श्रीगणेश होना—क्या मतलब?" गवर्नर साहब ने पूछा।

"यह एक साधारण पूजा और अनुष्ठान है कोई भी शुभ कार्य करने का।"

"ओ!"

गवर्नर साहब ने लौटते समय आश्वस्त किया—"आपके इस नेक काम में ब्रिटिश सरकार हर सम्भव सहायता करेगी। मेरी हार्दिक इच्छा है कि जनता की आपकी यह हितकारी योजना आपकी स्थायी स्मारक बने। हम नहीं होंगे, आप नहीं होंगे, ये लोग नहीं होंगे पर यह डैम, एशिया का अब तक का सबसे बड़ा डैम रहेगा, दिनोंदिन खिलता जाएगा—फुल ब्लूम!"

बम्बई लौटते ही गवर्नर साहब ने अपने चीफ इंजीनियर और पब्लिक वर्क्स के सेक्रेटरी को सहयोगार्थ कोल्हापुर भेज दिया।

सह्याद्रि पर्वत शृंखला से निकल कर पहाड़ियों में 60 मील मोड़ती-मरोड़ती दाजीपुर आकर कोल्हापुर के मैदानों में उतरती हैं भोगवती समेत 15 नदियाँ। ढोकर लाती हैं 200 इंच वर्षा की विपुल जलराशि। बम्बई की क्राउडर एंड कम्पनी ने आकर सँभाल लिया है काम।

"रानी के हाथों शिलान्यास। जलाशय उन्हीं के नाम रहेगा यह मेरी जीवित पत्नी की स्मृति को समर्पित मेरा ताजमहल है।"

"ताजमहल कहकर इसे छोटा न करें। यह उससे कहीं महान, विराट और भव्य है।"

क्या विडम्बना है कि ठेकेदार, इंजीनियर, कर्मी—किसी को भी अनुभव नहीं है इतना बड़ा डैम बनाने का। अंग्रेज इंजीनियर भी एक जैसी भाषा नहीं बोलते। 'हिल' एक बात बोलते, 'हैवेल' दूसरी, 'राइट' तीसरी...और 'दलाल' चौथी। कौन सही था, कौन गलत! किसकी मानी जाय, किसकी नहीं! मन दुविधा ग्रस्त हो जाता। झल्ला पड़ते, इससे तो अच्छा होता काम शुरू ही न करते।

"हमारे नये चीफ इंजीनियर 'दलाल' क्या कहते हैं?" जाधव पूछते, "उन्हें तो मैसूर की मार्क नदी पर बाँध बाँधने का अनुभव है।"

"वोऽऽऽ! पता नहीं। कहते हैं नींव का मसाला चूना-वूना नहीं थाम पाएगा बाँध को।"

"और हिल...?"

"हिल को तो नींव मजबूत दिख रही है।...न! हिल ही ठीक है सारे पुराने किले मन्दिर-मस्जिद में तो वही मैटेरियल लगा है। सालोसाल खड़े हैं—कहाँ टूटे?"

13

पद्मनाभ ने विट्ठल के नये बंडल को खोलकर पटरी पर फैलाना शुरू किया। अचानक उसके हाथ रुक गए। 'समर्थ' पत्र 'विश्ववृत्त 'खड़े-खड़े ही पढ़ गया फिर बोला—"विट्ठल तुमने एस. डी. सातवलेकर का यह लेख पढ़ा—'वैदिक प्रार्थना की शक्ति'।"

"ऐसे लेख आए दिन छपवाते रहते हैं बीजापुरकर जी। कुछ खास है क्या?"

"इसमें कहा गया है, 'छत्रपति शाहू और बड़ौदा महाराज के क्षत्रिय होने का क्या लाभ यदि ये विदेशी शत्रु और गुलामी को नष्ट-भ्रष्ट नहीं करते।' आगे वे यह भी लिखते हैं, 'यदि क्षत्रिय और वैश्य ऐसा नहीं करते तो ब्राह्मणों को हथियार उठा लेना चाहिए।' "

"हूँऽऽऽ! इसका मतलब समझते हो?"

"क्षत्रिय कहकर उनके आहत मान को सहला भी रहे हैं और उकसा भी रहे हैं। इसका मतलब है, किशोरों और युवकों के गर्म खून को ललकार कर कुछ और अंग्रेजों का खून कराएँगे।"

अनुमान सच निकला। जहाँ-तहाँ लड़कों ने बम और रिवाल्वर उठा लिए। उधर कोल्हापुर से बहुत दूर मुजफ्फरपुर में 30 अप्रैल, 1908 को किशोर खुदीराम बोस ने सेशंस जज डगलस किंग्सफोर्ड का अनुमान कर एक बग्घी पर बम फेंका। बग्घी में डगलस थे ही नहीं, थीं दो निर्दोष ब्रिटिश युवतियाँ, मारी गईं। अगले महीने गाज गिरी युवा क्रान्तिकारी अरविन्द घोष पर, बड़ौदा में कार्यरत थे। गिरफ्तार कर लिया गया। उससे भी ज्यादती यह कि उन्हें बिना किसी तैयारी के साधारण कैदियों के साथ जेल में रखा गया।

शाहू का मन अवसाद से भर गया। बेचैन हो टहलने लगे। तभी खानविलकर ने एक नई सूचना दी, 'अरविन्द घोष की बहन सरोजनी घोष ने आर्थिक सहायता के लिए सार्वजनिक अपील की है।' निर्णय लेते देर न लगी। सरोजनी घोष को पाँच हजार रुपये भिजवा पाए तो सीने के अन्दर धुआँता अवसाद हल्का होता-सा प्रतीत हुआ। हालाँकि मुजफ्फरपुर वाली बेकसूर मारी गई अंग्रेज युवतियों की कल्पित लाशें कठपुतलियों सी झूलती रहीं दिमाग में। झूलती लाशों में एक लाश और थी—खुद की उनकी।

21 मार्च, 1908 को बेटी के विवाह में ही दामू जोशी उन पर बम का प्रहार करने वाला था। बच इसलिए गए कि पुणे से बम मिल ही नहीं पाया।

"आपको मालूम था?" खानविलकर ने पूछा।

"हाँ।" निहायत ठंडी थी उनकी आवाज, अरविन्द घोष क्रान्तिकारी हैं जबकि खुद को देशभक्त बताने वाले वो खुदीराम बोस या ये शिवाजी क्लब वाले युवक—कच्ची उम्र वाले लड़के तुरन्त अतिरेक में आ जाते हैं। इनका क्रोध अन्धा है, उद्देश्य अलग है। इनमें प्रतिशोध है, क्रान्ति में शोध। अरविन्द और काफी हद तक तिलक भी क्रान्तिकारी हैं जबकि शिवाजी क्लब के दामू जोशी जैसे युवक प्रतिक्रान्तिकारी। बीजापुरकर तलेगाँव चले गए हैं, वहीं से आतंकवाद को हवा देते रहते हैं। इधर कइयों को जिलावदर, जेल, दमन; इधर वे पुणे, सातारा, बेलगाँव, बड़ौदा और नासिक को अपना केन्द्र बना रहे हैं। टिड्डियों के इस दल की मंशा को भाँप रहे हैं। क्या करें?

बीच में बेटी के विवाह और सिंचाई[1] के दीगर खर्चों से राजकोष खाली हो चला था। हारकर सेना भेज देने के लिए अंग्रेजों को लिखा। आतंकियों की धमकी आई, 'अगर ब्रिटिश सेना आई तो शाहू की खैर नहीं।' अब शाहू को मार कर के ही उनकी देशभक्ति को परवान चढ़ना था। वैसे यह कोई पहली बार नहीं हो रहा था। पुणे से कोल्हापुर आना था उस ट्रेन से आए ही नहीं, परवर्ती ट्रेन से आए। तब तक उनके घोड़े की एक टाँग को हल्का-सा चोटिल करता बम फट चुका था। फिर बेटी के विवाह और दूसरे मौकों पर। 'कायर कपूतो, हिम्मत है तो सामने आओ।'

राजनीति में राजा को समय-कुसमय ऐसे आघातों का सामाना करने के लिए तैयार रहना चाहिए। उदास भाव से हँस रहे थे शाहू। और मौत दूर खड़ी हँस रही थी। कुछ देर तक हँसती रही फिर लौट गई जैसे। राज-काज के दूसरे कामों में उलझते चले गए।

---

1. शाहूजी के 1915-16 सर्वे के अनुसार :
   नदी सिंचित भूमि 39,783 एकड़
   कूप सिंचित भूमि 39,845 एकड़
   तालाब सिंचित भूमि 232 एकड़
   सिंचाई-पनबिजली समेत राधा नगरी डैम एक बहुद्देशीय प्रकल्प था। शाहूजी के जीवन काल से शुरू हुए प्रकल्प के निर्माण कार्य राजाराम के काल तक चलते रहे। जलाशय का जल अधिग्रहण क्षेत्र 16-17 कि.मी. तक फैला हुआ है। डैम के 5 फाटक थे जो डैम के भर जाने पर स्वत: बीच से खुल जाते। चूना-माटी से निर्मित यह डैम कोल्हापुर की हरित क्रान्ति और विद्युत आपूर्ति का उत्स है।

14

अभिवादन करने के बाद सन्देशवाहक ने अर्ज किया, "लोकमान्य महाराज ने कहला भेजा है, वे कल मिलना चाहते हैं।"

"कहना, शाहूजी छत्रपति को उनसे मिलकर प्रसन्नता होगी।"

दूसरे दिन तिलक का राजमहल में उठकर स्वागत किया शाहू ने। दो जोड़ी आँखें मिलीं, दो चेहरों पर औपचारिक मुस्कान पसीजी। पाँव पखारे गए। किसी ने नये-नकोर गमछे से पाँव पोंछे। एक ब्राह्मण सेवक चाँदी की तश्तरी में मिष्ठान्न और जल लेकर आया। तिलक ने सेवक को देखा फिर कहा, 'प्यास तो नहीं लगी है।' नजर कन्धे से लटक रहे जनेऊ को टटोलती हुई!

"कैसे आगमन हुआ लोकमान्य?" चेहरे पर स्मित प्रसन्नता।

"ताज महाराज की सौतेली बेटी के विवाह में..."

"अहो भाग्य हमारे, इसी बहाने आप यहाँ पधारे तो।"

"खामख्वाह इन पचड़ों में उलझ गए हम...।"

बातों ही बातों में तिलक ने बिना किसी सन्दर्भ के कह डाला—

"मैंने उस विषय पर गहराई से सोचा, छत्रपति होने के नाते आप वेदोक्त के अधिकारी हो जाते हैं...मगर क्षत्रिय होने के नाते नहीं...वह दूसरी चीज है।"

"मैंने पूछा तो नहीं लोकमान्य!" हँस पड़े शाहू, तिलक के इस तर्क पर, "क्षत्रिय होने के नाते नहीं?"

"न।"

"तब कल को मान लीजिए एक मुसलमान छत्रपति हो जाय तो उसे वेदोक्त का अधिकार दे देंगे?" निरुत्तर हो गए तिलक। फिर-फिर वही तर्क, वही प्रतितर्क!

"आपका राष्ट्रप्रेम प्रणम्य है लोकमान्य, अलबत्ता सिर्फ राष्ट्र, उस राष्ट्र का जन नहीं। जन वहाँ ब्राह्मण है, शूद्र है। हृदय आपका उदार है। इस अन्तर्विरोध से जूझते रह जाएँगे। पार नहीं पाएँगे। राष्ट्र का जन राष्ट्र से अलग होता है क्या? सिर्फ कंकड़-पत्थर, भूगोल, इतिहास, परम्पराएँ...?"

"मैं आप जैसे अंग्रेज भक्त से 'राष्ट्र' का पाठ पढ़ने नहीं आया।"

"फिर मुझ शूद्र के यहाँ अपवित्र होने आए क्यों?

"घृणा की खेती कब तक करते रहेंगे। इस खेती के आपसे भी बड़े शेतकरी खुद को आपसे भी बड़ा हिन्दू मानते हैं, आपको तम्बोलियों के नेता कहते हैं आपके वे मित्र। यही बोया है ब्राह्मण धर्म ने, अपनों को भी नहीं बख्शा। सर्वात्मक वैषम्य विहीनता ही राष्ट्रीय एकता का मूलाधार है, आँखों पर पट्टी होने के नाते आप नहीं देख पा रहे हैं लोकमान्य।

"मैं या आप? मूल हिन्दू जाति से इतनी डालें--इतनी टहनियाँ निकली हैं कि आप फिर से उसे तने में समा जाने को कहते हैं। क्या यह सम्भव है?" भास्कर जाधव कोई कागज सही कराने आए तो सुनने लगे।

प्रणाम करते हुए उनका सत्यशोधक तनकर खड़ा हुआ, "क्षमा करें। दो दिग्गजों के बीच मुझे बोलने का अधिकार हो तो कुछ निवेदन करूँ?"

"बोलो।" तिरछे ताका तिलक ने, "राजा घिर जाय तो सेनापति को आगे आना ही चाहिए।"

"लोकमान्य, आप शास्त्रज्ञाता, महान राष्ट्रवादी देशभक्त हैं। मैंने 'केसरी' में आपके विचार पढ़े हैं। आपने शास्त्रों से जाति प्रथा के पक्ष में अनेक तर्क दिये मैं उन्हीं शास्त्रों से पंचतंत्र की एक छोटी-सी कथा निवेदित कर रहा—कथा एक पक्षी की है जिसके दो मुँह थे। मुख दो, उदर एक।"

"बोलो।"

"एक बार एक मुख को कोई अमृत फल मिला। दूसरा मुख उसे माँगने लगा—मुझे भी चखने दो। परन्तु पहले वाले मुख ने उसे यह कहते हुए इनकार किया कि तुम अनावश्यक लोभ से बचो। क्या फर्क पड़ता है, तुम खाओ या मैं, जाएगा तो हमारे उसी पेट में। कुछ दिन बाद दूसरे मुख को भी एक फल मिला। विष फल था वह। बोला—मैं इसे खा रहा हूँ।

"पहले वाला मुँह घबरा गया, 'ऐसा हर्गिज न करना। हम दोनों ही मारे जाएँगे, हैं तो एक ही पक्षी के मुँह।' वंचित मुख ने एक न सुनी, विष फल खा लिया। पक्षी मर गया। क्या आप वंचित जनों को उनके प्राप्य से वंचित कर समूचे देश, समूचे राष्ट्र को मार डालना चाहते हैं?"

15

युद्ध एक अनवरत क्रम है घात-प्रतिघात, क्रिया-प्रतिक्रिया का। कल के हारे हुए योद्धा धीरे-धीरे शक्ति संचय कर उठने की कोशिश करते हैं। उठ पाए तो वार करते हैं। एक दाँव से न सधा तो दूसरे दाँव से, दूसरे से न सधा तो तीसरे से, कल-बल-छल किसी भी प्रकार से। शोध-प्रतिशोध का यह खेल खत्म नहीं होता। वेदोक्त प्रकरण के हारे हुए योद्धा तत्काल तो क्षमा माँग कर अपनी सुविधाएँ वापस ले गए पर अन्दर ही अन्दर वे हार मानने को तैयार नहीं थे।

एक अज्ञात पत्र बम्बई सरकार को भेजा गया—शाहू महाराज ने तीन औरतों को जबरन गुलाम बना रखा है। इसके पूर्व किसी काका मास्टर ने ऐसे ही आरोप लगाए थे। पर सरकार ने ध्यान नहीं दिया था।

1906 की जुलाई के किसी दिन इससे पहले भोजन में विष मिलाने के आरोप पर पक्की जाँच के लिए शाहू ने बम्बई से भारत सरकार के शिमला स्थित वायसराय से मिलने का समय माँगा था। सरकार ने इसका कुछ और ही अर्थ निकाला—शायद अपने मित्र फेरिस का कार्यकाल बढ़वाना चाहते हों। शाहूजी ने स्पष्ट किया, "मामला व्यक्तिगत है।"

यही था वह पत्र!

आत्मा और मन पर गलीज-सा कुछ चस्पां है। क्या है वह! उसे खरोंचकर उससे मुक्त होने को मन विकल है। उधर से कोई उत्तर नहीं आया। घायल की तरह चहलकदमी कर रहे हैं।

7 अगस्त को उन्होंने फेरिस को लिखा—"पत्र यद्यपि अज्ञात है पर वे कृपया, इसकी तह में जाकर, सच्चाई का पता लगाएँ। मुझे इसका भय नहीं कि मेरी आबरू लुट जाएगी।

"बीजापुरकर, रासिनकर, तिलक और जो भी मेरे विरोधी हैं चाहे तो मेरे विरुद्ध सभी जाँच में शामिल हो सकते हैं।

"आप एन्क्वायरी न करना चाहें तो भी उन महिलाओं को बुला कर गुप्त रूप से पूछ सकते हैं।

"यदि मेरे विरोधी चाहें तो मैं अनुपस्थित भी रह सकता हूँ। आरोप सही सिद्ध हों तो मुझे और गलत सिद्ध होते हैं तो आरोप लगाने वालों को दंडित किया जाए।"

इन पत्रों का भी कोई जवाब न आया।

इसका मतलब? क्या वे उन्हें दोषी मान रहे हैं? दोषी मान रहे हैं तो कार्रवाई क्यों नहीं करते?

यह पश्चिमी मूल्य है। अकारण वे दूसरे के व्यक्तिगत मामलों में दिलचस्पी नहीं लेते! मगर हम भारतीय...? हमारी तो आदत है ताकझाँक करने की, दूसरों का छिद्रान्वेषण करने की।

अब स्त्री-पुरुष की यौनिकता का ही मामला है। प्रच्छन्न और प्रकट दोनों ही भाव से बना रहता है। नारायण पुजारी वेश्याओं के पास पड़ा रहता है। वहीं से आया था उस दिन। यह अवस्था उसके लिए सामान्य थी। उसी अवस्था में उसने वेद और पुराणों की ऋचाएँ पाठ कीं...।

न न न! यह अर्द्धसत्य है। वह जान-बूझकर उन्हें शूद्र मान कर वैसा कर रहा था। ब्राह्मण किसी भी नीति के कायल नहीं।

वैसे उनका भी अकेले कोई कसूर नहीं है। जितने भी राजे-महाराजे हैं, कई औरतें और रखैलें रखना एक आम बीमारी है, अपने पाटिल, पुरोहित तक में। मैं भी मुनष्य हूँ पर...

मुम्बई से लौटते समय मन इतना उद्विग्न था कि गवर्नर से भी मिलने का मन नहीं हुआ। गवर्नर से भी ऊपर कोई गवर्नर है। वायसराय। सो 9 सितम्बर को सीधे जा पहुँचे शिमला। 16 को लौट आए। लौटते समय भी न मिले गवर्नर से।

क्या सारे ही मेरे विरुद्ध साजिश करने वालों से मिल गए हैं? इस बार ब्राह्मण औरतों द्वारा लेडी लॉर्ड मिंटो को शिकायती पत्र भेजा गया था।

शाबाश मित्र! ऐसे सामने आने में शर्म लगती थी क्या, जो औरतों के लहँगे में मुँह छुपा कर आए? चलो कोई बात नहीं। हम तो तुम्हें सयाने समझते थे, तुम इतने मूर्ख निकले कि तुम्हें यह भी नहीं पता कि सात नकाबों के अन्दर से भी तुम्हारा ईर्ष्यालु चेहरा छुपाए नहीं छुपता।

पेटीशन के जवाब में कर्नल फेरिस द्वारा कहा गया—

'मुझे पक्का यकीन है कि महाराज एक स्वच्छ जीवन जीते हैं।' क्या फेरीज साहब ने दोस्ती निभाई?

माना कि पत्नी मेरी एक ही है महालक्ष्मी। मगर मन न डोला हो ऐसा तो कभी हुआ ही नहीं।

जैनबाला गिर्गे को ही लो। देखकर मर्यादा वश नजरें फेर तो लेता हूँ पर मन करता है, देखता ही रहूँ। आँखें मूँद लेने पर भी दीये-सी जलती रहती है अन्तर्मन में।

ज्यादा सुन्दर होगी क्या इससे बाजीराव की मस्तानी या औरंगजेब की ईरानी बेगम? मस्तानी के बारे में तो यहाँ तक कहा जाता है कि पान की पीक अन्दर गले से उतरती हुई दिखती थी। दुत्त! यह सब कवियों के चोंचले हैं। भला ऐसा भी कभी हुआ है? ये कवि भी न...!

दुनिया में कौन है जिसका कभी न कभी मन न डोला हो?

सिविल सर्जन ने पिछले दिन सीधे-सीधे घेर लिया—

"इजाजत हो तो एक बात कहूँ?"

"कहिए।"

"आप दूसरी औरत क्यों नहीं कर लेते?"

कहकर हकलाए, "हमारा मतलब रानी साहिबा दुर्बल हैं सो...!" मूँछों-मूँछों में ही मुस्कराए, "तुम्हारा कोई कसूर नहीं है डॉक्टर, मेरे विरुद्ध हवा ही ऐसी बँध गई है।"

"क्यों इसमें बेजा क्या है?"

"बेजा तो कुछ नहीं है...आप ही कोई सुन्दर—सुशील कन्या ढूँढ़ दो।" बात मजाक में कही थी शाहूजी ने, मगर डॉक्टर संजीदा थे, लाकर खड़ी कर दी सुन्दर, सुशील कन्या उनके सामने। नजर नहीं टिकती। शाहूजी देखते रह गए—सुन्दर थी। कमसिन थी!

"क्यों नरक बनाने पर तुले हो तुम सभी इस बेचारी की जिन्दगी? कोई योग्य वर देखो, कर दी जाय इसकी शादी।"

कर भी दी गई।

कभी जैनबाला गिर्गे को इसी तरह बदनामी के घेरे से बाहर निकालकर सुरक्षित उसके घर पहुँचा दिया था।

राजमहल के बरामदे में बलिष्ठ सिंह की तरह टहल रहे हैं—दबे-दबे पंजे! दूरे ऊँचे नीले गगन में उड़ान भरता है मन का पखेरू। पर नहीं, वहीं किसी झाड़ में उलझ गया है।

एकनिष्ठ कौन है? न कोई देवता, न कोई ऋषि-मुनि, न कोई राजा-राजर्षि, राजर्षि कहे जाने वाले जनक और विश्वामित्र भी नहीं। विश्वामित्र-मेनका, उर्वशी-पुरुरवा! जनक तो विदेह थे पर उनके बारे में कहा जाता है, एक हाथ कामिनी के कुच पर रहता, एक यज्ञ का हविश अर्पित करता हुआ...!

पुराणों में काम को खलल डालने वाला कहा गया है। किसी ने उसे उत्प्रेरक तत्त्व नहीं कहा अभी तक। पर ऐसा लगता है जिस दिन गिर्गे को देख लेता हूँ, मन बसन्ती-बसन्ती हो जाता है।

उत्तेजना शिथिल पड़ी तो खुद पर हँस पड़े, इन प्रश्नों के समाधान के लिए तो जन्म ग्रहण किया नहीं मैंने! कितनी जिम्मेदारियाँ हैं, कितनी...!

16

दिन उलझे-उलझे। समस्याएँ सघन से सघनतर होती हुईं। मित्र के अन्दर शत्रु और शत्रु के अन्दर मित्र—काश ऐसा न होकर मित्र और शत्रु के चेहरे साफ-साफ होते।

हत्यारों ने जैक्सन की हत्या की, फेरिस को मार डाला। मुझे मालूम है ये हत्यारे कौन हैं। उनकी हत्या या जिघांसा के पीछे कोई सुस्पष्ट चिन्तन या विवेक नहीं है। अंग्रेजों के हम गुलाम हैं और वे अंग्रेज हैं इसलिए या... इसलिए कि एक ने सावरकर को 'कालापानी' दिया, दूसरे ने शिवाजी को लुटेरा कहा या गाली दी। किसी के किसी कृत्य के औचित्य-अनौचित्य पर विचार करने का सबसे उचित तरीका है खुद को उसकी जगह रख कर देखो, तुम उनकी जगह होते तो क्या करते?

पर नहीं। क्यों सोचने लगे लोग! मुझे जान से मार डालने की दसियों धमकियाँ, बीसियों कोशिशें—तुमने हमारे महागुरु तिलक का अपमान किया है, हम तुम्हें नहीं छोड़ने वाले। बेलगाँव की जेल में हमारे अफसर जाधव

को माल्या धनगर ने पीट दिया। ये दामू जोशी, ये 'शिवाजी क्लब'—यह मेरे लिए बहुत कठिन स्थिति है कि मैं लोगों को बता नहीं सकता कि दोनों मेरे ही रोपे हुए बिरवे हैं। क्या यही है मेरी सदाशयता की कुल सम्प्राप्ति?[1]

दामू से मेरी कोई व्यक्तिगत दुश्मनी नहीं, तिलक तो यूँ भी मेरे वरेण्य हैं, तमाम मतविरोधों के बावजूद जिनकी कद्र करता हूँ। ब्राह्मण कहे जाने वाले व्यक्ति से मैंने कभी बदसलूकी नहीं की और माल्या! पिछड़ी जाति का माल्या। इन्हीं वंचितों को सामाजिक न्याय दिलाने का तो मैंने संकल्प लिया है। फिर...?

कोई कसर नहीं उठा रख रहे हैं षड्यंत्रकारी। पुराने-पुराने पेपर्स ढूँढ़े जा रहे हैं ताकि मुझे दोषी प्रमाणित किया जा सके। पिछली यात्रा में मेरे जनरल मैनेजर का सन्दूक ही ट्रेन से ले उड़े, सोचा, कुछ जरूरी साक्ष्य मिल जाएगा।

कहते हैं, मुझमें अपार क्षमता है, बाघ-चीतों, खूँखार कुत्तों, हाथियों को पालतू बनाया है मैंने। कितने बाघ-चीते मार गिराए हैं। झूठ! सब झूठ! उन्हें कुछ सड़ता, बदबू देता-सा लगा, कुछ जो निहायत अपना था। यह सब चल रहा है देशभक्ति के नाम पर, शिवाजी के नाम पर, स्वराज के नाम पर! इस कपटी उन्माद और उच्छ्वास को रोका न गया तो कोल्हापुर तो कोल्हापुर—महाराष्ट्र तो महाराष्ट्र, समूचा देश इस नरकाग्नि में जलेगा, जलता रहेगा शताब्दियों-सहस्राब्दियों तक।

---

1. आने वाले दिनों में राष्ट्रवाद, देशभक्ति और सनातन के नाम पर गांधी जी समेत कितने निर्दोष महापुरुषों की हत्याएँ होती रहीं। नरेन्द्र दाभोलकर, पानसरे, कलबुर्गी, गौरी लंकेश...।

कोल्हापुर में 1891 से 1896 के बीच शुरू हुआ था क्रान्तिकारी युवकों का गुप्त संगठन। श्रीमान अण्णाजी या हणमंत राव कुलकर्णी मुर्वि भावीकर की बाल गोरक्षिर्णी सभा और दत्तोपन्त लेले के 'बाल समाज' के साथ मिलकर बाद में बनते हैं 'शिवाजी मित्र समाज'। 1893 में यही 'शिवाजी क्लब' बना।

1901 तक शाहूजी इसमें सहयोग करते रहे। अस्त्र-शस्त्र, रुपये-पैसे, घोड़े वगैरह से। जोखिम भरे करतब, शारीरिक क्षमता अर्जित कर यह क्रान्तिकारी सेना, अंग्रेजों को मजा चखाना चाहती थी।

कर्नल फेरिस, पॉलिटिकल एजेंट ने कहा—तुम्हारे शिवाजी डाकू और लुटेरे थे और शिवाजी क्लब भी। क्लब के एक बलिष्ठ सदस्य दामू जोशी ने कहा कि वह फेरिस को खत्म कर देगा। उस समय तक तिलक और शाहू साथ-साथ थे।

उनका सिर चकराया, दुनिया घूमती-सी लगी और वे धप्प से बैठ गए। आँखों के आगे अँधेरा छा गया।

राजमहल में अफरा-तफरी मच गई। जो जहाँ था, वहीं से दौड़ पड़ा। देखते-देखते खासी भीड़ जमा हो गई उनके गिर्द। आँखें खुलीं तो देखा अनुज बापूराव, रानी लक्ष्मी, माताएँ, सेवक-सेविकाएँ...लोग अभी भी आते चले जा रहे थे। कोई पानी के छींटे दे रहा था, कोई दस्ती पंखा झल रहा था, कोई सिसक रहा था।

"क्या हुआ दादा?"

"क्या हुआ बेटा?"

"कुछ नहीं।"

पत्नी सिर सहला रही थी।

"हम सब समझते हैं।" रानी का स्वर संयत था। विश्वास करो, हम सब तुम्हारे साथ हैं। तुम पर हमारा विश्वास है कि तुम जो भी करोगे, सही करोगे। इस पूरे भारतवर्ष में हमारे जैसा कोई सुखी परिवार नहीं है।"

दोनों राजकुमारों को इंग्लैंड भेज दिया गया। उनके साथ कुछ मराठा सरदारों के लड़के भी। शिक्षिका को स्पष्ट हिदायत थी कि उनके अपने बच्चों पर कम ध्यान दिया जाय, दूसरे बच्चों पर ज्यादा। मगर अन्दर ही अन्दर एक सरसराती आशंका भी, कहीं उनके अपने ही बच्चे न पिछड़ जाएँ। एक प्रजावत्सल राजा और पिता का द्वंद्व। प्रजावत्सल? प्रजा का मतलब सिर्फ राजपुत्र या मराठा सरदार तो नहीं होते! ऐसी कितनी ही दुविधाएँ! चलते-चलते खड़े हो जाते, फिर चल पड़ते। दुविधा को उस दिन पूरी तरह झटक कर खड़े हो पाए जिस दिन सबके लिए मुफ्त और अनिवार्य प्राथमिक शिक्षा का संकल्प लिया।

सबके लिए तो चलो ठीक है पर यह प्राथमिक शिक्षा मात्र क्यों? तिलक और गोखले उच्च शिक्षा के पक्ष में खड़े थे। कहाँ तो बुनियादी शिक्षा के लाले पड़े थे, कहाँ ब्राह्मणों द्वारा आई.सी.एस. परीक्षा भारत में ही करने की माँग की जा रही थी। जो प्राथमिक शिक्षा से ही वंचित रहा, उसके लिए पहले आई.सी.एस. या पहले प्राइमरी...? पैसे सबके, आगे बढ़े सिर्फ एक वर्ग के वे बच्चे, जो पहले से ही आगे बढ़े हुए हैं? तुम्हीं पढ़ो-लिखो, तुम्हीं ओहदेदार बनो।

हमारा क्या है, हम तो दास हैं, तुम्हारी सेवा करने के लिए पैदा हुए। हमें चाहिए मुफ्त बुनियादी शिक्षा—जो सबके लिए हो। एक विशिष्ट समूह के लिए ही नहीं; पूर्ण समाधान, सुशिक्षित ब्यूरोक्रेसी नहीं, स्वदेशी ब्यूरोक्रेसी। जातिवाद बाहर से बोलता है, अन्दर से बोलता है, रंग-रंग, रंध्र-रंध्र, कोशिका-कोशिका से बोलता है, अतीत से बोलता है, वर्तमान से बोलता है, पर भविष्य से नहीं बोलना चाहिए। सब पढ़ें। सब बढ़ें।

प्रयोग के तौर पर पहले 15 विद्यार्थियों की फीस माफ की थी। यह 15 के 15 छात्र पहले से सुशिक्षित रहे वर्ग के बच्चे निकले। तब कायदा[1] यह बना कि आधे विद्यार्थी पिछड़े वर्ग के होने चाहिए। तभी ध्यान आया कि मात्र शिक्षित होना फलप्रसू नहीं होगा, उसे रोजगारोन्मुखी भी होना चाहिए। पहला ध्यान खेती पर गया। शेती! 'शेत-सुधारणा' की पुस्तक हर जगह बाँटी जाएगी, हर गाँव में स्कूल होगा! इस स्कूल पर नियंत्रण गाँव का और निगरानी सरकारी होगी। हर देवालय को स्कूल के लिए अतिरिक्त भवन बनाना जरूरी है। अब शिक्षक...? बापू साहब राव के नेतृत्व में जागीर देकर शिक्षक बहाल किये जाने लगे।

एक मन था कि राधानगरी डैम में उलझा रहता, एक मन अन्य विकास कार्यों में, एक मन राज्य के पचड़ों में, एक मन ब्रिटिश हुक्मरान की भूलभुलैया में, एक दामू और सनातन पन्थियों की साजिशों में...काश मैं सहस्रबाहु होता!

17

ठीक ही कहते हो शाहूजी, काश तुम सहस्रबाहु होते!

तब शायद सदियों-सहस्राब्दियों से लम्बित कितने काम पूरे हो जाते! पर मौत को भी क्या रोक लेते? जरा को भी क्या रोक लेते?

मौत कई छोटी-छोटी मौतों का समुच्चय है। हमजाद। हमारे जन्म के साथ परछाईं की तरह लग जाती है साथ। हम उसे 'धत्-धत्' कहकर धता बताते रहते हैं। कुछ नियति तय करती है कुछ हम! शिवाजी क्लब वालों की चलती

1. यह कायदा 1913 में लागू हुआ। पीढ़ी-दर-पीढ़ी जागीर प्राप्त शिक्षक मनमानी करने लगे तो उसे निरस्त कर दिया गया।

तो कब का अंजाम दे चुके होते। वह तो कहो, स्टेशन से महल तनिक देर से पहुँचा। और राधाबाई बेटी के विवाह पर दामू जोशी की कोशिश? यह नियति ने तय किया था, रोक लिया था। पर मैंने खुद क्या किया? 1912 में डॉ. वानलेस ने ऑपरेशन के लिए एनेस्थेसिया देनी चाही तो मना कर दिया, शिकारी की शेखी! क्या जरूरत थी बहादुरी दिखाने की? 1913 में ही डॉ. ह्वेल ने खून और पेशाब में शर्करा होने के प्रति आगाह कर दिया था—तनाव न हो। संयमित खान-पान और दूसरी सावधानियाँ। पर कौन करे? कब करे? 1914 और 1915 में बेटों का अमेरिका-जापान से गमनागमन। उनके योगक्षेम के लिए एक साथ तीन-तीन मनौतियाँ ओढ़ लीं—पहले दिन महालक्ष्मी का रथोत्सव, दूसरे दिन महारानी ताराबाई भोंसले-उत्सव, तीसरे दिन शिवाजी महाराज का रथोत्सव। फिर बेटे-बेटियों के दूसरे झमेले—अक्का साहिबा रानी और उसके पति का देवास में परिवारिक तनाव। दोनों राजकुमारों की विवाह-वार्ताएँ। पहले छोटे का, फिर बड़े का। लड़की के दादा बड़ौदा नरेश सयाजीराव गायकवाड़ और शाहूजी के बीच बातचीत के कितने दौरों के बाद अचानक पता चला, मधुमेह अमरबेलि की तरह ढकता जा रहा था। ऐसे में पुणे में लोकमान्य तिलक से मुलाकात। दो दिग्पाल आमने-सामने थे। दो ध्रुव मुखामुखम्!

शाहूजी ने लोकमान्य को प्रणाम किया। पगड़ी उतार कर टेबुल पर रख दी। लोकमान्य ने छत्रपति का हाल पूछा।

"मधुमेह है!" शाहू ने बताया।

"मुझे भी तो।"

"कहीं आपका मधुमेह मेरे चलते और मेरा आपके चलते तो नहीं?" हँस पड़े तिलक।

"अब रोग जब आपने दे ही दिया है तो दवा भी बता दें। मेरा मतलब मधुमेह के लिए कौन-सी दवा लेते हैं।"

"मैं? वही मेथी, नीम, जामुन का बीज, करेला और...?"

"चिन्ता छोड़ दें और शारीरिक श्रम करें।"

"चिन्ता...? आपने ही कहा न, मेरे रोग आप हैं, आपका रोग मैं।" दुनिया जहान की बातें हुईं।

शाहूजी ने प्रणाम किया और विदा ली।

नीचे उतरे ही थे कि याद आया, साफा तो तिलक के टेबुल पर ही रह गया। लेने के लिए लपके तो देखा हाथ में साफा उठाए नीचे उतरे आ रहे थे तिलक। थमाना चाहा। रोक दिया शाहू ने, "ऐसे नहीं, ऐसे नहीं।"

"फिर कैसे?" चौंकते हैं तिलक।

"इसे अपने हाथ से मेरे सिर पर रख दो आप।"

तिलक स्तम्भित! फिर हँस पड़े। दो हाथ साफा देने को उठ रहे थे, एक सिर झुक रहा था। कटुता का तिरोधान। प्यार, अपनापन, ममत्व से नम दो जोड़ी आँखें—आदान-प्रदान का बेमिशाल ऐतिहासिक प्रतीक, जिसे आज नहीं तो कल भविष्य बनना था, सहस्राब्दियों की कटुता को लाँघकर।

आगे बढ़े तो स्मृतियाँ पीछे सरकने लगीं।

1901 का वाकया था।

45 वर्ष के लोकमान्य तिलक खुद चलकर आए थे 25 वर्ष के युवा छत्रपति शाहूजी से निवेदन करने। सन्दर्भ ताई महाराज बाला महाराज के गोद लेने का।[1] मैं चाहता हूँ कि आप उन्हें रोकें। औरंगाबाद में पूरे विधि-विधान से उन्होंने उस बालक को गोद लिया था।

पूरी कहानी जायदाद की छीना-झपटी से जुड़ी थी, तिलक गहरे तक धँसे थे। आवेश में थे। शाहू शान्त। तिलक बोल कुछ और रहे थे। शाहू सुन कुछ और रहे थे। तिलक वही थे जिन्होंने वेदोक्त प्रकरण में कुत्सित ब्राह्मण नारायण भट्ट का अन्ध समर्थन किया था। तब शाहू उनके लिए शूद्र था।

1. इस छाया युद्ध ने दोनों महापुरुषों के बीस मूल्यवान वर्ष निगल लिए। दोनों जिद पर। दोनों दिवंगत हो गए मगर मुकदमा जारी रहा।

इस कूटनीतिक प्रतिष्ठा में तिलक पर बहुत ज्यादा कर्ज चढ़ गया, झूठी गवाही देने के आरोप में एक साल जेल में बिताना पड़ा सो अलग। इस लघु महाभारत में एक-एक कर सम्पत्ति के सभी दावेदार तपेदिक के शिकार हुए। न तो यह अंग्रेजों के विरुद्ध कोई स्वाधीनता संग्राम था, न कोई सामाजिक दासता के विरुद्ध लड़ा जाने वाला मुक्ति संग्राम ही, दोनों के समर्थक मानते रहे कि उनके नायक सही थे।

26 मार्च, 1915 को तिलक की जीत हुई। कोर्ट ने औरंगाबाद वाली गोद प्रथा को वैध माना। पूरे महाराष्ट्र में तिलकवादियों का जश्न। बीस वर्ष चाट गया यह छाया युद्ध जो न तिलक का था, न शाहू का, मगर था।

शाहू ने मन को समझाया युद्ध में हार-जीत तो होती ही रहती है। मगर योद्धा हार नहीं मानते, अगली लड़ाइयों की ओर बढ़ जाते हैं।

अगर ताई महाराज की इतनी सम्पत्ति कोल्हापुर में न फँसी होती तो तिलक उन्हें कब घास डालने वाले थे? एक ब्राह्मण कह रहा था। एक क्षत्रिय सुन रहा था। क्षत्रिय भी नहीं, शूद्र! क्षत्रियों का तो तिलक के ताऊ परशुरामजी कब का संहार कर चुके थे।

परिणामत: 19 अगस्त को बाला महाराज को गोद लिया जाना था, शाहू ने ताई जी का समर्थन किया। तिलक तिलमिला कर रह गए। वह सम्पत्ति कभी कोल्हापुर रियासत से बख्शीश में मिली थी। तिलक अपना वर्चस्व चाहते थे, शाहू अपना। औरंगाबाद के 'दत्तक' तिलक के प्रभाव में और कोल्हापुर का 'बाला' शाहूजी के प्रभाव में थे जो भविष्य की वर्चस्ववादी राजनीति की दशा-दिशा तय करेंगे।

उधर कुश्ती के लिए नये उस्ताद आए हैं—दत्तोबा शिन्दे, पंडोबा भोंसले, बालेखान और पता नहीं कौन-कौन। शाहू राजकोट पढ़ने गए, तब भी कुश्ती नहीं छूटी। दूसरी उठान पुत्रप्राप्ति का दंगल। पंजाब, पटियाला से पहलवान बुलाए गए थे। सारे ही पटका गए। उसी दिन संकल्प लिया था यह सिलसिला उलट कर रहूँगा एक दिन।

बस क्या था। सेनापति की तरह खुद ही उठा लिए छोड़ा गया लँगोट-जंघिया। हर वार्ड में जिसे देखो, दंड पेल रहा है। जीतने वाले को ही नहीं, हारने वाले को भी इनाम! जितना चाहो दूध पियो, जितना चाहो मेवे खाओ, मगर देह बनाओ। जात का सवाल, न पाँत का। एक रुपये में 10-12 सेर दूध! बाहर दूर-दूर से भी लोग अपने-अपने लड़कों को भेजने लगे पर फाँकी पकड़ी गई तो खैर नहीं। महाराज खुद अखाड़े में आते रहते हैं।

1907 में ही रोम के विशाल अखाड़ों की तर्ज पर खास बाग में जो अखाड़ा बनना शुरू हुआ था 1912 में बनकर तैयार हो जाएगा। हर तरह से यादगार होने वाला था उद्घाटन।

पर 1912 अभी दूर है। राजधानी कलकत्ते से दिल्ली आ रही है। ब्रिटिश अधिकारियों द्वारा दिल्ली दरबार में एक वृहद् अखाड़े का आयोजन है। विशिष्ट मेहमानों में वायसराय स्वयं उपस्थित हैं। अलग-अलग प्रान्तों के गवर्नर और अन्य उच्च अधिकारी भी। सबकी नजरें सफेद धोताड़ में विशाल

शैल की तरह खड़े शाहूजी पर हैं जिन्हें सारे ही पहलवान पाँव छू-छूकर प्रणाम कर रहे हैं।

पंजाब के नामी पहलवान चन्दन ने तो महाराज का सिंहासन ही प्रवेश-द्वार पर लगा दिया है।

"गामा आया क्या?"

"न तो गामा, न रहीम बक्श।"

शाहूजी के चेहरे पर चिन्ता की लकीरें। झुक आई हैं झब्बरदार मूँछें। खेल बिगाड़ने का यह पहला खेल न था ऐसे अनेक अनुभवों से गुजर चुके हैं। होगा किसी रियासत का दाँव। प्रत्युत्पन्नमति ने तुरन्त पैंतरा बदला। उतार दिया गुट्टा सिंह और नत्था को। फिर उतारा इमाम बख्श और हसन बख्श को। शानदार कुश्ती! जीते इमाम बख्स। शाहू ने अपनी पगड़ी उतार कर रख दी इमामबख्श के सिर पर। शाहूजी भारत में कुश्ती के सबसे बड़े संरक्षक मान लिए गए और कोल्हापुर बन गया कुश्ती का सबसे बड़ा केन्द्र।

18

सभासदों में एक नई चर्चा है। चर्चा का केन्द्र है किंग एडवर्ड के नाम पर कृषि विद्यालय। विद्यालय या महाविद्यालय? नहीं, अभी विद्यालय ही है।

क्या-क्या सोचते-विचारते रहते हैं महाराज!

उन्नत बीज, उन्नत खाद, सिंचाई की सुविधा। यूरोप की तरह नई-नई किस्म की खेती। और किसानों को आकर्षित-प्रोत्साहित करने की नुमाइशें, प्रतियोगिताएँ और इनाम! क्या तो महालक्ष्मी रथोत्सव! दूर-दूर से चले आ रहे हैं स्त्री-पुरुष, बच्चे-बूढ़े। कुछ पैदल, कुछ घोड़ों और कुछ बैलवंडियों पर। तरह-तरह के नाच, गान, नाटक, कुश्ती, बैल दौड़...।

"तुम्हें कैसे पता?" एक पूछता है दूसरे से।

"पर्चे बँट रहे हैं न! पर्चों में सब कुछ लिखा है—नाटे-नाटे गाय-बैल, भेंड़, छागल, भैंस-वैंस, ऊँट-हाथी...नहीं या बड़े-बड़े।" दूसरा जवाब देता है, "माने कि हर बौनी चीज को बड़ा करना।"

"मैं नहीं मानता। मुझे शाहूजी की तरह बड़ा करके दिखा दो।" तरह-तरह की बातें।

"कुश्ती यहाँ नहीं दिल्ली में हुई थी। हल्ला था कि गामा आ रहा है, गामा तो नहीं आया पर दूसरे सभी आए थे। शाहूजी ने अलीमुद्दीन के सिर पर अपनी पगड़ी रख दी!"

"ओ! अच्छा ये क्या है? इतना चौड़ा पत्ता?"

"रबर! पुराने ढंग की शेती के साथ नई शेती माने धान, जोआरी, तुअर, ऊस, मक्का, कापूस के साथ चाय, कॉफी और रबर-वबर भी।"

मेले में तरह-तरह के खेल और करतब हैं। कहीं सर्कस लगा है, कहीं कुश्ती, कहीं डंडा-फटका, गदा-मुगदर, जांबिया, बाना, 'बीता'। जाते हुए लोगों को रोककर बता रहा है कोई "रुको! 'बीता' हो रहा है 'बीता' देखकर जाना।"

"पीछे हटो पीछे! गोरा साहब आ गया। बीता शुरू होगा अब। अरे बाप, यह तो बदन के चारों ओर! मजाल है पन्द्रह-बीस फीट की दूरी पर कोई छू दे उसे?"

"बीता खेल कौन रहा?"

"बुले खान!"

"शाबाश!"

शाहूजी के सामने शालिग्राम का दिया हुआ तार झूल रहा था। कोलतार का तार। क्या गजब तार से तार निकलता है।

तार-धागा, रस्सा, नाल या सूत्र!

विट्ठल अपने नये बन्धु को बता रहे थे, पद्मनाभ सुन रहे थे। सुन रहे थे और गुन रहे थे...

1902 में स्टेशन के बगल शाहूपुरी अब बड़ी मंडी बन गया था। शिरोल और राधानगरी की व्यापारिक मंडियाँ जैविक पिता जयसिंह राव घाटगे और बेटी राधाबाई के नाम पर उनकी स्मृति पताकाएँ हैं। 1904 को जापान में प्रशिक्षित शालिग्राम को इंडस्ट्रियल इंस्पेक्टर नियुक्त किया था, उसने सह्याद्रि के जंगलों के काठ का आंशिक आसवन (Fractional Distillation) करके लोनारी, कोयला, सिरका यहाँ तक कि कोलतार निकालकर धर दिया मेरे दामन में। विज्ञान और तकनोलॉजी ही असली मंत्र है जिसका मतलब, पोंगापन्थी क्या जानें?

मधु छत्तों से मधु दूहने के लिए 1903 में ही डी. एस. चिटनिस को ढूँढ़ निकाला था। झील के किनारे पचास हजार देकर 'छत्रपति स्पाइनिंग एंड वीविंग मिल्स' की सूती मिल की बुनियाद रखी थी। आज लट्ठे के लट्ठे कपड़े निकल रहे हैं। याद आता है, वह विजयादशमी का पावन दिन था और शाहू सोच रहे थे, जब यूरोप में वैसा हो सकता है तो मेरे देश में क्यों नहीं? नाम हुआ, कीर्ति फैली, नजरें उठीं, नजरें लगीं। शाहूजी ने चेताया, "राज्य की पहल का इन्तजार न करें। खुद आगे आएँ। लेकिन किसी भी सूरत में ये मिलें, ये कारखाने पूँजीपतियों या पैसेवालों के हाथों में न जाने पाएँ। यहीं बैठ-बैठ कर खानेवाले काहिलों ने नरक मचा रखा है। सेठ बने बैठे हैं। कुछ नहीं जानते। कारीगर कंगाल और मिल मालिक मालामाल। आप स्वयं से मिल-जुलकर को-ऑपरेटिव (co-operative) बेसिस पर शुरू करें। दिखा दें कि प्रतिभा विदेश में या यहाँ बम्बई के लोगों में ही नहीं है। विजयादशमी के दिन दिखा दें कि अज्ञानता, भेदभाव, दारिद्रय का अतिक्रमण कर आप एक सुनहरे भविष्य की ओर बढ़ रहे हैं।"

उनकी ललकार पर शिरोल, इचलकरंजी में एक-एक कर जीनिंग मिलें खुलती गईं। पहली तेल मिल, पहली फाउंड्री, पहली इलेक्ट्रिकल कम्पनी, पहली मोटर ट्रान्सपोर्ट कम्पनी, एक से बढ़कर एक यूनिटें। सघन जाल बन गया अब तकनीकी आयोजन प्रदान करने वाला राजाराम के नाम पर पहला प्रशिक्षण केन्द्र भी। अंजुरी बड़ी थी, दामन छोटा—फिर भी आर्थिक इमदाद उलीचते रहे सबको। सारे ही मिल वाले कारखानेदार उनके छोटे भाई जैसे। अपने विशालकाय व्यक्तित्व से जब चलते तो उनके संरक्षण में सारे ही महफूज महसूस करते जैसे चूजे अपनी माँ की गर्माहट में...? राज्य में रोज ही कुछ नया हो रहा था।

एक दिन आ धमके किर्लोस्कर। शाहूजी शिकार से आए ही थे।

"बोलो, मेरे नये लोहार।"

"लोहार? आपने एक ब्राह्मण को लोहार बना दिया महाराज। शूद्र! मनु महाराज आपको कभी माफ नहीं करेंगे। पृथ्वी सूर्य की परिक्रमा करती है, बाइबिल की पुरानी स्थापना के विरुद्ध बोलने के लिए गैलेलियो को 7 साल दंडित किया गया, माफी मँगवाई गई। दार्शनिक ब्रूनो को जिन्दा जलाया गया। पृथ्वी गोल है—कहने पर कोलम्बस को पत्थर मारे गए...और बताऊँ...?"

"बता ही डालो।"

"बम्बई में एक पंडित जी हैं अयोध्या के! तम्बोलियों को गाली देते है। जबकि खुद पान की दुकान करते हैं।"

स्वागत सत्कार के बाद शाहू ने पूछा, "और बोलो, लोहे की माटी, वो क्या कहते हैं, 'हैमेटाइट आयरन ओर' तो छै वैगन भिजवा दिया था। पैसे नहीं लगेंगे। अब क्या चाहिए?"

"वो तो जब माटी से लोहा निकलेगा निकलेगा, पहले तो मुझे अपने कबाड़ देखने की इजाजत दें। ये लोहे का कचरा कैसा है? आपको बताएँ अब ब्रिटेन से लोहे का स्क्रैप नहीं आता। उधर पन्हाला और दूसरी जगहों की तोपों को, कचरे और जंग खाते असलाह के कचरों को भी देखना है।"

"तुम्हें कचरा दिख रहा है?"

"अभी तो कचरा ही है। इनसे आदमी तो क्या, एक मूँगी (चींटी) भी मरने से रही।" वे इधर-उधर उलट-पलट कर देखते रहे, फिर बोले, "इन्हें मुझे दे देते, तो हँसिया, खुर्पी, हल के फाल, कोल्हू-वोल्हू ढाल देता।"

कोई जवाब नहीं देते शाहूजी।

"क्या बात है महाराज?"

"ये तोपें भी ले जाओ, ये लोहे-लक्कड़ भी।"

"समझा नहीं।"

"बात यह है कि दत्तो बाबाजी कराजगार को कोल्हू का काम सौंपा था। एक पहिये पर दो-दो मोटें खींचने की टेकनिक डेवेलॅप की थी कराजगार ने।"

"अरे। कमाल है! ठीक है। बिना उसके काम में अवरोध उत्पन्न किये क्या कर सकता हूँ, देखता हूँ।"

"ये कचरा तुम्हारे पास पहुँच जाएगा।"

किर्लोस्कर विदा हुए। उनके पीछे-पीछे अस्त्रों का कचरा भी। नई-नई बातें। नई-नई दुनिया! और इस दुनिया के नये-नये हादसे भी। कुछ ही दिनों बाद इसकी सूचना देती हुई डुगडुगी बजने लगी।

"सुनो, सुनो! सुनो! कोल्हापुर निवासियो सुनो! हमारे शेतकरी भाइयों के कई हाथ कोल्हू में दुर्घटना के शिकार हो गए। जो कोई भी कोल्हू का सुरक्षात्मक तकनीक खोजेगा, उसे दरबार की ओर से इनाम प्रदान किया जाएगा।"

डुगडुगी राजलक्ष्मी कृषि मेले तक बजती चली गई। मेले में इस आशय के पर्चे भी बँटे।

और लीजिए। कोल्हू का सुरक्षात्मक उपाय हाजिर! यह एक लकड़ी का पाटा था जिसमें ऊस (ईख) घुसाने भर के गोल-गोल छेद बने हुए थे। इस छेद से गन्ना तो अन्दर जा सकता था, उँगली नहीं।

कुछ ही दिनों बाद कराजगार ने एक ही रस्से से दो मोटों से पानी निकालने की तकनीक विकसित कर प्रदर्शित कर दी। कुएँ के अन्दर पुली (पहिये) से बारी-बारी एक मोट ऊपर आती, एक नीचे जाती। बेशक इसके लिए मोटों को हल्का कर उनका आयतन तनिक घटाना पड़ा।

कराजगार के सामने उस दिन अपनी आत्मा को पूरी तरह खोल दिया शाहू ने—सिकुड़ी हुई भावमग्न आँखों के नीचे गालों के दो कन्दुक उनके नीचे झब्बर-झब्बर अधपकी मूँछें। बोले तो लगा, जैसे कारीगरी के देवता साक्षात विश्वकर्मा और विद्या की देवी सरस्वती की जुगलबन्दी चल निकली हो—

"ये तार बनाने वाले, सूत बनाने वाले, टब बनाने वाले, कपड़े बुनने वाले, चमड़े के जूते-चप्पल-बटुए बनाने वाले, ये रंगरेज और धोबी, ये लोहे, काठ और माटी को जिन्दा कर देने वाले लोहार, बढ़ई, कुम्हार..."

"महाराज इसी क्रम में सोनार भी।"

"अरे वे सब एक ही हैं। कुम्हार की तकनीक तो देखो, उसने चाक का आविष्कार किया, माने चक्रीय गति के चाक पर क्या नहीं गढ़ लेते लोग—बर्तन, दीये...आग की खोज के बाद इस सम्प्रदाय को श्रेय जाता है—धातुओं की खोज का। असली विश्वकर्मा और ब्रह्मा हैं ये सारे। और ये धनगर, ये गवली एक से एक पशु को पालतू बनाने वाले, भला बताओ ऊँट को पालतू बना लिया, ऊँट को! फिर दूध निकाला, ऊन निकाला, कातने की कला विकसित की। लकड़ी के कत्ते में कम कौशल लगा है क्या!

"इन सबको शूद्र और सेवक बनाकर रखा—कुछ को अस्पृश्य, कुछ को स्पृश्य ताकि घर के अन्दर के बर्तन-भाड़े दाना-पानी को छू सकें और उन्हें वह जहमत न उठानी पड़े। कहाँ हो भूदेवो, बहुत मूर्ख बनाया, अपने मंत्र से एक तिनका भी उखाड़ कर दिखाओ तो—

देवाधीना जगतसर्वा: मंत्राधीनाश्च देवता:
ते मंत्रा ब्राह्मणाधीनास्तस्माद् ब्राह्मणदैवतम्

"कोल्हापुर, सोनतली, राधानगरी, पन्हाला, रूकड़ी में चालीस हजार खर्च कर स्पोर्ट्स रिंग बनकर तैयार है। विवेकानन्द की मानो तो मंत्र-तंत्र का भ्रम छोड़कर शरीर सामर्थ्य बढ़ाओ।"

"तब एक बात है महाराज, इसके लिए इन बँटे-बिखरे लोगों और उनकी मानसिकताओं को संगठित होकर एक परिवार बनना पड़ेगा। अभी का हाल यह है कि ब्राह्मण तक दूसरे ब्राह्मण को नहीं देख पाता। कितनी-कितनी सलवटें हैं अन्दर ही अन्दर!" किर्लोस्कर ने कहा।

"नया को-ऑपरेटिव होगा—कोल्हापुर अर्बन को-ऑपरेटिव सोसायटी!" अभी वे उखड़ी-उखड़ी बातें कर ही रहे थे कि एक चीता आता दिखा। डर के मारे कइयों की घिग्गी बँधी गई। शाहूजी की बाँछें खिल गईं—'शाबाश!' "डरो नहीं यह अब पालतू बन गया है।"

"इसकी आँखों पर क्या बँधा है?"

"कल इसकी आँखों पर पट्टी बाँध कर जंगल में छोड़ दिया गया था। आज यह सूँघते-सूँघते फिर हाजिर।"

"यह तो वही खूँखार चीता है न जो अफ्रिका से मँगवाया था आपने?"

"पर अब यह पालतू बन गया है।" शाहूजी ने आगे बढ़कर उसकी आँखों की पट्टी खोल दी और उसे हाथ से सहला कर दुलारने लगे जैसे वह खूँखार चीता न होकर एक पालतू कुत्ता या हिरण हो।

"असम्भव शब्द मूर्खों के शब्दकोश में होता है।' नेपोलियन ने कहा और शाहूजी ने चरितार्थ करके दिखा दिया।

किर्लोस्कर ने कारखाने में पन्हालगढ़ से आई तोपों में से एक पर एक पाँव रखकर खड़े होकर पूछा, "महाराज बुरा न मानें तो एक बात पूछँ।"

"पूछो।"

"शस्त्रास्त्र तो हमारे कम न थे—ठट्ठ के ठट्ठ! हाथी-घोड़े—पैदल सेनाएँ भी। लाख-लाख, बहादुर भी थे। फिर भी कुछ एक को छोड़कर प्राय: सभी युद्धों में हमारी हार ही क्यों हुई?"

"बताऊँ? पानीपत के तीसरे युद्ध में मराठों के विरुद्ध खड़ा था अहमदशाह अब्दाली। भरतपुर के जाट राजा ने पेशवा को परामर्श दिया, 'अब्दाली के साथ आमने-सामने का युद्ध न कर गोरिल्ला की तरह छुप कर आक्रमण करना ठीक रहेगा।' पेशवा ने जाट राजा का उपहास करते हुए प्रस्ताव खारिज कर दिया।" फोतेदार ने कहा, "इस पर एक कविता भी है।"

"क्या?" शाहूजी ने पूछा।

"दोशालों फाटो भलो, साबत भलो न टाट,
राजा भया तो क्या भया, अन्त जाट को जाट।

यानी दुशाला फटा भी हुआ तो क्या है, है तो दुशाला और टाट साबुत हुआ तो क्या है, है तो टाट/हाय री जातीय घृणा!"

"शाबाश! हाँ आगे सुनो तो..." शाहूजी ने छूटे सूत्रों को फिर से पकड़ा।

"दूसरे, अब्दाली मराठों की विशाल सेना से आतंकित हो लड़े बिना ही लौट जाना चाहता था, मगर रात उसने देखा कि मराठी सेना में सैकड़ों छोटी-छोटी ज्वालाएँ जल रही हैं। 'आग लगी है क्या?' पूछने पर पता चला कि आग नहीं लगी, ये अलग-अलग जातियों के चूल्हे हैं। एक जाति का हिन्दू दूसरी जाति का छुआ नहीं खाता। अब्दाली का साहस लौट आया—तब इन्हें हराना क्या मुश्किल है!"

"सुना, पेशवा ने एक दिन पहले ग्यारह साल की कन्या से विवाह भी किया था और..."

"मुद्दे को भटकाओ मत। अब सुनो, पानीपत के दूसरे युद्ध की हार का एक कारण—बहादुर हेमू बक्काल कई छोटे-मोटे युद्धों को जीतता हुआ पानीपत पहुँचा था, जहाँ मुगल सेना से मुठभेड़ होनी थी।"

"वो जो उसकी आँखों में तीर लगा...और..."

"मैं उससे बड़े तीर की बात कर रहा हूँ जो लगा था हिन्दुओं की आँख में—जातिगत फूट! किसी बनिये के नेतृत्व को ऊँची जाति के हिन्दू पचा नहीं पा रहे थे। बताते हैं कि राजपूतों ने उसकी सेना में भरती होने से इनकार कर दिया था।" शाहूजी ने पाँव से एक किरच उछाल कर हाथों में लेना चाहा, पर असफल रहे। किरच की मूठ टूटी हुई थी।

"अब तो कुछ कहते हैं बनिया नहीं, ब्राह्मण था। बाईस युद्ध जीते थे?"

"फिर लगे भटकाने?"

"क्षमा करें।"

"ब्राह्मण थे अपने बाजीराव प्रथम; चालीस जीते, पर एक अदना-सा युद्ध न जीत पाए—जाति का युद्ध! मस्तानी नाम की उनकी ईरानी रानी या बेगम की सन्तानों को ब्राह्मणों ने हिन्दू या ब्राह्मण माना ही नहीं।

"पानीपत के पहले युद्ध का वृत्तान्त जानते हैं। मुहम्मद गजनी का वृत्तान्त जानते ही हैं। प्रतापसिंह ने विस्तार से बताया था यात्रा में। अलबरूनी का एक वाकया है। अलबरूनी ने ब्राह्मणों से पूछा कि युद्ध बन्दी सिपाही जब अपने परिवार में वापस जाता है तो क्या यह सच है कि उसे अपनी जाति या समाज में नहीं लेते, ब्राह्मणों ने बताया, 'नहीं'।

'शुद्धि के बाद भी?'

'हाँ, गोबर, गोमूत्र, दूध, दूब खिलाकर भी नहीं। उसका प्रायश्चित्त असम्भव है?'

"फिर किसका दुस्साहस होगा कि...?" किर्लोस्कर का सिर भन्ना गया।

"सोच लो।"

लौटते समय किर्लोस्कर ने पूछा, "अब लगे हाथों, ताहिर के आक्रमण का भी...बता ही डालिए?"

"बताना क्या है, वही पुराना किस्सा है।

"ब्राह्मणों ने यह कहकर सरेंडर किया कि हम लड़ना क्या जानें, हम तो पूजा-पाठ, आशीर्वाद देते आए हैं, 'विजयी भव!' का आशीर्वाद देकर मोटी दक्षिणा लेकर लौट गए। वैश्यों ने भी किनारा कर लिया, 'लड़ाई हमारा पेशा नहीं सुल्तान', और शूद्र...! उन्होंने कहा, 'कोई जीते, हारे, राजा आप हों या और कोई, हमें तो कुछ मिलना-विलना नहीं।' इस तरह लड़े बस थोड़े-से क्षत्री और हार गए।

"औरंगजेब का सम्मानित सरदार मिर्जा जयसिंह शिवाजी को काबू में करने के उद्देश्य से महाराष्ट्र आया। उसे शिवाजी के खिलाफ विजय प्राप्त हो, अत: महाराष्ट्र के कट्टर ब्राह्मणों ने कोटि चंडी यज्ञ किया था। साथ ही तीन महीने ग्यारह करोड़ लिंग अनुष्ठान, फिर इच्छापूर्ति बगला मुखी कालरात्रि जाप। ब्राह्मणों को पर्याप्त दान-दक्षिणा मिली।

"वैसे, वहीं यह भी सच है कि पन्हालगढ़ में सिद्धी जोहार से शिवाजी का प्राण बचाने वालों में बाजी प्रभु देशपांडे जैसे ब्राह्मण भी थे।

"इतिहास में कितने ब्राह्मण हुए हैं जो क्षत्रियत्व से ओत-प्रोत हैं। सच पूछिए तो यह विभाजन भी वही करते हैं, जिनमें शौर्य नहीं है। खैर छोड़ो। तुम बातों को बहकाने में माहिर हो।" इसका विलोम देखो। सिर्फ 500 महारों ने बाजीराव द्वितीय के 30,000 सैनिकों को कोरेगाँव में धूल चटा दी। सन् था 1818। वजह—ये महार एक थे, बहादुर थे। इन्हें पेशवाओं ने पशुओं से भी अधम बना रखा था। इस महार के कैप्टेन थे एफ.एफ. स्टाउन्मन, जिनके लिए वे अछूत न थे।"

19

शौर्य का एक सिरा रक्षक की ओर जाता है, दूसरा भक्षक की ओर।

सिपाही के चरित्र को देशभक्ति और वफादारी से जितना भी ढको, उनके अन्दर उनका हिंस्र स्वभाव मौका पाते ही उघड़ जाता है। सन् 57 के सिपाही विद्रोह के बाद एक सिपाही विद्रोह कोल्हापुर में भी हुआ। वह सिपाही विद्रोह अंग्रेजों के खिलाफ था जिसमें धर्म और देशप्रेम का जज्बा था। कोल्हापुर के सिपाही विद्रोह में लूटपाट और घर की औरतों तक नजरें उठने लगी थीं, उस सिपाही विद्रोह में हिन्दू-मुसलमान शामिल थे, इस सिपाही विद्रोह में भारतीय और गोरे सिपाही थे।

सारा विवेक हर लेती है हिंसा। क्या इसी का एक रूप शिकार भी है। हाँ! नहीं! हाँ! शिकार एक नशा है शाहू का। शिकार के अलावा कुछ नहीं। कब कहाँ चल पड़े, अकेले या दल-बल सहित—कुछ ठीक नहीं, लेकिन ऐसा शिकार कब बर्बर मनोरंजन में ढल जाता है इसका भी कुछ ठिकाना नहीं। ऐसा ही हुआ था उस दिन। साठमारी (हाथी युद्ध) का उनका प्रिय खेल चल रहा था। स्टेडियम में हाथी छोड़ दिये गए थे। सूँड उठाए दो गजराज झपट रहे थे एक-दूसरे पर, जैसे दो पहाड़ टकरा रहे हों। अचानक मैदान में यह टट्टू कहाँ से चला आ रहा है? और लो, टट्टू प्राण लेकर भागने लगा है

मगर बेवकूफ हाथियों से दूर जाने के बजाय उनके करीब क्यों आ रहा है? लो, सूँड से लपेटकर एक हाथी ने पटक दिया उसे। फिर दोनों ने बारी-बारी से उसकी कातर पुकार को अनसुनी करते हुए उसे पाँवों से कुचल डाला। जो दर्शक कुछ देर पहले तक साठमारी की उत्तेजना में ललकार रहे थे, उनका उफान बैठ गया।

"टट्टू अन्धा था।" अचानक कोई चीखा।

"अरे! तो अन्धे टट्टू को किसने भेजा?"

"महाराज ने भेजा होगा। इस अभूतपूर्व युद्ध की फिल्म बनवा रहे थे—माने सिनेमा।"

"तो क्या जान-बूझ कर छोड़ा गया था इसे?" रंग में भंग।

क्या सोचकर यह खेल रचा होगा शाहूजी ने—यह कि एक टट्टू कैसे बचाव करता है अपना? पर अन्धा टट्टू क्यों? वही तो! माने...? माने एक अन्धा टट्टू किस तरह बचाव करता है गुस्सैल गजराजों से। कुछ जम नहीं रहा था। "अवचेतन में कहीं यह तो नहीं रहा होगा कि एक अन्धी जाति कैसे बचाव करती है?"

"तुम अपना अवचेतन अपने पास रखो। वह एक विकट बर्बरता है, तुम्हारे अन्दर छुपी बर्बरता या बचकाना खिलंदड़ापन!"

अगले दिन वुड हाउस के बँगले पर अनुतप्त खड़े हैं शाहू।

"अन्तिम दृश्य निहायत बर्बर है।" वुड हाउस ने खिन्न भाव से कहा। शाहूजी का चेहरा फक!

"टट्टू अन्धा था?"

"जी।"

"टट्टू नहीं, तुम अन्धे थे, तुम! सोच भी नहीं सकते कि इस घटना का दूरगामी परिणाम कहाँ तक जा सकता है।"

"ऐसे न जाने कितने वाकयात होते हैं। चलो मान लिया, अंग्रेज सरकार ने इसे गम्भीरता से न लिया, माफ कर दिया पर तुम्हारा जमीर?" शाहूजी उन्हें यकीन दिलाने की हर सम्भव कोशिश करते हैं, "मेरी अन्तरात्मा रो रही है। आपको बताऊँ, एक बार मैंने स्वयं एक घायल टट्टू खरीदा था। उसे ताँगे पर ले आया। बैलगाड़ी पर लादकर। दवा कराई। टट्टू ही नहीं, मैं ऐसे ही परित्यक्त,

निराश्रित जानवरों को 'पांजरपोठ' में खिलाने-पिलाने की व्यवस्था करता हूँ। टट्टू, गाय, बैल, भैंस, ऊँट—हर तरह के पशु जो मेरे किसी काम के नहीं हैं।" साक्ष्यों और सफाइयों की कोई कमी न थी। सबकी सब सच्ची। यह बात सब जानते और मानते थे, पर वुड हाउस को दी गई कोई भी सफाई काम न आई। रिपोर्ट गवर्नर को भेज दी गई। शाहूजी ने खेद व्यक्त करते हुए वचन दिया कि ऐसी घटना की पुनरावृत्ति नहीं होगी।

लार्ड विलिंगटन ने 8 अक्टूबर, 1916 को लिखा, "उन्हें दुख है कि उनके जैसा एक प्रमुख रूलिंग प्रिंस ऐसी बर्बर घटना का एक पार्टी है।"

निस्सन्देह वह बर्बर था, पर मात्र यही गवर्नर के क्रोध का कारण न था। असल कारण चिंचली और कोल्हापुर के दंगे थे जो गवर्नर के दिमाग में नाच रहे थे। कुछ ही दिनों पूर्व गवर्नर से इस मुद्दे पर शाहूजी की गरमागरम बहस को चुकी थी।

बहरहाल नवम्बर 1916 को पन्हाला लॉज में खून के छींटे धोए जाने की जुगत हुई। फिल्म कम्पनी से चार हजार रुपये में सारी फिल्म खरीदने की डील हुई।

दोनों राजकुमार लन्दन से स्वदेश वापस आ गए थे और छह महीने बाद ही आगे कृषि के अध्ययन के लिए उन्हें इलाहाबाद के इरविंग क्रिश्चियन कालेज में भेज दिया गया था। यह सुकून की बात थी। पर इस सुकून के साथ एक चिन्ता की खबर भी थी—प्रथम महाविश्वयुद्ध शुरू हो गया था। परेशानी का सबब युद्ध नहीं, कुछ और था।

कमबख्त अव्वल तो यह कि वे अपने इस शुगर के चलते युद्ध में सीधे-सीधे अंग्रेजों के पक्ष से लड़ नहीं पा रहे थे।

दोयम यह कि अंग्रेजी सेना में भाग ले रहे मराठा सैनिक मेसोपोटामिया में घिर गए थे, रसद के नाम पर उन्हें मजबूरन घोड़ों का मांस खाना था जो उनके धार्मिक मन को स्वीकार न था। शाहूजी अकेले ऐसे व्यक्तित्व थे जो यदि स्वयं जाते तो उनकी दुविधाएँ भी दूर करते, बल्कि शौर्य का भी संचार होता। आपत्ति काले मर्यादा, शरीरमाद्यंखलु धर्मसाधनम्! अश्वमेघ यज्ञ जैसे नानाविध शास्त्र और पुराणों का हवाला देकर उन्हें बुझाना रास नहीं आ रहा था। भय कहीं और गहरा था।

अगर अश्व मांस खाए और बिरादरी से निकाल बाहर किये गए तो...? कौन करेगा उनके लड़कों-बच्चों से शादी ब्याह? शाहूजी ने मुहरबन्द सन्देशपत्र में लिखा—"युद्ध से लौटने पर आपको किसी भी प्रकार की कठिनाई का अनुभव नहीं होगा। वैवाहिक या अन्य किसी धार्मिक कार्य में बाधा नहीं पड़ेगी। आशा करता हूँ आप हमारी बात मानेंगे और अपने वीर पूर्वजों के नाम पर किसी भी प्रकार का लांछन न लगने देंगे।"

भला हो, मराठा सैनिकों का, अपने मराठा सरदार की बात मान कर उन्होंने उनके मान को बनाए रखा।

20

निर्जन चढ़ाई। कच्चा रास्ता और तपती दोपहरी! डैम का काम देखकर लौट रहे थे कि देखा सामने एक कृष्णकाय प्रौढ़ एक दस-बारह वर्ष के बच्चे को पीट रहा था। ड्राइवर मुंडे को जीप रोकने को कहा। रुक गई जीप तो बुलवाकर पूछा—

"क्या बात है? क्यों कसाई की तरह मार रहे हो मुलगे को?" सकपका कर खड़ा हो गया प्रौढ़। अभिवादन करते हुए पूछा, "महाराज, आप...?"

"यह मेरे सवाल का जवाब नहीं हुआ।"

"महाराज हम मरे डांगरों का चमड़ा उतारते-पकाते हैं। इत्ता बड़ा हो गया, इसे शऊर न आया। नाश कर दिया चमड़े का। अब इसका कोई एक रुपया भी न देगा।"

"वो पैसे मुझसे ले लो। बच्चा ही तो है बेचारा। और जरा इसे छाँव में ले जाओ।"

"यह काम छाँव में नहीं होता महाराज। इसे सबसे कड़ी और तीखी धूप चाहिए।"

"तुम्हारा मुलगा है?"

"जी।"

"पढ़ने जाता है?"

"पढ़ने जाएगा तो काम कौन करेगा?"

"तो क्या चाहते हो, तुम्हारा मुलगा भी तुम्हारी तरह यही करता रहे?"

"और क्या कर सकता है!" प्रौढ़ पिता के स्वर में गहरी हताशा थी। इस हताशा के दल-दल में फँसी जीप रुकी पड़ी थी। खाल उकेरी गई गाय का बड़ा-सा लाल लोथड़ा पड़ा था सामने। कुछ एक नंग-धड़ंग बच्चे, स्त्री-पुरुष के धूप में चिक-चिक करते काले बदन उस लोथड़े को काट-काट कर ले जाने को जुटे पड़े थे। जीप देखकर उनके काम रुके पड़े थे।

अवांछित तत्त्व की तरह आगे बढ़ गई जीप। तपती मरीधार के मृत्युभोज का यह बीभत्स उत्सव धूप में काँप रहा था। फिर वह थरथराहट अन्दर समा गई।

मुंडे ने उस थरथराहट को महसूसा।

"इनके बारे में जितना ही सोचता हूँ, उतना ही दुखी हो जाता हूँ। समाज के सबसे जरूरी सफाई का काम करने वाले ये और पीढ़ी-दर-पीढ़ी सब की गाली, प्रताड़ना और घृणा सहने वाले ये। पेशवाओं के काल में अभी कुछ वर्षों पहले तक पीठ पीछे लटकती झाड़, सामने गले में लटकता कटोरा ताकि जहाँ से गुजरें अपने से अपवित्र बनाई हुई जगह को साफ करते चलें। थूकें तो कटोरे में। इनकी परछाईं भी न छू जाय सो दोपहर को चलें या शाम को। पानी तक छूने का अधिकार नहीं। इतनी बंदिश तो जानवरों और कीड़ों-मकोड़ों तक पर नहीं है।"

"नाहक दुखी हो रहे हैं महाराज।" मुंडे ने कहा, "अरे ये हमसे, आप से ज्यादा सुखी हैं। इन्हें जागीर मिलती थी। उस मरी गाय या भैंस का मांस पूरा परिवार गाँव और कुटुम्ब कई दिनों तक खाएँगे। चमड़े से जूते-चप्पल और मोट! कमाई ही कमाई।"

"तुम अपनी जिन्दगी इनसे बदल लोगे?"

मन में कुछ खौल रहा है—कुछ निहायत अप्रिय-सा। जाति-जाति बाँटते और पाँत-पाँत अलगाते चलो तो भी रामू जैसे लोगों की बारी नहीं आ पाती। सो वे विमुक्त जातियाँ हैं। अकेले वही नहीं, सभी घुमन्तू जातियाँ आदिम और अस्पृश्य मानी गईं। मानुष की बिरादरी से खारिज! उनका न घर, न द्वार, न ठाँव, न ठिकाना! परित्यक्त मवेशी-से जंगलों, पहाड़ों, खोहों, कन्दराओं में जहाँ सींग समायी, हो लिए।

हैरानी की बात यह कि जाति यहाँ भी परछाईं-सी चिपकी चली आई। बंजारा-संगतराश, राजपूत भामटा, कंजर भाट, माँग, मदारी, बहेलिया, छप्पर बन्द, वडर, कोरवी, काटबू, कूची-कोरवी, ऐसी और भी कई! इन घुमन्तू लोगों को जो चाहे अपने लिए इस्तेमाल कर ले, रजवाड़ों ने सन् 1857 में इन्हें अंग्रेजों के खिलाफ इस्तेमाल किया। 1871 में इन्हें विशेष बन्दोबस्त के तहत 'गुनहगार जमात कायदा' एक्ट के अधीन लाया गया। इन्हें भेड़-बकरियों, रेहड़ों की तरह घेरकर अनुशासनात्मक कार्रवाइयाँ चलीं। निकटस्थ गाँवों में कहीं-कहीं 'मुक्त बस्ती' बना दी गई, फिर भी थानों में दिन में तीन-तीन बार हाजिरी देनी पड़ती है।

"देश ठगों, पिंडारियों के अधीन है। आम जन कहीं भी सुरक्षित नहीं। ब्रिटिश सरकार उन्हीं ठगों, पिंडारियों की सूची में इन्हें भी डाल देती है। शरीर से चीमड़ मजबूत, नाना प्रकार का हुनर था इन बहिष्कृत और विमुक्त जातियों के पास। हाय रे मेरे देश के अभागो, ऊँची जात वालों ने तुम्हारी कदर न की!

"ये पिंजरा बना सकते हैं। जानवरों की सींग की कंघी बना सकते हैं। रस्सी बुन सकते हैं, छप्पर छा सकते हैं।" तनिक ठमके, फिर जोड़ा, "जबकि इनका खुद का कोई घर-द्वार नहीं है। जंगलों, पहाड़ों की कन्दराओं के खुले में कहीं भी रात काट ली।

"अलबत्ता सुसंस्कृत कहे जाने वालों की तरह नहीं बन पाए, न ही बनने दिया आपने। पर हे सुसंस्कृत महाजनो, इनसान होने के नाते इन्हें भी जो बुद्धि का वरदान मिला है, वह आपकी ही तरह का वरदान है, उसकी तो कदर की होती तुमने! उनका अपमान, माने सीधे स्रष्टा की सृष्टि का अपमान है। तुम्हें ईश्वर भक्त कहलाने का क्या हक है?

"और अंग्रेजो! खुद को जताते नहीं थकते विश्व के सर्वाधिक सुसभ्य मानव! यही सभ्यता है तुम्हारी? उन्हें 1871 में अपराधिक जनजाति ऐक्ट में डाल कर तार के बाड़े में पशुओं की तरह मुक्त जेल में डाल दिया। गाँव के पाटिल को लगा दिया चौकीदारी पर—नजर रखना, भागने न पाएँ। तेरह जनजातियों के हजारों इनसान। ये इनसान तुम्हारे कुत्ते-बिल्लियों से भी गए बीते हैं? इसी सभ्यता और करुणामय धर्म का डंका पीटते फिरते हो पूरी दुनिया में?"

उस दिन राजमहल में आए तो रानी लक्ष्मीबाई पूछ बैठी, "सुना, अब कोल्टा, पारधी लोग दीवान-दरोगा बनेंगे?"

"तुमसे किसने कहा?"

"सभी कह रहे हैं।"

"क्या उन्हें नहीं बनना चाहिए?"

"जिन्हें पहले के रजवाड़े न ठीक कर पाए, अंग्रेज न ठीक कर पाए, उन्हें आप ठीक कर लोगे?"

"तनिक मेरे साथ आओगी रानी?"

"मैं? मुझे कहाँ ले जाओगे?"

"बस पाँच मिनट?"

बग्घी पशुओं के बाड़े के बाहर रुकी। नौकरों में खलबली मच गई। "यहाँ क्यों ले आए? यहाँ तो आपके बाघ-चीते और कुत्ते हैं!"

"हाँ" शाहू ने एक-एक कर नाम लेकर बुलाना शुरू किया—राणा! शिवाजी! अकबर। अशोक!

दो बाघ! दो चीते! बर्छी-बन्दूक लेकर नौकर सतर्क! सर्कस की तरह वे हिंस्र जानवर एक-एक कर आते गए। शाहू उन्हें पुचकारते-सहलाते गए, दुलराया फिर विदा।

"तुम इतने में ही दहशत खा गईं। सोचो क्या मंजर होगा, जब मेरे चीते शिकार करने को लपकेंगे? युद्ध के क्षेत्र को कैसे झेल पाओगी?"

"मुझे किससे लड़ना है?"

गड़बड़ा गए इस सवाल पर शाहू। सँभलते हुए बोले, "सोच कर तय नहीं किया था। अचानक ही मन में आया कि मैं शिकार करूँ और अपनी पत्नी पर तनिक रोब गाँठूँ। एक मूर्ख इच्छा! वैसे कभी तुम्हें राजमहल से बाहर लेकर गया नहीं। फिर तुम्हारी बिगड़ती सेहत। थोड़ा आगे बढ़ते ही मन को मना लिया, चलो तुम्हारी सेहत के लिए अच्छा रहेगा।" अब तक पूरी तरह सँभल चुके थे राजा, "सच पूछो तो यह सब हुआ तुम्हारी उस शंका के जवाब में कि बहिष्कृत और आपराधिक जनजातियों को मैं क्यों आगे बढ़ा रहा हूँ।"

लौटते समय राजा तफसील से बताते चल रहे थे, "इनमें 'राजपूत भामता' और 'वाद' को घर मिला। 'डोम्बारी' लोगों की तो कालोनी ही बसा दी।

जिनके पास जो हुनर था, उसे खिलने का पूरा मौका मिले, यह खयाल रखा।" अचानक रुककर दिखाने लगे, "देखो, देखो हिरणों का झुंड जा रहा है। हो सकता है, बाघ भी दिखे।" बन्दूक उठाई और रोक ली, नहीं आज और नहीं। रानी ने देखा और तनाव ढीला पड़ने की बजाय और तन गया।

"हाँ तो मैं बता रहा था, सबके हुनर को आगे बढ़ाने का मौका दिया। यह जो बग्घी के साथ-साथ दौड़ रहे हैं, शिकारी जाति के कुच्ची कोरवी हैं। ये जो कोरवी है अश्व पालक, सारथी। दो तो तुम्हारे सामने ही हैं। इन्हीं में से एक रामू को पहलवानी सिखा रहा हूँ। देखना एक दिन कोल्हापुर का नाम करेगा।

"सबसे खतरनाक माने जाने वाले 'फांसे पारधी' लोगों को राधानगरी डैम से लेकर सोनतली तक तरह-तरह के कामों में लगा दिया गया है। कोटितीर्थ में उनको अपना घर बनाने बसाने के लिए एक हजार दो सौ रुपये दे दिये हैं—जाओ कायदे से रहो। 'कंजर भाटों' को तो कोल्हापुर में ही बसा दिया है। उनके बच्चों को सुबह-सुबह दो-दो भाकरी देकर स्कूल भेज दिया जाता है। बेघरों को घर मिला, मानरहितों को मान, कल तक जिन्हें किसी काम का नहीं समझा जाता था, उन्हें काम। मैंने गलत किया क्या?"

कोल्हापुर पहुँचते ही कुत्तेवान ने अक्खड़ता से पूछा, "एह राजा, मेरे को थोड़ा ज्यादा जगह देने का...नहीं?" तो रानी को अपनी शिकस्त से उबरने का मौका मिला, "क्या मधु में घुली बोली है!"

आश्चर्य! राजा ने जरा भी बुरा नहीं माना, बोले, "ठीक है।" फिर रानी से कहा, "अब वे क्रिमिनल नहीं, दरबार के कुत्तेवान, फीलवान, शिकारी, अंगरक्षक और ड्राइवर हैं। बेशक नये हैं, खुरदुरे हैं, सधते-सधते सध जाएँगे।"

रानी की तरह ही बापूराव ने भी आते ही टुहुंका, "जिन्हें अंग्रेज न सुधार पाए, उन्हें आप सुधार दोगे?"

"परीक्षा ले लो।"

कुछ दिन बाद बापूराव ने बेहद रूखी भाषा में द्वार पर खड़े आल्या से कहा, "हटो, मुझे अन्दर जाना है।"

"महाराज के हुक्म के बिना आप नहीं जा सकते।"

"जानते हो, कौन हूँ—महाराज का भाई!"

"आप जो भी हों।"

"तुम्हारी नौकरी गई।"

"नौकरी तो नौकरी, महाराज चाहे तो मुझे बन्दूक से उड़ा दें, फिर भी उनके हुक्म के बिना कोई भी अन्दर नहीं जा सकता।"

अन्दर से शाहू आकर खड़े हो गए। दोनों सावधान की मुद्रा में आ गए।

"शाबाश आल्या। शाबाश आख्या। बापू साहब! ले ली परीक्षा?"

"तुम जीते दादा, मैं हारा।" बापूराव हँस रहे थे।

"नहीं मैं जीत का यह सेहरा तुम्हारे सिर पर इतनी जल्दी नहीं बाँधने दूँगी?" रानी ने कहा।

"तो महारानी बताएँगी, उस चीज के लिए कब तक इस नाचीज को इन्तजार करना पड़ेगा?"

"जिस दिन तुम इन हठी ब्राह्मणों को भी सच्चा इनसान बना दोगे।"

"शाबाश वहिणी।" बापूराव ने भाभी को दाद दी। राजा निरुत्तर।

21

निंदियारी रातों को कभी-कभी चौंक-चौंक जाते हैं। फिर देर तक नहीं आती नींद। अँधेरे में डैने फड़फड़ाते हैं गीध, चीखते हैं बगुले और उलूक, कहीं कोई घुटी-घुटी-सी रुलाई...। शृगाल रो रहे हैं क्या...? नहीं, कोल्हापुर की भाग्य-लक्ष्मी रो रही हैं। रुलाई पसर रही है धुएँ-सी पंचगंगा से महल तक, महल से पन्हाल गढ़ के किले तक। जैसे आज ही शिवाजी चतुर्थ की बर्वे और अंग्रेज हाकिम के बूटों के प्रहार से टूटी है प्लीहा, पिलपिला कर बह रहा है रक्त। सम्भाजी को तप्त सलाखों से वेध रहे हैं औरंगजेब के सिपाही। सनसना रहे हैं चर्म। छनछना रहा है खून। तीन बरस के थे कि आई चली गई, बारह के ही थे कि वडील। उन्हें किस सत्ता ने मारा? किसी ने नहीं। शराब ले गई उन्हें। कभी इस करवट तो कभी उस करवट। करवटें बदलते बीत रही है रात।

एक अन्धा टट्टू भाग रहा है हाथियों के बीच! जो घटित हो रहा है, उस पर अपना वश कहाँ है? मित्र जैक्सन को मार डाला। लगता है, सामने खड़े हैं। घर की औरतें और नौकर-चाकर आपस में बातें करते हैं—

महाराज का चेहरा कैसा-कैसा करुणार्द्र होता जा रहा है, आँखें नम-नम! अभी माँग जाति के विपन्न कुष्ठ रोगी बुरूद को साथ बिठाकर भोजन करा रहे हैं। जैसे कोई पाप धो रहे हैं—प्रायश्चित्त। किसी विजातीय की मृत्यु पर रो पड़ते हैं। शिवाजी क्लब के लड़कों ने जैक्सन को मारा। इन तथाकथित राष्ट्रवादियों के निशाने पर अंग्रेज हैं। क्या मात्र अंग्रेज होने के नाते वे दंडनीय हैं और ये तमाम ब्राह्मण युवक अपराधी होकर भी मात्र अंग्रेज न होने के नाते 'हीरो'?

माना कि जैक्सन ने ही राष्ट्रवादी बाबाराव सावरकर को 'कालापानी' दिया था। अपनी-अपनी जगह पर अपनी-अपनी भूमिकाओं में दोनों न्याय ही तो कर रहे थे। पर इसका दूसरा कोई उपाय नहीं हो सकता था क्या? कोल्हापुर के शंकराचार्य ने भी जैक्सन के मारे जाने पर ब्राह्मण युवकों को धिक्कारा—'ब्राह्मण जाति पर कलंक है यह हत्या। जैक्सन भारत तथा वेदान्त में रुचि रखते थे।' इन ब्राह्मण युवकों ने तो उन्हें (शाहूजी को) भी जान से मारने की धमकी दी है। दामू को राष्ट्रीय नायक बनाया जा रहा है। कब जेल में होता है, कब जेल के बाहर! आस्था का आधार चमत्कार!

भोजन से उठे ही थे कि रानी लक्ष्मीबाई ने टोक दिया, "क्या बात है, आप भोजन भी नहीं करते ठीक से इन दिनों?"

"पिछले वर्ष मलेरिया हुआ था न! उसी ने पाचन शक्ति और हार्ट दोनों को क्षतिग्रस्त कर दिया।"

"मैं तो कहती हूँ, जर्मनी जाकर कायदे से इलाज करा लो।" शाहूजी कुछ बोलते नहीं।

रानी ने फिर टोका, "क्यों क्या हुआ?"

"चला जाऊँगा बाबा।"

"कब?"

"बस ये थोड़े-से काम हैं, कायदे से पटरी पर आ जाएँ।"

"आपने इतने काम ले रखे हैं कि वे कई जन्मों तक पूरे होने से रहे। ठहरो मैं सबनीश से पूछती हूँ।"

खुद का खुद से संलाप, 'कोई एक समस्या हो तब न! दुष्ट जागीरदारों की जागीरों की जब्ती, नये वायसराय हार्डिंग्ज का स्वागत, सातारा नरेश श्रीमन्त साहब का आगमन, राधानगरी प्रकल्प...और ऐसे कितने छिट-पुट काम।

ब्राह्मणों से प्रकट और अप्रकट युद्ध चल ही रहा है। पीठ का फोड़ा है ही। क्या-क्या बताया जाए रानी को कि क्यों नहीं जा पा रहे हैं जर्मनी इलाज के लिए और देश का जाति-विनाश, दकियानूसी निवारण...? यह तो देश की स्वतंत्रता से भी ज्यादा जरूरी है। लोगों को क्या हो गया है? वे समझते क्यों नहीं? देश आज नहीं तो कल आजाद हो ही जाएगा मगर जातीय भेदभाव और पाखंडों से इसे कब मुक्ति मिलेगी? ऐसे आजादी मिली तो क्या और न मिली तो क्या!'

जार्ज पंचम और साम्राज्ञी दिल्ली आ रहे हैं। क्या राष्ट्रवादी और क्या गैर-राष्ट्रवादी—किसी ने भी उनकी प्रत्यक्ष या अप्रत्यक्ष अवमानना की तो उसकी खैर नहीं। 16 नवम्बर को बम्बई आ गए, 12 दिसम्बर को दिल्ली दरबार लगेगा। सभी रियासतों के राजे-रजवाड़ों को आमंत्रित किया गया है।

16 नवम्बर, 1911 को भोपाल होते हुए दिल्ली के लिए कूच। हैदराबाद के निजाम और बड़ौदा के सम्भाजी गायकवाड़ के बाद तीसरे नरेश शाहूजी, जिन्हें मंच पर जाकर जार्ज पंचम को सम्मान प्रदान करने का अवसर मिला। शाहूजी ठीक-ठीक समझ नहीं पाते, कि जहाँ जार्ज पंचम की अगवानी में समूचा देश बिछा पड़ा है, वहाँ बड़ौदा नरेश कुछ विरक्त से क्यों हैं?

दिल्ली से बम्बई। केशरबाई का गायन! कभी वचन दिया था कि उस्ताद अल्लादिया खाँ से उसे तालीम दिलवाएँगे, जिस पौधे को कभी रोपा था, उसकी बाढ़ देखकर खुश हो गया मिजाज।

लेकिन कोल्हापुर पहुँचकर फिर वही व्यस्तताएँ। शरीर की सुधि कौन ले! नतीजतन फिर वही रक्त विकार, बीमारियाँ। फेरीज पर गोलियाँ बरसाई गईं और उनके नाम पर लगने वाला बाजार आग के सिपुर्द। सत्यशोधक समाज फिर पनप उठा था। इस बार कमान सँभाली थी धनगर जाति के सन्तु जी ने। सत्यशोधकों ने वेदोक्त पद्धति से सक्वारबाई के अन्तिम संस्कार करवाए। भूदेवों को अच्छी दक्षिणा मिली। सब खुश! पाखंडियों का मुँह पैसे से बन्द। वेदोक्त-पुराणोक्त सारे प्रकरण ही नकली। पैसे मिले, हम क्षत्रिय हो गए, न मिले तो शूद्र बने रहते।

फोतेदार ने तंज कसा, "वही नहीं, ब्राह्मणेतर समाज का मन भी बिन ब्राह्मण पुरोहित के नहीं भरता।"

राजाराम के साधु-मन के प्रति एक कचोट अक्सर बनी रहती है, 'तुम्हारे इस बेटे के अन्दर क्षत्रियत्व के गुण नहीं हैं। क्या होगा इसका?' रानी से कहते। पिता के इसी सन्देह के निवारण के लिए सम्भवत: राजाराम ने एक चीते का शिकार किया। बापू साहब आ रहे हैं शायद राजाराम को बधाई देने...नहीं, सीधे इधर ही चले आ रहे हैं। कोई और ही बात है। डॉ. वेनलेस कह रहे हैं कि आपके टान्सिल का ऑपरेशन जल्द ही करना पड़ेगा, इसी सप्ताह।

"अरे मैं तो भूल ही गया था कि मुझे टान्सिल भी है।"

"खैर ऑपरेशन से डरता कौन है, मगर एक शर्त मुझे बेहोश करके नहीं करोगे ऑपरेशन।"

"बिना बेहोश किये ऑपरेशन कैसे होगा?"

पता नहीं, अवचेतन में क्या-क्या पक रहा था—दर्द सह पाने की क्षमता का आकलन या और कुछ।

हुआ वही, जो वे चाह रहे थे।

15-20 बलिष्ठों ने उन्हें दबोच रखा था और वे अलला रहे थे। सप्ताह भर बाद उन्होंने सभी को बुलाया, "तुम लोगों ने मुझे सूअर की तरह हलाल किया!"

"आपने ही तो...।"

"खैर, और क्या हो रहा है?"

"23 दिसम्बर, 1912 को राजधानी कलकत्ते से हटा कर दिल्ली आ रही है।"

"हूँ ऽऽऽ।"

"और रासबिहारी बोस का हथगोला गिरता है वायसराय लॉर्ड हार्डिंज पर। वायसराय का छत्रवाहक मारा गया, पर मामूली चोटों के बावजूद बच गए वे। बम कांड को अंजाम देने के बाद रासबिहारी बोस जापान चले गए।"

"रासबिहारी बोस या बंगाल और महाराष्ट्र के इन युवा क्रान्तिकारियों का मिजाज हमारी समझ के बाहर है। इसे देशप्रेम कहें या प्रान्त प्रेम या धर्म प्रेम?

"समय अपनी गति से चल रहा है। ब्रिटिश अधिकारियों को छकाते हुए सावरकर जहाज से समुद्र में कूदकर तैरकर वापस आ गए थे। वे एक मिथ बनते जा रहे थे—नायक। और इधर मैं...नायक से स्खलित खलनायक।"

कहाँ का रोग लगा बैठे? स्वास्थ्य तेजी से गिरने लगा है, पीठ का फोड़ा ठीक नहीं हो रहा है। मधुमेह। जीवन के 39वें वर्ष में ही सब कुछ! मिराज के डॉक्टर सी.ई. बेल साहब ने शर्कराजातीय हर चीज पर पाबन्दी लगा दी। बिस्तर पर ही लेटे रहते। लॉर्ड सिडनहोम की विदाई पर लेटे-लेटे ही सन्देश भेजा। 'देवा देवा' करके जाँघ के फोड़े का ऑपरेशन। लेटे रहते और सोचते रहते—क्या यह लम्बी-चौड़ी ईश प्रदत्त काया लेटे रहने के लिए बनी है। आँखों के आगे नाचती रहती हैं समस्याएँ जैसे गर्मियों में छोटे-छोटे बवंडर नाच-नाचकर फना होते रहते हैं। घर-परिवार, बेटे, डैम का सिंचाई प्रकल्प, नहरें, विकास के बिरवे। सबके लिए चाहिए पैसे। कहाँ से आएँगे पैसे? कौन देगा? देश के अन्दर, देश के बाहर, कहाँ नहीं भिजवाए तोहफे। टोकरियाँ-दर-टोकरियाँ आम, दूसरे फल। मैसूर के महाराज को तो ऊँट भी। इशारों-इशारों में संकेत भी कि प्रकल्पों को पूरा करने के लिए पैसों की सहायता चाहिए। मगर लोग जानकर भी अनजान! लॉर्ड सिडनहोम तो बिकवाने के लिए अपनी कार तक छोड़ गए पर सरकारी ऋण के नाम पर चुप्पी साधे रहे।

लेटे-लेटे सोचते भर रहने से स्वास्थ्य तो और भी चौपट हो जाएगा? फिर...? योद्धा लाख घायल हो, समर्पण नहीं करता। सबसे पहले इनामी भूमि के बाट-बखरे पर प्रतिबन्ध लगाकर इनामदारों की गलत आमदनी बन्द की। महाजनों के पास गिरवी रखी इनामी जमीन अब बेची नहीं जा सकती थी। दत्तक नियम को संशोधित किया। नये बदलावों में भतीजी और बहन की सन्तानों का गोद लेना भी वैध कर दिया। उत्तराधिकार के कायदे (कानून) को भी दुरुस्त करना पड़ा। कोई भी विदेशी राज दरबार की पूर्व अनुमति के बगैर कोल्हापुर में न तो भवन खरीद सकता था, न जमीन। पिछड़े और निम्न तबकों के लिए गाँवों में जो स्कूल खोलने के फरमान निकाले थे, उनमें कोई अग्रगति नहीं हो पा रही थी, सो नया नियम बनाया कि प्रत्येक गाँव में एक प्राइमरी स्कूल होगा, जिसकी देख-रेख उस जाति के हाथ में रहेगी जिस जाति के लोगों की संख्या सबसे ज्यादा होगी। सत्यशोधक स्कूलों की स्थापना पर फिर से बल दिया गया मगर सबसे बड़ा बदलाव विवाह और अन्य संस्कार पद्धतियों में।

बैठे-बैठे सिर खुजला रहे हैं, महात्मा फुले की सामाजिक क्रान्ति के चलते 25 दिसम्बर, 1873 से ही पौरोहित्य गैर-ब्राह्मण पुरोहितों को मिलने लगा था मगर सामाजिक और राजकीय मान्यता न थी। वजह...? ऊपर ब्राह्मण बैठे थे। महादेव गोविन्द रानडे उन दिनों नये-नये जज बनकर आए थे, उन्होंने अब्राह्मणों द्वारा कराए गए ऐसे सारे अनुष्ठानों को अवैध करार कर दिया। आश्चर्य! इसके उलट मद्रास हाईकोर्ट ने ऐसे अनुष्ठानों को वैध माना। बिखरते ब्राह्मण फिर एक हुए—यह न सिर्फ आजीविका-हरण का मुद्दा था बल्कि श्रेष्ठता के आधार के अपहरण का भी मामला था।

रोग ठीक होने लगा। ठीक उन्हीं दिनों, 1 जुलाई, 1913 को सत्यशोधक समाज के मुकुन्दराव पाटिल की पुस्तक 'कुलकर्णी लीलामृत' छपकर आई जिसमें कुलकर्णियों के काले चिट्ठे को उजागर किया गया था। 'केसरी' तक ने पुस्तक की भाषा-शैली की प्रशंसा की, यद्यपि विषय और उद्देश्य पर गहरी आपत्ति थी। भारतीय जाति प्रथा के अन्तर्विरोध का एक अप्रतिम उदाहरण बना यह उपकरण। कुलकर्णी चित पावन ब्राह्मण न थे। सो कोई सरदर्द 'केसरी' नहीं लेना चाहता कि पुस्तक जब्त की जाए। यह हिन्दू जाति व्यवस्था, जाति में उपजाति, उपजाति में पुन: उपजाति तक का ऊँच-नीच रचती है, कम से कम इस पर भी तो लोगों की आँख खुले, पर क्यों खुलती! 11 सितम्बर को मिरज में दोबारा ऑपरेशन हुआ। हिल को लिखा, "मैं स्वयं आकर आपसे मिलना चाहता था, पर ऑपरेशन के कारण नहीं आ पा रहा। पाँच महीने से घाव नहीं भर रहा। स्वयं अपना भार बनता जा रहा हूँ।"

खुद को धिक्कारा—यह तुम्हें क्या होता जा रहा है यशवन्त? तुम एक योद्धा हो और योद्धा को यह सब सोचने का हक नहीं है।

1913 का कोई-सा दिन। सर जमशेदजी भाई ने एक सन्देश भेजा, "मोहनदास करमचन्द गांधी दक्षिण अफ्रीका में प्रवासी भारतीयों के प्रति हो रहे अत्याचारों के विरुद्ध आन्दोलन कर रहे हैं। उन्हें पैसों की जरूरत है।" सोच में पड़ गए, "सहायता करना तो फर्ज बनता है लेकिन गोरों के विरुद्ध! ब्रिटिश सरकार इसे स्वस्थ भाव से देख पाएगी क्या?"

इतने कातर तो कभी नहीं रहे शाहूजी! अस्वस्थता ने मनोबल तोड़ दिया क्या?

न! मिस्टर गांधी को आर्थिक सहायता देनी ही देनी है। अपने देश से बहुत दूर जो जवान अपने प्रवासी देशवासियों के लिए मर-खप रहा है, आजादी की अलख जगा रहा है, उसे आर्थिक इमदाद न दोगे तो किसे दोगे?

राबर्टसन से सलाह माँगी तो बल मिला। तय कर लिया, मैं पहले भारतवासी हूँ, बाद में कुछ और!

इधर एक नया हंगामा इन्तजार कर रहा था, कोल्हापुर वालों ने सुबह-सुबह उठकर देखा कि गोरे प्रेसिडेंट एडवर्ड की प्रतिमा पर किसी ने कोलतार पोत दिया है। क्या मतलब? यह तो सीधे-सीधे उनके विरुद्ध साजिश है। खोजी निकल पड़े, किस दुस्साहसी का काम है! पाँच हजार इनाम भी घोषित किया सही सुराग देनेवालों को। अँधेरे में तीर चलाए जा रहे थे। भाऊराव पाटिल एरेस्ट कर लिए गए। उनकी माँ रो-रो कर जी हलाकान किये हुए थी। शाहूजी की गाड़ी के आगे जाकर खड़ी हो गई—"मेरा बेटा ऐसा नहीं कर सकता। जज ने भी उन्हें निर्दोष बताया।"

तारकोल प्रकरण में शक की सूई सत्यशोधक समाज पर गिरती है। भास्कर राव जाधव, लट्ठे और डोगरे ने सत्यशोधक समाज से त्यागपत्र दे दिया। लट्ठे भागते फिरे। दिसम्बर में मिरज से गिरफ्तार किया गया उन्हें। तीनों ही सन्दिग्ध निर्दोष हैं—अन्दर ही अन्दर महसूस कर रहे थे शाहू। तो क्या ये कदम इसलिए उठाए गए कि देखो, हम कितने वफादार हैं, किसी भी अपराधी को छोड़ने वाले नहीं?

16 जून को मांडले जेल से छूट गए तिलक। स्वागत में सैलाब की तरह उमड़ पड़ी जनता। ब्रिटिश अधिकारी ने इस सैलाब को रोकने के लिए एक राजाज्ञा प्रसारित की कि कोई भी सरकारी कर्मचारी, वतनदारी पेंशन भोगी शिक्षक आदि तिलक से न मिले। भीड़ अराजक हो रही थी। और लीजिए, कोल्हापुर में शाहूजी ने भी एक ऐसी ही राजाज्ञा प्रसारित करवा दी। यह क्या कर डाला यशवन्त? क्या इसके पीछे लोभ था—बम्बई सरकार से आर्थिक सहायता प्राप्त करने का कोई लोभ था या सिर्फ अराजकता पर नियंत्रण? जो भी था, सही था क्या?

और यह भी क्या विडम्बना है! विवाह के मामले में राजाराम अपने छोटे भाई प्रिंस शिवाजी से पिछड़ गए। राजाराम का विवाह एक साल बाद हो रहा था। शायद पूरी तैयारी से किया जाना था, इसलिए। इस बारात में दरबार के सारे ही 'सूर्यवंशी', सारे ही शामिल थे जो कल तक कलंकित माने जाते थे। सब नये कपड़ों, नई शान, नये ढब में। अलबत्ता बहुत सारे जाति अभिमानी इस आँच को न सह पाए और किसी की तबीयत खराब हो गई, किसी का कोई काम निकल आया। धन्य हो!

22

गाँव-गाँव में स्कूल, विशेषकर कन्या पाठशालाएँ खोलना अनिवार्य है। 'केसरी' तक ने शाहूजी के इस अभियान पर शाबाशी दी है।

साले साहब ने कहा है, "पत्थर पर दूब उगी है।"

"वह दूब और हरी नहीं रह पाएगी।" शाहू बोले।

"क्यों?"

"9 जुलाई से सभी देवस्थानों, मठों की सम्पत्ति दरबार की हो जाएगी। यह हुक्म जारी हो रहा है।"

"अरे! यह क्या कर रहे हैं आप? सभी धर्माधिकारी आपके खिलाफ उठ खड़े होंगे।"

"जनता की कल्याणकारी योजनाओं के लिए धन कहाँ से लाऊँ?" विद्रोह सुलगे नहीं, सो अगले परिपत्र में छात्र और अध्यापकों का किसी भी राजनैतिक सभा में शामिल होने पर प्रतिबन्ध लगा दिया।

अखबारों ने लिखा, "शाहूजी ने कठोरता में ब्रिटिश सरकार को भी पीछे छोड़ दिया। 565 रियासतों में अकेले कोल्हापुर के शाहू महाराज के सिर में दर्द होता है!"

वह एक युद्ध था। इस युद्ध में उनके साथ कोई न था।

उस युद्ध ने शाहू को जर्जर बना दिया, अब वे खुले चबूतरे पर खाट पर बैठे रहते। वहीं से लोग अपनी-अपनी बातें निवेदित करने आते।

शुरू-शुरू में भूचाल ही आ गया था। शोर था कि मन्दिरों की जमीन छीन कर पाठशालाओं को दे दी जाएगी। शाहूजी कहते हैं कि शिक्षालय से बड़ा कोई देवालय नहीं होता।

मन्दिर में समाहूत इस सभा में कुल तीस-एक आदमी थे—चोटीधारी भी, गैर-चोटीधारी भी। सभी के अन्दर एक बौखलाहट थी।

"ऐसा तो कभी नहीं हुआ। मुगलों के राज में भी। अंग्रेजों के राज में भी"—एक ने कहा।

"अजी हम तो शुरू से ही कह रहे थे यह राजा अधर्मी है।" दूसरे ने समर्थन किया।

"तिलक महाराज जेल से छूट कर आ गए हों तो उनसे कहा जाय!" किसी ने भन्न-से कहा, पर उत्तेजना में कुछ सुना नहीं जा सका। "शाहू शुरू से ही ब्राह्मणों की रोजी-रोटी, जमीन-जायदाद छीनने पर तुला है।"

"मन्दिरों की जायदाद छीनने का मतलब है ब्राह्मणों के पेट पर लात मारना।" तभी बोलने वाले को याद आया कि यहाँ ब्राह्मण-अब्राह्मण दोनों हैं, सो बोला, "मन्दिर तो सबके होते हैं, क्या ब्राह्मण क्या गैर!"

"अपनी सकार बाई की थट्टी को क्यों नहीं दे देते?"

"चलो, चलकर पूछते हैं।" एक कुनबी तमतमाकर उठ खड़ा हुआ। "चलो।"

शाहूजी न महल में मिले, न सोनतली में। शिकार पर भी नहीं गए, बाहर भी कहीं नहीं...फिर गए कहाँ? पता चला वे सकार बाई की थट्टी में हैं। अरे! अन्धा क्या माँगे दो नैना...!

सकार बाई की थट्टी! रुको-रुको! ऐ चुप। महाराज तो सामने खड़े हैं, भवन तो तोड़ा जा रहा है...जैसे अभी दुनिया का सबसे जरूरी काम यही है। "महाराज क्या कर रहे हैं यहाँ?" एक सज्जन ने पास खड़े अंगरक्षक से पूछा।

"एक हैं तोफखाने जी, वो वहाँ खड़े हैं। उन्होंने अपनी विद्यापीठ के लिए जमीन माँगी...उन्हें वहाँ स्कूल खोलना है...सो खुद खड़े होकर तुड़वा रहे हैं। कैदखाने से 90 कैदी छुड़वाकर ले आए इस काम के लिए...वे सभी यहाँ तसला, कुदाली लेकर काम कर रहे हैं। 6 घंटे से तो महाराज ही खड़े हैं।" आन्दोलनकारियों के पाँवों के तले की जमीन खिसक गई...। मगर तोफखाने तो ब्राह्मण हैं! शाहू ब्राह्मण विरोधी नहीं हैं?

"हटो-हटो! हटो नहीं तो दब जाओगे।" उधर से कुछ कैदी एक लम्बा-सा बोर्ड ला रहे थे जिस पर अंकित था—"भक्ति ईश्वर की और सेवा मानव की!"

25 जुलाई, 1917 को दरबार से मुफ्त और अनिवार्य शिक्षा का 'कायदा' पास करवाया। शुभारम्भ 4 मार्च, 1918 को करवीर रियासत के चिखली गाँव से महाराज ने किया। देखते ही देखते अगले साल तक ऐसे स्कूलों की कुल संख्या 95 हो गई। शिक्षक कम पड़ने लगे तो शिक्षकों की नियुक्ति करना लाजिमी हो गया। समिति ने नया फरमान निकाला 1918 के जून तक फर्स्ट क्लास पब्लिक सर्विस परीक्षा के स्तर की परीक्षा में उत्तीर्ण होना आवश्यक बना दिया। शिक्षकों की संख्या और कम हो गई। शिक्षक ही नहीं, स्कूल भी कम पड़ने लगे। स्कूल भवन कम पड़ने लगे तो ये देवालय किसलिए हैं?

9 जुलाई, 1917 को ही राजकीय फरमान जारी हो चुका है कि हर मन्दिर देवलाय, अपने दाहिने बगल एक कमरा बनवाएगा जो विद्यालय भवन के रूप में इस्तेमाल होगा। इसका कड़ाई से अनुपालन हो।

"स्कूल का खर्च भी एक समस्या है।"

"पंचांग, भोग आदि खर्चों में कटौती करके व्यवस्था की जाय। जरूरत पड़े तो मन्दिर की आय का भी इस्तेमाल प्राथमिक पाठशालाओं के लिए हो। यानी पहले शिक्षा, फिर और कुछ।"

गणेश पूजन से शुरू हुए दो अभियान—एक शाहूजी का शिक्षा अभियान—मुफ्त और अनिवार्य प्राथमिक शिक्षा!

दूसरा तिलक का विघ्न विनाशक गणेश अभियान...स्वराज के लिए जन-जन को जोड़ने का अभियान...आश्चर्य! तिलक को ही लोगों ने पसन्द किया।

पोला, नववर्ष, दशहरा, होली के बाद महाराष्ट्र में पैदा हुआ गणेशोत्सव देशभर में फैल रहा था। और शाहूजी का गणेश-पूजन?

ज्यादातर लोग समझ ही नहीं पा रहे थे कि महाराज पढ़ने पर इतना जोर क्यों दे रहे हैं, पर महाराज तो अपनी ही धुन में।

यह कोई शिकार नहीं था, जिसके लिए इतने सधे कदमों से बढ़ा जाए। पर था। बहुत धीमे-धीमे गए। बिल्ली की तरह दबे पाँव। पेड़ों की झुरमुट में ढही हुई कच्ची भीत। बाहर खाट पर बैठे प्रौढ़ किसी बच्चे से पाँव दबवा रहे थे।

कुछ बच्चे पास बैठे थे जमीन पर, कुछ दूर, कुछ काफी दूर। काँव-भाँव मचा हुआ था। यह एक प्राथमिक विद्यालय था। गनीमत थी कि यहाँ विद्यालय था, मुक्तांगन, खस्ताहाल, गुरुकुल ही सही। ज्यादातर गाँवों में तो वह भी नहीं था। दर्शनीय तो सभी कुछ था, खास दर्शनीय सबसे दूरी पर बिठाए गए दीन-हीन बच्चे...जिनकी संख्या क्षीण थी, कहीं-कहीं शून्य। ये दलित थे।

माना कि अबतक के तमाम समाज सुधारकों, अंग्रेजों और फुले महाराज तक का इस बृहत्तर आबादी पर कोई खास असर न हुआ मगर अब्बा साहब, माँ आनन्दीबाई ने तो...उन्हें भी छोड़ो, खुद मैंने क्या नहीं किया! शिक्षा निःशुल्क कर दी। निःशुल्क और अनिवार्य! न पढ़ाना दंडनीय कर दिया, एक रुपये प्रति माह। थोड़ा-बहुत असर भी हुआ मगर अस्पृश्य अस्पृश्य ही रहे। यह उनका हाल है जो दुस्साहस कर आ गए विद्यालय। यही हाल रहा तो बाकी कौन अस्पृश्य करेगा पढ़ने का दुस्साहस?

सारे विशिष्टजन बुलाए गए। सबनीश, जाधव, खानविलकर, फोतेदार... आश्चर्य! यह जानकर किसी को हैरानी न हुई। सिर्फ शाहूजी को पता न था, बाकी सबको पता था।

इसका मतलब स्पृश्य और अस्पृश्य के बीच प्रारम्भ से ही दूरियाँ हमने बना दीं। आज से यह दूरी खत्म! जो न माने उस पर कार्रवाई।

एक शिक्षण अधिकारी अपना अनुभव बताने लगे, "विद्यार्थी तो विद्यार्थी अस्पृश्य शिक्षकों की क्या दुर्गति होती है—इसे तो मैंने खुद अपनी आँखों देखा।"

"क्या देखा?"

"जब इंस्पेक्टर सवर्णों की पाठशालाओं में इंस्पेक्शन के लिए जाते हैं तो घंटों खड़े रहते हैं अस्पृश्य शिक्षक चिलचिलाती धूप में। दीन भाव से। काँख में मुर्गे को दबाए—नजराना! गिड़गिड़ाते हुए कि उनके स्कूलों का भी मुआयना कर लें।" सब के पास कोई न कोई जानकारी थी। शर्मनाक भेदभाव भरी।

30 सितम्बर, दशहरे के दिन फरमान निकला : इस बार के दशहरे से करवीर राज्य की जागीरें छोड़कर अस्पृश्यों के लिए अलग स्कूल हमेशा के लिए बन्द किये जा रहे हैं। सरकारी स्कूलों में जैसे अन्य जाति के विद्यार्थियों

का दाखिला किया जाता है, उसी प्रकार अस्पृश्य विद्यार्थियों का भी दाखिला करना होगा। छुआछूत की प्रथा का पालन सरकारी स्कूलों में नहीं होना चाहिए। सभी जाति-धर्म के छात्रों को एक ही स्थान पर मिल-जुलकर बैठना है।

मिल-जुलकर...? शाहूजी के इस फरमान का कीमा बनाकर उनकी हथेली पर रख दिया गुरुओं ने। शालाओं में दाखिला तो एक ही साथ हो रहा था मगर अछूतों को अब भी अलग अहाते में ही बिठा रहे थे ब्राह्मण गुरु। वही प्रताड़ना, वही उपेक्षा, कस-कस कर छड़ियाँ भी बरसाई जातीं और तुर्रा यह कि उन्हें पीटने की छड़ी भी अलग रखी जाती। छूत का डर!

"ऐसा?" शाहूजी को पता चला तो नसें तड़कने लगीं।

बोलते-बोलते दिमाग में वह कच्ची भहराती भीत कौंध गई, बोले, "और हाँ, पाठशाला के भवन के लिए अलग इन्तजाम, हर गाँव का पाटिल करेगा।"

"जहाँ वह न हो?"

"वहाँ जिस जाति के लोग सर्वाधिक हैं, उस जाति का मुखिया करेगा।" कई दिन विचार-विमर्श चलता रहा, फिर बैठक हुई।

सबनीश ने पढ़कर सुनाया, "जब तक पाठशालाओं के भवन नहीं बन जाते, देवस्थानों और मन्दिरों को पाठशाला-भवन मान कर बरता जाए।"

सबनीश ने आगे पढ़ा, "अस्सी हजार रुपये राज्य के रेवेन्यूज और बीस हजार रुपये देवस्थान कोष से। इसके अलावा साहूकार, वकील, डॉक्टर, सीनियर हाकिमों पर 10 से 20 प्रतिशत शिक्षा-कर! हर घर से एक रुपया शिक्षा कर।"

"एक बात पूछें महाराज?"

"पूछो।"

"सभी शिक्षा कर दे पाने में समर्थ हैं क्या?"

"तो संशोधन करो, जो दे सकने योग्य हों।"

"महाराज!"

"बोलो।"

"मोटे तौर पर यह रकम कई लाख बनती है। सिर्फ शिक्षा के मद में इतना कर क्या अनुचित नहीं है?

"हुजूर, समूचे महाराष्ट्र, कर्नाटक, सिंध और वे इलाके जो बम्बई के

अन्तर्गत आते हैं, उनका शिक्षा का कुल बजट एक लाख भी नहीं है और आपका सिर्फ कोल्हापुर का ही बजट...?"

"मुफ्त और अनिवार्य प्राथमिक शिक्षा ही वह संजीवनी है जो समाज के वंचित वर्गों को जाति के भयानक दु:स्वप्नों से बाहर निकाल सकती है। "शाहूजी ने उत्तर दिया।

"इतने उतावले क्यों हो रहे हैं महाराज?"

"इसलिए कि मैं जल्द से जल्द अपने लोगों को स्वशासन देना चाहता हूँ—सच्चा सुराज!"

"महाराज वतनदारी स्कूल क्या बन्द कर दिये गए, जिसमें शिक्षकों को पंडे पंडितों की तरह मुफ्त जमीन दी गई।"

"हाँ, वहाँ निष्ठा से काम नहीं हो रहा था। मेरे कई प्रयोग जो असफल रहे, उनमें से एक यह है।"

सबनीश वर्षवार स्कूलों की संख्या और स्थान बता रहे थे—

"देवस्थानों की सम्पत्ति लेने से लोग नाराज हो जाएँगे। अब तक शासक के बदल जाने पर भी देवस्थानों पर पंडितों का कब्जा जस का तस बना रहता था। निजी सम्पत्ति की तरह भोग रहे थे, बरत रहे थे।"

"देवस्थान की आड़ में कौन-कौन से कुकर्म नहीं हो रहे हैं! शंकराचार्य मठों में एक से बढ़कर एक रहस्य खुलते रहे हैं।"

अगले कुछ दिनों में एक नये आर्डिनेंस के तहत प्राथमिक पाठशालाओं को एक लाख आवंटित कर दिये गए, साथ ही इस राशि को खर्च करने के लिए एक संस्था बना दी। इस संस्था के तीन में से तीनों सदस्य ब्राह्मण। सितम्बर में राज्य और ताल्लुका के शहरों में इसे अनिवार्य कर दिया गया। इस अनिवार्यता से प्रारम्भ में बालिकाओं को छूट दी गई। पहला स्कूल चिखली के महाराजा द्वारा 4 मार्च, 1918 को शुरू हो गया।

सबनीश पूछने पर बता रहे थे, "75,854 की आबादी को यह सुविधा मिलने लगी है।"

"बच्चे कितने आ रहे हैं?"

"4,631"

"खर्च?"

"5,986"

बूढ़े हों या बच्चे, जहाँ हर जाति अपने से निचली जाति को तुच्छ समझती हो, दो घटक एक छात्रावास में सम्मानपूर्वक नहीं रह सकते। सबकी अपनी-अपनी दुर्भेद्य किलाबन्दी थी। सो जाति-विनाश के प्रथम चरण में आवश्यक था कि छात्र पढ़ें एक साथ, लेकिन रहें अपनी-अपनी जाति के छात्रावास में ताकि हीनता-श्रेष्ठता के टकराव में शक्ति न जाया हो।

हर जाति का नेतृत्व उसकी अपनी जाति के लोगों के हाथ में हो। पक्षियों का नेतृत्व मनुष्य नहीं कर सकते, न ही मनुष्यों का नेतृत्व पक्षी। फिर जाति-विनाश के लिए जरूरी है कि वे शिक्षित हों, समर्थ हों बल्कि उनमें नेतृत्व के गुण भी विकसित हों।

शिकार से लौटकर शाहूजी बाध की खटिया पर लेटे-लेटे सोच रहे थे। दूर पंचगंगा का पानी झिलमिला रहा था, पुरानी यादों को उधेड़ रहे थे—

वह 18 अप्रैल, 1902 था जब पहला मराठा छात्रावास विक्टोरिया मराठा बोर्डिंग में स्थापित किया गया था। कोल्हापुर के मराठों की सभा हुई थी। अध्यक्ष थे चाचा दत्ताजी राव घाटगे...उसी साल जैनियों के समाज ने अपने छात्रों के लिए हॉस्टल खोला, जैन बोर्डिंग। तबसे कितने हॉस्टल और बोर्डिंग्स!

"महाराज वह 1902 नहीं 1901 था। आज्ञा हो तो लिस्ट निकालूँ।"

"देखा, मैं कहता था न मेरी याद्‌दाश्त धोखा दे रही है।"

"मैं बताता हूँ।"

"तुम्हीं बताओ।"

1901 में विक्टोरिया मराठा बोर्डिंग

1901 में ही दिगम्बर जैन बोर्डिंग

1906 में मुस्लिम बोर्डिंग

1907 में लिंगायत बोर्डिंग

1908 में मिस क्लार्क हॉस्टल

1911 में नामदेव बोर्डिंग

1912 में कायस्थ प्रभु बिल्डिंग

1912 में पांचाल ब्राह्मण

1912 में गौड़ सारस्वत
1915 में इंडियन क्रिश्चियन
1916 में देवज्ञ बोर्डिंग

दिन में गर्मी काफी बढ़ जाती है सो सैर के लिए सुबह ही मस्त रहती है। मस्त तो घोड़े की सवारी होती है। उसके सामने क्या हाथी, क्या मोटर और क्या रथ! मगर बीमारी ने सैर की सारी मस्ती छीन ली। पर अब रथ है। रथ सोनतली कैम्प की ओर बढ़ा जा रहा है। घोड़ों की पदचापों की एक टूटती-जुड़ती लय है। प्रभात की वेला। जीवनदायिनी हवा से अंग-अंग प्राणवन्त हो रहे हैं। अचानक उन्हें लगा, पीछे से कुछ लोग पीछा कर रहे हैं। सोनतली कैम्प पर रथ रुकता है, तो पीछे पड़ गए दो किशोर लड़के दौड़े आ रहे हैं। दोनों पसीने से नहाये हुए।

रुक गए शाहूजी, "क्या बात है बेटा?"

"महाराज हम पढ़ना चाहते हैं।" एक ने थकी-हकलाती आवाज में कहा।

"यह तो बड़ी अच्छी बात है। कोई अड़चन है? आओ बैठो, बैठ जाओ?"

"हम बोर्डिंग के पैसे नहीं दे सकते।" वे अब भी खड़े थे, हाँफ रहे थे।

किसी को बुलाकर आदेश दिया—"इनके रहने-खाने का प्रबन्ध राजमहल में करो। आज और अभी से।" जिसको जहाँ जगह मिली, बैठ गया। बैठ गए खाट पर। खाट चरमराई।

"कितना न भारी होता जा रहा हूँ मैं!"

"डायट कंट्रोल, एक्सरसाइज!"

"भूख ही मरती जा रही। शुगर ऊपर से...। खैर मैं यह सोच रहा हूँ कि इन लड़कों की तरह और भी लड़के होंगे?"

तभी श्रीपतराव शिन्दे का आगमन हुआ। विजयी 'मराठा' के सम्पादक ने शाहूजी को नमस्कार किया और पीछे मुड़कर देखने लगे।

"क्या देख रहे हैं, उन किशोर विद्यार्थियों को?"

"देखा भी और सुना भी कि उनका प्रबन्ध राजमहल में कर दिया है आपने।"

"गलत किया?"

"पहले भी इस तरह का प्रयोग करके देख चुके हैं आप, असफल रहे।"

"तो?"

"पुणे में गुरुवर बापूराव जी शिन्दे एक छात्रावास चला रहे हैं—गरीब, जरूरतमन्द विद्यार्थियों का। जरा उसे भी देख लें।"

बापूराव शिन्दे! भिक्षावृत्ति पर पलती शिक्षा देश की सांस्कृतिक परम्परा की ही एक कड़ी। ब्राह्मणों और बौद्धों ने शर्म-हया परित्याग कर इसे आधार बनाया था। बौद्धों में भिक्षु एक पवित्र संज्ञा और ब्राह्मणों में एक जाति-धर्म! शिन्दे ने इसका इस्तेमाल जरूरतमन्द बच्चों के शिक्षा-संरक्षण के लिए किया। कई घरों से बना-बनाया भोजन संचय करके छात्रावास में लाकर बाँट कर ग्रहण करते।

कमरा पहली मंजिल पर था। टूटी-फूटी संकरी सीढ़ियाँ और साढ़े छह फीट के भीमकाय शाहू महाराज। जैसे-तैसे करके चढ़ गए तो हाँफते हुए क्या देखते हैं, घरों से माँगा गया भोजन अपनी-अपनी थालियों में लेकर खा रहे थे बच्चे। भात, दाल और सब्जी से भाप उठ रहा था। जोआरी की रोटियाँ और मिर्ची, कांदा का टुकड़ा! शाहूजी को देखकर कौर उठे और मुँह खुले रह गए।

"बैठिए-बैठिए महाराज।" किसी ने कहा, और खुद ही शरमा गया। बैठने की जगह ही न थी।

"बैठने नहीं, तुम्हारा प्रयोग देखने आया हूँ बच्चो। शाबाशी तुम्हें और सलाम बापूराव शिन्दे को। जब मराठा बच्चे भीख माँग कर भी शिक्षा ग्रहण के लिए प्रयासरत हैं तो आगे बढ़ने से कोई भी पहाड़ इनका रास्ता नहीं रोक सकता।"

लौट आए कोल्हापुर।

"जानते हो, वहाँ क्या हुआ?" मिलने-जुलने वालों से पुणे के इस प्रयोग की गद्‌गद भाव से चर्चा करते रहे, "ऐसी जाति मर नहीं सकती। वो क्या है गीता में, नैनं छिनदन्ति शस्त्राणि, नैनं दहति पावक:! यही है वो।"

कोल्हापुर के युवकों का एक दल मिलने आया—दल में श्रीपतराव शिन्दे के अलावा मामासाहब मिणचेकर, बाबूराव यादव, रामचन्द्र बाबाजी जाधव।

"आओ शिन्दे आओ!"

"महाराज, हमने तय किया है कि बापूराव शिन्दे की तर्ज पर यहाँ भी शुरू करेंगे। पर घर-घर जाकर भोजन न इकट्ठा कर सिर्फ एक-एक घर से भोजन लेंगे, तयशुदा दिन, तयशुदा घर।"

"कोई दाता तैयार हुआ?"

"कई!"

बीच-बीच में शिन्दे उत्साहपूर्वक छात्रावास का हाल बता जाते, "भीड़ बढ़ती जा रही है महाराज!"

और एक दिन बढ़ती भीड़ से घायल आवाज में शिन्दे ने बताया, "भीड़ सँभल नहीं रही। छात्रावास बन्द करना होगा।"

"हूँ।" कहकर चुप हो गए। दूसरी-दूसरी फाइलों में डूब गए। प्रणाम करके शिन्दे जाने लगे तो पीठ पर बजा, "वो कोठीशाला भवन इनके लिए ले लो, हमारे पिता शिवाजी चतुर्थ के नाम उत्सर्ग रहेगा।" बाद में सात हजार रुपये की स्थायी निधि ट्रेजरी में रखवा दी, सात एकड़ भूमि अलग से कोल्हापुर शहर में। उन्हें लगा, छात्रों की संख्या बढ़ती ही जा रही है, शिन्दे हाँफ रहे हैं—'महाराज!'

हँस पड़े शाहू, "घबराओ नहीं, गडहिंगलज तहसील के नूल गाँव के रामनाथ गिरि मठ के देवस्थान की सौ एकड़ भूमि आय के स्रोत के रूप में रहेगी पर याद रहे—मुफ्त शिक्षा जरूरतमन्द अत्यन्त गरीब मराठी-गैरमराठी परिवारों के छात्रों के लिए है।

"और 'मराठा' का मतलब सिर्फ मराठा जाति, गोत्र नहीं, कोई भी जरूरतमन्द छात्र!"

"जी! पर महाराज, वह देवस्थान है।"

"और यह...? किसी देवस्थान से कम है क्या?"

और उस दिन जो लोग छात्रावासों की गिनती कर रहे थे, उनकी गिनती गड़बड़ा गई। सिर्फ कोल्हापुर में 23 छात्रावास, पर छात्रावास तो कोल्हापुर में शुरू होकर कोल्हापुर के बाहर तक फैल रहे थे। किसी न किसी छात्रावास के खुलने की खबर आई रहती। आज पुणे, कल नासिक, परसों अहमद नगर, नरसों कहीं और।

नासिक के ऐसे ही एक छात्रावास की नींव भराई के अध्यक्ष पद से बोलते हुए शाहूजी ने कहा—"हम गर्व से कहते हैं कि हमारे छोटे राज्यों के प्रजाजनों ने एक बात में विशेष ख्याति अर्जित की है।

"ब्रिटिश पार्लियामेंट को लोग गर्व से 'मदर ऑफ पार्लियामेंट्स' कहते हैं, ठीक उसी प्रकार कोल्हापुर को 'मदर ऑफ बोर्डिंग हाउसेस' कहेंगे।" यह नींव भराई नहीं, 'गोदभराई' थी छात्रावासों की जननी की।"

शाहूजी ने जितना कहा, सत्य की व्यापकता उससे भी कहीं ज्यादा थी और यह सत्य बहुआयामी था। कितने सामाजिक कार्यकर्ता इन शिक्षा और बोर्डिंग के आन्दोलन से प्रेरणा लेकर अभियान पर निकल पड़े। कोल्हापुर के नदी, नालों, पहाड़ों की उपत्याकाओं तक जहाँ विद्या की कोई किरण कभी नहीं पहुँची थी, वहाँ भी विद्यालय खोले इन स्वयं सेवकों ने; न सिर्फ प्राइमरी, बल्कि हाई स्कूल, कालेज भी; न सिर्फ शिक्षालय बल्कि छात्रावास भी। शिक्षा के आधार कहीं से भी कमजोर न रहे अत: 'Earn while you learn' की बुनियाद डाली गई। वह एक आँधी थी—शिक्षा की आँधी। ऐसी ही एक चमकती शख्सियत थी कर्मवीर भाऊराव पाटिल जी की और क्या गजब कि भाऊराव पाटिल स्वयं भी ऐसी बोर्डिंग के प्रसूत थे! एक तरह से शाहूजी का ही विस्तार! शाहूजी गद्गद! हजारों वर्षों की किलेबन्दी टूट रही थी। टूट रही थीं मेहराबें, अटारियाँ। अरराकर गिर रहे थे फाटक। रोके गए, वंचितों, अन्त्यजों की सेना पिलपिलाकर अन्दर घुस रही थी।

काशी, मथुरा, प्रयाग, हरिद्वार, नासिक...श्रीलंका तक हो आया। पंडों, पुजारियों की संगठित ठगी देखी। आज तक बज रही हैं घंटियाँ दिमाग में, जल रही है नीरांजना की लपलपाती लौ आँखों में। गोचर और अगोचर—कहीं कुछ था शेवार, काई, जालों की बदबू में लिपटा अन्तहीन अन्तहीन। मन था कि मुक्त होना चाह रहा था जिससे। भाग कर आना चाह रहा था निर्बन्ध, पवित्र ताजी हवा में। यूरोप को अंशत: देख लेने के बाद यह चाहना और भड़क उठी थी।

यह क्या अकेले की चाहना थी?

न!

बाहर के बन्ध तोड़कर क्षितिज के अनजान छोरों की ओर अपनी-अपनी नावें लेकर निकल पड़े थे कितने ही लोग। नन्हे-नन्हे परों से हवा को काटते उड़ चले थे हजारों हजार परवाज परिन्दे।

ब्रह्म समाज की नींव कोल्हापुर में 1911 में ही पड़ चुकी थी। सती प्रथा का संघर्षपूर्ण विरोध और अन्त तथा रवीन्द्रनाथ परिवार समेत कई विभूतियों के चलते सहज आकर्षण पनप आया था। बम्बई से प्रचारक भी बुलवा लिए थे पर कुछ ही दिनों में लगा, 'कुछ ज्यादा ही मूर्तिभंजक निकले ये; आम जन की भावना की कद्र नहीं करते।' सच तो यह है कि जनता अभी तैयार न थी।

फिर ध्यान गया एनी बेसेंट पर। 1915 में उनकी थियोसोफिकल सोसायटी से सम्पर्क बना। कुछ ज्यादा ही उम्मीद पाल ली—तोफखाने जी के विद्यापीठ के लिए तो सकारबाई की थट्टी ही दे डाली। तोपखाने जी तो मित्र ही बन गए। उन्हीं दिनों किसी ने विवेकानन्द के बारे में बताया, उनका रामकृष्ण मिशन—पुराने धर्म की रूढ़ियों से मुक्त एक स्वच्छ साँस! पर कितना स्वच्छ?

फिर-फिर अकबर का दीन-ए-इलाही, फिर-फिर अशोक...! क्या पता वहाँ भी...!

बापूराव कहते हैं, "भैया के अन्दर एक बेचैन सत्यशोधक रहता है।" भास्करराव जाधव मजाक करते, "पर वे न तो कबीर, न ही फुले की तरह टूक हो सकते हैं, न पंडिता रमाबाई की तरह क्रान्तिकारी! घूम-फिर कर स्वामी दयानन्द तक—पाखंड खंडिनी की पताका लेकर हरिद्वार के घाट पर अकेले दौड़नेवाले स्वामी जी की तरह पंचगंगा के घाट पर भले दौड़ते रहें।"

"पर वे तो मूर्तिभंजक थे, शाहूजी ने मूर्ति-पूजा छोड़ दी क्या?"

"न! पर आर्य समाज का पाखंड खंडन कम क्रान्तिकारी कदम है क्या?"

"वह सब तो ठीक है, पर यार, वेदों में उन्हें पाखंड क्यों नहीं दिखता?"

"हाँ यह तो है। वैसे वह एक यात्रा है, मंजिल नहीं।"

कुछ ऐसी ही बहस सुदूर बड़ौदा में कभी अरविन्दो घोष और सयाजी गायकवाड़ की बौद्धिक महफिल में चलती, "शाहूजी अंग्रेजों से मोहासक्त हैं!"

"उन्हें धर्म की गुलामी ही दिखती है पर सिर पर लदी अंग्रेजों की गुलामी नहीं।" वह ऐसी बैठकें होतीं, जिसमें कभी-कभी रवीन्द्रनाथ, रूडयार्ड किप्लिंग, मदनमोहन मालवीय जैसी हस्तियाँ भी शामिल होती रहतीं। अरविन्दो घोष तो रहते ही रहते थे तब।

इधर नाले के ऊपर दो अज्ञात सत्यशोधक विट्ठल और पद्मनाभ भी अपने-अपने ढंग से शाहूजी की चीरफाड़ करते रहते।

"शाहूजी सबके हैं पर अकेले किसी के भी नहीं।"

"एक बच्चा जो गुजरती बारात या जुलूस को देखकर शामिल हो जाता है, फिर कुछ देर बाद अपनों से कट कर अजनबियों के बीच आ जाने का अहसास होते ही उदास होकर किनारा कर लेता है। कुछ दूर तक वे सबकी अच्छाइयों के साथ हैं, फिर कहीं कुछ अखरने लगता है। तब उन्हें लगता है कि लोग जबरन उनका हाथ पकड़ कर खींच रहे हैं, उनकी इच्छा के विरुद्ध।"

"वे व्यावहारिक बने रहकर आगे बढ़ना चाहते हैं।"...कहते, "लीक छोड़कर रातोंरात एकदम से बागी हो जाएँ—यह उनके लोगों के लिए कैसे सम्भव था, जबकि उनकी सारी प्रजा, सारे लोग उसी में लिप्त हों? उन्हें सबको आगे लिए बिना कुछ भी करना गवारा नहीं—माने पिछड़े लोगों को लिए बिना..."

"मैंने बहुत सोचा, बहुत। पूजा जैसी परम्पराएँ एकदम से कैसे छोड़ दें लोग? इतने सारे पापी लोगों की पनाहगाह पूजा छोड़कर दूसरी बचती है क्या?" शाहूजी कहते हैं।

"पागल नहीं हो जाएँगे सारे...?"

पद्मनाभ बटलोई की कालिख को रगड़ रहे थे और बात को भी। न कालिख छूट रही थी, न बात!

शाम सात बजे।

सत्यशोधकों की झोंपड़ी। रात के भोजन के लिए विट्ठल जोआरी की मोटी-मोटी भाकरी थाप रहे हैं। छोटी-छोटी चक्के जैसी रोटियाँ चूल्हे की दीवार पर खड़ी की जा रही हैं ताकि उसकी आँच में पूरी तरह पंक जाएँ। पद्मनाभ पानी का कलश रखकर अखबार उठा लेते हैं। ढिबरी की बीमार रोशनी में धुआँ रहे हैं, अक्षर...।

"बाद में पढ़ लेना।' उनके उत्साह पर लगाम लगाना चाहते हैं विट्ठल।"

"अरे नहीं। जरा सुनो तो खामगाँव में कल यानी 27 दिसम्बर, 1917 को शाहूजी ने क्या कहा—"

खँखारने के बाद शुरू हो जाते हैं—

"मैं यहाँ महाराजा की हैसियत से नहीं बल्कि मराठा की हैसियत से आया हूँ। आप मुझे एक योद्धा, एक किसान, जो भी जँचे, कह सकते हैं....?"

"इसे मैंने पढ़ लिया था, पढ़ना हो तो होमरूल वाला पढ़ो।" विट्ठल ने कहा।

"कहाँ है?"

"चौथे पन्ने पर...।"

"मैं यहाँ एक देशी रियासत का शासक नहीं बल्कि मैं करोड़ों देशवासियों का मित्र और सेवक हूँ जिनके हालात किसी को भी विचलित कर देंगे। मैं मूक दर्शक तो नहीं बना रह सकता। दूसरे, ये देशी राज्य की प्रजा होने के नाते नालबद्ध है ब्रिटिश राज्य से। मैं ब्रिटिश राज्य से जुड़कर कोई पाप नहीं कर रहा। वैसा करना अपनी ड्यूटी मानता हूँ।

"अभी चारों तरफ होमरूल का शोर है। पर मेरा सवाल है, क्या हम स्वशासन पाने के योग्य हैं। वैसे मेरी हार्दिक इच्छा है कि हमें स्वशासन मिले। यह हमें, कह सकते हैं रक्त देगा, जीवन देगा, संजीवन देगा, लेकिन मेरा सवाल है...मेरा तार्किक मन कहता है कि एक वक्त आएगा जब हमें आज की जाति की जंजीरें तोड़नी ही होंगी। मैं इसे नैतिक और भौतिक हित के रूप में देखता हूँ। होमरूल प्राप्त करने के लिए जरूरी है कि आप जाति प्रथा की बुराइयों से निजात पाएँ।

"दुनिया के दूसरे भागों, मसलन जापान, से मैं इस निष्कर्ष पर पहुँचा कि इसके लिए निमित्त आवश्यक बदलाव लाने होंगे। अभी हमारा तात्कालिक लक्ष्य होगा, सबको शिक्षित करते हुए उनका दिमाग तैयार करना।"

उन्होंने आगे कहा, "यदि जाति व्यवस्था, वैसी ही बनी रही, जैसी कि वह है तो 'होमरूल' महज थोड़े-से लोगों का शासन बनकर रह जाएगा। एक बार फिर कह दूँ, मैं 'होमरूल' के खिलाफ नहीं हूँ। बिलकुल चाहता हूँ कि वह हो। पर अभी ब्रिटिश सरकार का संरक्षण और निर्देशन दोनों

हमें तब तक चाहिए, जब तक यह बुराई बनी हुई है। 'होमरूल' का लाभ मुट्ठी भर लोगों तक ही सीमित हो जाय, इसे रोकने के लिए दस साल तक साम्प्रदायिक प्रतिनिधित्व होना ही चाहिए। एक बार हम उन्हें जान जाएँ, फिर इसे छोड़ा जा सकता है।"

भाकरी ठंडी हो रही थी और वार्ता गरम।

"शाहूजी को तिलक जैसे कट्टर विद्वान ब्राह्मण से टकराना था जिनके पास सबको सम्मोहित करने वाला 'स्वराज' जैसा नारा है—मोहक और उद्दीपक! 'स्वराज हमारा जन्मसिद्ध अधिकार है!" क्या बात है! विदेशी गुलामी छूटे, अपने भाग्य के मालिक हम स्वयं हों—कितने लोभनीय, साथ ही कितने स्वाभिमानी ओजस्वी विचार हैं!"

"कितना चमकीला! चौंध मारता।"

"पर इसके पीछे देशी गुलामगीरी का अँधेरा दिखाई ही नहीं पड़ता।"

25

पद्मनाभ पर फिर से भूत सवार हो गया—यह शूद्र क्या शै है?

उत्पत्ति और व्युत्पत्ति को खोजने और खोलने में जुट गए हैं। कुछ जीर्ण-शीर्ण पोथियाँ लिखते, पलटते रहते हैं। यह लिखना तभी बन्द होता है जब कुप्पी का तेल, स्याही, कागज या कलम धोखा दे जाएँ। तब बचता है विट्ठल का दिमाग। लकड़बग्घे की तरह टहलते हुए खुद ही खुद में बड़बड़ाते हुए अपनी अब तक की सारी खोज टाँक देते हैं उनके दिमाग में, "जरा गौर करो, ये भृगु, ये मनु, ये विष्णु, नारद, याज्ञवल्क्य, वृहस्पति, कात्यायन, ब्रह्मा, परशुराम—सभी आर्यों के आने, बनने, मेरा मतलब है बुद्धकाल से कुछ ही पहले से लेकर शंकराचार्य के बीच के लोग थे। इनमें कइयों की स्मृतियाँ हैं। ये 'स्मृतियाँ' क्या हैं—दलित दलन और नारी उत्पीड़न की आचार-संहिताएँ! और सुनो, सुनते रहो, अभी टोकना मत, मनुस्मृति के कुछ श्लोक तो भृगु के लिखे हुए हैं।"

"तुम तो ऐसे बोल रहे हो जैसे वो अपना भिरगुआ...अरे तनिक आदर से बोलो।" विट्ठल ने हँसकर कहा।

"आदर...? आस्था और आग्रह के चश्मे से देखने पर ये बड़े तिलिस्मी लगते हैं। इसका जवाब सिर्फ ज्योतिबा फुले के पास था। काश, आज वे जिन्दा होते।"

विट्ठल मजाक करते, "तुम्हें उनके जीते जी ही आना चाहिए था।"

"हाँ!" पद्मनाभ दुखी हो जाते।

विट्ठल उसका मुँह ताकने लगते, मन ही मन भन्नाते, "इसी दिमाग के चलते मुजफ्फरपुर से काशी और काशी से कोल्हापुर या पुणे खदेड़े जाते रहे। पर टोकने का अर्थ है महाभारत। फिर भी कभी-कभी एक नेक सलाह दे ही देते—विट्ठल की गुट्ठलनुमा सलाह—"चूल्हे में डालो इन झूठ के पुलिन्दों को, शाहूजी नये धर्म का शोध कर रहे हैं—अशोक, अकबर, कबीर के मतों को लेकर शायद दीन-ए-इलाही जैसा कुछ...उनकी कुछ सहायता ही कर आओ।"

"न न सुनेंगे। जाना तो हई है पर थोड़ी और तैयारी कर लूँ।"

"तब सोचो, इस उलझाव को कोई कैसे सुनेगा?"

"भाई मेरे, वह इतिहास है, ज्ञान है, उसे कैसे छोड़ा जा सकता है?"

"कह तो दिया चूल्हे में डालो अपने इस इतिहास और ज्ञान को, पता नहीं कितना सही है, कितना प्रक्षिप्त!" पद्मनाभ ने सुना और गुना। सुनने और गुनने के बाद मायूस होकर धीरे से कहा, "स्वामी जी ने भी कुछ ऐसा ही कहा था।"

"कौन, विवेकानन्द?"

"नहीं, स्वामी दयानन्द।"

"ऊहूँ ज्यादा सोचने की यही गड़बड़ी है, अरे उन्होंने तो यह कहा था कि जो शास्त्र और पुराण शूद्रों को वेदाध्ययन से रोकते हैं, उन्हें कुएँ में फेंक देना चाहिए।"

"ओऽऽऽ।"

अगले दिन।

विट्ठल ने कौवे की तरह झुककर देखा, सुबह-सुबह यह सनकी पद्मनाभ रुक-रुक कर छींकता हुआ क्या लिखने बैठ गया!

"एक लम्बे अन्तराल के बाद भक्तिकाल और नवजागरणकाल के प्रभाव से कई दीवारें दरकने लगीं। इसी क्रम में जाति उन्मूलन के पक्ष में भी हवा बनने लगी।

"महात्मा फुले बने हिरावल। पीछे-पीछे सयाजीराव गायकवाड़, महर्षि शिन्दे, छत्रपति शाहूजी। इधर नये-नये कंठ स्वर भी उभरने लगे हैं जिनमें एक नाम है आम्बेडकर। बड़ौदा नरेश सयाजीराव गायकवाड़ ने एक बार क्षुब्ध होकर कहा—'जब तक यहाँ से जाति भेद खत्म नहीं होगा, तब तक देश की प्रगति नहीं होगी परन्तु बड़े दुख की बात है कि यहाँ के शिक्षित लोगों में जाति-भेद खत्म करने का साहस नहीं है।' "

बाल गंगाधर तिलक ने इसके ठीक उलट कहा—

'कहा' को काटकर पद्मनाभ ने लिखा, '16 मई, 1893 के अपने 'केसरी' में इसकी खिल्ली उड़ायी', आधी बात छींक में उड़ गई।

"कहा क्या?"

लिखा है, "आर्य और दस्यु, इनमें जो वर्ण भेद हुआ, वही आगे स्थिर रहकर तातार, मुसलमान, मंगोलियन और आखिर अंग्रेज आदि अनेक जातियों के आगमन से हिन्दुस्तान में धीरे-धीरे दृढ़ होता गया। एक आध वृक्ष जब बढ़ने लगता है तो उसमें से अनेक टहनियाँ फूट पड़ती हैं, उसी तरह भिन्न-भिन्न वर्ण-जातियों के लोगों में, जैसे ऊपर बताया गया, वैसा भेद बढ़ता ही गया और उससे हजारों शाखाओं का निर्माण हुआ और चातुर्वर्ण के स्थान पर हिन्दुस्तान में आज हजारों जातियों का निर्माण हुआ है। ये सभी जातियाँ विनष्ट होकर एक विराट वृक्ष में रूपान्तरित हो जाएँ, ऐसी आशा करना इसी तरह है, जिस तरह अमेरिका के बहुसंख्य यूरोपीय लोगों का अफ्रीका की नीग्रो युवतियों से विवाह-बन्धन में बँध जाना।" पद्मनाभ को फिर छींक आई, "यहाँ भी गोरा-काला ला ही दिया, दुत!"

"जुकाम कहाँ से ले आए?"

"अरे वो 'केसरी' की गर्द भरी पांडुलिपियों की धूल है।"

हाँ तो आगे सुनो—"मनुष्य के स्वभाव में या यों कहिए, कि उसके लहू में जो विचार घुल-मिल गए, उन्हीं में से एक विचार है वर्ण-व्यवस्था। ब्राह्मण जाति में जो उपभेद है, उनसे यही तथ्य उजागर होता है कि बेटी-व्यवहार को छोड़कर सभी जातियाँ समान योग्यता रख सकती हैं। यही नियम सभी जातियों पर लागू किया जाए तो हिन्दुस्तान की उन्नति के लिए देश की सभी जातियों का एक ही जाति होने तक इन्तजार करने की जरूरत नहीं।"

"लेख 16 मई, 1893 के 'केसरी' का है।"

लिखते-लिखते थक गए तो जोरों से अँगड़ाई ली, "मित्र! मंच पर हमारे आविर्भूत होने का समय आ गया।"

विट्ठल को विनोद सूझा, "मैं तो अविर्भूत हो भी गया, मुझे पहचाना नहीं? विट्ठल, विट्ठल भाई पटेल! ब्रिटिश सरकार के उस बिल को मैंने ही विधानसभा में पेश किया था।"

पद्मनाभ ने आँखें टिपटिपाईं।

विट्ठल ने आगे कहा, "मुझसे पहले भूपेन्द्रनाथ बसु ने इस प्रस्ताव को कभी पेश किया था तो सनातनियों में ऐसी अफरा-तफरी मच गई जैसे साँप को आया देखकर घोंसले के चूजे...कहा, धर्म विरुद्ध है।" अब आगे जो लिखना हो लिखो...बल्कि वह लिखो जो शाहूजी ने बिल के समर्थन में कहा है—

'इस देश की उन्नति यथाशीघ्र हो या विलम्ब से, यह बात यहाँ का जातिभेद जितनी मात्रा में कम होगा, उस पर निर्भर करती है। यह जाति भेद नष्ट होने के लिए विभिन्न जातियों में दैहिक सम्बन्ध व्यापक रूप से स्थापित होना अत्यन्त आवश्यक है। अब रोटी-व्यवहार अधिक मात्रा में होंगे। बदलाव आ चुका है, इसके विरोध में कोई कितना ही हाथ-पाँव मारे, तो भी उसका कोई विशेष प्रभाव नहीं पड़ने वाला। पर बेटी-व्यवहार के साथ ऐसी बात नहीं है। ऐसे विवाहों का कानूनन वैध सिद्ध होना आवश्यक है। इससे उस सन्तति को वे सभी अधिकार मिलने चाहिए, जो वारिस सन्तति को मिलते हैं। इसी के लिए विट्ठल भाई पटेल ने विधान सभा में सवाल उठाया है। इस प्रकार के कानून की आवश्यकता भी है पर यह भी सच है कि ऐसा होने लगे तो ब्राह्मणों की जन्मसिद्ध महत्ता भी कम हो जाएगी।'

और उधर शाहूजी! जीवन-सूर्य अस्ताचल की ओर खिसकता हुआ। चलते हैं तो जमीन अब भी धसकती हुई-सी लगती है पर थकान-सी क्यों उतरने लगी है! थकान को अनदेखा कर अपने लक्ष्य की ओर देखने लगे, "जापान में भारत के क्षत्रियों की तरह ही एक जाति होती है समुराई जिसने स्वयं आगे बढ़कर कनिष्ठ जातियों से विवाह किया। ऐसा न हुआ होता तो जापान आगे बढ़ पाता क्या? जब तक ऊपर की बड़ी जातियाँ नीचे पड़ी हुई जातियों को हाथ पकड़कर उठाएँगी नहीं, जाति नष्ट नहीं होगी।"

किसी को समझाने के बहाने खुद को जैसे समझा रहे थे, "आप जानो! यह रिजर्वेशन की ही शीर्ष कड़ी है, जहाँ पिछड़े, विकलांग, दुखियारे बच्चों को माता-पिता धूल झाड़कर पुचकारते हुए ऊपर गोद में उठा लेते हैं।"

"विट्ठल, मैं पिछले दिनों सन्तराम बी.ए. से मिला था। जात-पाँत के विरुद्ध उसके तर्कों के सामने कोई टिक नहीं पाता।"

"दिक्कत क्या है, वे हिन्दू धर्म में रहकर जात-पाँत तोड़ना चाहते हैं।"

"मेरा वश चले तो दामू-तिलक, खुदीराम बोस समेत अतिरेकी देशभक्त नौजवानों तक सन्तराम की यह बात पहुँचा दूँ...।"

"क्या?"

"देश के लिए मरना आसान है, देश के लिए जीना कठिन। देश के लिए!"

"शाहूजी, सयाजी, तिलक या दुनिया में किसी को अनुमान भी होगा कि कोल्हापुर-पुणे मार्ग पर सड़क की उस कच्ची ढलान में जहाँ एक पतला नाला बहता है उसी के पूरब चढ़ाई पर दस-बारह घरौंदों का एक गाँव है खानगाँव और इन घरौंदों से छिटका एक झोपड़ा, जहाँ भारत की सबसे बड़ी समस्या पर दो दीवाने दिन-रात जूझ रहे होते हैं। इस झोपड़े का कोई महत्त्व न होता अगर वह सत्यशोधक समाज की कुटिया न होती। देश और दुनिया जब नई करवटें ले रहे थे, खानगाँव का यह झोपड़ा पुणे से आते और जाते लोगों का एक पड़ाव माना जाता था, इसलिए बुआ महाराज का भी।

बुआ महाराज पद्मनाभ जी अपनी खरी-खरी के लिए राहगीरों में खासे लोकप्रिय हैं। वे उत्तर भारत के बुद्ध के समकालीन आजीवक और लोकायत परम्परा के कौत्स, मक्खलि गोशाल, अजित केशकांबली की बात करते। इन तीनों को राज्याश्रय न मिला, सो बुद्ध की तरह फैल न पाए। वे शंकर, रामानुजम, कुमारिल रामानन्द पर हँसते।

मसलन, आर्य समाज का जिक्र आने पर वह हँसते—"सबको आर्य कह दिया। नाम और परिचय के पीछे आर्य का मोरपंख लगा कर सब टहलने लगे। महार भी, चमार भी, चांडाल भी। अगर आर्य समाज इन्हें आर्य मानता है तो शादी-ब्याह कर उन्हें अपना क्यों नहीं लेता? बावन हाथ दूर से बिदक कर भाग क्यों खड़े होते हैं, उनका नाम आते ही?"

"विवेकानन्द शिकागो लेक्चर के बाद तालियाँ बटोर कर डायस से उतरे ही थे कि 'रमाबाई संगठन' ने उनसे पूछा, "स्वामीजी, भारत में स्त्रियों की स्थिति कैसी है?"

"बहुत अच्छी, हमेशा से हर क्षेत्र में पुरुषों की सहधर्मिणी। पश्चिम में मात्र पत्नी है, हमारे यहाँ 'माँ'। उन्हें सम्पत्ति का पूरा अधिकार है।" विवेकानन्द ने उत्तर दिया। महिलाओं ने इस सफेद झूठ पर हँस दिया, "अभी बच्चे हैं, माँ के पेट से नहीं निकले।"

"तो ये थे अपने स्वामी विवेकानन्द। वैसे भी जाति व्यवस्था को जरूरी मानते थे। पर यह तब के विवेकानन्द थे।" लोगों में हँसी का एक दौर चला।

"अपने तिलक भी तो...! बड़े-बड़े उद्धारक भी...। लेकिन मैं जो कह रहा था, वह यह कि किसी का एक पक्ष कमजोर हो तो उसके लिए उसके सम्पूर्ण को खारिज कर देना अनुचित है।"

"कुछ लोग तो यह भी कहते हैं कि आर्थिक असमानता दूर होने पर जाति खुद-ब-खुद समाप्त हो जाएगी।"

"हवा में हैं। जाति नहीं जाती ऐसे।"

"आगे और पीछे की तमाम सुधारवादी धाराएँ अपनी मंशा में ठीक, पर व्यवहार में अक्षम।"

"तो अपने महात्मा फुले और शाहू महाराज, या वो उभरते हुए आम्बेडकर ही कैसे सफल हो पाएँगे?"

"क्या त्रासदी है कि उदारवादी ब्राह्मणों को इनकी कट्टर सन्ततियों ने दबा दिया!"

"हाँ।"

"तो सवाल है, अपने फुले, शाहू, आम्बेडकर कैसे सफल हो पाएँगे।"

जवाब है, "यह अन्तिम धारा ऐसे लोगों की है जिन्होंने स्वयं जातिगत दंश भोगा है, ये उसके बुनियादी कारणों में जा रहे हैं। इन्होंने सबको शिक्षित करना, अन्तरजातीय विवाह और सत्ता में भागीदारी—तीन बुनियादी निदान चुने और इसे अनिवार्य माना।"

"हूँ ऽऽऽ!"

बड़ी देर तक यह 'हुंकारी' गूँजती रही। तब किसी ने हँसते हुए कहा, "यार इस ब्राह्मण-धर्म से खतरनाक दूसरा कुछ नहीं। जो भी इसके विरोध में गया, इसने डाँट-पुचकार कर उसे अपने में समो लिया, दूसरे महापुरुषों को अपना शिष्य बना लिया, अपने बीज से पैदा हुआ बताकर, उनके भगवानों को अपना भगवान बताकर सोख लिया, उनके प्राण तत्त्व सोख लिए, उनकी आँच सोख ली, आग सोख ली।"

"यह तो उलटकर उनको भी लगता है, तन या मन के काले सवर्णों को क्या कहेंगे? दुष्टों को क्या कहेंगे? किसके बीज से हैं ये?"

"ठीक! तो सवाल है, कौन किसको कितना सोख पाता है, कौन अपनी कितनी आग बचा पाता है।"

"ब्राह्मणवाद के पास एक गुप्त मीठा जहर है—वह क्या है, 'श्रेष्ठता'! इसके चलते वह एक को दूसरे से ऊँचा-नीचा बताकर लड़ाता रहता है। फूट डालना हो तो बस इतना बता दो मैं तुमसे श्रेष्ठ हूँ, बस फट गया दूध!"

"ब्राह्मणों के पास ही क्यों, सभी धर्मों के पास एक मीठा जहर है मोक्ष, स्वर्ग और जेहाद। धर्म युद्ध करो, जिन्दा रहे तो धरती का स्वर्ग, मरे तो स्वर्ग या जन्नत। वहाँ तुम्हारे लिए सुन्दर-सुन्दर हूरें, दारू के चशमे आदि खाने-पीने, ऐशो-आराम की बेशुमार चीजें हैं, मजे की बात है कि यही चीजें हराम या निषिद्ध भी हैं। और धरती पर यूँ भी इफरात हैं, मगर लालच...!"

"एक मजे की बात बताऊँ, मैंने एक पादरी से पूछा, "आप तो शासक वर्ग के हैं, सेवा भी आप जैसी कोई नहीं करता, कहानियों का भी भंडार आपके पास—चमत्कारों वाली...। फिर भी वैसी सफलता ईसाई धर्म को नहीं मिली यहाँ?" वह दाँत निकालकर हँसा, "चमत्कार की कहानियों में हम हिन्दुओं को हरा न सके।"

"एक बात मैं समझ नहीं पाता, अपने शाहूजी सत्यशोधक समाज के सबसे बड़े संरक्षक हैं तो खुल्लम-खुल्ला आ क्यों नहीं जाते? फिर रमाबाई, सन्तराम, आम्बेडकर वगैरह को साथ क्यों नहीं ले लेते?"

"मुझे लगता है, उनके हाथ-पाँव, दिल-दिमाग, हर तरह से बँधे हैं। वे धर्म से अलग नहीं हो सकते और धर्म की गुँजलक उन्हें कटु सत्य की ओर बढ़ने नहीं देगी। जैसे आम जन में स्वर्ग, परम पद या मोक्ष का लोभ है वैसे

ही पदानुक्रमता में ऊपर गिने जाने का लोभ। शिवाजी के जमाने में कुल 96 'कुल' मराठे थे जो खुद को क्षत्रिय मानते थे और शिवाजी का विरोध करते थे।"

"ठीक कहते हो, शाहूजी आर्य समाज की ओर इसलिए झुकते हैं कि वह अकेला पन्थ है जो उन्हें क्षत्रिय मानता है। पर वे जिन वेदों को आधार मानते हैं, वही उसे ब्रह्मा के पाँवों से पैदा हुए मानते हैं।"

नालन्दा विश्वविद्यालय के प्राचार्य धर्म कीर्ति कहते थे, "वेदों को प्रामाणिक मानना और पापनिवारण के लिए उपवास करना मूर्खतापूर्ण व्यवहार है।"

"यही तो कबीर, नानक, रविदास भी कहते हैं।"

लट्ठे कहते हैं कि शाहूजी के पास शिवाजी की राष्ट्रनिर्मात्री शक्ति थी—मराठा, ब्राह्मण, कुनवी सब एक महारत्ता राष्ट्र में संगठित हों, मुस्लिम भी, दूसरे भी। उनकी इस निर्मिति के पीछे कौन थे, बहिष्कृत ब्राह्मण, सन्त ज्ञानेश्वर, सन्त चोखा मेला महार, सावता, माली राका और गोरा कुम्हार, रविदास, नामदेव, अशोक, अकबर, कबीर, तुकाराम। इस विरासत में आकर जुड़े फुले दम्पति, स्वामी दयानन्द, और बंगाल के नवजागरण के लोग भी।

26

"अप्पा साहब राजोपाध्याय का क्या किया जाय?" पूछा है दीवानजी ने।

"वेदोक्त प्रकरण में ब्राह्मणों की वाहवाही लूटकर कम मानसिक क्लेश दिया है उसने!" शाहूजी ने कहा।

"उसके लिए वही उचित था, जो उसके साथ किया आपने।"

"हाँ, लेकिन इतना नुकसान उठाने के बाद, अब उसका नशा उतर गया है और वह तरह-तरह से कोशिशें कर रहा है कि राजपुरोहित के पद पर पुनः बहाल कर दिया जाए।"

"यानी समर्पण करके अपना खोया हुआ राजपाट, फिर से प्राप्त कर ले।"

'हाँ', कई तरह से अपनी लाचारगी पेश करने लगा है—मैं एक गरीब ब्राह्मण हूँ, पवित्रों में सबसे पवित्र! कहते हैं, "मुझे जागतिक पदार्थों के प्रति कोई मोह नहीं है सिवाय इसके कि अपने यजमान का कल्याण हो।"

"ओय होय होय!"

"निरीह प्राणी हूँ—जैसे गाय वैसे पुरोहित। दोनों दीन हीन! दोनों की रक्षा की जाती है।"

"च्च! च्च!!' अब और दंड नहीं महाराज, मर जाऊँगा।"

"यह तो पाप स्वीकार और अपराधबोध का स्वर नहीं है! वही सनातनी रिरियाहट है।"

"एक तरफ दीन बनता है, दूसरी तरफ महान! दया भाव भी, अधिकार भी..."

"एक तरफ वह प्रपत्र है 1914 का, जिसमें सभी पदों पर ब्राह्मण काबिज हैं, दूसरी तरफ यह अपनी दुष्टता के लिए सेवाच्युत गिड़गिड़ाता पुरोहित! क्या किया जाए?"

"अपने बिन्दु पर वह सही है। सवाल किसी नारायण और शाहूजी का नहीं है, सवाल धर्मसत्ता और राजसत्ता के वर्चस्व का है।"

जाधव से रहा न गया—"आप उन्हें सब कुछ दे दें, फिर भी वे नहीं बदलने वाले।"

"आपने क्या सोचा है?"

"मुझे नारायण राजोपाध्याय से या ब्राह्मणों से कोई व्यक्तिगत दुश्मनी नहीं। पहले से आगे बढ़े हुए लोग थे। योग्य थे, सजग थे, बढ़ गए, पिछड़े अफीम खाकर सोये रहे। समर्पण करने वालों को क्षमा कर सकता हूँ। राजोपाध्याय को फिर से बहाल किया जाए—समिति ने निर्णय लिया है, पर राजपुरोहित के रूप में नहीं, सिर्फ एक वेतनभोगी नौकर के रूप में। अन्य कोई सुविधा नहीं।"

1917 को वेतनभोगी सामान्य नौकर के रूप में पुनः बहाल कर लिया गया नारायण राजपोध्याय को।

सत्यशोधक समाज अभी भी उपेक्षित और अलग-थलग पड़ा हुआ था। 1916 में, उदाहरण के लिए 80 विवाह रचाए।

"मात्र 80 विवाह?" किसी ने टोका, "80 विवाह और 1400 अन्य अनुष्ठान! ब्राह्मणों से छीनकर?"

"नहीं, ब्राह्मणों से अपनी जमीन वापस लेकर! पर यह संख्या मन की तसल्ली के लिए पर्याप्त नहीं।"

ब्राह्मण शैक्षिक और धार्मिक रूप से अब्राह्मणों से आगे बढ़े हुए हैं, अब्राह्मण उनके विरुद्ध नहीं जा सकते। कुछ तो इतने मूर्ख हैं कि उन्हें उनकी गुलामी ही आत्मीय लगती है। हमारे बड़े-बूढ़े और घर की औरतों के मन-मिजाज पर उन्हीं ब्राह्मणों का पूरी तरह से कब्जा है। सत्यशोधक समाज छोटा है। उनकी बराबरी नहीं कर सकता। हद से हद उसने पुराणों के कुछ मिथकों व कहानियों के विरुद्ध अपने जवाबी मिथक उतारे हैं जिनमें ब्राह्मणों ने गैर-ब्राह्मणों की औरतों का उपभोग किया है। पर उन्हें दुत्कार देने की शक्ति कहाँ है समाज में? ब्राह्मणों के मूर्खता भरे आख्यान, पक्षपात, मानव मन को गुलाम बनाए रखने की दुष्ट प्रवृत्ति—इसको फुले साहब ने पहचाना, निषेध किया पर स्वस्थ विवेक सम्मत विकल्प वह भी न दे सके। 'टिट फार टैट' से सधने वाला नहीं। तो फिर बचता क्या है आर्य समाज?

27

सांगली के वकील अभ्यंकर मिलने आए हैं तो कई दिनों से उनके पेट में कुलबुलाता सवाल निकल पड़ा है—

"महाराज, शिक्षा पर आप जितना ध्यान दे रहे हैं, उसके लिए मैं धन्यवाद देने आया हूँ।"

"धन्यवाद के लिए धन्यवाद!"

"पर...।" तनिक ठमक गए अभ्यंकर।

"पर...?"

"मेरा एक सुझाव है, आप प्राथमिक शिक्षा पर ज्यादा ध्यान दे रहे हैं, इसकी बजाय, बेहतर होता आप उच्च शिक्षा पर ज्यादा ध्यान देते तो प्रशासनिक दृष्टि से कल्याण होता।"

फूले हुए गालों और झब्बरदार मूँछों को भेद न पाया सवाल, अभ्यंकर ने फिर कहा, "और महाराज, जाति के आधार पर आप जो स्कॉलरशिप देते हैं, वह मेरे हिसाब से उचित नहीं है। योग्यता देखकर स्कॉलरशिप और नौकरियाँ देनी चाहिए।"

रथ पर सवार थे दोनों मित्र। रथ को सारथी से कहकर अस्तबल की ओर मोड़ दिया।

शाहूजी को आया देख खलबली मच गई। शाहूजी ने अश्वपालकों से कहा—"आज सारे घोड़ों को अलग-अलग खुराक देने की अपेक्षा दरी बिछाकर सारा खाना, घास-फूँस से लेकर चने तक उस पर रख दो। और सारे घोड़ों को खोल दो एक साथ। अभी...!"

नौकर-चाकर और कर्मचारियों की तमाशबीन भीड़ जुटने लगी—देखो क्या होने वाला है!

वह एक अजीब दृश्य था। अस्तबल में कुछ बीमार, कुछ लँगड़े, कुछ कमजोर घोड़े थे और स्वस्थ-मजबूत घोड़े भी। देखते ही देखते मजबूत घोड़ों ने कमजोर घोड़ों को धकियाते हुए सारा चारा चट कर लिया। कमजोर घोड़े तो उन तक पहुँच ही न पाए। कुछ एक तो गिर कर कुचला भी गए। शाहूजी ने अभ्यंकर से कहा—"अभ्यंकर मुझे दोष न देना, हमने तो सबको समान अवसर ही दिया था।" अभ्यंकर निरुत्तर! शाहूजी बोले, "मुझे मालूम है, मेरे कई मित्र पिछड़ी जातियों को पचास प्रतिशत आरक्षण देने से नाराज हैं। उन्हें कैसे बताएँ कि माता-पिता चाहते तो अपनी सभी सन्तानों को हैं, मगर गोद में उठा लेते हैं अपने दुर्बल, बीमार, विकलांग बच्चे को ही। इसे माता-पिता का पक्षपात कहोगे?"

"आप ठीक कहते हो...दुर्बल, बीमार, विकलांग..."

"हम इसे पक्षपात कहें तो...?"

"कैसे कह सकते हैं?"

28

और इधर एक अलग ही आख्यान शुरू हो रहा था।

"शुरू हो रहा था" कहना गलत होगा। शुरू तो प्राय: 6 हजार वर्षों पहले हुआ था, यह तो उसका समाहार था।

आख्यान था राजसत्ता से अलग ग्रामसत्ता का। इस व्यवस्था के शीर्ष पर कहने को यूँ तो पाटिल (या पटेल) होता पर वास्तविक सत्ता होती कुलकर्णी के हाथों में। पाटिल अनपढ़ होते और कुलकर्णी पढ़े-लिखे। गाँव और गाँववालों की हर चीज का लेखा-जोखा उन्हीं के पास होता। पेशवाशाही तक आते-आते सारे ही ब्राह्मण सत्ता के इस नियंत्रक पद पर काबिज हो गए। (अपवाद स्वरूप ही दूसरी जाति का व्यक्ति कुलकर्णी हो पाता।) शिक्षित होने के नाते रुपये-पैसे यानी सूदखोरी और ब्राह्मण होने के नाते पौरोहित्य भी! 'कुल' का मतलब द्रविड़ में किसान। ब्राह्मणों के पर्याय थे, सो एक नाम 'पांड्या' भी। इन सेवाओं के लिए इन्हें पुश्त-दर-पुश्त जागीर मिली होती जिसे 'वतन' कहा जाता।

कुलकर्णी यानी शोषण के चूड़ान्त! फुले जी ने इन्हें 'ग्राम राक्षस' कहा था। कुलकर्णियों की गुलामगीरी से ग्राम समाज मुक्त कैसे हो—शाहूजी की चिन्ता शायद ही परवान चढ़ पाती अगर उन्हें सत्यशोधक मुकुन्द राव पाटिल न मिल गए होते। मुकुन्द 'कुलकर्णी लीलामृत' के रचनाकार, कवि भी, उपन्यासकार भी, क्रान्तिचेत्ता भी। शाहूजी और भास्कर राव जाधव के प्रयास से छपा 'कुलकर्णी लीलामृत' का 'अमृत' गाँव-गाँव बँट रहा था। तटबन्ध टूट रहे थे। ब्राह्मण इसे विष बता रहे थे। विवेकवान ब्राह्मण प्रतितर्क दे रहे थे—क्या ऐसे कुलकर्णी ब्राह्मणों की सदियों से चली आ रही ज्यादती अमृत थी?

छापामार युद्ध की युद्ध-नीति है कि शत्रु को औचक घेर लो, समर्पण नहीं कर रहा है तो उसके रसद-पानी के स्रोतों को काट दो। कहाँ-कहाँ से मिलता है इन कुटिल कुलकर्णियों को रसद-पानी? वतनदारी!

22 फरवरी, 1918 को शाहूजी का पहला आदेश जारी हुआ—गाँव के बारह पउनी हकदारों को कोई भी व्यवसाय करने की छूट होगी। जरूरी नहीं है कि वे अपने पारम्परिक धन्धे से जुड़े रहें इसलिए आज तक इसके एवज में वे जो पउनी प्राप्त करते थे, वह बन्द कर दें, उसके एवज में पैसे ले लें।

दूसरे आज्ञा-पत्र में उन्होंने बीकानेर और त्रावणकोर रियासतों की तरह अपनी रियासत में भी ग्राम पंचायतें बहाल करने की इच्छा जताई और इसके साथ यह आशंका भी कि पंचायत बन जाए तो भी सत्ता इन्हीं कुलकर्णियों और इनके भाई-बन्दों के हाथों में रहेगी। 2 मार्च, 1918 को उन्होंने कुलकर्णी के पद को खत्म कर उसकी जगह 'पटवारी' के 'नियुक्तिकरण' का फरमान जारी कर दिया।

इस हुक्म के जारी होते ही कुलकर्णी समाज बौखला गया। उनका एक प्रतिनिधि मंडल शाहूजी से मिला तो उन्होंने कुछ सोचकर उस हुक्मनामे को स्थगित कर दिया। शाहूजी की जय-जय हुई, मगर तीन ही सप्ताह में हुक्मनामे के दोबारा बहाल होते ही 'जय-जय' 'छय-छय' में बदल गई।

तिलक किधर थे?

विरोध तो कर रहे थे पर तनिक ठंडे मन से। चितपावन ब्राह्मण ऐसे देशज ब्राह्मणों को ज्यादा तवज्जो नहीं देते!

उधर उनकी निन्दा करने में सारे दिग्गज एक स्वर में शाहूजी का निन्दा पाठ करने लगे, इधर पटवारी की भर्ती के लिए हड़बोंग। दुष्प्रचार यह कि भास्कर राव पटवारी की सेवा लिए हर प्रत्याशी को सत्यशोधक समाज की शपथ दिला रहे हैं। ब्राह्मणों के साथ घोर पक्षपात!

"क्या सुन रहा हूँ?" शाहूजी ने जाधव को जवाब तलब किया।

"सब झूठ है महाराज। 17 ब्राह्मणों की पटवारी के लिए अर्जी आई थी। सबको नियुक्त कर लिया गया।"

हजारों वर्षों से ग्राम समाज के जड़ अचल समाज की जड़ता तोड़ दी एक ही धक्के में, तिलकवादी उसे बनाए रखने पर क्यों आमादा थे? 'विद्याविलास' (23 मई, 1919 के अंक) में कुलकर्णियों पर शूद्रों द्वारा ढहाये जा रहे अत्याचार का हृदय द्रावक वर्णन था—छाती पीट वर्णन! इसी प्रकार 'राजकारण' और 'राष्ट्रहित बर्धिनी' भी कल्पना विरचित दमन के किस्सों से भरे पड़े थे। कुलकर्णियों की जगह-जगह विरोध-सभाएँ हो रही थीं और हर सभा में शाहूजी पर अनर्गल आरोप दागे जा रहे थे। कितने संगठित थे ये और कहाँ-कहाँ तक फैली हुई थीं इनकी जड़ें—कोल्हापुर के आगे बेलगाँव और संकेश्वर और पता नहीं, कहाँ-कहाँ तक! दो शत्रु सेनाएँ आमने-सामने डटी थीं। उधर पूरा कुलकर्णी, परम्परावादी विप्र समाज था। इधर भास्कर राव जाधव, सबनीश दीवान, मुकुन्द राव पाटिल, दिनकर राव जाभिलकर, बालचन्द कोठारी, श्रीपन्तराव शिन्दे, भगवन्त राव पालेकर जलावतनी के बावजूद अण्णा साहब लट्ठे जैसे दृढ़, सुशिक्षित सेनानी और अनुज बापूराव। कुलकर्णी सेना के पाँव उखड़ने लगे! कुलकर्णी के बाद अब शंकराचार्य!

भोजन के समय महारानी ने मुँह फेरकर पूछा, "तो...? नये शंकराचार्य ने पीठ सँभाल ली?"

"तो हवा यहाँ तक आ पहुँची?"

"महाराजा हो, जिसे चाहो बनाओ, जिसे चाहो मिटाओ। अभी पिछले वर्ष ही तो कुर्तकोटि शंकराचार्य बनाए गए थे। आप उनकी प्रशंसा करते न अघाते थे। प्रगतिशील और क्या-क्या तो! 17 में दिया, 18 में लिया।"

"हम इस बड़बोले पंडित के झांसे में पड़ गए थे।"

"उनकी प्रगतिशीलता की कलई खुल गई। अन्दर का पारम्परिक ब्राह्मण झाँकने लगा। कुलकर्णी की 'वतनदारी माफी' मामले में उन्हीं का समर्थक मेरा विरोधी।"

"अब? अब जगद्गुरु कौन होगा?"

"जैन, सुतार, लिंगायत, शेणवी, देवज्ञ—इन सभी जातियों में उनकी अपनी-अपनी जाति के पुरोहित हैं।"

"सब धर्म छोड़ दें तो क्या हम भी छोड़ दें?" इस बार रानी खड़ी थीं अपने प्रश्न के साथ।

"क्या आप ऐसे पुरोहित का सम्मान करेंगी जो आप पर धिक-धिक कर रहा हो?"

चुप हो गईं रानी।

"बोलतीं क्यों नहीं?"

"नहीं माने...! "बड़ी मुश्किल में थीं धर्मपरायणा रानी, पकड़ में आकर छटपटा रही थीं।

शाहूजी ने लक्षित किया कि कुछ दिनों से रानी महालक्ष्मी और नये पुजारी विनायक जोशी के बीच खुसुर-फुसुर चल रही थी।

"क्या बात है?" शाहू ने पूछा।

"तुम अपना काम करो, मुझे अपना काम करने दो।" रानी ने कहा।

"फिर भी?"

"चन्द्रायण व्रत! सुन लिए?"

"मगर चन्द्रदेव को क्या तकलीफ है?"

"तकलीफ उन्हें नहीं, मुझे है। अनिष्ट निवारण! मैं आजिज आ गई हूँ देख-देखकर। कब अनिष्ट खत्म होंगे, पता नहीं।"

"कब से चल रहा है व्रत?"

"महीने भर से। कल उद्यापन है।"

"पुजारी जी ने आपको उद्यापन का विधि-विधान बताया है?"

"न। वो आ गए पुजारी जी; पूछ लेते हैं।"

पुजारी जी टालमटोल करने लगे, "कल बता देंगे।"

"मैं आज ही बता देता हूँ। सुनिए महारानी जी, मत्स्यपुराण के 69वें अध्याय की कथा है। महीने भर प्रति सोमवार को व्रत करते हैं। मासान्त में भोजन, द्रव्य आदि पुजारी को दान देकर उद्यापन!"

"हाँ महाराज, वही, वही।" पुजारी जोशी जी ने कहा।

"बस यही या और कुछ?"

"तो सुनो महारानी, स्कन्दपुराण की पूरी कथा। लो, यह रहा पुराण पुजारी जी, आप ही पढ़कर सुना दीजिए...।"

"मुझे अच्छी तरह संस्कृत नहीं आती।" पुजारी हकलाए।

"नीचे मराठी में अर्थ दिया हुआ है—

"विधान यह है कि भूदेव को भोजन द्रव्य आदि दान कर उसे हर तरह से तृप्त कर उसे अपना शरीर भी अर्पण कर उसे तृप्त करो।" अन्त तक बोलते-बोलते जोशी की जबान झेंप से लटपटाने लगी।

सुनते ही रानी पत्थर हो गईं, पुजारी से कहा, "आप जाइए।"

"क्यों पूजा नहीं करनी महारानी?"

"खुद ही कर लूँगी।"

"पर..."

"कहा न तुम जाओ।" चिढ़ गई एकबारगी।

"इस मत्स्यपुराण चन्द्रायण व्रत के अलावा महाभारत के अनुशासन पर्व और अन्यत्र कई जगहों पर विप्र को ऐसे ही तृप्त करने का विधान है। सारा जगत मंत्रों के अधीन है और मंत्र ब्राह्मणों के अधीन, ऐसा भूदेव बताते नहीं थकते और यहाँ का एक मंत्र देखो—'लिंग स्थानाय नमः कन्दर्प विधेय नमः'।" शाहू ने सोचा, घाव को जब खोला है तो मवाद निकाल ही दें...।

"शास्त्रविहित प्रकट नारी-भोग के अलावा वर्षों से भोग के कितने-कितने और कैसे-कैसे चोर दरवाजे खोल रखे हैं भाई लोगों ने और सब पर धर्म और पुण्य प्राप्ति की मुहर। ऐसे सारे चोर दरवाजे बन्द किये बिना औरतों पर अत्याचार बन्द नहीं होंगे।"

"देवदासी क्या है? भगवान के नाम से मन्नत माँगी, सौंप दी ईश्वर को बेटी! जोगिणी, मुरली, भावीण जैसे कितने भेद हैं। भोग के अनन्त धर्म सम्मत चोर दरवाजे!"

"कलंक है कलंक!"

"कलंक कैसा? अब जब ईश्वर से विवाह हो गया तो पिता की सम्पत्ति पर वारिस यानी बेटी का कोई अधिकार नहीं। इस कलंक को ही खत्म करो। जो हो चुकी हैं, उनके वारिस का हक उसे मिले।" रानी अत्यन्त दुखी थीं। "पाप के आश्रय यानी मन्दिरों में देवदासी के मिलने वाले देवस्थान अधिकार ही बन्द करो। जब आश्रय ही जला दिया तो देवदासी कोई होगा क्यों?"

"पर सवाल पुण्य प्राप्ति के झाँसे का है।"

"वह एक लम्बी लड़ाई है, अभी इतना तो करो।"

शाहूजी का अगला प्रहार वारिस के नियमों पर था—नये संशोधन के तहत वैश्य, क्षत्रिय, ब्राह्मण—इनकी नाजायज सन्तानों के बीच कोई भेद नहीं रहेगा। सभी वर्गों की नाजायज सन्तानों को उसके पिता की आय में वारिस का अधिकार होगा।

कुछ दिनों बाद शाहू ने सभाओं में उस चर्चा को पुनः उठाया, "किसी विपत्ति में पड़ी कृष्ण की पत्नियों को दालभ्य ऋषि इस अनुष्ठान का पालन करने को कहते हैं। रविवारों को हस्त, पुष्प और पुनर्वसु तारामंडलों के उदय पर औरत सुगन्धित जल से स्नान कर भगवान विष्णु की प्रार्थना करे। मंत्र यह होगा—

'लिंग स्थानाय नमः कन्दर्प विधेय नमः!'

फिर किसी स्वस्थ ब्राह्मण को सुस्वादु भोजन और मिष्टान्न खिलाकर उसे प्रेम से देह अर्पित करें। उसे तृप्त करें फिर जो भी ब्राह्मण रविवारों को आते हैं, उनकी इच्छा पूरी करें। फिर उस ब्राह्मण के जाने के बाद ही औरों के पास जाएँ।"

सभा में किसी ने उठकर पूछा—"मत्स्यपुराण के किस अध्याय में है महाराज?"

"उनहत्तरवें अनुच्छेद में।"

इसी प्रसंग में शाहूजी ने आगे बताया, "महाभारत, मत्स्यपुराण आदि में इन महानुभावों ने अपनी लिप्सा के अनुकूल बनाते हुए मदिरापान, बाल-विवाह, वैधव्य, सती, देवदासी के नियम निर्मित किये जो उनकी बौद्धिकता का परिचय देता है। एक बार एक ब्राह्मण रानी ओघावती से आकर कहता है—'मैं तुम्हारा अतिथि हूँ। मेरी इच्छा पूरी करो। यही तुम्हारा अतिथि के प्रति कर्तव्य है।'

"सो कर्तव्य पालन करते हुए रानी ने समर्पण किया। तभी बाहर से राजा का पदार्पण हुआ। आप कहोगे, ब्राह्मण डरकर भाग खड़ा हुआ। नहीं! ब्राह्मण ने बन्द कपाट के अन्दर से कहा, 'ओ अग्निपुत्र सुदर्शन! मैं ब्राह्मण हूँ। तुम्हारी पत्नी मेरी इच्छा पूर्ति कर रही है।'

इस पर राजा मुस्कराए, बोले, "वचन देता हूँ, सब ले लो। सारा धन, पत्नी, जीवन भी...यही गृहस्थ धर्म है मेरा...।"

कई दिन बाद इस प्रसंग की चर्चा होने पर कपाल ठोंक बैठी रानी, "देवा रे देवा! अब यह तुमने कहाँ से ढूँढ़ निकाला?"

"उन्हीं धर्मग्रंथों से।"

"नहीं, यह ओघावती...?"

"महाभारत के अनुशासन पर्व से।"

"तो यह रहा उनका अनुशासन! आग न लगा दें इस अनुशासन पर्व को...।"

ठहरकर कुछ सोचा, "पर तुम यह सारे गड़े मुर्दे क्यों उखाड़ते फिर रहे हो?"

"इसलिए कि समाज पर इनका सीधा प्रभाव है।"

"आषाढ़ विक्रम संवत् 1957 की इलाहाबाद की घटना है। एक गृहस्थ ने अपनी धर्म परायणा माँ के कहने पर अपनी पत्नी पुजारी को सौंप दी। पुरोहित उसे अपने घर ले आया। उस व्यक्ति ने पाँच हजार रुपये दिये कि ब्राह्मण देवता उसकी पत्नी को लौटा दें। मगर नहीं। नहीं लौटाई पत्नी।

मामला अदालत में गया। अंग्रेज मजिस्ट्रेट ने निर्णय दिया—"यह दान कानूनन अवैध है। पुजारी को दंड मिलेगा।"

"कमाल है! इस पर भी लोगों का खून नहीं खौल उठता?"

"उलटे वे इस ब्राह्मण धर्म के लिए जान देने पर तत्पर रहते हैं, मगर एक बात है, बौद्ध, सिक्ख, जैन, लिंगायत पहले हिन्दू ही थे, ब्राह्मणों के अपमान के चलते ही अलग हुए। 'अति' हो गई तो कहा, जाओ, हम हिन्दू ही नहीं हैं।" "ब्राह्मणों को चेत जाना चाहिए।"

"क्या कहती हो? गरीब ब्राह्मण, मराठा और पिछड़े दलित भी आदमी हैं—कभी माना? वह तो कहो कुछ विवेकवान ब्राह्मण हैं—रानडे, गोखले, आगरकर आदि। विरोध और विवेक का ही परिणाम है कि हिन्दू धर्म या समाज के इस बिखराव पर 'केसरी' तक को लिखना पड़ा है—"मुँह, हाथ, उदर, पाँव से नहीं, सारे जन एक ही परमात्मा की सन्तान हैं।" 'केसरी' वही सारी बातें कहता है जो फुले कहते रहे हैं, मैं कहता रहा हूँ—जन्मना श्रेष्ठता का निषेध।"

29

गर्मियों की जलती दोपहरी और बावड़ा का अहाता। घोड़े वाले गंगाराम महार ने दोपहर को घर से लायी भाकरी की पोटली खोल दी। भाकरी के पेट में जाते ही प्यास का अहसास! इधर-उधर देखा, पानी कहाँ मिलेगा? कोई दिख ही नहीं रहा, जिससे माँगा जाए। नजर दौड़ाई। दूर हौज में पानी झलक रहा है। प्यास खींच रही है, डर रोक रहा है—कहीं कोई देख ले तो! प्यास तर्क देती है—इस वीरान दोपहरी को कौन देखेगा! पाँव बढ़ते गए। बढ़ते गए। दोनों हाथों की अंजुरी बना ली और हौज से पानी निकाल-निकाल पीने लगा।

"अरे, अरे क्या कर रहा है?" एक कड़कदार आवाज के साथ दैत्य की तरह प्रकट होता है सन्तराम, "महार होकर छू दिया, गन्दा कर दिया सारा पानी! ठहर साले! तेरी माँ की..." एक से बढ़कर एक फोहश गालियाँ।

अरे बाप रे! गालियाँ ही नहीं पीठ पर अंगार की लहर-सा क्या! चाबुक की सटकार! दर्द से बिलबिला उठा गंगाराम—"दुहाई सिपाही जी। दुहाई।"

बावड़ा का अहाता खौल उठा। दरबार के नौकर-चाकर दौड़ पड़े।

"क्या हुआ सन्तराम? क्यों मार रहे हो इस बेचारे को?"

"इस साले ने मेरा साफा चुराया है।"

शाहूजी के राज में छुआछूत दंडनीय अपराध है, सो सन्तराम को चट साफा चुराने का बहाना गढ़ना पड़ा।

"नहीं सिपाही जी, मैं क्या जानूँ आपके साफे के बारे में। मैंने तो देखा तक नहीं।"

"क्या सन्तराम?" कोई टोकता है।

"साफा ही नहीं, इसने मेरे पैसे भी चुराए हैं।"

"कसम ले लो माँ महालक्ष्मी की।" गंगाराम भोंकार मार कर रो पड़ा। फिर एक सटकार चाबुक की, "बैन चो...देवी की कसम खाता है। हौज का सारा पानी गन्दा कर डाला। साफा चुरा लिया। पैसे चुरा लिए।"

सटाक! सटाक!!

और उधर फिर वही कातर गुहार! "अरे आई ऽऽऽ! हाय रे देवा! मर जाऊँगा सिपाही जी, मैंने पानी जरूर पीया, प्यास लगी थी, लेकिन पैसा और साफा नहीं।"

पिटता रहा गंगाराम! खदेड़-खदेड़कर चाबुक सटकारता रहा सन्तराम। तार-तार होते रहे बदन के कपड़े, उधड़ते रहे पीठ के, कन्धे के चमड़े। देखते रहे माँग। देखते रहे महार! देखते रहे मराठे!

"यह सन्तराम तो जुआ खेल रहा था।" कोई कहता है।

"तो क्या! कोई उसका साफा और पैसा चुरा लेगा?"

कुछ जुआरी और आ जुटे। वे भी शामिल हो गए गंगाराम को पीटने के इस नेक काम में। तब तक पुलिस प्रमुख फर्नांडेस और म्हसकर दारोगा आ पहुँचे—

"अरे गुनाह किया है तो कबूल कर ले न।"

"साहब जो किया नहीं, उसे कैसे कबूल कर लूँ! कल को जाति बिरादरी वाले निकाल देंगे।"

"ऐसे तो तू मर जाएगा गंगाराम?"

"आपके सामने यह सब हो रहा है। मर जाऊँ तो महाराज से सच-सच कह दीजिएगा कि आपका निर्दोष गंगाराम...।" कहते-कहते गिर पड़ा गंगाराम। महाराज का नाम लेते ही सन्तराम और उसके साथियों के हाथ थम गए।

गंगाराम बाई के झोंक में उठा और बहकते कदमों से चल पड़ा सोनतली।

सहानुभूति में उसके साथ कुछ और महार तथा माँग हो लिए।

शाम तक दिल्ली से लौट आए शाहूजी। दूर से ही देखा एक छोटी-सी भीड़।

"कौन गंगाराम? क्या बात है, अरे तुम्हारे तो कपड़े भी फटे हैं, देह भी खून से रंगी हुई। "शाहूजी ने पूछा।

फफक-फफक कर रो पड़ा गंगाराम...आँसुओं और दर्द में डूबी थी उसकी आपबीती दास्तान, 'महाराज इंसाफ कीजिए।' शाहूजी की कोमल भावप्रवण मुद्रा तन गई, गहरे क्षोभ और क्रोध में लाल हो गई आँखें। जाति! हाय री जाति की कुटिलता!

सन्तराम और उसकी जुआ मंडली को लेकर आ गए म्हसकर दारोगा। शाहूजी ने चाबुक उठाई और लगे चीथने सन्तराम और उसके साथियों को—सटाक! सटाक! जो दुर्दशा गंगाराम की हुई थी बही सन्तराम और उसके साथियों की होने लगी। गंगाराम का कसूर था कि वह महार था और सन्तराम और उसके प्रभुतादर्प से चूर साथी मराठे! उन्हें लगा था, उनका मराठा होना एक कवच की तरह उन्हें शाहूजी द्वारा किसी भी सम्भावित दंड से बचा लेगा।

शाहूजी रुके नहीं। गंगाराम के पास आए। पीठ पर हाथ रखा। ममता का स्पर्श। पर यह क्या कह रहे हैं, "गंगाराम आज से मैंने तुम्हें सेवा मुक्त किया।" खाट पर जा भहराए। मुँह फेर लिया, जैसे नहीं मिला पा रहे हों, भरी-भरी सी नजर, "तुम्हारी रक्षा नहीं कर सका। अपराधी हूँ तुम्हारा। चले जाओ। ये पैसे रखो। कोई धन्धा कर लेना।"

गंगाराम ने झुककर प्रणाम किया। होंठ काँपे। कुछ कहना चाहा। हाथ उठाकर रोक दिया शाहूजी ने।

"कहता भी तो क्या कहता?" लौटते हुए सोच रहा था गंगाराम।

कुछ ही दिनों बाद, शाहूजी अपनी बग्घी से कहीं जा रहे थे। साथ में दस-एक कर्मचारी भी थे। भावी योजनाओं पर बातें चल रही थीं कि अचानक सड़क

के उस पार देखकर चौंके। हाथ जोड़े गंगाराम कांबले खड़ा था। पीछे शायद चाय की कोई दुकान थी।

रुक गए सारे वाहन। शाहूजी ने रथ पर से ही कहा, "गंगाराम कांबले!"

"जी, हुक्म हुजूर। झुक कर प्रणाम करते हुए कदम-कदम आगे आता है गंगाराम।"

"तुमने उस दिन हौज का पानी भ्रष्ट कर दिया था, अब चाय पिला-पिलाकर ऊँची जाति वालों को भ्रष्ट कर रहे हो?" बोर्ड भी नहीं लगाया कि लोग सतर्क हो जाएँ।'

"मेरी चाय आज भी कोई ऊँची जाति वाला नहीं पीता महाराज। सब जानते हैं कि मैं गंगाराम कांबले हूँ।"

"ऐसा? ठीक है। दस-बारह कप चाय बनाकर रखो, हम आते हैं।"

आधे घंटे बाद काफिला फिर लौटता है, शाहूजी बाजारू ग्राहक-सा चीखते हैं—"गंगाराम, चाय?"

"ये रही आपकी चाय महाराज।" साफ-सुथरे कुल्हड़ों में गरम-गरम भाप फेंकती चाय।

"दे दो, सबको दे दो।"

अरे बाप! महार के हाथ की चाय। न पीयी जा सकती है, न फेंकी जा सकती है। फिर भी महाराज का हुक्म है। जहर की तरह सुड़की जा रही है। कइयों ने आती हुई उबकाई को जब्त किया।

लीजिए, महाराज कुछ कह रहे हैं, "आज से दरबार के सारे कर्मचारी और अफसर गंगाराम कांबले की ही दुकान से चाय पिएँगे, क्यों गंगाराम पिलाओगे न?"

"जो हुक्म महाराज।"

पैसे थमाकर चली गई महाराज की बग्घी।

दस दिन के बाद बग्घी फिर रुकती है। हाथ जोड़े दौड़ पड़ता है गंगाराम, "महाराज चाय बनाऊँ?"

"नहीं।" कहकर ठमक गए महाराज, "आज हम तुमसे कुछ लेने नहीं, देने आए हैं। ये लो।" कोई मशीन जैसी चीज थमा रहे हैं महाराज। देखते-देखते अच्छी-खासी भीड़ जमा हो गई है।

"यह क्या है महाराज?"

"सोडा मशीन। तुम्हारे हाथ का चाय-पानी पचाने के लिए...।"[1]

30

"जातीय अपमान से निकालने के लिए वतनदारी या जागीर से इन्हें मुक्त करा देना तो सिर्फ पहला कदम है। अभी बहुत कुछ करना पड़ेगा।"

"जी!" सबनीश ने सन्दर्भ नहीं समझा।

"क्यों न जात-पाँत सूचक उपाधि ही हटा दें!" फिर कुछ सोचते रहे, "अब महार 'पंडित'; चमार, जाट और भंगी 'सरदार' कहे जाएँगे। पहले ही निर्णय लिया है दलित और अस्पृश्य 'सूर्यवंशी' कहे जाएँ! कैसा रहेगा?"

"बहुत अच्छा।" सबनीश सँभल चुके थे।

"आप वह लिस्ट ले आइए तो जिसमें उन्हें राज्य सरकार की नौकरियों में नियुक्ति दी है।"

"जी अभी लाया।" पन्ने पलटते-पलटते रुक गए। हाँ महाराज सुनिए— "यह है महार, मांग, चमार, रामोशी (चोर डाकू), बेरडों, ये बन्धुआ और गुलाम! इन्हें रियासत की सेवाओं में लिया गया। सरकारी सूचना—

1. गणू महार—पुजारी—राजपूत बाड़ी के देवी-देवताओं, पीर, गजेन्द्र, लक्ष्मी की पूजा। यहाँ आप, महारानी, शादी के बाद वर कन्या सभी जाते हैं।
2. आबा माँग, चन्दा महार—शिकार के साथ रहने वाले सेवक।
3. दादू महार, राम महार—हाथी की देखरेख।
4. यल्लापा बाला नाइक—मोटर ड्राइवर।
5. दशरथा—चाबुक सवार।

कुछ अन्य महार—कोचवान, क्लर्क, पटवारी, कुलकर्णी, पुलिस...। पढ़ूँ?"

---

1. आज गंगाराम तो नहीं है, पर उस स्थान विशेष पर आज भी एक स्मारक और बोर्ड लगा है—"यहाँ से शुरू होती है सामाजिक परिवर्तन की एक नई उड़ान।"

"उन्हें मत पढ़ो ये बताओ चार सूर्यवंशियों को हमने आगे पढ़ने के लिए चुना था..."

"सूर्यवंशी?" पहले तो अचकचाए फिर सँभल गए, "मंडपालकर, डी.एस. पवार, गणाचार्य, रामू करांडे...'

"ये जी. एम....? खैर!"

"एक काम और भी महत्त्वपूर्ण है, स्थापित, माडल लोगों द्वारा एक आदर्श पेश करना..."

"जैसे?"

"जैसे गंगाराम कांबले के अस्तित्व और 'मान' को आगे उठाया।"

शाहूजी की आँखें चमकने लगीं—"सम्मान के साथ जीने का आत्मीय अधिकार—वंचितों को यही तो देना है। कहीं न कहीं तो मेरे किये का नैतिक समर्थन है। अब इसे और विस्तार देना चाहिए।" चर्चा परिवार के अन्दर भी चलती रही।

शाहूजी ने यह बात पत्नी और बेटी को बताई।

समर्थन मिला, "बिलकुल!" राजमहल उस दिन गुलजार था।

"तो अगली बार महारों के हल्दी कुमकुम वाले समारोह में शिरोल चलोगे आप सब?"

"बिलकुल।" समवेत स्वर।

और शिरोल के महारों की तकिया में छोटा-मोटा राजपरिवार ही उतर आया—शाहूजी, रानी साहिबा, राजकुमारियाँ, अक्का साहेब, और इन्दुमती... बाकी कई राजकर्मचारी। उनके साथ की चाय पीयी जा रही है, सुख-दुख की बातें पूछी जा रही हैं।

महार समुदाय गद्गद। अपमान के दंश से संज्ञा शून्य हो चुके महार मोटर तक में नहीं बैठ रहे थे... "न न महाराज छुआ जाएगा! शिरोल की यही धरती है जहाँ कई हिंसक जानवरों के शिकार किया करते थे कभी। आज अभी-अभी एक शिकार और...अमूर्त जानवर का शिकार!"

जातिगत प्रतिनिधित्व मिले बिना दबी-कुचली जातियों को न्याय न मिल पाएगा। 50 प्रतिशत आरक्षण के बाद यह दूसरा बड़ा कदम था। खुद को करना होता

तो कर डालते पर यह देश-व्यापी सवाल था और सारे के सारे प्रतिनिधि और नेता शाहूजी की तरह संजीदा न थे। होते भी भला क्यों? अधिसंख्य सवर्ण थे। 'जाके पाँव न फटी बेवाई, सो का जाने पीर पराई!' खुद-ही-खुद से बतिया रहे हैं।

"अंग्रेजी हुकूमत न होती तो न सती प्रथा और न बाल विवाह रुकते, न विकास, न शिक्षा और न्याय के काम हो पाए होते!"

बाघ की तरह टहल रहे हैं। तभी उन्हें लगा किसी ने उनके कन्धे पर शाल डाल दी है।

"कौन?" पलटकर देखा, साले साहब हैं।

"जनवरी का महीना है और ठंड पूरे शबाब पर है, आपको ठंड नहीं लगती?"

"क्या कहा, जनवरी! जनवरी में तो चेम्सफोर्ड आने वाले हैं?" सहसा कोई युक्ति कौंधी, "क्यों न उनसे मिल कर इस मुद्दे पर उनका ध्यान खींचा जाए।" बस चल पड़े दिल्ली को।

पर शाहूजी हों या शिवाजी, जाड़ा तो आखिर जाड़ा है और वह भी दिल्ली की जनवरी का जाड़ा। स्नान भी बारहों मास ठंडे जल से। गरम पानी से स्नान कर लें तो कसम नहीं टूट जाएगी!

और तबीयत यूँ बेकाबू हो गई कि सारी योजनाएँ धरी की धरी रह गईं। उल्टे बुखार के नीम अवसाद में एक टेलिग्राम आकर गिरता है— 20 फरवरी से पहले शाहूजी की हत्या कर दी जाएगी। उलट-पलटकर देखा—कोल्हापुर की ब्राह्मण बस्ती का पता था, नाम कोई छद्म! कोल्हापुर के भूदेवों का प्रसाद!

"यानी बीस फरवरी तक मुझे भला-चंगा होकर बलि के बकरे की तरह नहा-धोकर तैयार रहना पड़ेगा तिलक-रोली लगा कर!"

"चलो! तब कोल्हापुर ही चला जाय। भूदेवों को यहाँ आने का कष्ट क्यों करना पड़े।"

30 जनवरी को कोल्हापुर को हत्याकांक्षियों की फिर वही प्रतिज्ञा दुहराई गई थी—"सरकार ने कोल्हापुर को ब्रिटिश शासन में न मिला लिया तो 20 फरवरी, 1918 से पहले शाहूजी की हत्या कर दी जाएगी।"

इसके पूर्व भी दो-एक बार अंग्रेजों से गुहार लगाई जा चुकी है—"शाहूजी के राज में हमारा धर्म सुरक्षित नहीं है। शासनाधिपति होने के नाते अंग्रेजों से यह निवेदन है कि हमारे धर्म की रक्षा करें।" एक बार फिर वही कातर गुहार, "हमें इस धर्मनाशक राजा से बचाओ।" आश्चर्य! एक तरफ तो आप उन्हीं से लड़ रहे हो कि स्वराज चाहिए, दूसरी तरफ गुलामी के लिए गिड़गिड़ा रहे हो! यानी देश नहीं, धर्म की रक्षा। 'धर्म' यानी तुम्हारा हित-पोषण! फिर देश को खामख्वाह क्यों बदनाम कर रहे हो?

मंच पर एक भीमकाय आकृति खड़ी है और पर्दे के पीछे चल रही हैं साजिशें। जो भी हो, सामने तो आ जाओ दोस्तो, मुखौटों को उतारकर! होमरूल की माँग एक मुखौटा है, इसके पीछे तुम्हारा अपना वर्चस्व बरकरार रखने की सनातनी इच्छा है!

वह टेलिग्राम, ये पोस्टर्स, राक्षसी मुखौटे हैं, ताकि मैं चुप हो जाऊँ। ब्राह्मण प्रेस से निरन्तर दी जा रही गालियाँ और 'शूद्र-शूद्र' कहकर थूके जा रहे शब्द, घिनौने मुखौटे हैं, तुमने बम भी चलाए, संयोगवश चूक गए। मेरे दोस्तों को मारा, पर मैं बच गया।

इतने सस्ते तो मरने से रहे हम!

जितनी ही गीदड़ भभकियाँ तुम देते हो मुझे, उतना ही मेरा संकल्प दृढ़ होता जाता है।

कूर्तकोटि कभी होमरूल के पक्ष में, कभी विपक्ष में। ऐसा धर्मगुरु किस काम का? वह भी तो ब्राह्मण ठहरे! कुलकर्णियों की वतनदारी और नारायण राजोपाध्याय की पुरोहिती छीन लेने से अन्दर ही अन्दर वैसे ही क्षुब्ध!

कहते हैं, विद्वान हैं। ऐसे विद्वान किस काम के! पढ़ा-लिखा कर ऐसे जाति विद्वेषियों और ऐसे विद्वानों को क्यों तैयार करें जो अपनी लूट, ठगी और प्रपंच को जस्टिफाई करते हों?

पैसों की कमी से मन उचटा-उचटा रहता, ऊपर से यह सब।

24 मार्च, 1918, अखिल भारतीय दलित जाति सम्मेलन हुआ—विपिन चन्द्र पाल, तिलक, चन्द्रावर्कर सबने दलितों के पक्ष में व्याख्यान दिये। अन्त में एक घोषणा-पत्र जारी किया जाना तय हुआ जिस पर सबके हस्ताक्षर होने थे—

मसौदा में यह अन्तर्निहित था कि हस्ताक्षर कर्ता को अपने व्यक्तिगत जीवन में अस्पृश्यता के आचरण से मुक्त रहना पड़ेगा। लेकिन यह क्या? तिलक ने हस्ताक्षर से हाथ खींच लिए। खुल गई कलई! शाहू ने ब्राह्मण विरोध के बावजूद दलितों का पक्ष लिया।

'विश्वबन्धु' पत्र में तिलक द्वारा उनकी कटु आलोचना रहा करती थी। इस बार तो जैसे उन्हें खुद तिलक ने ही मौका दे दिया। शाहूजी के मन में छद्म विद्वानों के प्रति जो नफरत पल रही थी, वह पक कर तैयार हो गई। 5 दिन बाद राजाराम कालेज को बन्द करने का आज्ञा-पत्र जारी हो गया। 2 जून से बन्द किये जाने का फरमान। लोग स्तब्ध!

पहली अप्रैल को युवराज राजाराम के विवाह-सम्बन्ध तय होने में दहेज की रकम आड़े आ गई—6 लाख दहेज। लोग हैरान थे शाहू कठोर क्यों होते जा रहे थे? उधर 2 जून को उन्होंने राजाराम कालेज को बन्द करने का हुक्म दिया तो चारों तरफ से तीखी आलोचना की झड़ी लग गई।

"मालूम है, रियासत की वार्षिक आय कितनी है?" एक ने पूछा।

"कितनी?"

"27 लाख! और कालेज का खर्च?"

"कितना?"

"सिर्फ 19,000।" क्या सत्ताइस लाख से 19,000 निकाल कर कालेज को नहीं चलाया जा सकता था?

"यह रहा शिक्षा पर सबसे ज्यादा जोर देनेवाले राजा का असली चेहरा?" एक फब्ती!

"कुछ दिन अपनी शान-ओ-शौकत को कम करके भी रकम उगाही जा सकती थी।" दूसरी।

"राजा की बात। कौन बोले?" तीसरी।

"हमें तो शुरू से ही उसके कल्याणकारी चेहरे के पीछे असली चेहरा नजर आ रहा था।" फब्तियों की झड़ी लग गई!

"शाहूजी के पास हर सवाल का जवाब है, जाकर पूछते क्यों नहीं? "एक अब्राह्मण ने कहा।

"क्या जवाब है?"

"सारा पैसा जनकल्याण और बच्चों की मुफ्त प्राथमिक शिक्षा के लिए। यहाँ से खुरच कर, वहाँ से खुरच कर किसी तरह उस लक्ष्य को पूरा करना है।" कहा, "बूढ़ों को खिलाने के लिए बच्चों को भूखा रखना कहाँ तक उचित है?"

"तो क्या बच्चे प्राइमरी के बाद घर बैठेंगे? ऊँची शिक्षा के अधिकार से वंचित!"

"कुछ लोग ऊँची डिग्रियाँ ले लें, उससे ज्यादा जरूरी है सब पढ़ें, सब बढ़ें।" जल्द ही एक तीसरी खबर फिजा में उड़ने लगी—बन्द नहीं होगा। "तो क्या मान गए शाहूजी?"

"कूर्तकोटि अपनी जागीर की आमदनी से कालेज को चलाएँगे।" और चौथी खबर—शिक्षा को अनिवार्य करने के निमित्त पुणे में सभा बुलायी जाएगी।

"तिलक ने विरोध नहीं किया?"

"किया न! कहा, कन्याओं को अनिवार्य शिक्षा योजना से मुक्त रखा जाए।"

"विद्वान आदमी हैं, दूर तक सोचते हैं। लड़कियाँ पढ़-लिख गईं तो सिर पे चढ़ जाएँगी।"

"आ बैल मुझे मार? "हमारे ऋषि-मुनि मूर्ख नहीं थे, गार्गी को याज्ञवलक्य ने क्या कहा था, "आगे बोली कि तेरा मुंड कटकर नीचे गिर जाएगा। रामायण, महाभारत, पुराणों में राम के कृत्य और अन्य राजपुरुषों को पढ़ने का जिक्र है, सीता-द्रौपदी का नहीं।"

"और अगर रोक दिया तो?"

"वो पिछड़ जाएँगी आपकी औरतें, बच्चे भी।"

और अब युवराज राजाराम की बरात।

साटिन के सूट पर चमकीली पट्टियाँ और जूतों और टोपों से सजा बैंड।

चमचमाती पोशाकों, गुलाबी साफे में कमर में तलवार बाँधे चहलकदमी करते नये-नये चेहरे।

"ये कहाँ के राजकुमार हैं? ये...? और ये...?"

पद्मनाभ ने विट्ठल से पूछा। विट्ठल मुस्कराने लगे।

"ये शाहूजी के राजकुमार हैं। अभिजन नहीं, अब तक के बहिष्कृत, तिरष्कृत, विमुक्त, दलित, ढेड़! ये आत्माएँ अभिशप्त अहल्याएँ हैं, त्यक्त जन!

जिन्हें स्पर्श कर इनसान बना दिया है शाहूजी ने, पाँव से नहीं, हाथ से, मान से...।"

"तिलक ने तो इन्हें अपराधी, गुंडे, मवाली, क्या-क्या कहा था!"

"बस-बस, मुझे सिर्फ यह बतलाओ कि अगर ये नये राजकुमार हैं तो पुराने राजकुमार कहाँ गए?"

"कुछ हैं, कुछ गल गए। इन नये राजकुमारों की आँच से?"

100 जोड़ी विवाह होने हैं—100 धनगरों मराठों के बीच।

"मराठे तो क्षत्रिय हैं और होल्कर तो धनगर...।"

"महाराज ने पुरोहित गुंडोपन्त पिशविकर को इन्दौर भेज कर पता लगवा लिया है कि धनगर क्षत्रिय हैं। राठौर वंशीय क्षत्रिय। इन्हें उदयपुर के राणाजी ने सोने का ब्रासलेट और खलीता दिया था। क्षत्रियों को छोड़कर ये चीजें कोई धारण नहीं कर सकता।"

"अरे ना रे पगले! महाराज ने कहा है कि जब तक ऊँची जाति वाले झुककर नीचे पड़ी जातिवालों को नहीं उठाएँगे तब तक जाति नहीं जाएगी। वही हुआ है। उदयपुर और खलीता तो एक लोकापवाद है।"

"इसमें वेदोक्त अनुष्ठान होंगे।"

"अलबत्त होंगे! राजोपाध्याय और पंडितों को मना लिया है।"

"शाहूजी सात-एक साल परेशान तो रहे पर उन्होंने उनकी ऐंठ निकाल ही दी। अब न राजोपाध्यायों में कोई चूँ करता है, न चाँ।"

"धोखे की टट्टी खड़ी कर रखी थी यार..."

"फिर देर काहे की? क्या पता करना काफी रह गया है।"

"अरे नहीं पक्का ठोक बजाकर ढूँढ़ लिया है। बैशाख मास बीत जाए, बस्स।"

"यह विवाह[1] एकल नहीं, सामूहिक होना है, और कमाल यह कि पुराणोक्त नहीं, वेदोक्त पद्धति से। अभी 10 जून को तिलक जी और शाहूजी दोनों को जाना है युद्ध सभा में। वैसे शाहूजी उस सभा में जाने से बचते हैं जिस सभा में तिलक हों।"

1. ये विवाह शाहूजी के मृत्योपरान्त सम्पन्न हो सके जिसमें मुस्लिम जोड़ों तक के विवाह सम्पन्न हुए।

"यह गवर्नर का फरमान है, जाना तो पड़ेगा ही सबको। विपत्ति की घड़ी में अंग्रेजों की सहायता—सभी इसे अपने-अपने स्वार्थों से जोड़कर देख रहे हैं। तिलक को अपना स्वराज लेना है तो शाहू को अपना स्वराज।"

वह 2 जून, 1918 की सुबह थी। महाराज वार कॉन्फ्रेंस में भाग लेने बम्बई जा रहे थे। सुबह-सुबह छोटे राजकुमार शिवाजी के आवास की ओर बढ़ गए कदम। देखा तो वह उदास भाव से बैठा था। पता नहीं, क्या चलता रहता है शिवाजी के मन में।

"क्या बात है बेटा? तुम कुछ...? कुछ चाहिए?"

"ना।" कहते हुए उठकर खड़ा हो गया।

"तुम्हारी बहू छोटी है। दूसरा ब्याह करोगे?" हल्का करना चाहता है पिता पुत्र की चिन्ता को।

"मैंने तो पहले ही कहा था, ब्याह ही नहीं करूँगा आजीवन...।"

"पर कुछ पक जरूर रहा है तुम्हारे मन में। कह देने से जी हल्का हो जाता है।"

"यूँ ही। मैं सोच रहा था, कुम्भोज की पहाड़ियों में मैं एक सूअर का शिकार करता और आप मेरा शिकार करना देखते।"

मुद्रा मसृण हो गई शाहूजी की, 'सन्तान में कैसे स्थानान्तरित हो जाती है पिता की इच्छा। पहले छोटे का ही विवाह किया था। इलाहाबाद से दोनों भाई कृषि का प्रशिक्षण लेकर आए, तभी। बड़े का तो इस साल जाकर हो पाया। राजाराम ने एक लाख लगाकर एक कम्पनी खोली। शिवाजी शायद मन स्थिर न कर पा रहे हों...वरना शिकार तो कोई गम्भीर समस्या है नहीं, जब चाहे तब कर लो।'

"ठीक है! मैं जल्दी लौट आऊँगा।"

पर वह जल्दी लौटना नसीब न हुआ...!

कुम्भोज की पहाड़ियों पर निकल पड़े थे युवराज शिवाजी। पिग के कुछ सफल प्रहारों के बाद आम के बाग में लौट आए जहाँ माँ और काका उनका भोजन पर इन्तजार कर रहे थे। पहला ग्रास अभी उठाया ही था कि सामने सूअर नजर आया। आखेटक मन! रुक न पाया। भोजन छोड़कर, हथियार सँभाला।

चल पड़े घोड़े पर। ऊँची-नीची पठारी जमीन। सूअर कभी इधर भागता, कभी उधर। भाले की अनी ने उसे छुआ ही था कि हाय यह क्या हुआ। मुँह के बल सामने की ओर जा गिरा घोड़ा। उसके नीचे सिर के बल आ गिरे थे शिवाजी। दौड़ पड़े काका बापूराव। दौड़ पड़ी माँ लक्ष्मी। दौड़ पड़े बाकी लोग! आनन-फानन में राजकुमार को मोटर से ले जाया गया मिरज के अस्पताल। पर नहीं, खेल खत्म हो चुका था।

और उधर शाहूजी! आकाश में बदलियाँ उमड़ रही थीं और फिजा में दुश्चिन्ताएँ! कहीं कोई अनहोनी न घटित हो जाए और अनहोनी थी कि घटित हो चुकी थी।

मिरज स्टेशन पर एक बहुत बड़ी भीड़ खड़ी थी। सबके चेहरे झुके हुए थे।

भोंकार मार कर फट पड़ते हैं शाहूजी, "कौन ले गया मेरे लाल को?"

विक्षिप्त हो गया है पिता। कपड़े नोच-नोच कर फेंक रहा है। नोच रहा है जरी-किमखाब मेडल्स, मुकुट सब कुछ! हजार कोणों से बरस रही थी वेदना और वेदना का चरम? श्वेत परिधान में खड़ी विधवा पुत्रवधू!

फिर वही पंचगंगा का घाट। यहीं जलती रही थीं चिताएँ। अन्त्येष्टि की अन्तिम क्रिया में ब्राह्मणों का फिर वही कठोर रवैया! फिर वही वेदोक्त का गरल! मुंडित बौद्ध भिक्षु की तरह खड़े हैं छत्रपति पंचगंगा के श्मशान घाट पर।

वेदज्ञ ब्राह्मणों में गुपचुप अस्थिरता। पर कुछ बोलते नहीं राजा। वाक्शक्ति छिन चुकी है। मराठा स्कूल के पुरोहित लड़के आ गए हैं। आते ही उन्होंने अन्त्येष्टि की व्यवस्था अपने हाथ में ले ली है। हाशिए पर खिसक चुके हैं, पारम्परिक पुरोहित। चिता जल उठी है।

एक उद्धत पुरोहित रोक नहीं पाता खुद को, "जो किसी से नहीं जलता, वह विप्र के रोष की आग में..."

कुछ पुरोहितों ने तरेरकर देखा। वह आग की तरह बुझ गया। चिता बुझाकर राजमहल आए तो एक चिता जल रही थी सामने। उनकी सद्य विधवा युवा पुत्रवधू।

अपराधी की तरह खड़े हैं श्वेत वसना लौ के सामने। इतनी कम उम्र की हिन्दू विधवा! अभी तो ठीक से युवा भी नहीं हुई थी कि...।

"बेटी! कितनी यातना और सामाजिक कलंक का जीवन होता है हिन्दू विधवा का—सोचा नहीं जा सकता। ईश्वर ने अत्यन्त विकट परीक्षा के सम्मुख ला खड़ा किया है तुम्हें। तुम्हारा यह पिता तुम्हारे दुख को हर तो नहीं सकता पर तुम्हें इतनी छूट अवश्य देता है कि जब तक पढ़ना-लिखना चाहो, पढ़ो लिखो। जिस सामाजिक कार्य में मन लगे, करो। मेरी तरफ से तुम्हें हर तरह की आजादी है।" एक बार सजल नयनों से देखा, फिर भरे गले से कहा—"तुम बहू नहीं, बेटी हो—अभी-अभी पैदा हुई हो मेरे घर में।"

टूट गए शाहू। राजमहल कैसा तो सूना-सूना लगता था। अब और भी। आने वाले आ चुके। जाने वाले जा चुके।

रानी लक्ष्मीबाई का मुँह देखा नहीं जाता। शाहूजी तो खैर पुरुष हैं, राजकाज की व्यस्तताएँ हैं। दर्द के उस बिन्दु से मन भटका रह सकता है कुछ देर के लिए पर रानी...?

अस्पताल में अनाथों का वार्ड खोला है। इसी का प्रबन्ध देख लेतीं तो मन लगा रहता—मातृत्व का विस्तार।

लक्ष्मीबाई सिर झुकाए सुनती रहीं। आँखें झरती रहीं। अंक में भर लिया आगे बढ़कर राजा ने।

"पिछले साल से खंड-खंड टूटता-बिखरता रहा है बहुत कुछ एक-एक कर। इसे रोकना होगा रानी...पर पहले खुद को टूटने से बचा कर देखो, अस्पताल की पहली महिला डॉक्टर कृष्णा बाई केलकर छोड़कर जाना चाहती हैं। सोचा था, पहला महिला वार्ड बनाएँगे उनके सहयोग से। पर नहीं। वे जाना चाहती हैं तो जाएँ। आप जो हैं, सँभाल लेंगी।"

रानी के होंठ हिले, बज्र कपाट खुलना चाहते हैं, रोक लिया राजा ने, "मुझे मालूम है, आए दिन दिक्कतें होंगी—कभी नर्सें, कभी कम्पाउंडर, कभी सेवादार, कभी कुछ और...तसल्ली बस इतनी कि एक नेक काम में समय कट जाएगा—सीने पर पड़ा भारी समय!"

शाहूजी ने एक तरह से संन्यास ले लिया। राजमहल को त्यागकर आ गए सोनतली।

"सामने बाघ खड़ा था। जंगल में नहीं, राजमहल में! जिन्दा नहीं मुर्दा! तिथि अंकित थी 1896।

"वह 1896 का अप्रैल का महीना था और—

"शिकार—टूर का आखिरी दिन!

"गर्मियाँ तल्ख होने लगी हैं। जल्द ही कोल्हापुर लौट जाना होगा।" शाहू बता रहे थे—

"हरदा के टेंडर खुलने से पहले तीन बड़े सूअर मारे, एक बारहसिंगा, एक चीतल, सूअर के उजले-उजले दाँत और बारहसिंगे की सुन्दर-सुन्दर सींगें अपना एक स्थायी दाग छोड़ गई हैं। शिकारी को भी शिकार से कोई मोह होता है क्या? अब उस बाघ का शिकार कर लें और लौट चलते हैं। कहते हैं, काफी बड़ा है। पूरी तरह से वयस्क बाघ है। कोई कब तक इन्तजार करता। खुद को छोड़कर बाकी लोगों को कोल्हापुर भेज दिया और लीजिए, अगले दिन ही खबर मिलती है कि बाघ ने दो बैलों को मार डाला है। आगे खूँटों पर उनकी अधखायी लाश लावारिस-सी पड़ी थी। सरदार ने तुरन्त ढोल मँगवाकर हाँके का इन्तजाम किया। और वे आगे बढ़ गए। शाहू के 'माला' नाम की अपनी हथिनी पर बैठे-बैठे दो-तीन घंटे बीत गए तो ऊब कर निराशा में उतर पड़े। तभी वह पीला धारीदार जीव दिख पड़ा। अरे बाप! वह लगातार माला को ही देखे जा रहा था। प्रायः नौ फीट का विशालकाय बाघ। क्या करें, क्या न करें—तय नहीं कर पा रहे थे। वह धीरे-धीरे माला की ओर आगे बढ़ रहा था। अपनी आसन्न मौत को सामने पाकर माला सकते में आ गई। मैं स्तब्ध! खिसककर पेड़ के तने की ओट में आया। बाघ तनिक बगल हटा। दिमाग, लगता है, ठहर-सा गया है पर तत्क्षणात् स्वतःस्फूर्त निर्णय के तहत उँगली ट्रिगर पर जा दबीं—धाँय! गलती हुई। यह शार्टगन था, रायफल नहीं। टूट पड़ा घायल क्रुद्ध बाघ! जल्दी-जल्दी चढ़ गए पेड़ पर। नीचे मौत दहाड़ रही थी, ऊपर जुए पर दाँव लगा कर बैठी जिन्दगी! अक्ल ने काम किया। दूसरे बन्दूक की गोलियाँ उतार दीं सब की सब। शान्त होता गया बाघ। वह जीवन और मौत की दहशत भरी काँपती सन्धि रेखा थी जहाँ पत्ते

की ठोर पर ओस की बूँद-सी टँगी पनाह माँग रही थी जिन्दगी। तुम लोग मेरी आई, मेरी बायको, अक्सर पूछते हैं—शिकार के पीछे इतना दीवाना क्यों हूँ, बताऊँ—1896 का शिकार यह विशालकाय बाघ मुझे जीवन के एक निगूढ़ दर्शन की याद दिलाता रहता है। आज यह सब क्यों बता रहा हूँ मैं? या तो मैं तुम्हें मार दूँ, या तुम मुझे—यहाँ दो के अलावा तीसरे विकल्प के लिए कोई गुंजाइश नहीं!

"यह सारी दहशत क्रीड़ा अखबारों के पन्ने पर जा चस्पां हुई। एकान्त में, अँधेरे में, भीड़ में, वह बाघ उठकर दहाड़ने लगता।"

हाथ में फाइल लिए चहलकदमी कर रहे हैं दीवान सबनीश। कुछ जरूरी काम है। भेंट करना जरूरी है। पर महाराज तो...। टाइपराइटर की खटखट। कोई डिक्टेशन है। बाद में मिल लेंगे। चले गए सबनीश। थोड़ी देर बाद जाधव आए...आलम अभी भी वही था। रुककर सुनने लगे—महाराज ने दूसरा अध्याय खोल लिया है—हाउंड्स!

"बड़े हाउंड्स के मुकाबले छोटे टेरियर्स ज्यादा फुर्तीले और सीखने में होशियार होते हैं। दौड़ाने पर बारहसिंगों की सींगें झाड़ियों में उलझ जाती हैं। पर कम मजबूत नहीं होते। एक बार तो हाथ में कोई हथियार भी न था। ढेले से लगा मारने। पर मैं बारहसिंगों में उलझा रहना नहीं चाहता था, मुझे बाघ चाहिए थे। मचान बाँधा गया या नहीं? संख्या के लिहाज से पता चला, कुल 5 बाघ हैं, 6 भालू, तीन बारहसिंगे और दो चीते!"

"कुछ तो 'हिज एक्सेलेंसी' के लिए छोड़ दिये...बाकी पर पिल पड़े। हमारे कुत्तों ने बिना किसी के सहयोग के एक बड़े बाघ का शिकार कर लिया। "सामने गन्ने के खेत थे। पत्ते हिल रहे हैं। घुड़सवारी सम्भव न थी। बैलगाड़ी पर ही जाना पड़ा।

"कुछ है, पर वह क्या है, कितना बड़ा है, हमें नहीं पता। बाघ है, लकड़बग्घा या भेड़िया! और हमारी फौज...। दस जोड़ी देसी कुत्ते, दस जोड़ी शिकारी कुत्ते, सात जोड़े ग्रे हाउंड्स और अरबी कुत्ते। 6 भागों में उन्हें बाँटा जैसा कि पैन्थर या भालू के शिकार में करते थे।

"रणनीति के तहत आधे घंटे की दूरी पर एक और जत्था खड़ा किया गया। इस जत्थे में ग्रे हाउंड्स और अरबी कुत्ते थे। मन टक-बक कर रहा था।

उत्कंठा थी, देखें आगे क्या होता है। आगे बढ़ा। आगे-आगे सरदार, बीच में कुत्तों की देख-रेख करने वाले बच्चे, पीछे-पीछे मैं, बगल के गाँव से 7 कुल्हाड़ियाँ, दो बर्छे और एक मजल लोडर गन!

"मैं बन्दूक भर ही रहा था कि शिकारी कुत्तों वाले लड़के आगे बढ़ गए। दो ही बार छर्रे का प्रयोग करना पड़ा। सबने मिलकर खेल खत्म कर दिया पैन्थर का।"

अब शाहूजी बता रहे थे कि कर्नल फेरीज साहब ने दिये थे शिकारी हाउंड्स जिन्हें उन्होंने जल्द ही ट्रेंड कर लिया। शिकार कथा अभी शेष नहीं हुई थी। सबनीश को याद आया, "कैसे जीप को पीछे करके जोर से आगे करते हुए डिबकों और खाइयों को पार करते। यह भी याद आया कि कैसे शिकार का पीछा करते-करते बहती धारा में कूद गए—कपड़े पहने ही तैरते-तैरते बहुत दूर निकल गए। पलट कर देखा, कहीं कोई नहीं। दो मील पैदल चले। महाराज के लिए सभी परेशान। पहाड़ी पर चढ़ कर जितनी दूर तक देखा जा सकता था, देखता रहा। नरसिंहावतार की तरह नजर भी आए तो पहचान न सका। फिर अपनी धोतार दी, पर जूतों का क्या करता? भीगे जूते में ही फच फच करते हुए भटकते रहे जंगल-जंगल। विसल से अपनी पार्टी को बराबर संकेत देते रहे। पर कहाँ? बड़ी देर के बाद मिल पाए अपनी पार्टी से।"

मन किया, याद दिलाएँ पर तब शिकार कथा के और भी खिंच जाने का डर था। अभी तो बाघ, चीते, तेंदुए की शिकार कथा चल रही थी, कहीं सह्याद्रि की पहाड़ियों, जंगलों में हाथी के प्रजनन वंश विस्तार के असफल प्रयोग और साठमारी की ओर मुड़ गए तो कथा का अनन्त विस्तार हो जाएगा! और स्पोर्ट्स...? वह तो अभी बाकी ही है। पिग स्टिकिंग, पोलो और होर्स राइडिंग में उनकी कोई शानी न थी। कितने तो इनाम मिले हैं। हर इनाम पर बच्चों की तरह खुश हो जाना। चिंचली, धारवाड़, बड़ौदा और कोल्हापुर। रथ को खींचने वाले घोड़े दो-दो तीन भी, पाँच भी कभी-कभी दस भी। छकड़े! तभी तो आगरे में एक घोड़े द्वारा खींचे जा रहे इक्के को देखकर ताक्षिल्य में आँखें सिकुड़ गई थीं। रथ या छकड़े को 'खड़खड़ा' कहते!

"और हाँ! लीजिए कुछ और याद आ गया।" शाहूजी फिर शुरू हो गए थे।

"मैंने गर्भवती, यहाँ तक कि मादा जानवर या बत्तख को मारने से खुद को रोका। एक बार एक राजकुमार से विवाद हो गया। नहीं-नहीं, यह शिव और अर्जुन का शिकार विवाद न था। मैंने उसे झिड़क दिया, "यह क्या शिकार हुआ? यह कसाईगीरी है, खालिश कसाईगीरी! अरे भाई, शिकार को पर्याप्त जगह दो—दौड़ने, भागने बचने की, अगर वह आत्मरक्षार्थ प्रत्याक्रमण करे तो उसकी भी। अपने कमरे में बन्दूक में मार गिराना भी कोई शिकार है? शिकार से बड़ा कौन-सा स्पोर्ट्स है?"

"सुनो, सुनो! मेरे कुत्तों ने एक बाघ मार डाला। शिकार इसे कहते हैं।"

"और सूअरों ने भी कुछ बाघ मारे थे?" जाधव ने कहना चाहा पर रोक लिया।

अब यह कौन है? सालेसाहब! बता रहे हैं, "मिस्टर फ्रेजर ने शाहूजी और उनके इस साहसिक शिकार के लिए शाबाशी दी और इस शिकार वृत्तान्त को बम्बई की नेचुरल हिस्ट्री सोसाइटी की पत्रिका में भेज देने का सुझाव दिया।"

"साठमारी के लिए कई जोड़े हाथी सह्याद्रि के जंगलों में छुड़वा दिया ताकि प्राकृतिक रूप से वे प्रजनन कर सकें, लेकिन यह प्रयोग सफल न हुआ। वैसे साठमारी की अन्य कोशिशें सफल रहीं। तीन क्षेत्र बनाए गए एक राधानगरी, दूसरा राजपूत बाड़ी, तीसरा खास बाग।"

सारे आवश्यक काम छोड़ कर महाराज कितने उत्साह से सुना रहे हैं शिकार कथाएँ! अभिधा में तो यह शिकार है मगर गहरे में देखने पर उनकी किसी गहरी कशमकश का प्रतिबिम्ब!

तब के दिन! कितनी जल्दी-जल्दी बीत गए तब के दिन और यह 1895-96 नहीं, 1918 आ गया। किस हाल में हैं हथियार? पड़े-पड़े जंग लग जाता है, हथियारों को भी, देह को भी। स्क्रैप हो जाता है सब। कुछ जंग खाए स्क्रैप को तो ले गए किर्लोस्कर साहब, कोल्हू-वोल्हू हल की फाल-वाल में पुनर्जन्म हो जाएगा उनका। बाकी?

शिकार और साठमारी के पुराने औजारों को निकलवाया—बर्छे, बल्लम, छूटी पड़ी बन्दूकें, फन्दे, धनुष-बाण, कुल्हाड़ी, काँटेदार फन्दे। कारीगर ठोंक-पीट कर रहा है। मगन है महाराज, जैसे अभी इससे बढ़कर दूसरा कोई काम नहीं, "16-16 घोड़ों को नाधा है इन्हीं हाथों से एक साथ। जीप और

कार ने आकर उन्हें अप्रासंगिक बना दिया। उसे भी पकड़कर रोक लिया, गुर्र-गुर्र करते रहे पर क्या मजाल कि टस से मस हों।"

"हर सप्ताह शिकार के लिए तैयार रहते हम, पूछो क्यों? तो युद्ध न होने पर भी सैनिक युद्धाभ्यास करते हैं।" बाघ' की पीठ पर हाथ फेरते हुए अनुज बापूराव से पूछा, "इस बाघ की हाइट क्या होगी?"

बापूराव जानते हैं इन अवान्तर प्रश्नों का अर्थ—बेटे शिवाजी से ध्यान हटाना। सो इसके लिए विनोद वार्ता पर उतर आते हैं—"सिर्फ हाइट से नहीं होता भैया। अफजल खाँ छह फीट का था और शिवाजी पाँच फीट छह इंच। शौर्य और कौशल चाहिए।"

शाहूजी ने तिरछे ताका, "पहले भी कह चुके हो। कहीं तुम मेरी हाइट का शिकार तो नहीं कर रहे?"

"आप सुन रहे थे क्या?"

"कान से कम सुनाई पड़ने लगा है, आँखों से कम दिखाई पड़ने लगा है पर इतना तो जान ही लेता हूँ। पूछूँ, मेरे बापूराव जी, आपको किसी ने रोका था मेरी हाइट पाने को?"

अब वे बूढ़ों की तरह अपने शिकार-संस्मरण पर फिर लौट आए...

"आज अब कोई और काम नहीं होगा।" लौट आ रहे हैं, जाधव और सबनीश।

शाहूजी को छेड़ा नहीं जा सकता।

"बहुत आनन्द आया उस बार। हमारे बड़े दल में 14 सरदार और मन्करी में मेरे भाई, चाचा, हिम्मत बहादुर, महिसाल्कर, रंगराव अप्पा साहब, नाना साहब, भाऊ साहेब, दत्ताजी..."

तालियाँ! तालियाँ! तालियाँ!

"आत्ममुग्ध आखेटक! क्या तुम नियति का भी शिकार कर सकते हो?"

"कौन बोला?" पलट कर देखा। कहीं कोई नहीं। सिर्फ मृत बेटे का तैलचित्र झूल रहा था।

ढह गया ताश का महल, "नहीं!"

टेबुल पर सिर टिकाकर फफक पड़े।

डाँगे का सिर चकराने लगा, पूछा—"शाहू क्या मार्क्सवादी हैं? जरा सुनो, क्या कह रहा है—'एकता, पारस्परिक प्रेम और सतत कर्मठता आपके सम्बल हैं। पश्चिमी देशों में पूँजी और श्रम का संघर्ष चल रहा है। पूँजीपतियों की मनमानी की नकेल कसी जा रही है। इंग्लैंड में लेबर पार्टी मजबूत होती जा रही है। रूस वंचितों का नेता बना हुआ है। हालैंड जैसे निर्गुट देश में भी मेजॉरिटी, यानी संख्या गरिष्ठता की हवा बहने लगी है। ठीक है कि आप अभी उनकी तरह शिक्षित और साक्षर नहीं हैं, कोई बात नहीं, आप कोऑपरेटिव बनाकर उन लक्ष्यों को प्राप्त कर सकते हैं।'

"थोड़ा-थोड़ा है, पर ठीक है, सुनो सुनो आगे क्या कह रहा है, 'समाज में पूँजीपति है कौन...? मुख्यत: वही ब्राह्मण, पहले के आगे बढ़े हुए अभिजन...। चेत जाइए पूँजीपति वर्ग, चेत जाइए। पहले की तरह क्षत्रियों और शूद्रों को ब्राह्मणों के जुए में गर्दन देना सम्भव नहीं। सर्वत्र प्रजातंत्र की लहर है।'

"असहनीय! देख रे देख, यह तो ब्राह्मणों को गाली दे रहा है। नो, नो ही कांट बी ए कम्युनिस्ट!"

कोल्हापुर में विट्ठल-पद्मनाभ की रात की खिचड़ी में भी यह भाषण चुर रहा था पर दाल थी कि गल नहीं पा रही थी।

"यार ये ब्राह्मण पूँजीपति कबके हो गए? ज्यादातर तो बेचारों को एक-एक पाई के लिए सेठों की दुकान के आगे खड़े देखा है हमने!" विट्ठल ने कहा।

"रौ में बोल गए होंगे।" पद्मनाभ ने बचाव किया।

"और क्षत्रियों, शूद्रों के सताए जाने की बात...? शूद्र तो समझा, पर क्षत्रिय?"

"महाराज की क्षत्रिय की परिभाषा में वे सभी तेजस्वी लोग आते हैं, जो श्रम करते हैं पर उन्हें नीच कहकर उनकी तेजस्विता को कुन्द किया जाता रहा है।"

"तो क्या महार भी क्षत्रिय हैं?"

"महार भी!"

"मैं एक वार्ता सुन रहा था, एक ब्राह्मण ने कहा—'शाहू, नाग है नाग, तभी तो ब्राह्मणों का शाप लगा कि...तुमने कोब्रा को जहर की पिचकारी मारते देखा है? जहर की पिचकारी मारता फिर रहा है, कभी यहाँ, कभी वहाँ।' एक मराठा था, बोला—'जहर होगा तुम 5 प्रतिशत ब्राह्मणों के लिए, हम अब्राह्मणों के लिए अमृत है अमृत!'

इधर शाहूजी के ब्राह्मण मित्र कहते, "केसरी का कैसे मुकाबला करोगे महाराज, केसरी का मतलब सिंह होता है!"

"मैंने कितने सिंहों का शिकार किया है, मालूम?"

फिर हँस पड़ते, "सच पूछो तो मैं बिल्ली हूँ बिल्ली, जिसका गला कहीं बँधा है, जो सीमा से बाहर नहीं जा सकती।"

बाद में ब्राह्मण कुछ नरम पड़े। दलितों के लिए अलग कम्यून बनाने की अपेक्षा कुछ सीटें देने को राजी हुए।

"नहीं! नहीं! नहीं!" शाहू ने कहा।

"क्यों महाराज?"

"अलग से सीटें तो चाहिए ही पर बाद में। अभी वे इतने परिपक्व नहीं हुए। मैं तो कहता हूँ अभी चुनाव भी अंग्रेजों की निगरानी में ही हों।"

"अभी हमें धूर्तों और उदार ब्राह्मणों की चाल में नहीं आना। ब्राह्मणों के साथ मिली-जुली व्यवस्था, बाघ-बकरी एक घाट पर होने का मतलब है बकरियों का बाघ के पेट में जाना।"

गवर्नर ने कन्धे उचकाये, शाहू ने कहा, "आप हम भारतीयों को नहीं जानते। स्वराज्य की तरह, चुनाव, स्वतंत्रता सब चाहिए, बल्कि जैसा कि तिलक कहते हैं, यह उनका जन्मसिद्ध अधिकार है, पर उन्हें शिक्षित, प्रशिक्षित होने दें तनिक। अनट्रेंड सिपाही को लड़ाई के मैदान में भेजने का मतलब है उसे मरने के लिए छोड़ देना।"

'विजयी मराठा' और 'जागरूक' दोनों पत्रों के अहं की लड़ाई। दोनों को कहाँ कन्धे से कन्धे मिलाकर शत्रु का सामना करना चाहिए था, कहाँ आपस में ही टकराने लगे। शाहू ने दोनों को पत्र लिखा, आशय एक ही था, "हम सभी छापामार युद्ध के योद्धा हैं। छापामार युद्ध में लक्ष्य निश्चित रहता है, रणनीति पल-पल बदलती रहती है।"

जहाँ-तहाँ, जब-तब आ धमकता पागल सत्यशोधक।

एक दिन विट्ठल की दुकान पर अट्टहास करने लगा—"तुम लोग समझते हो जात मिट जाएँगी? नैं-नैं-नहीं।"

"फिर कैसे मिटेगी सत्यशोधक जी?" पद्मनाभ ने पूछा।

"अपने मुलगे-मुलगियों और रिश्तेदारों के लिए ममता न हो, पक्षपात न हो—असम्भव! अ-सं-भू-घँय!"

"जाति तभी मिटेगी, जब सब एक हो जाएँ।"

"और एक कब हो जाएँगे?" पद्मनाभ ने पूछा।

"जब जाति-पाँति मिट जाएगी!"

फिर अट्टहास!

"सत्यशोधक जी कभी हमारे खानगाँव की कुटिया में भी आएँ!"

"आऊँगा। जल्द ही आऊँगा।"

और आज वह सचमुच आ गया। पर इस तरह...?

वह विद्वानों की सभा थी। लोकमान्य ने 'गीता' पर कोई टीका लिखी थी। उसी पर चर्चा चल रही थी। चर्चा क्या थी—भूरि-भूरि प्रशंसा! सभी विद्वानों के चेहरों पर एक दिव्य आध्यात्मिक शान्ति विछल रही थी।

अचानक पीछे से तीखी आवाज आई—झूठ!

"यदा-यदा हि धर्मस्य वगैरह-वगैरह सम्भवामि युगे युगे! कब जन्म लेंगे भगवान?

"ऐसा क्या नया है श्रीमद्भागवत गीता में?

"यही न कि हमारा क्या है। जो कुछ है, उसी भगवान का दिया-लिया, करा-धरा है। कर्म करो। कर्म! कर्म पर ही तुम्हारा अधिकार है, फल पर नहीं। बिना फल की आकांक्षा किये कौन करता है कर्म? पर फल...? फल पर अधिकार नहीं? न्याय पर अधिकार नहीं? कौन नहीं जानता?

"गीता और भगवान के नाम पर, पापमोचिनी गंगा-पंचगंगा, गोदावरी, कृष्णा-कावेरी के नाम पर भक्त लोग अपनी सारी जवाबदेही डाल कर अपने हर कर्म को उचित ठहरा देते हैं। फल यह होता है कि उनके मन में अपने कुकर्मों के लिए कोई प्रायश्चित्त-भाव या पाप-बोध बन ही नहीं पाता जो

मानव-कल्याण और सामाजिक बन्धुत्व के लिए जरूरी है। तिलक लिख पाए होंगे यह सब!"

हंगामा हो गया इसके बाद।

वह दो दिन पहले की बात थी। आज वह आया। खानगाँव के नाले को रोक कर उसकी लाश पड़ी थी। पानी उसके ऊपर से बह रहा था? प्रातः नाले से पानी भरने के लिए आए पद्मनाभ ने देखा तो चिहुँक कर कई कदम पीछे हट गए—वहीं से पुकारा—सत्यशोधक...!

पहाड़ियों से टकराकर देर तक प्रतिध्वनि गूँजती रही—सत्यशोधक! सत्यशोधक! सत्यशोधक!

33

त्र्यंबक बाड़ी की वह रात अन्य रातों के मुकाबले कुछ ज्यादा ही काली थी, इतनी कि छाया में छाया विलीन हो जाए और पता ही न चले। नीचे बह रही थी काली नागिन-सी कृष्णा, पीछे दूर कहीं अँधेरे में सूराख करती आसपास का जायजा लेती हुई टॉर्च बढ़ती आ रही थी। एक बार तो उसने आगे बढ़ती हुई छाया को बींध ही डाला होता। बच गए। छाया ने कदम तेज कर दिये। नीचे कृष्णा, ऊपर तारों भरा आकाश!

"देवा हो देवा! आत्महत्या के लिए मुझे क्षमा करो देवा! मेरे पास इसके सिवा कोई उपाय नहीं है।" और छाया टीले पर से सीधे कूद गई कृष्णा में। लहरों ने उसे अपने आगोश में ले लिया। टॉर्च की रोशनी चारों ओर तलाश करती रही। पर पता न पा सकी।

अगले दिन विट्ठल का चूल्हा न जला।

पद्मनाभ आकर प्रश्नवाचक मुद्रा में खड़े हो गए तो वह बोला—

"ग. रे. भिडे को जानते हो?"

"वो ज्ञान कोश के लेखक?"

"हाँ।"

"एक गुप्त खबर है कि कल उन्होंने जलसमाधि ले ली।"

"अरे! कहीं आई नहीं खबर?"

"कुछ खबरें ऐसी भी होती हैं, जो प्रचार के लिए नहीं होतीं। जैसे उस पागल सत्यशोधक की अतुलनीय विद्वत्ता और हत्या।"

"पर हुआ क्या था भिडे को?"

"तिलक की सहायता के लिए किश्तों में कुछ बन्दूकें, कुछ पैसे बताई हुई जगह पर पहुँचाया करते थे। स्वयं कम, अपने विट्ठल चाचा द्वारा ज्यादा। तुम्हें तो मालूम है, शाहूजी ने अरविन्दो घोष और तिलक के नेपाल के बन्दूक कारखाने के लिए भी पाँच-पाँच हजार दिये थे।"

"हाँ।"

"पर अंग्रेजी जासूसों ने सूँघ लिया, लगे पूछताछ-टॉर्चर करने।" भिडे को अपनी जान जाने की चिन्ता न थी, उन्हें चिन्ता थी कि अगर जासूसी कुत्तों को इन बातों का पता चल गया कि इनके पीछे शाहू थे, तो...खतरा! और इस खतरे का मतलब था—शाहूजी द्वारा किये जा रहे बड़े लक्ष्य के अभियान पर खतरा। सो, कल कृष्णा में डूबकर आत्महत्या कर ली भिडे ने।"

स्तब्ध रह गए पद्मनाभ।

जमीन पर मस्तक रख कर ज्ञानकोश के इस शहीद लेखक को प्रणाम किया और बोले, "मानवता के इतिहास में भिडे जैसी कितनी ही महान हुतात्माएँ हैं, एक तरफ मन गर्व से, दूसरी तरफ विषाद से भर उठता है।" थोड़ी देर तक सन्नाटा अरराता रहा दोनों के बीच, फिर विट्ठल बोले, "पर एक बात समझ में नहीं आती यार, ये तिलक और शाहूजी तो साँप और नेवले जैसे ठहरे, फिर शाहूजी द्वारा तिलक की मदद..."

"शाहू का मानना है कि तिलक चाहे जितने भी दकियानूस क्यों न हों, उनके देशप्रेम और ईमानदारी पर कोई शक नहीं कर सकता। देश अंग्रेजों की परतंत्रता से अन्तत: मुक्त होना ही चाहिए, यह हर भारतीय की तरह जहाँ तिलक चाहते थे कि तुरन्त हो जाए, शाहूजी चाहते थे, चाहे देर से स्वतंत्र हो, पर हो पूरा स्वतंत्र—अंग्रेजों से भी और इस ब्राह्मणवाद, मुल्लावाद, अन्धविश्वासों की परतंत्रता और जातिवाद से भी।"

"आर्य समाज तो चुपचाप अंग्रेजों की मदद करता है।"

"पर वह हिन्दू, बौद्ध, जैन, इस्लाम, ईसाई सबकी कटु आलोचना भी करता है।"

"वेद को छोड़कर सर्व धर्मं परित्यज्य मामेकं शरणं व्रज। गीता की तरह।"

"आर्य समाज पराजित हिन्दू मानसिकता का मारा हुआ है। मानना ही था तो कायदे से सत्यशोधक समाज का साथ देते। स्वामी दयानन्द सरस्वती जी ने कई पाखंडों का खंडन किया पर वेद के पाखंड को नहीं। फुले महाराज ने हर पाखंड को तार-तार कर दिया, राष्ट्र निर्माण के लिए नायक की तलाश थी, विस्मृति के मलबे में दबे शिवाजी महाराज को खोज निकाला, पुनः प्रतिष्ठित किया पोंवाड़े लिखे।"

"सोच रहा हूँ कभी लहरी हैदर के भजन उन्हें सुनवाऊँ।"

"नहीं, शाहू कहते हैं, गायन हो तो अल्ला मियादाद की तरह, वरना नहीं।"

और शाहू...? दुख ऐसा कि किसी से बाँट भी नहीं सकते।

वह कोई उदास सुबह थी। बहुत दिनों के बाद बाहर निकले। मन नहीं लगा तो लौट आए। शोक की छाया में उस दिन अपने काउंसिल के सदस्यों से भी मिले। सिर झुकाए सब के सब खड़े रहे। फाइलों को देखा। देर तक देखते रहे। सोनतली आकर जगत गुरु को विस्तार से लिखा—

"यह बहुत ही तरस खाने वाली बात है कि ब्राह्मण मराठा ब्यूरोक्रेसी हमारे ही देश के भाइयों को कुत्ते-बिल्ली से भी बदतर समझती है। स्वामीजी, मनुष्य को मनुष्य साबित करने की कोशिश करें...।"

इधर-उधर दिमाग दौड़ाया तो एक जगह टिप-टिप-सा कुछ टीस रहा था... अन्तरजातीय विवाह का 'कायदा' 1918 के प्रारम्भ में ही अपनी काउंसिल से पारित करा लिया था। हिन्दू-जैन विवाह भी चल निकला था पर उसका असर राजधानी दिल्ली तक में इतनी जल्दी होने लगेगा, इसका अनुमान न था। ब्रिटिश सरकार की ओर से विट्ठल भाई पटेल ने 5 सितम्बर को केन्द्रीय विधिमंडल से अन्तरजातीय विवाह कानून पारित किये जाने का उल्लेख सम्मान और आग्रह के साथ किया था। पटेल साहब ने शाहूजी का उदाहरण देते हुए बताया कि किस तरह शाहूजी ने अपनी रियासत में इसे सफलतापूर्वक लागू किया है। सदस्य, जिस सामाजिक न्याय, समता, जाति उच्छेद की बातें हाँकते नहीं थकते थे, जब कदम उठाने की बात आई तो बगलें झाँकने लगे।

दूसरी तरफ 24 सितम्बर, 1918 को इंग्लैंड जाने के पूर्व 17 सितम्बर के 'केसरी' में तिलक का भर्त्सनाकारी अग्रलेख आया—'हिन्दू हिन्दू चे संकर विवाह' जिसमें विट्ठल भाई पटेल का तीव्र विरोध किया गया था।

मोतीलाल नेहरू सीढ़ियों से उतर रहे थे कि किसी जल्दबाज व्यक्ति ने एक मासूम-सा सवाल किया, "पंडित जी, स्वराज कब आएगा?"

प्रत्युत्पन्नमति मोतीलाल नेहरू अचकचाकर ठमक गए, फिर बोले—"आज जातिवाद खत्म कर दो, कल आ जाएगा।"

शाहूजी आशान्वित हो उठते। प्राय: असवर्ण बिल के पक्ष में थे और सवर्ण विरोध में मोतीलाल नेहरू जैसे कुछ-एक अपवाद भी थे, ऊँट किस करवट बैठेगा—पता नहीं।

पर ऊँट को जिस करवट बैठना था, बैठा वह उसी करवट। पटेल बिल गिर गया। मुँह से जाति प्रथा का विरोध करने वाले तमाम नेताओं की पोल खुल गई। कोई भी अपनी जाति क्रम के सिंहासन से नीचे नहीं उतरना चाहता था। अलबत्ता अन्दर ही अन्दर एक शाश्वत दबी इच्छा जरूर थी कि किसी भी जाति से औरतें लेने की उन्हें छूट हो, मगर देने के नाम पर नानी मरती थी।

चीजें जहाँ तक ले आई थीं, लौटकर फिर वहीं पहुँच गईं। किसी से खुलकर अपनी व्यथा बाँटने का मन कर रहा था। सबनीश, जाधव, खानविलकर, रानी, फोतेदार...नहीं। भाऊसिंह जी। हाँ, भाऊसिंह जी। बचपन के मीत। दोनों राजकोट महाविद्यालय में साथ-साथ पढ़ते थे। छुट्टियों में या तो शाहू भावनगर पहुँच जाते या भाऊसिंह कोल्हापुर चले आते। इतनी गहरी मैत्री कि सन् 1893 को जब स्वामी विवेकानन्द कोल्हापुर आए हुए थे तो शाहू भाऊसिंह से मिलने भावनगर गए हुए थे।

"क्या तुम्हें खबर नहीं मिली?" पूछती हैं रानी।

"भाऊसिंह भी...? कब...?"

"13 जुलाई को। "

सीना पकड़कर बैठ गए। गए जरूर भावनगर मगर सान्त्वना लेने नहीं, देने, भाऊसिंह के पुत्रों को। कलेजे से लगा लिया। देह जोर से काँपी, पर आती हुई हिचकी को रोक लिया।

आँसुओं का बाँध तब टूटा जब कोल्हापुर में बम्बई के राज्यपाल जार्ज लाएड पत्नी के साथ आए और उनके सम्मान में स्वागत भाषण देने लगे, "राज्य की बागडोर हाथों में लेते ही मैंने चाहा कि समाज में गरीबों और दुर्बलों का कल्याण हो, उन्हें अच्छा नेता मिले लेकिन एक-एक कर..." कंठ रुँध गया, भर्राए गले से बोले, "मेरे युवा पुत्र की मृत्यु हुई। एक वर्ष भी नहीं बीता कि मेरे अनन्य मित्र भाऊसिंह भी...मेरा दुख अथाह है। अटल है, फिर भी...।"

उस वर्ष दिल्ली से भेजे गए अपने पत्र में उन्होंने लिखा, 'अब मेरे दाँत हिलने लगे हैं, नजर भी कमजोर हो गई है और कानों में असह्य वेदना हो रही है...।' आगे बताया कि मेरे कानों में बहुत सारी ध्वनियाँ गूँजती-सी रहती हैं—रुकी पड़ी ढेरों प्रतिज्ञाएँ, योजनाएँ, संकल्प और विकल्प हैं। आँखों के आगे झरता सघन होता अँधेरा...नाक में रह-रहकर आती मृत्युगन्ध...!

गिरते-गिरते सँभलकर खड़े हुए। मृत्यु तो ध्रुव सत्य है। पर मरने के बाद थोड़े ही रुके पड़े कामों को पूरा करने आ पाऊँगा! उठो शाहू! मरने के पहले उठो! अभी दिन बाकी है!

अन्तरजातीय विवाह के प्रसंग पर इन्दौर महाराज होल्कर से पत्रों के माध्यम से अक्सर बातें होती रहतीं। "जनता के मनोविज्ञान को समझिए। गरीब और निर्धन अन्तरजातीय ब्याह करेंगे तो उसका वैसा अनुकरण न होगा। मेरे आपके जैसे सामर्थ्यवान या ऊपरी तबके करेंगे तो अनुकरण होगा।"

मद्रास में किसी ब्राह्मण लड़की से अब्राह्मण युवक ने शादी रचा ली थी। चारों ओर से ब्राह्मणी फनों की फुत्कारें थीं मगर शाहूजी गद्गद! कहा, "शादियाँ ऐसी ही होनी चाहिए—एक जाति से दूसरी जाति की, पश्चिम से पूरब, उत्तर से दक्षिण।"

"आपकी जाति...?" रानी ने पूछा।

"मैं?" शाहूजी ने पगड़ी को उतारकर टेबुल पर रख दिया, "मैं तो जातिविहीन हूँ। मेरी सींग-पूँछ कट गई है और मैं चाहता हूँ कि सभी की कट जाय। सभी जातिविहीन हो जाएँ। अभी की देख लो, इंग्लैंड और भारत एक-दूजे से कितनी दूरी बरतते हैं, मेरे गुरु फ्रेजर साहब इतने उदार और

प्रगतिशील खयालों के पर, रोटी का सम्बन्ध...? शिकार पर होते तो अलग दस्तरखान लगता—कहीं हमारा हिन्दुत्व भ्रष्ट न हो जाय! अगर दोनों शादी के बन्धन में बँध जाएँ तो कहाँ पनाह माँगती फिरेगी नफरत!"

"मैं तनिक सपाट हो गया न! उम्र का फासला वगैरह...। कण्व ऋषि को अपनी पालिता कन्या शकुन्तला के लिए ऐसी ही चिन्ता खाए जा रही थी।"

कभी मौज में होते तो कहते, "ठीक से देख लो, सुन लो, समझ लो, बाद का क्या होगा—मैं नहीं जानता। सफल हुआ तो श्रेय मेरा, विफल हुए तो तुम्हारा। 'कोर्टशिप' करोगे? करो! अच्छी बात है, वैसे मैं ठहरा सनातनी, पारम्परिक पुरातनपन्थी...।" खुद का मजाक उड़ाते।

विधवा विवाह, पति की सम्पत्ति में विधवा और परित्यक्ता का अधिकार, अवैध सन्ततियों का सम्पत्ति में अधिकार, विरासत, तलाक या नारी उत्पीड़न के अन्य सवाल इधर कुछ ज्यादा ही परेशान करने लगे थे। परिवार, दोस्तों, काउंसिल में अक्सर विचार विनिमय होता रहता। जोगिनी, मुरली, गरज कि देवदासी जैसी कलंकमयी प्रथा का उच्छेद कैसे करें? धारणाओं को कैसे मुक्त किया जाए जो भक्ति और अन्धश्रद्धा की मारी हैं। बन्द समाज है यह। घूम-फिरकर शाहू उसी बिन्दु पर पहुँचते—"जाति! जाति की संकीर्ण परिधि में कैद रह जाने के चलते सम्भावनाएँ खुद-ब-खुद कम हो जाती हैं। कैद से मुक्त करने का उपाय है जाति की दीवारों का ध्वंस। और जाति ध्वंस का एकमात्र उपाय है अन्तरजातीय विवाह! व्यक्ति-व्यक्ति में फर्क या भेद खत्म होते ही एकता और अखंडता का पथ प्रशस्त हो जाएगा। इसके साथ ही कुछ एक जातियों का वर्चस्व बना रहा तो वंचित जातियाँ उनसे जलती रहेंगी और इसकी आँच में गल-जल जाएगी एकता। अत: जरूरी है कि सभी जातियों के लिए सत्ता और समान अवसर के सारे रुद्ध कपाट खोल दिये जाएँ, दीवारें और बाड़े तोड़ दिये जाएँ। सुनने में यह सब जितना आसान लगता है, व्यवहार में उतना ही कठिन! अब्राह्मणों ने पटेल के हिन्दू विवाह बिल का समर्थन किया लेकिन सवर्णों ने विरोध! सदियों के वज्रकपाट तोड़कर करोड़ों जन बाँहे फैलाएँ आगे आना चाहते हैं, वहीं उनको रोकने को हजारों 'नाना' करते कपाट रोके खड़े हैं। ये सिमटी बाँहे फैलती क्यों नहीं?

"मैंने फरवरी, 1918 में पारित किये गए हिन्दू-जैन विवाह कायदा से अपना पहला कदम बढ़ा दिया है, हिन्दुओं, मुसलमानों द्वारा तलाक से जुड़े नारी उत्पीड़न पर नकेल कसने जा रहा हूँ। इसके नियमन के लिए मैं सर फ्रैंक बीमैन जैसे विद्वानों से भी सलाह-मशविरा कर रहा हूँ।"

कभी एक चक्कर लगाकर लौटते और लिखने लग जाते—"जाति प्रथा के विनाश के लिए ऊपरवाली जातियों को झुककर नीचे पड़ी जातियों का हाथ पकड़कर ऊपर खींचना पड़ेगा। खींचने का मतलब वैवाहिक सम्बन्ध। जापान में समुराई जैसी ऊँची माने जाने वाली जाति ने इसी तरह वहाँ जाति प्रथा का खात्मा किया। मैं खुद से शुरू करूँगा—धनगरों का अपने यहाँ की बेटी से विवाह करके!"

34

24 नवम्बर, 1918 में गैर-ब्राह्मणों की सभा।

शाहूजी मित्रमंडली में दोस्तों से बातें कर रहे थे—"सच पूछा जाय तो सभी शिक्षित और जिम्मेवार लोगों का दायित्व है कि वे प्यार और एकता से रहें। किन्हें नहीं सुहाता यह प्यार और सामाजिक एकता? कौन हैं वे जिन्होंने एक गधे के गले में स्वामी गर्दभानन्द सरस्वती लिखकर पुणे में छोड़ दिया था?"

"वेदों का ही तो सिद्धान्त है जिसे स्वामी दयानन्द, नित्यानन्द और मेरे मित्र पंडित आत्माराम, स्वामी परमानन्द और दूसरे प्रचार कर रहे हैं? आप वेदों से भी बड़े हो गए?"

"यह शर्म करने की बात है। बड़ी जातियों ने जो सामाजिक अपराध किये हैं, उसके लिए उन्हें पश्चात्ताप होना चाहिए—अगर उनमें सच्ची देशभक्ति है।"

कुछ लोग आगे आए, "महाराज राजनीति और अस्पृश्यता में क्या सम्बन्ध है?"

"नहीं समझ में आता?"

"न।"

"तनिक सोचिए, राजनीति कैसे स्वस्थ रह पाएगी जबतक अस्पृश्यों से इनसान की तरह बर्ताव नहीं किया जाएगा। समझे?"

"कुछ समझे, कुछ नहीं।"

"इस ग्राम व्यवस्था को ही लें। यहाँ सारी व्यवस्था जाति भित्तिक थी। पेशवाई ने इसे और मजबूत किया। दमन को बढ़ाया, दलन को बढ़ाया। कैसे? गाँव का मुखिया पाटिल, प्रधान कुलकर्णी, महार वंशगत पुलिस और ग्राम सेवक। बीच में पेशे से जुड़े बढ़ई, नाई, लोहार, कुम्हार वंशगत, हल जोतने वाला वंशगत, बुनकर वंशगत, जोशी, माने पुजारी भी वंशगत। ये सारे काम निःशुल्क या फिर उन्हें छोटे-छोटे जमीन के टुकड़े मिलते—'वतन'। यहीं घपला था। सबका 'वतन' समान न था। गरीब रैयतों को पूरा न पड़ता लेकिन जब भी लेवी लगाई जाती, कुलकर्णियों को छोड़कर सबको लेवी देनी पड़ती। यह पक्षपात क्यों? कुलकर्णी पढ़ा-लिखा, बाकी लोग अनपढ़! कहाँ से देते लोग? चलो कुलकर्णी जी के पास। सूद पर पैसे ले आओ। भयंकर सूदखोर थे कुलकर्णी। एक का दस बनाते। न दो तो जमीन लिख दो। कुलकर्णी ही पटवारी भी है। इस तरह पक्षपात और अन्याय का जुल्म। आर्थिक खाई चौड़ी होती जाती। कुलकर्णी भगवान बनता जाता—पटवारी भी, पुजारी भी, महाराज भी।

"दूसरी तरफ अछूतों और सेवकों के लिए 'हाजिरी' का रिवाज था जिसका लाभ उठाकर उनसे बेगार कराया जाता। मुफ्त में दिन-रात काम करो। पूछिए खाए क्या बेचारा, परिवार कैसे पाले? खुशी-गमी, दवा-दारू?

"पिछले दिनों मजदूरी बारह आने थी। ये बारह आने भी टेंट से न निकालते कुलकर्णी महाजन...। प्रतिवाद करो तो कहें—ये महार सनक गए हैं। मारो सालों को।"

घर और दोस्तों के बीच यह वार्ता मानगाँव के गैर-ब्राह्मणों की सभा में दिये गए भाषण का पूर्वाभ्यास थी। दिन था 14 नवम्बर, 1918। उन्होंने समाज में अछूतों, मजदूरों का जो चित्र मानगाँव की सभा में पेश किया कि लोगों ने सिर झुका लिया। जैसे यह पहली बार अनुभव कर रहे हैं, जबकि यह सब तो उनकी आदत में शुमार था।

"इस बीसवीं सदी में 'हाजिरी' जैसा घृणित कर्म!" एक महार ने बताया, "पिछले साल, मेरा पाँच साल का बेटा बीमार था। बहुत विनती किये, मगर कुलकर्णी महाराज ने बेटे को देखने जाने भर की भी छुट्टी न दी।"

दूसरे ने कहा, "हम वतनदारों को जमीन के एक छोटे-से टुकड़े के लिए वेथा (बेगारी) करनी पड़ती है।"

"मत करो।"

"न करें तो धमकी देते हैं कि हाजिरी में शामिल कर लेंगे।"

"हुजूर पेट की खातिर हम महारों को मजबूरी में चोरी भी करनी पड़ती है।"

22 मार्च को सभा आहूत करने वाले पाटिल ने ऐलान किया, "आज से अछूतों को अपने गाँव में 'हाजिरी' से मुक्त किया जा रहा है। साथ ही आप सबसे अपने पूर्वजों द्वारा ढाए गए जुल्म के लिए हम माफी माँगते हैं।"

शाहू सिखा भी रहे थे, सीख भी रहे थे। प्रमाण था, उनके द्वारा जारी विशेष राजाज्ञा—"सभी वतनदारों, बलूतेदारों, महारों को निर्देश दिया जाता है कि वे अपने छोटे 'वतन' और 'वेल्यूत' से चिपके न रहें। महारों से विशेष अनुरोध—वे अपनी पूरी जमीन को बाँटकर परिवार के बड़े लड़के के नाम करके जैसा कि पाटिल और सनदी शिलेदार करते हैं, जिसे जहाँ काम मिलता है, करें इस काम में हमारे प्यारे मित्र आम्बेडकर हमारी मदद करेंगे।"

सोचा गया था कि वतनदार इसे पसन्द करेंगे...शाहूजी समझाते रह गए—वतन की जमीन छोड़कर मजदूरी कर लो—और गुलामी के जुए को उतार फेंको।

"कौन-कौन से जुए को उतार फेंके महाराज?"

एक कच्ची-पक्की दाढ़ी के कलूटे प्रौढ़ ने कहा। उसके काले चेहरे में उसकी उजली आँखें डरा रही थीं।

"समझा नहीं।"

"हमारी परछाईं तक से घृणा करते हैं...।"

"तुमने गंगाराम कांबले को देखा?"

"देखा। एक गंगाराम कांबले को बचा लोगे, अभी तो लाखों गंगाराम हैं।"

"एक गंगाराम नहीं, लाखों गंगाराम पैदा होंगे, सब्र करो।"

अगले साल ढूँढ़-ढूँढ़कर कुछ और महार, मतंग निकाले गए, जो कुछ भी पढ़े-लिखे थे, उन्हें क्लर्क के रूप में बहाल किया गया।

कुछ जगहों से रिपोर्ट आई कि लोग भेदभाव बरतते हैं। राजकीय फरमान जारी हुआ—"जो भी अस्पृश्यों या किसी के प्रति भेदभाव बरतते हुए पाया जाएगा, उसे नौकरी से हाथ धोना पड़ेगा। चाहे वे नर्सें ही क्यों न हों?"

फरमान की एक प्रति 'हुजूर दरबार' को भी गई थी। मगर वह गुम हो गई। हुई नहीं, कर दी गई। एक से बढ़कर एक कुटिल कुचाली लोग भरे पड़े थे—न सिर्फ ब्राह्मणों में, बल्कि मराठों या अन्य अब्राह्मणों में भी।

फरमान की दूसरी प्रति भेजी गई, उसी के साथ तीसरा फरमान भी—"ऐसे सभी शिक्षण संस्थानों को निर्देश दिया जाता है कि वे अस्पृश्यों को स्पृश्यों जैसा सम्मान दें।" म्युनिस्पैलिटी के विभागीय 'हेड्स' को फरमान की प्रति भेज दी गई। पिछले अनुभवों को देखकर इस बार म्युनिस्पैलिटी का ही पुनर्गठन कर, एक चमार जाति के युवक को उसका चेयरमैन नियुक्त किया गया। कुछ अन्य फरमान थे—

1. धर्मशालाओं, अस्पतालों, पानी के नलकों, कुएँ-तालाब और स्कूलों से अस्पृश्यता कानूनन समाप्त की जा रही है।

2. सरकारी बँगलों और सोनतली में अस्पृश्यों को नि:शुल्क रहने की सुविधा मिलेगी।

3. अस्पृश्यों के लिए अलग से कोई स्कूल नहीं होगा।

4. वकीलों की अगली नियुक्ति में अस्पृश्यों को वरीयता दी जाएगी।

इन्हीं गाढ़े होते दिनों में चुपके-चुपके चले जा रहे हैं पुजारी नारायण...महालक्ष्मी मन्दिर। चेहरे पर चिन्ता है, झेंप है, झुंझलाहट है कि राह में मिल जाता है पुजारियों का एक दल।

"अरे नारायण काका, प्रणाम!" गोपाल खाभोलकर हाथ जोड़कर प्रणाम करता है, "राजमहल अब नहीं जाते क्या?"

"अरे वेदोक्त वाले मामले में निकाल दिया होगा महाराज ने।" एक अन्य पुजारी टहोंकता है।

"वो क्या निकालेगा, मैंने खुद ही तज दी शूद्रों की सेवा।"

"बहुत अच्छा किया। खांटी ब्राह्मण हैं आप।"

"लेकिन गुजर-बसर कैसे होती है?" दूसरे ने कहा।

"वहाँ भी तो नहीं दिखे पुजारी जी बहुत दिनों से?" 'वहाँ' में जैसे कोई गहरा राज हो। जिसे बताते हुए कानों तक होंठ फैल जाते हैं एक पुजारी के "पैसा न मिले तो चूतड़ पर लात मार कर भगा देती हैं वेश्याएँ।" जोरों की हँसी में मस्ती छा जाती है लोगों में।

"अरे राजोपाध्याय ने तो क्षमा माँग ली, फिर से बहाल हो गए राजपुरोहित, आप...?"

"मैं थूक कर चाटने वालों में से नहीं हूँ।"

नारायण को लगता है एक साथ कई कुत्तों से घिर गया है वह।

"कुछ पता है, क्या हो रहा है इन दिनों दरबार में?"

"चमारों, महारों को वकालत के सर्टिफिकेट बँट रहे हैं। एक पल के लिए महार-चमार बन जाओ, जाकर वकालत करने का सर्टिफिकेट ले आओ।"

बताने वाले बटुक की आवाज व्यंग्य से लसलसा रही है—"शाहूजी कहते हैं, जब तक ऐसा नहीं होगा, उनका सामाजिक स्तर नहीं बढ़ेगा। यह आप पर है कि आप उनके पास जाते हैं या दूसरे वकीलों के पास।"

आगे मिल गए विट्ठल, समाचार वाचक सूचना केन्द्र। बोले, "महाराज ने क्या कहा, मालूम! कहा कि मैं एक स्पोर्ट्समैन हूँ। घोड़े के सामने जब तक पानी न लाया जाय, वह नहीं पीएगा। मौका मिलते ही वे पिकअप कर लेंगे, वरना कभी न बन पाएँगे।"

"उन्होंने पूरी नामावली दी है—मातंग, तंक, पराशर, वशिष्ठ, चोखामेला, व्यास...और दूसरे ऐसे विद्वान—जिनका जन्म निम्न कुल के परिवार में हुआ था पर अपनी योग्यता के बूते महान बने, जैसे शाहूजी के पास इन ऋषियों ने अपनी जन्मकुंडली गिरवी रख छोड़ी हो।"

"वो छोड़ो, आगे बताते हैं कि इंग्लैंड में बैरिस्टर के संग खाना खाने भर से मिल जाती है बैरिस्टरी, न कि पढ़ाई के बूते। यहाँ के मैट्रीकुलेट तक जाकर ले आए हैं डिग्रियाँ।"

"यहाँ तो लोग सोचते हैं कि माँगों, महारों को सर्टिफिकेट मिला तो बड़ी जातियों का अपमान हो जाएगा।"

"जिन्हें न जँचे, वे अपना अलग रास्ता देखें।"

उधर शाहूजी अपने प्रयोगों के निष्कर्ष पर दोस्तों के बीच चर्चा कर रहे थे। कोई कह रहा था, "काफी लोग सोचने लगे हैं जाति मुक्ति पर। पर कैसे?"

"छोटी और पिछड़ी जातियाँ कहते-करते मर जाएँ कोई फल नहीं होने वाला। बड़ी जातियों को ही आगे आकर अपना पारम्परिक अधिकार त्यागना होगा उनके लिए।"

"और यह एक पवित्र त्याग होगा।"

"बेशक!"

महारों के गाँव उनकी मोटर रुकी है और बच्चों, बूढ़ों और औरतों ने छेंक लिया है गाड़ी को। उनके चेहरे की खुशी देखते बनती है। किसी के घर भाकरी माँग कर खायी, किसी के यहाँ चाय पी। अछूतों के ही एक सदस्य की तरह जा-जाकर उनके लिए चन्दे वसूल रहे हैं। पूछो क्यों तो उनके मित्र आम्बेडकर ने वैसा करने को कहा है।

वह एक युद्ध था और वे एक योद्धा। ऐसे कृत्यों से जिन्हें कभी किसी ने सम्मान न दिया, उन बंजर दिलों में भी छोटे-छोटे सपने अँखुआने लगे थे।

राह चलते प्रौढ़-प्रौढ़ाएँ लाठी छोड़कर साष्टांग लोट जाते उनके आगे— आँखें भरी-भरी, "आप हमारे छोटे भगवान हैं!"

35

13वाँ अखिल भारतीय कुर्मी क्षत्रिय महासभा, कानपुर। 19 अप्रैल, 1919... उत्तर भारत की अपनी तरह की यह पहली यात्रा थी। मन मुदित, पर तन...? इन दिनों इतनी जल्दी-जल्दी बीमार क्यों हो जाता हूँ?

अभूतपूर्व स्वागत। अभूतपूर्व सम्बोधन। राजर्षि!

"मेरे प्यारे क्षत्रिय भाइयो!"

देर तक बजती रहीं तालियाँ! इतनी जल्दी शौर्य के कितने सूर्य गढ़ डाले तुमने शाहूजी! उन्हीं में से एक सूर्य भीड़ के उल्लास पर तैरता-छलकता हुआ, "मैं आप ही के बीच का एक व्यक्ति हूँ। मजदूर कह लो। किसान कह लो। आभारी हूँ कि आपने मुझे अध्यक्षता के लिए आमंत्रित किया।

"न तो मुझे ज्यादा ज्ञान है, न ज्यादा पात्रता...मुझसे कहीं ज्यादा योग्य व्यक्ति भरे पड़े हैं आपमें। मैं महान योद्धा शिवाजी और वीरांगना ताराराानी के वंश से जुड़ा हूँ। शायद इसलिए मुझे आपने इस योग्य माना, न कि मेरी किसी व्यक्तिगत दक्षता के कारण। मुम्बई से बीमार चला था, पर आपका स्नेह भरा आमंत्रण मुझे आप तक खींच लाया। साथ में आदरणीय स्वामी परमानन्द जी और पितृतुल्य और आदरणीय खासेराव जाधव जी थे। सोचा था, तीन दिन में हिन्दी सीख लूँगा पर न हो सका। मेरे आगे के भाषण का हिन्दी अनुवाद स्वामी परमानन्द जी पढ़ेंगे।"

और परमानन्द जी ने पढ़ा—"कुछ अप्रिय चीजें मेरे गिर्द लगातार घट रही हैं। यदि अंग्रेजों ने हमें शिक्षित न किया होता तो ये न उठतीं। शास्त्रों में गुरु की वन्दना की गई है, पर हम उसे क्या दे रहे हैं—जहर! जिन्होंने हमें ज्ञान दिया, उन्हें जहर। जैसे इतना दिया, कल को गुलामी की जंजीरों से हमें मुक्त भी कर देंगे...

"देखकर अच्छा लगता है कि हर क्षेत्र में प्रगति हो रही है। जाति-जाति के लोग खड़े हो रहे हैं, जग रहे हैं...।"

भाषण में आगे ब्रिटिश सरकार, अंग्रेजी शिक्षा और धार्मिक नेताओं, विशेषकर स्वामी दयानन्द के इन सुधारों को इस जागरण का सूत्रधार माना। अंग्रेजी शिक्षा को उन्होंने तीसरी आँख कहा, 'ज्ञानचक्षु'। यह बताया कि हम क्या थे, हमें क्या बनाया गया और हमारा भविष्य क्या होने वाला है। आगे उनका भाषण आर्यसमाजी होता गया—देश का नाम 'भारतवर्ष', 'हिन्द' या 'हिन्दुस्तान' नहीं, 'आर्यावर्त'। फिर आर्यों का उद्गम तिब्बत को 'तृष्टित' बताया। वर्ण-व्यवस्था की तार्किकता बताई और पंडितों की तरह बोलने लगे। प्रारम्भ का यह विभाजन 'कर्मणा' था। गड़बड़ी तब शुरू हुई जब यह 'जन्मना' हो गया। जाति की पूर्व की परिभाषा थी 'एक जैसे जीव समूह के लोग जिनका आकार एक हो, जैसे मनुष्य, गाय, घोड़ा, हाथी, पीपल आदि।' भाषण में वेद, पुराण, मनु के विधान, राजा सगर, परशुराम, अर्जुन, धृतराष्ट्र, अन्तर्जातीय विवाह, अन्तरराष्ट्रीय विवाह तक का विस्तार से जिक्र किया।

लम्बी परिक्रमा के बाद पुनः लौटे, "अब आते हैं वर्तमान पर। आप क्षत्रिय हैं और क्षत्रिय धर्म का वरण करना चाहते हैं तो वेद इस बात की

आपको अनुमति देता है। क्षत्रिय वर्ण का कर्म कीजिए। गरीबों, वंचितों की रक्षा कीजिए। यही तो है क्षत्रिय धर्म। सिर्फ जन्म से ब्राह्मण-क्षत्रिय नहीं, कर्म से बनिए। सिर पर (सिंह की) उपाधि लगा लेने से कोई क्षत्रिय नहीं हो जाता।

"'कौन क्या कहता है'—की परवाह मत कीजिए। वेदोक्त संस्कारों का प्रसार और अनुकरण कीजिए। बच्चों को पढ़ाइए, गरीबों और अनाथों का उद्धार कीजिए।

"मुझे यह जानकर बड़ा अच्छा लगा कि विधवा विवाह आपमें पहले से ही प्रचलित है। जहाँ-जहाँ यह नहीं है, वे बर्बादियों के शिकार हैं। पर्दा या घूँघट। जरा सोचिए, क्षत्रिय औरतें परदे में रहतीं तो महारानी ताराराणी, अहिल्याबाई, लक्ष्मीबाई, कमलाबाई युद्ध क्षेत्र में लड़ पातीं? महाराष्ट्र, मद्रास, गुजरात में कहीं है परदा? स्त्री तेजस्विता को कुन्द करता है परदा।

"मुझे खुशी है कि आपका प्रमुख कर्म कृषि कर्म है। खेती करना छोटा काम नहीं है, बिलकुल नहीं। प्राचीन राजा भी एक बार हल चलाते थे। मैंने अपने बच्चों को इलाहाबाद के कृषि विद्यालय में भेजा है। कृषि पूरी जातीय उन्नति, राष्ट्रीय उन्नति और पशुधन तथा पौष्टिक आहार से जोड़ती है। यूरोप में किसी भी काम को छोटा नहीं मानते। कोई उन्हें शूद्र कहकर अपमानित नहीं करता, चाहे वे झाड़ूदार हो या मोची।

"मेरे सर्वशक्तिमान ईश्वर! मेरे देशवासियों को बुद्धिमान बनाओ, ज्ञानदीप्त करो। हम सभी भ्रातृभाव और सौहार्द से रहें। सुख में, दुख में एक-दूजे का साथ दें, दैहिक, आध्यात्मिक और सामाजिक विकास के जरिए इस धरा पर स्वर्ग का अवतरण करें। ईश्वर आपकी मनोकामना पूरी करें।"

सभा में उन्हें 'राजर्षि' के सम्मान से नवाजा गया था। उधर कानपुर से बहुत दूर कोल्हापुर में सत्यशोधक समाज की कुटिया में दो शोधार्थी उदास थे। पद्मनाभ ने कहा—हमारा सत्यशोधक योद्धा राजर्षि बन गया। चलो लौट चलें पद्मनाभ—

गोरी सोई सेज पर मुख पर डाले केश।
चल खुसरो घर आपने, रैन भई चहुँ देश!

विट्ठल ने अपने मित्र को टोका—

"तनिक उदार बनो बन्धु। शोधार्थी इतनी जल्दी फतवे नहीं उछालते। उदासी को नाले के पानी से धो डालो। यह सोचो कि तुम अगर शाहूजी होते तो क्या करते।"

अगले वर्ष भावनगर की आर्य समाज सभा का सभापतित्व करने गए। "मैं जानता हूँ वैदिक धर्म अन्य मतों से श्रेष्ठ है। मैंने राजाराम कालेज गुरुकुल, हाई स्कूल और अनाथालय, सरदार बोर्डिंग को आर्य प्रतिनिधि सभा को सौंप दिया है ताकि नैतिक उत्थान हो जो शिक्षा से ही सम्भव है।"

ब्राह्मणों के भीतर घात के चलते बॉम्बे यूनिवर्सिटी के कुछ सीनेट के कुछ सदस्यों ने राजाराम कालेज को प्रथम श्रेणी के कालेज की मान्यता रद्द करने की धमकी दी, जो अन्ततः सुलझ गया। कुछ ब्राह्मण कोल्हापुर के भी थे।

36

15 अप्रैल, 1920।

कोल्हापुर, पुणे के बाद अब नासिक का मराठा बोर्डिंग हाउस। अप्रैल में आधारशिला रखने गए तो अब्राह्मणों ने उनका भव्य अभिनन्दन आयोजित किया। बोलने को खड़े हुए तो मराठे के दायरे में सारे गैर-ब्राह्मण समा गए और तदनुरूप भाषण का रंग विश्लेषणवादी बन गया, "मराठा हॉस्टल साधन मात्र है, साध्य नहीं, याद रहे।" विभेदकारी पन्थों की धज्जियाँ उड़ाते हुए कहा कि एक ही बात कहनी है, "अपनी-अपनी जातीय सभाएँ जरूर आयोजित करें मगर सावधान, इनका लक्ष्य जाति को मजबूत करना नहीं, जाति का विनाश हो। बौने मत बनो, भविष्यद्रष्टा बनो। जाति-जाति के विवाद को मिटाना नहीं, विवाद का विसर्जन करना हमारा लक्ष्य होना चाहिए, रिजोल्व नहीं, डिजोल्व! भारतवर्ष तो भारतवर्ष, व्यक्ति-व्यक्ति के विकास में जातिवाद सबसे बड़ा अवरोध है। अतः हम सभी का दायित्व है कि इसका पूरी ताकत और साहस के साथ उच्छेद करें।"

सन्निपात हो गया है क्या, जब देखो, शुरू हो जाते हैं!

"सब कुछ अंग्रेज ही कर देते? अरे देश तो तुम्हारा था। तुमने क्या किया? हिन्दुओं ने मन्दिर बनवाए, मूर्तियाँ और पत्थर के शिवलिंग, बौद्धों ने बुद्ध प्रतिमाएँ, मुसलमानों ने मस्जिदें बनवाईं, फिर ताजमहल और किले...बस्स।"

"आप जोधपुर भी गए होंगे?"

"गया न! अपने कुल का उद्‌गम देखा। हाड़ा-राठौर घराने के महाराजा जसवन्तसिंह ने बाँहों में उठा लिया—घाटगे कुल की डाल वहीं से फूटी है।"

"सुनते हैं श्रीलंका और पेशावर भी गए थे? मुल्तान भी?"

"मुल्तान का नाम सुनते ही गर्मी में पसीने छूट रहे हैं मेरे। सन् '57 के विद्रोह में अपने चाचा शरीक थे। वहीं समाधि है।"

"और मुल्तान...?"

"तपता हुआ मुल्क।"

"क्या है अपना देश?

"क्या इस देश को मैं जानता हूँ?

"विदेशी इसे किस रूप में जानते हैं और किस रूप में जानते हैं हम! ये बीजापुर का गोल गुम्बज, ये आगरे का ताजमहल, औरंगाबाद का बीबी का मकबरा...मन्दिर, मूर्तियाँ। ये मंत्रोच्चार, घंटे-घड़ियाल और घंटियों की आवाजें, ये अजान की टेर!

"जब यूरोप में मानवहित के निमित्त बड़े-बड़े वैज्ञानिक और तकनीकी शोध हो रहे थे, हमारे महाजन वास्तुकला, मन्दिरों, मस्जिदों, बुतों में पैसे उड़ेल रहे थे और अकाल को न्यौत रहे थे। हैदराबाद की शाही मंडी हो या मथुरा के धर्म के बन्दे, कोई अल्लाह के नाम पर तो कोई भगवान के नाम पर भीख माँग रहा था। वे लालची फकीर और वे लालची पंडे-पुरोहित।

"और इनकी दुआएँ, अनुष्ठान, ज्योतिष और पंचांग? पुरोहितों ने जब-जब पंचांगों से मेरी यात्रा के मुहूर्त निकाले, हर बार कोई-न-कोई विघ्न। फिर जब उन्हें अमान्य कर चल पड़ा तो न कहीं विघ्न, न कोई अवरोध।

"और इनका चरित्र...?

"पेशावर यात्रा की एक घटना भुलाए नहीं भूलती...बड़ा नाम सुनते आए थे, मुल्तानी मिट्टी का, यह मुल्तानी मिट्टी और उस मिट्टी की कारीगरी

देखने गया तो इस देश को चलाने वाले साधु-संन्यासियों की अलग ही कारीगरी भी दिख गई। वहाँ असह्य गर्मी थी। बताया गया, मुल्तान में कभी कोई साधु आया—शामन-ई-ताब्रीझ। स्थानीय साधुओं ने उसका विरोध किया। न अन्न दिया, न पानी। लाचार उस साधु ने कुछ मछलियाँ पकड़ीं तो भूनने के लिए ईंधन तक माँगने पर न मिला। साधु ने अपने तप से सूर्य को कुछ नीचे उतार लिया। मछलियाँ भुनीं। खाकर मुल्तान छोड़कर चला गया पर जाते समय सूरज को ऊपर पहुँचाना भूल गया। तब से सूरज तपता रहा, मुल्तान में।

"हमने शिक्षा के लिए 'गणपति पूजन' शुरू कराया, तिलक ने 'विघ्न हरण' के लिए। वह सन् 1894 था। तिलक जीते मैं हारा।

"लोगों को शिक्षा नहीं चाहिए। उन्हें विघ्नों से मुक्ति चाहिए, स्वयं की कोशिश से नहीं, देवता की कृपा से, वे चाहे लाख पापी हों, विघ्न न हो जीवन में! हाँ, पर छुपा उद्देश्य या प्रेरणा क्या थी—मोहर्रम का प्रतिपक्ष!

"यह तो शुकर है, कोल्हापुर है और मैं यहाँ का राजा। सो ताजिए और गणेश जी एक ही घाट पर सिराए जाते हैं, वरना कई जगहों पर तो इसी बात पर दंगे करा देते हैं भाई लोग।"

विट्ठल ने खुद से कहा, कुछ बातें हैं कि लगता है, जंगल में खड़ा हूँ।

जिस शिवाजी ने मराठा राष्ट्र का निर्माण किया, औरंगजेब तक को छका मारा। उन्हें भी ब्राह्मणों ने न माना। श्रेष्ठतम होने की ग्रंथि के मारे मोरे, पाटिल और दूसरे मराठों ने भी अवज्ञा की तो ब्राह्मण कब पीछे रहते। एक किसान की बेटी के बलात्कारी पाटिल को शिवाजी दंडित करने लगे तो दादाजी कोंडदेव ने आपत्ति दर्ज कर दी—केवल ब्राह्मण ही न्याय दंडाधिकारी हो सकता है और पाटिल ने कहा गाँव का अधिकारी मैं हूँ, शिवाजी नहीं। मेरी प्रजा मेरी गुलाम है। सबके विरोध के बावजूद शिवाजी ने दंडित किया। जो ब्राह्मण पुरोहित समाज उन्हें क्षत्रिय स्वीकार नहीं करता था, उससे राज्याभिषेक कराकर उन्हें झुकने को बाध्य कर दिया।

"मराठे मुगलों से युद्ध में हार जाएँ—इसके लिए ब्राह्मणों ने अनुष्ठान तक कराए।"

"ऊहूँ।" मूड़ी हिलाते हैं पद्मनाभ, "शिवाजी पर सबसे सटीक विश्लेषण रवीन्द्रनाथ ठाकुर का है।"

"तुम कहाँ मिले उनसे?" पूछा विट्ठल ने।

"बड़ौदा में..."

"कब?"

"इतना तो याद नहीं। अरविन्द, रूडियार्ड किप्लिंग, टैगोर जैसे लोग बड़ौदा नरेश के यहाँ आते रहते थे, वहीं कभी टैगोर ने कहा था—

"'शिवाजी' के प्रयत्न से समूचे देश में एक अस्थायी उत्साह फैल गया और हमने समझ लिया कि देश संगठित हो गया। परन्तु समूचे समाजरूपी शरीर में पड़ी हुई दरारें और छिद्र गुप्तरूप से कार्य करते हैं। उनके कारण हम किसी उच्च आदर्श को चिरकाल तक बनाए नहीं रख सकते। शिवाजी ने इन दरारों को वैसी की वैसी बनाए रखना चाहा। वह मुगलों के आक्रमण से एक ऐसे हिन्दू समाज की रक्षा करना चाहते थे जो जातिभेद के विभाजन और अलगाव को जीवन का श्वास समझता है। वह विषमता से भरे हुए गंगा-जमुनी समाज को समूचे भारत का विजेता बनाना चाहते थे। इसलिए मानो वह बालू की दीवारें तैयार कर रहे थे। वह असम्भव को सम्भव बनाने जा रहे थे। जात-पाँत से बुरी तरह दबे हुए, भीतर से फटे हुए और बिखरे हुए हिन्दू समाज का भारत जैसे विशाल महाद्वीप पर स्वराज्य स्थापित करना मनुष्य की शक्ति से बाहर और प्रकृति के नियम के विरुद्ध है।"[1]

सत्यशोधक समाज में पद्मनाभ ने उस दिन तथ्य और तर्क पर जो बात कही कि डेढ़ दो सौ लोग मुँह बाए देखते रह गए—

"ताहिर के भारत आक्रमण के समय जिस दिन पहला हिन्दू धर्मान्तरित होकर मुसलमान बना, उसी दिन अलग राष्ट्र की नींव पड़ गई। आप कहोगे, हिन्दू धर्म जैसा खुलापन कहाँ! मैं पूछँ खुलापन ही होता तो कश्मीर के राजकुमार रिंचन, ढाका की नन्दिनी के पति काला पहाड़, ये बौद्ध, जैन, लिंगायत, सिक्ख इनका फन्दा तोड़कर भाग क्यों खड़े हुए? हिन्द के प्राय: सारे ही मुसलमान कभी हिन्दू थे, इसी तरह ईसाई लोग भी। हिन्दू धर्म ने न इन्हें वापस लिया, न सम्मान दिया। ज्यादातर मुगल बादशाहों की माँएँ हिन्दू थीं, आज उन्हें स्वीकारते इनकी नाक कटती है। 6,000 भाइयों को अछूत बनाने का पाप किया है, बाकी करोड़ों हैं जिनको मूरख बना रखा है। खुद को भी।

1. यदुनाथ सरकार की पुस्तक 'शिवाजी एंड हिज टाइम्स'।

"आपको बताएँ, जापान में भी पहले कुछ लोग अछूत माने जाते थे। वे कोरिया से पकड़कर लाए गए गुलाम थे। पर अब वे मुख्य धारा के सम्मानित जापानी नागरिक हैं। पूछेंगे, क्यों? इसलिए कि जापान नरेश ने एक ही दिन में इसे दूर कर दिया। उन्होंने डुगडुगी पिटवा दी कि कल से जो कोई किसी को अछूत कहेगा, उसे गोली से उड़ा दिया जाएगा। बस सब की अक्ल ठिकाने आ गई। पर यहाँ...यहाँ करेगा कोई?" उनकी तर्जनी हिल रही थी इनकार में, "यहाँ तो सबसे पूज्य शंकराचार्य आज भी कहते हैं कि यदि किसी शूद्र के कान में वेदमंत्र पड़ जाए तो उसके कान में पिघला शीशा डाल देना चाहिए और वेद का उच्चारण करे तो जीभ काट लेनी चाहिए।"

एक किसान ने कहा, "हिन्दू कोई मजहब नहीं, वरन् एक ऐसा समाज है जिसकी घुट्टी में ही दूसरों से घृणा और अपनी महानता का नशा पिला दिया गया है, महान ही नहीं, महानतम्।"

सबसे अन्त में विट्ठल ने कहा, "हजारों वर्षों से द्विज श्रेष्ठता और शूद्रों के नीच होने का ढिंढोरा पीटकर मन में बैठा दिया गया, शास्त्रों से कहलवाया, भगवान से कहलवाया। जर्मनी के नाजी ने भी आर्यों के शुद्ध रक्त की ऐसी ही महानता बखानी और यहूदियों को शूद्र, क्षुद्र और अधम माना। वही यहूदी धीरे-धीरे विश्व की श्रेष्ठतम प्रतिभा बनकर उनका मुँह चिढ़ाने लगे हैं। अल्लाह या भगवान के बन्दों में न कोई बड़ा है, न छोटा। अमेरिकन नृतत्त्व शास्त्री फ्रेंज बोआरून ने कहा है कि यदि ढूँढ़ें, हमें समूची मानव जाति में से सभी जातियों में समझदार, विवेकवान लोग मिल जाएँगे।"

पद्मनाभ को आर्कमिडीज जैसी खुशी मिली थी, सो विट्ठल को बताए बिना चैन कहाँ, "आज एक पत्रिका में चन्द बातें पढ़कर दुविधा में पड़ गया।"

विट्ठल ने पूछा, "ऐसा क्या पढ़ लिया?"

"राधा भागवत पुराण में नहीं हैं तो आईं कब? कौन ले आया?"

"हूँ ऽऽऽ।"

विट्ठल ने सन्देह की नजरों से घूरा पद्मनाम को, "यह राधा कब से तुम्हारे मन-मन्दिर में नाचने लगी? कहीं तुम चुपके-चुपके ऐसी-वैसी जगहों पर तो नहीं जाने लगे इन दिनों...?"

"अरे नहीं भाई, मैं कोई नारायण पंडित नहीं। वो हुआ ऐसा कि शाहूजी उस दिन बता रहे थे कि पुरोहितों की दमित यौन लिप्सा इतने प्रपंचों पर भी न तृप्त हुई तो एक प्रपंच और कर डाला—देवी-देवताओं में उसे आरोपित कर दिया जैसे शिव-पार्वती या अन्य, उससे भी मन न भरा तो 'राधा' को उतार लाए मंच पर, मैं तभी से सोचता रहा कि यह राधा पहले पहल अवतरित कब हुई, कहाँ...' भागवत पुराण में नहीं है, महाभारत में नहीं है तो आखिर है कहाँ?"

"तो क्या आविष्कार किया आपने?"

"पता चला है वह सर्वप्रथम 'ब्रह्म वैवर्त पुराण' में देखी गई।"

"तो आचार्य पद्मनाम आपको इस आविष्कार के लिए आज फिर जली खिचड़ी का नोबेल पुरस्कार मिलने वाला है।"

"कोई बात नहीं अब आगे की कथा सुनो माँ दुर्गा की..."

"इसी तरह दुर्गा पूजा का उत्सव पहले नहीं होता था। पहली बार बंगाल के राजा कृष्णदेव राय ने यह उत्सव क्लाइव के स्वागत में किया।"

"अच्छा?"

"गीता 'चतुर्वर्णं मया स्रष्टम्' कहती है अर्थात् जाति प्रथा ईश्वर द्वारा सृजित है। यार, यह गीता तो महाभारत का ही अंश है व ब्राह्मण पुष्य मित्र शुंग यानी हद की हद 2000 वर्ष की। इसी तरह पुणे की एक सभा में शंकराचार्य ने घोषणा की थी कि महिलाओं और शूद्रों का तिरस्कार किया जाना चाहिए क्योंकि गीता के हिसाब से वह पापयोनि है अर्थात् पाप से जन्मे। मर्म बूझो।"

एक बात समझ में नहीं आती, "गोवध की पाबन्दी पर ही हिन्दू जोर देते हैं।"

"उसे माता मानते हैं।"

"फिर भैंस, बकरी, भेड़, ऊँट क्यों नहीं?"

"क्या मालूम?"

"अरे इसलिए कि गाय की पूँछ पकड़कर वैतरणी पार करते हैं। गाय के अंग प्रत्यंग में देवता हैं।"

"और...?"

"एक विचित्र बात किसी आजीवक संघ से आई है।"

"वो तुम्हारे कौत्स, मक्खलि गोशाल और केश कांबली वाले।"

"शायद।"

"क्या कहा है?"

"कहा है कि भगवान से यदि न्याय मिलता तो न्यायालय नहीं होते और सरस्वती से यदि विद्या मिलती तो विद्यालय नहीं होते।

"अभी सुनो तिलकपन्थी अपने लिए तो स्वराज माँग रहे हैं मगर दूसरों को स्वराज देना नहीं चाहते।"

"हूँ और ये क्या कहते हैं?"

"ये कहते हैं पहले हम पर से गुलामी का जुआ उतारो फिर साम्राज्यवादी जुए की बात करो।"

"रुको, रुको। यही बात विवेकानन्द भी कहते हैं।"

"वे तुम्हें कहाँ मिल गए?"

"19 नवम्बर, 1894 के अखबार में उनका एक पत्र है न्यूयॉर्क से। पत्र छपा है अखबार में। मद्रास में आला सिंह पेरुमल को लिखा गया है। लिखा है—

"'हमारे कुछ युवक ब्रिटिश से आजादी के लिए मीटिंग करते हैं। वे जो दूसरों की आजादी नहीं चाहते, उन्हें खुद आजादी पाने का क्या अधिकार है? कल्पना करो अंग्रेजों ने तुम्हें अधिकार दे दिये। अधिकार पाकर तुम और भी शक्तिशाली हो जाओगे। और शक्तिशाली होकर तुम गरीबों पर पहले से ज्यादा अत्याचार करने लगोगे।'

"अरे! यही बात तो शाहूजी ने कल के अपने भाषण में कही है—ये देखो...स्वराज्य का निहितार्थ क्या निकलता है—वर्तमान जातिवादी व्यवस्था में चन्द दमनकारियों के हाथों में शक्ति का हस्तान्तरण।

"शाहूजी ने आगे कहा है—'मेरी इस बात को मेरे स्वराज के विरोध से जोड़कर न देखा जाय। मैं चाहता हूँ कि स्वराज मिले पर...मैं चन्द शिक्षित ब्राह्मणों को शक्ति सौंपे जाने के विरुद्ध हूँ। भगवान परशुराम से आज तक का इतिहास क्या कहता है!'

"उस पत्र को न पढ़ता तो मैं विवेकानन्द को न समझ पाता। प्रारम्भ में कहीं-कहीं उन्होंने जाति प्रथा का समर्थन भी किया है, विचलित भी हुए हैं। सवाल है, इस अभागी जाति का उद्धार कैसे हो?"

" 'अभागी जाति' की बात पर याद आया, इस कड़ी में एक नाम ईश्वर चन्द्र विद्यासागर का भी है। उन्होंने विधवा विवाह शुरू कराया। सीधे नहीं तो पैसे देकर। खुद अपने भतीजे से ही शुभारम्भ पर...आखिरकार थक गए, हार गए, टूट गए तो कलकत्ते से भागकर देवघर के पास कर्माटांड आ गए आदिवासियों के बीच। क्या बोले, मालूम? बोले कि यह एक आत्महन्ता जाति है। इसका कुछ नहीं हो सकता।"

"एक नाम और जोड़ दूँ? सावरकर!

"कहा है, 'जिस मनुष्य को धर्म का केवल दूरध्वनि यंत्र या भोंपू नहीं बनाना है, मनुष्य के रूप में उसे स्वयं का बुद्धिनिष्ठ मन चाहिए तो उसे शब्दनिष्ठा का उन्मूलन कर वेद, अवेस्ता, बाइबिल और कुरान जैसे सभी प्रतिष्ठित ग्रंथों को मानवरचित मानना होगा। सोचो ईश्वर रचित नहीं, मानव रचित!' आगे कहा, 'और ऐसे ठोस विचारों को सामाजिक बनाना होगा।'

"कहा है, 'चार सदियों पूर्व यूरोप धर्म की अपरिवर्तनीय सत्ता का ऐसा ही गुलाम बन गया था लेकिन उसने बाइबिल को दूर हटा कर विज्ञान का हाथ पकड़ लिया। श्रुति-स्मृति, पुराणों की बेड़ियाँ तोड़कर आधुनिक बन गया, अप-टु-डेट बन गया और विगत चार सौ वर्षों में हमसे चार हजार वर्ष आगे निकल गया। त्रिखंड विजयी बन गया। हमारे राष्ट्र को अगर ऐसा बनना हो तो पुराने ग्रंथों को बन्द कर प्राचीन श्रुति-स्मृति, पुराणों का शासन लपेटकर रख देना होगा अथवा केवल ऐतिहासिक ग्रंथों के रूप में संग्रहालयों में सम्मान रखकर विज्ञान युग का पन्ना पलटना होगा। आज क्या उचित है, क्या अनुचित, यह सप्रमाण बताने का अधिकार प्रायोगिक विज्ञान का है।'

"वाह! यह तो सभी धर्मग्रंथों पर उन्होंने कहा है।"

"बिलकुल। सभी धर्मग्रंथों पर।"

पद्मनाभ चुप हो गए। चुप्पी बड़ी देर तक न टूटी तो विट्ठल ने पूछा, "किस सोच में पड़ गए?"

"सोचने लगा कि सावरकर कायम रह पाएँगे अपनी बात पर?" सवाल देर तक टँगा रह गया उनके बीच।

और लो, लगता है आज भी खिचड़ी जल गई।

खिचड़ी तो जल गई पर एक अभिज्ञान दे गई। इस संक्रमण वेला में फुले हों या शाहू, विद्यासागर हों या विवेकानन्द, सबके सब विकल खोजी थे। समाधान न मिलने पर सीधे समुद्र में फट पड़े थे। तैर कर शिला पर जाकर समाधिस्थ हो गए। बाहर लहरें सिर धुन रही थीं, अन्दर समस्याएँ—इस अभागी जाति का उद्धार कैसे हो? प्रकारान्तर से टैगोर भी—

हे मोर दुर्भागा देश जादेर कोरेछो ॲपमान,
ॲमाने हॅते हॅबे ताहादेर सॅबार सॅमान।
मानुषेर अधिकारे वंचित करेछो जारे,
सम्मुख दांड़ाए रेखे, तबू केनो दाओ नाइ स्थान,
ॲपमाने हॅते हॅबे ताहादेर सॅबार सॅमान।[1]

'ठीक-ठीक समझ में नहीं आ रहा था कि क्या ठीक है, क्या बेटीक।

रानडे और फिरोजशाह मेहता जैसे राष्ट्रवादी नेताओं का विचार था कि रेल, डाक, तार, प्रशासन, शान्ति और स्थिरता कायम करने के लिहाज से ब्रिटिश शासन वरदान था पर वहीं बीच-बीच में 1919 का जलियांवाला बाग का बर्बर हत्याकांड अंग्रेजों के प्रति नफरत से भर देता!

सोनतली में बैठकें तो अक्सर ही होतीं पर उस दिन कुछ ज्यादा हो खिंच गई। उस दिन राजनीति से खिसक कर सीधे धर्म, संस्कृति और समाज पर। शाहू का लक्ष्य एक और सिर्फ एक था, सामाजिक मुक्ति, समाज जिसमें शूद्रों और अति शूद्रों के साथ अन्याय हो रहा था। बोले, यहाँ मुझे फुले तर्कसंगत लगते हैं।

"आप तो उसके लिए 1920 के चुनाव में भी लड़ने वाले थे?"

"बेशक, अगर सरकार अनुमति दे दे। छुटपुट चीजों को छोड़ो तो कुल मिलाकर हम अंग्रेजों, अंग्रेजी भाषा, शिक्षा सबके एहसानमन्द हैं।"

"रानडे जैसों के स्टेप्स विधवा विवाह वगैरह पर कितने प्रगतिशील हैं।"

"ऐसे हजारों हैं।"

---

1. ऐ मेरे अभागे देश, जिनका तुमने अपमान किया है, उन्हीं के समान सभी को अपमानित होना पड़ेगा। जिन्हें तुमने मनुष्य मात्र के अधिकार से वंचित कर रखा है, जिन्हें सामने खड़ा किये रखा, फिर भी उन्हें उनका स्थान नहीं दिया, उन्हीं के अपमान से सब को समान रूप से अपमानित होना पड़ेगा।

"हाँ, हैं पर एक बात समझ में नहीं आती भाई, पहले की वे तमाम सुधारवादी धाराएँ मंशा में ठीक, पर व्यवहार में लचर। कुछ दूर चलकर मुर्झा गईं।"

"यही तो सोचने की बात है, सोचो कि वे क्यों मुर्झा गईं और जो नहीं मुर्झाईं वे क्यों नहीं मुरझाईं।"

"क्यों?"

"वो यूँ कि अन्तिम धारा ऐसे चिन्तकों की थीं, जिन्होंने स्वयं जातिगत शोषण को देखा—भोगा और अनुभव किया था। मसलन फुले दम्पति, अपने शाहू महाराज, आम्बेडकर! सबको शिक्षित करना, सत्ता में भागीदारी देना, और अन्तर्जातीय विवाह को अमली जामा पहनाना—ये तीन कदम थे।"

"इसके पहले भी ऐसी कोशिशें हुई थीं। अश्वघोष की वज्रसूची को ही लो।"

"छिटपुट!" जुगनुओं से अँधेरा नहीं छँटता। ये तुम्हारा सनातन धर्म का साँप है न उसकी जीभ इन्हें गटक जाती है।"

"और तो और इन्होंने दूसरे धर्मों को भी अपने में समो लिया—बुद्ध, महावीर, कबीर, शिवाजी...सबको।"

"कबीर की बात करते हो तो ध्यान गिरि बुवा को तो जानते होंगे?"

"न।"

"हमारा अनुमान है कि पहाड़ी के किनारे, नाले के ऊपर वह जो सत्यशोधक आश्रम है वह उन्हीं के शिष्यों का है, वह पागल भी, जिसकी आँच सह न पाए सनातनी।"

"पर ये ध्यान गिरि बुवा हैं कौन?"

"महात्मा फुले को कबीर तक पहुँचाने वाले। बुवा अक्सर फुले की दुकान पर आते और कबीर के बीजक का मराठी अनुवाद उन्हें सुनाते। फुले के मन में पाखंड के प्रति जो नफरत थी और सत्य के प्रति जो आग्रह था, उसे बल मिलता। इस तरह बुवा द्वारा लायी गई चिनगारी सामाजिक परिवर्तन की ज्वाला बन गई।"

"आम्बेडकर का परिवार भी कबीरपन्थी था और अपने महाराज भी। क्यों महाराज?"

महाराज ने करवट ली, खाट चरमराई, "कबीर दुनिया के सबसे बड़े कवि थे।"

"पर कबीर की यह आग क्यों मुर्झा गई—इसलिए कि कबीर के पीछे कोई दूसरा कबीर नहीं था कोई, "यह तनिक दूर की खाट की चरमराहट थी।

प्रबोधनकार केशव सीताराम ठाकरे[1] आ गए क्या?

37

जीर्णशीर्ण, कबके पुराने प्रपत्रों, दस्तावेजों के गलित अक्षर! बार-बार डुबकी लगाते हैं। कुछ खो गया है क्या महाराज?

नहीं, यह नहीं पूछेंगे दीवान सबनीश।

"महाराज को केलुस्कर का सादर अभिवादन।"

पलकें उठाकर देखा—"अरे केलुस्कर जी?"

"आपने मुझे याद किया?" पूछते हैं केलुस्कर।

"हाँ।" तनिक रुकते हैं, "बैठो। आप शिव चरित्र के रचनाकार हैं। ईसवीं सन् के हिसाब से क्या आप बता सकते हैं कि शिवाजी की भेंट समर्थ गुरु रामदास से पहले पहल कब होती है?"

---

1. शाहूजी और प्रबोधनकार ठाकरे की स्नेह-मैत्री 1918 से बताई जाती है, जब ठाकरे अपना महत्त्वपूर्ण ग्रंथ 'भिक्षुकशाही चे बंड' (भिक्षुकशाही का विद्रोह) लिख रहे थे। पूछने पर शाहूजी ने पुस्तक के लिए अनेक सन्दर्भ ग्रंथों का सुझाव दिया था जिनमें सॅवेल का 'प्रीस्ट क्राफ्ट' और 'किंग क्राफ्ट', इंगरसॉल्स की 'रायटिंग्स एंड स्पीचेज' और अमेरिका की आर.पी.ए. सीरीज पुस्तकें शामिल थीं। यह भी कहा कि भिक्षुकशाही की तरह ही राजशाही भी पीड़ादायक साबित हो रही है, अत: उस पर भी विचार करने का समय आ गया है। शाहूजी के ज्ञान पर ठाकरे चकित रह गए। यह भी कि न तो इन ग्रंथों के बारे में प्रबोधन ने सुना था, न उनके पास थे। शाहूजी ने बम्बई के ग्रंथागारों से न सिर्फ खरीद कर ये पुस्तकें उन्हें भिजवाईं बल्कि अप्रकाशित 'भिक्षुकशाही चे बंड' की 2000 प्रतियाँ 5000 रुपयों का अग्रिम चेक देकर खरीद भी लीं। अपने आत्मचरित्र में प्रबोधन ने इन बातों का जिक्र किया है।

   साहित्य के लिए वे अपने विरोधियों तक की सहायता करते। ऐसे पचासों उदाहरण हैं।

   लोकराजा शाहू छत्रपति—डॉ. रमेश जाधव

"1672 ई. में।"

"और शिवाजी का जन्म?"

"1627 ई. में।"

"अर्थात् 1672 से पहले के 55 वर्षों में कभी नहीं। तो फिर समर्थ रामदासजी को ब्राह्मण लोग शिवाजी के गुरु होने का श्रेय क्यों देते हैं?"

"यह तो उनकी पुरानी चाल है। कबीर के गुरु रामानन्द, शिवाजी के गुरु समर्थ रामदास।"

"यानी ब्राह्मण तो ब्राह्मण, अब्राह्मणों में भी जो कुछ श्रेष्ठ है, वह ब्राह्मण जनित है।"

"बिलकुल।"

"शुकर मनाइए कि ये गैलेलियो, कॉपरनिकस, न्यूटन, जेम्सवाट, विंची को ब्राह्मण जनित नहीं मानते।"

झब्बर-झब्बर मूँछों में हँसते हैं शाहूजी, "न सत्य, न तथ्य, फिर भी दावा। अच्छा, आपने 'विजयी मराठा' में सदाशिव लक्ष्मण पाटिल का लेख, 'गोरक्षण या गोभक्षण' पढ़ा है?"

"ना।"

"पढ़ा भी करो।" सकपका गए केलुस्कर, "खैर पाटगाँव के मौनी बाबा को तो जानते होंगे?"

"जी। वह तो मैंने लिखा है, शिवाजी उनसे राय-मशविरा लिया करते, "ऊहूँ, पहले, कहिए कि वे अब्राह्मण थे।"

"जी।"

"तो अब से हमारा शंकराचार्य एक अब्राह्मण होगा, मराठा। पीठ पाटगाँव के मौनी बाबा की। और सदाशिवराव पाटिल हमारे क्षात्रजगत गुरु! यह रही हमारी आचार संहिता..."

कह तो दिया पर आश्वस्ति न मिली। किससे पूछे, सबनीश, बापू, साले साहब—सबसे तो पूछ लिया? सहसा एक नाम कौंधा—कोदंड!

प्रबोधनकार केशव सीताराम ठाकरे की पुस्तक 'कोदंडाचा टणत्कार' टंकार के साथ टिप-टिप जल-बुझ रही थी। सच्चे मन से कभी वाह-वाह निकला था और आज उन्हें ही मिलने के लिए बुलाया है।

"इतना लम्बा नाम—कोल्हापुर से बम्बई तक फैला हुआ! नहीं! आज से मैं तुम्हें कोदंड कहकर पुकारूँगा। सिर्फ कोदंड!"

"तो इस कोदंड के लिए क्या दंड है?"

"पहले बैठो, अपने पन्हाला की चाय-वाय पियो फिर बताते हैं।"

"पी लेंगे, पहले हुक्म।"

"तो सुनो। तुम विद्वान आदमी हो। मुझे जरा बताना, क्या हमारी रियासत की धर्मपीठ पर पीठाधिकारी नियुक्त करने का अधिकार, छत्रपति को है?"

"क्यों नहीं!"

"नहीं। मुझे तनिक दुविधा है, क्या कहते हैं..."

"कोदंड।" ठाकरे ने वाक्य पूरा किया।

"हाँ, कोदंड! धर्मसत्ता और राजसत्ता—इनमें कौन बड़ी है कोदंड?" ठाकरे तनिक ठमके फिर कहा, "न धर्मसत्ता, न राजसत्ता।"

"फिर?"

"जनसत्ता। आप न धर्म के जवाबदेह हैं, न राज के। जन के जवाबदेह हैं।"

सिर हिलाने लगे, "जाधव ने भी यही कहा था। मैं मराठों या अब्राह्मणों को शंकराचार्य बनाने पर गम्भीरता से सोच रहा हूँ।

"धार्मिक मुद्दों के बारे में विचार-विमर्श के लिए एक धर्माधिकारी हो और निर्णय के लिए पंचायती अदालत। शंकराचार्य विवाह कर सकेंगे। शंकराचार्य को ले आने, ले जाने के लिए अमानुषिक पालकी प्रथा नहीं होगी। वे घोड़े या रथ पर जाएँगे, भीख नहीं माँगेंगे, न ही पूजा-पाठ कराएँगे। सोचो, कितना बड़ा पाखंड है, शंकराचार्य के लिए पालकी और विलासी जीवन...!

"इसके पूर्व के शंकराचार्य विद्यानृसिंह और अपने ब्रह्मनालकर स्वामी सबने ऐय्याशी का जीवन जिया। ऐसे शंकराचार्यों की पालकी पुणे में अपने लोकमान्य तिलक और शिवराम पन्त परांजपे तक ने उठाई है। रही बात गृहस्थ जीवन की तो व्यभिचारी और ऐय्याश...और भिखमंगे का जीवन बिताने से कहीं अच्छा होता मर्यादित गृहस्थ जीवन जीते।"

लोग आपस में बातें करते हैं, मराठे चन्दन टीका लगाकर—'ॐ नमो भगवतो वासुदेवाय' का मंत्र पढ़ेंगे। कैसे विचित्र लगेंगे? सूरन (ओल) जैसे मुंड़े सिर पर या मोटी चुटिया!" कई अभी से सपना देखने लगे हैं।

कल्पना में बहुत कुछ बनता-बिगड़ता रहता है। फुले जी पहले पुजारियों को ईश्वर और मनुष्य के बीच बिचौलिया कहते थे। क्या यह बिचौलिया नहीं होगा? "ओह वह ब्राह्मण था, यह मराठा, मराठा मराठा के बीच ब्राह्मण नहीं हुआ?"

"अच्छा क्या माँग-महार भी पुरोहित बनेंगे?" स्वीकार-अस्वीकार के बीच झूल रहा है संस्कारी मन—"कभी हाँ। कभी ना।"

तब किसी ने खुलासा किया कि वह कुर्तकोटि वाली पीठ नहीं, वह तो चले ही गए। यह मराठों की पीठ है जहाँ से शिवाजी सलाह लिया करते थे।

अभी यह सब चल ही रहा था कि खबर आई, सदाशिवराव लक्ष्मणराव पाटिल पहले क्षात्र जगद्गुरु बन रहे हैं। पहले के जगद्गुरु राम गिरिजी जबसे ईशलीन हुए, वह पद रिक्त पड़ा था। कोई शिष्य भी न था उनका। क्षात्र गुरु के लिए एक भव्य भवन, चारों ओर एक एकड़ की खुली जगह। खर्च के लिए मंगलवार पेठ का रानी महल, पद्माला सरोवर के पश्चिम वाला बँगला और आसपास का बगीचा।

11 नवम्बर, 1920 को दीपावली के दिन प्रथम अब्राह्मण शंकराचार्य का वैदिक मंत्रों के साथ पट्टाभिषेक सम्पन्न हुआ—मौनी महाराज के पाटगाँव पीठ के दसवें धर्मगुरु! लेकिन प्रथम अब्राह्मण शंकराचार्य! कानों में कहीं दूर से बजती रणभेरी...। स्वयंभू भूदेवों का एक बुर्ज अरराकर गिरता है। दीपावली के जगमग-जगमग करते दीए अभिनन्दन कर रहे हैं

ऐन दरबार में आयोजित है उत्सव। हजार-एक लोगों की भीड़। सभी स्वागत में हाथ जोड़े हुए। श्रद्धावनत मस्तक...। बीच के व्याघ्रासन पर जाकर बैठता है क्षात्र जगद्गुरु सदाशिवराव बेनाडीकर।

सबसे पहले स्वयं शाहूजी क्षात्र जगद्गुरु को झुककर प्रणाम करते हैं। अब बारी आती है दूसरे महत्त्वपूर्ण व्यक्तियों की। लेकिन यह क्या! जाधव गम्भीर भाव से खड़े ही रह गए। क्षुब्ध हो उठे महाराज, "जाधव, सविनय प्रणाम!"

"छत्रपति महाराज! आप छत्रपति हैं। अत: एक बार क्या, सौ बार भी मैं अपना सिर आपके सामने जरूर झुकाऊँगा, पर एक प्रामाणिक सत्यशोधक और स्वर्गस्थ महात्मा ज्योतिबा फुले के निष्ठावान शिष्य होने के नाते जगद्गुरु, उनका पीठ, ये संस्थान मुझे स्वीकार नहीं।"

"मेरी आज्ञा की अवज्ञा...? चले जाओ यहाँ से।" कुपित हो गए राजा। "जैसी छत्रपति की आज्ञा।" भास्कर राव ने तीन बार शाहूजी को झुककर अभिवादन किया और चले गए। यह क्या? चले ही गए?

समूचा दरबार हतप्रभ! कानाफूसियाँ सरसरा रही हैं।

"भास्कर राव को विद्या का अभिमान है।" एक टिप्पणी।

"नहीं। सोचने की बात है कि जो शाहूजी ब्राह्मण शंकराचार्यों की तिलक द्वारा डोली ढोने का उपहास करते नहीं थकते थे, वह कल-तलक के दुधमुँहे छोकरे को प्रणाम कर रहे हैं।"

"यह उनका बनाया हुआ शंकराचार्य है, उनकी जात का।"

"शाहूजी पर जातिवादी होने का ठप्पा नहीं लगा सकते।"

"पढ़ो इसे।"

"क्या है?"

"पढ़ा, 11 जुलाई, 1918 का पत्र जो शाहूजी ने स्वामी जी को लिखा था, 'यह बहुत ही तरस खाने लायक बात है कि ब्राह्मण-मराठा ब्यूरोक्रेसी हमारे ही देश-बन्धुओं को कुत्ते-बिल्लियों से भी बदतर समझते हैं।...मनुष्य साबित करने की कोशिश करें।' "

"शाहूजी की निगाह में क्या तो मराठा क्या तो दलित...।"

नये शंकराचार्य की अभिषेक-सभा के टूटने पर लौटते हुए लोगों की मिश्रित प्रतिक्रिया चल रही है।

दूसरी तरफ राजमहल से एक कार निकल पड़ी है चुपचाप। कहाँ? किधर? जाधव के आवास पर रुकती है गाड़ी, "भास्कर।"

भास्कर राव बाहर निकलते हैं, "महाराज आप?"

"आओ बैठो गाड़ी में।"

भास्कर राव को लेकर लौट पड़ी है गाड़ी।

राजमहल में आमने-सामने बैठे हैं शाहूजी और जाधव, शाहू धीरे से उठते हैं, दो कदम चलकर पलटते हैं—"शाबाश जाधव! मुझे तुम्हारे जैसे अफसर चुनने पर गर्व है। भरे दरबार में महात्मा फुले के सत्य सिद्धान्तों पर इतनी कट्टरता तुमने दिखाई। मन बाग-बाग हो गया। मुझे तुम पर नाज है।" दोनों कन्धों पर दोनों पंजे। आँखों में आँखें...!

अजीब सीढ़ीदार है यह जाति। कोल्हापुर के नृसिंह बाड़ी के सोनारों को 'देवज्ञ ब्राह्मण' बनकर मन्दिर में प्रवेश करने के अधिकार की लड़ाई थी तो महारों-चमारों को मन्दिर में मनुष्य होने के नाते प्रवेश पाने का अधिकार। किसी को ब्राह्मण माने जाने, किसी को क्षत्रिय माने जाने, किसी को इनसान माने जाने की जद्दोजहद थी, वहीं लिंगायतों को इस ब्राह्मण धर्म से निकल आने की! दत्त दर्शन के लिए गई गौ जैसी सीधी धर्मपरायणा महारानी लक्ष्मीबाई पर यह आरोप था कि उन्होंने ब्राह्मण पुजारी के सिर पर नारियल दे मारा। ब्राह्मणों के लिए आरक्षित पंचगंगा के घाट पहले ही लूटे जा चुके थे, अब महालक्ष्मी मन्दिर के गरुड़ मंडप की ब्राह्मणों के लिए आरक्षित हौज रामचन्द्र बाबाजी ज़ाधव द्वारा लूट ली गई। उधर मराठी छात्रों ने मन्दिर में प्रवेश करने के निमित्त संघर्ष ठान ही रखा था।

देवताओं द्वारा नहुष के सशरीर स्वर्ग जाने पर निषेध और विश्वामित्र द्वारा सृष्टि के समान्तर प्रतिसृष्टि! अभी तक चल रही हैं ये कथाएँ।

क्षात्र जगद्गुरु किसी भी कट्टर सत्यशोधक या ब्राह्मणेतर आन्दोलन के नेता के गले नहीं उतर रहे थे—न महर्षि विट्ठल रामजी शिन्दे के, न भास्कर राव जाधव के, न मुकुन्द राव पाटिल के और यहाँ तक कि प्रबोधनकार ठाकरे के भी नहीं। शिन्दे का तर्क था कि राजा स्वयं उस पद को सँभालें। भास्कर राव को फिर चेतावनी देनी पड़ी, वे अभी भी 'जगद्गुरु' न कहकर 'महन्ता', 'महन्ता' कहते हैं। यहाँ तक कि कागजातों तक में इसी प्रकार का संशोधन कर देते। उधर 'दीनमित्र' के सम्पादक मुकुन्द राव पाटिल ने 14 जून, 1922 को 'दीनमित्र' में साफ-साफ लिखा—"सत्यशोधक समाज चातुर्वर्ण को नहीं मानता, न जन्मसिद्ध ब्राह्मणत्व को, न जन्मसिद्ध क्षत्रियत्व को। कल को शंकराचार्य के पद पर महार बैठ जाय, उसे भी नहीं—जगद्गुरु निर्मित नहीं होता...।"

प्रबोधनकार ठाकरे का उत्तर महर्षि शिन्दे जैसा ही था—

"ब्राह्मण जगद्गुरु के दास्य का विरोध कर क्षात्र जगद्गुरु का निर्माण करना अर्थात् पुरानी गुलामी की तकलीफ से मुक्त होने के लिए नई गुलामी का बोझ स्वीकारना! गुलामी का खात्मा गुलामी से नहीं होता। यह तो वैसा ही है जैसे एक तेली के कोल्हू के बैल से छूटकर दूसरे तेली के कोल्हू का बैल बनना।"

कुछ और सत्यशोधक तंज कसते—"चोटीवाले जगद्गुरु की जगह साफेवाले जगद्गुरु! महात्मा फुले ने दो टूक कह दिया था—ईश्वर और मनुष्य के बीच किसी दलाल की जरूरत नहीं।"

क्षात्र जगद्गुरु के समर्थक भी कम नहीं थे। श्रीपत राव शिन्दे, हंटर सम्पादक खांडेराव बागुल के लेख समर्थन में 16 अक्तूबर और 6 नवम्बर को 'विजयी मराठा' में प्रकाशित हुए हैं।

ब्राह्मणों की 'अति' से नफरत करने वाला यह दल हर स्तर पर ब्राह्मणों के वर्चस्व का खात्मा चाहता था, तर्क थे—"अब तक तुमने हमारे क्षत्रियत्व को प्रमाणित किया, अब हम तुम्हारे ब्राह्मणत्व को प्रमाणित करेंगे। हम हेनरी-8 हैं, तुम पोप।"

दोनों तरफ से ढूँढ़-ढूँढ़कर तर्क और साक्ष्य लाए जा रहे थे।

चीते, बाघ और बाज, कोई भी बहला नहीं पाता इस बावरे मन को। शिकार के लिए कार से गए। हाथ आए वन सूअरों और हिरणों तक को जाने दिया। लौट आए सोनतली, खाट पर बैठे रहे। फिर उठकर टहलने लगे। निरर्थक चहलकदमी। दुश्मनों से लड़ना आसान है लेकिन दोस्तों से? क्षात्र जगद्गुरु पीठ पर सदाशिव को बैठाकर मैंने ऐसा कौन-सा गलत कर दिया? मेरे विरोधी शुभचिन्तक क्यों नहीं समझना चाहते कि इस देश की रग-रग में ब्राह्मणों के प्रति प्रच्छन्न श्रेष्ठता का भाव या उनकी गुलामी समाई हुई है। उसे एक झटके से उखाड़ कर फेंका नहीं जा सकता। सबको साथ लेकर चलना ही कूटनीति है। रातोंरात नहीं होगा परिवर्तन। होगा! धीरे-धीरे होगा। अब तक ब्राह्मण पुरोहितों के जो भी मुकदमे दायर हुए, उसे जाधव ही वकील की हैसियत से लड़ते रहे। उधर 'घर या पुरोहित' शीर्षक से कर्मकांडों की छोटी-सी पुस्तिका भी छपवाई। मैंने कभी रोका उसे सत्यशोधक के कार्यों से? अब ब्राह्मणवाद से ऐसी भी क्या घृणा कि सदाशिव के नाम से जब भी जगद्गुरु की उपाधि लगा कर कोई आएगा, ये मेरे अपने, काट देंगे। 'जगद्गुरु' काटकर 'महन्त' लिख देंगे, 'महन्त' यानी मठाधीश। कितनी बार डाँटा, कितनी बार स्ट्रैटेजी बनाई पर...।

और ठाकरे!

जनाब कहते क्या हैं—आपके 'आह्वान' की याद दिलाऊँ? आपने लिखा था, "भगवान को पूजा, श्रद्धा या प्रार्थना की कोई जरूरत नहीं। प्रशंसा करनी ही है तो मनुष्य की करो, न कि व्यर्थ में परमात्मा की। ईश्वर को चाहिए अच्छे कृत्य, न कि खुशामद। एक-आध पुरोहित के सामने अपने गुनाह कबूल कर लेने भर से हम दोषमुक्त नहीं हो जाते हैं—क्रिश्चैनिटी की यह कल्पना झूठी है।"

"लिखा ही नहीं, मानता भी हूँ। ये स्वामी दयानन्द जी का आर्य समाज, फुले का सत्यशोधक, प्रार्थना सभा, राजा राममोहन राय का ब्रह्म समाज, एनी बेसेंट की थियोसोफिकल सोसाइटी—सभी धर्म सुधार के आन्दोलन हैं, इनमें रेडिकल चेंज का हिमायती सिर्फ फुले का सत्यशोधक समाज है। ब्राह्मणों की कुटिल चाल के कारण सत्यशोधक के जाधव और लट्ठे को जिला बदर करना पड़ा था।"

"एक बात पूछँ—आप आर्य समाजी हैं कि सत्यशोधक?" ठाकरे का सवाल था।

"तुम क्या समझते हो?"

"एक हाथ सत्यशोधक के कन्धे पर, एक आर्य समाज के।"

"मुझे फँसा रहे हो?"

"नहीं, मैं आपकी आस्था की थाह लेना चाहता हूँ। मैंने आपके पलड़े को आर्य समाज की ओर झुका हुआ पाया है।"

"कहाँ? मैं तो मूर्ति पूजक भी हूँ। ये देखो बाँह पर का गोदना। वे मुझे कहाँ स्वीकारने वाले? अब ऐसा है, स्वामीजी का निर्भीक पाखंड खंडन मुझे प्रभावित करता है।"

"मगर वह वेद से बिद्ध हैं। आप भी।"

"वह एक जिद थी जय करने की। वेद की जो शुचिता मुझे नहीं मानती, उसे धता बताने की।"

"पता नहीं, कौन किसको पराभूत कर रहा है?"

"तुमने कुछ कहा कोदंड? तुम्हें मालूम है आर्यसमाज सारे हिन्दुओं को वेदोक्त अनुष्ठान की इजाजत देता है।" ठाकरे ने देखा, कितने गहरे फँसा हुआ है यह शूल, प्रकट में कहा, "आपने वैदिक पाठशाला, शिवाजी वैदिक स्कूल खुलवाया?"

"हाँ?"

"यज्ञोपवीत दिलवाया?"

"हाँ?"

"कहा कि इन विद्यालयों के प्रशिक्षित छात्र गाँव-गाँव जाएँगे। सच्चा वैदिक धर्म क्या है सबको बताएँगे।"

"हाँ, कहा था।" दबे स्वर का स्वीकार।

"यानी वेद सच्चा है सिर्फ उसे गलत ढंग से प्रस्तुत किया गया है। आपने दशरथ प्रसाद रजवाड़े के वेदों पर लिखे जा रहे नोट्स को पढ़ा है?"

"नहीं।"

"यह देखो कहाँ का उदाहरण है—शूद्र का निन्दा, ईर्ष्या, अभिमान आदि दोषों को छोड़कर ब्राह्मण, क्षत्रिय और वैश्यों की यथावत् सेवा करना और उसी से अपना जीवनयापन करना—यह एक शूद्र का गुणधर्म है।"

"वेद में लिखा है?"

"नहीं यह मनुस्मृति का है, श्लोक-9।"

"तुम मुझे यह क्यों सुना रहे हो?"

"इसलिए कि इसका समर्थन स्वामी दयानन्द ने किया—आपस्तम्ब।"

"कहाँ?"

"धर्म सूत्र प्रपाठक 2, पटल-2, खंड-2, सूत्र-4 की नकल करते हुए दयानन्द लिखते हैं—'आर्यों के घर में शूद्र अर्थात् मूर्ख स्त्री-पुरुष पाकादि सेवा करें, परन्तु वे शरीर वस्त्र आदि से पवित्र रहें। आर्यों के घर में जब रसोई बनाएँ तब मुँह बाँधकर बनाएँ, उनके मुँह से निकला उच्छिष्ट, श्वास भी अन्न पर न पड़े।' "

"वेद से ही त्रस्त, वेद के ही पक्षधर आर्य समाज से भरे—यह विरोधाभास क्यों? मराठा छात्र अंबादेवी के मन्दिर जाने लगे, तुमने दंडित किया?"

"देखो कोदंड। एक साथ इतनी जल्दी कितनी अपेक्षाएँ पाल लेते हैं मित्र मुझसे। रातोंरात चाहोगे सब कुछ बदल जाय तो नहीं होगा। जिन्दा रहा तो सब करूँगा—सब। मैं क्रान्ति का नहीं, उत्क्रान्ति का पथिक हूँ। जब शत्रु सामर्थ्य प्रबल हो, आमने-सामने के युद्ध का नहीं, छापामार युद्ध का कायल हूँ।"

"आर्यसमाज सारे हिन्दुओं को वेदोक्त अनुष्ठान करने का अधिकार देता है?"

"शायद!"

मन क्या चाहता है—मन को नहीं पता।

चाहता है कि आर्यसमाज भी बना रहे, कुछ देवी-देवता भी बने रहें। धर्म के विरुद्ध चल रहे ये तमाम पन्थों की भी जय हो।

"घूँघट देकर नाचना। आखिर सत्यशोधक से तुम्हें क्या परहेज है?"

"हाँ भी और ना भी।"

"नहीं चलेगा, एक को चुनो—एक को।"

38

"आपके और फुले महाराज की तरह आम्बेडकर भी कहने लगे हैं कि जाति प्रथा समाप्त किये बगैर 'होमरूल' का कोई अर्थ नहीं।" दत्तोबा पवार ने कहा। बात 'होमरूल' पर चल रही थी। शाहूजी चुप रहे तो दत्तोबा को सन्देह हुआ, "आम्बेडकर को तो आप जानते ही होंगे?"

"तुम्हीं ने परिचय कराया था न। वही आम्बेडकर न जिसके घर के नीचे गाड़ी खड़ी कर मैं उसे नीचे आने के लिए पुकारता रहता हूँ? वहीं तेजस्वी महार युवक जो जगह-जगह जाति का जहर पीते हुए विदेश से उच्च शिक्षा प्राप्त कर बम्बई लौट आया है और कहता है, जाति को खत्म किये बिना होमरूल क्या, किसी भी रूल का कोई अर्थ नहीं?"

आम्बेडकर की कथा खुली तो खुलती ही चली गई। बड़ौदा नरेश गायकवाड़ जी द्वारा वजीफा पाकर लन्दन जाना, पग-पग पर अवरोध। होमरूल के लिए कांग्रेस ने उन्हें तरह-तरह के प्रलोभन दिये पर वे टस से मस न हुए। "क्यों होता?" शाहूजी ने कहा, "वह इन जातिवादियों की नस-नस को पहचानता है। जहर पीकर ही कोई मृत्युंजय होता है। मेरे आराध्य शिव भी विषपायी नीलकंठ थे।"

आम्बेडकर लन्दन आकर अपना बाकी अध्ययन पूरा करना चाहते थे पर बड़ौदा महाराज ने अपने हाथ खींच लिए। वजीफे की शर्तों के अनुसार उन्हें बड़ौदा में अपनी सेवाएँ देनी थीं। मगर राज्य के अधिकारियों से लेकर चपरासियों, हिन्दुओं से लेकर पारसियों को जैसे ही पता चला कि वे महार हैं, उनसे तरह-तरह से दुर्व्यवहार करना शुरू किया। बड़ौदा नरेश से भी उन्हें कोई सहायता न मिली। लांछित, अपमानित आम्बेडकर बम्बई लौट आए। कांग्रेस का नेतृत्व तिलक के हाथ में था। न सिर्फ कांग्रेस बल्कि प्राय: सर्वत्र नेतृत्व सवर्णों के हाथ में था। जिन लोगों ने दलितों के दाना-पानी, मान-सम्मान पर कभी ध्यान न दिया, उनकी दिलचस्पी अब दलितों के प्रति जग रही थी। फिर भी अन्दर गहरे धँसी घृणा उतरा ही उठती।

मैसूर के दीवान विश्वेश्वरैया ने अस्पृश्यता निवारण का प्रस्ताव दिया तो परांजपे ने उसका उपहास किया; फिर भी मदनपुरा, बम्बई के पहले दलित सम्मेलन में कांग्रेस का समर्थन देने का प्रस्ताव पारित हुआ। दूसरे सम्मेलन में ब्रिटिश शासन से अनुरोध किया गया कि हुकूमत उच्च जाति के हिन्दुओं के हाथ न सौंपी जाय, साथ ही दलितों को अलग से प्रतिनिधित्व का अधिकार मिले। आम्बेडकर की सौतेली माता का निधन हो गया था, सो यह प्रस्ताव उनकी अनुपस्थिति में लिया गया। जिस पर उनकी सहमति न थी। उनका मत था कि दलितों के प्रति सवर्णों की संवेदना खोखली है, ऐसे स्वराज में उन्हीं सवर्णों का हित और हमारी बर्बादी का बीज है।

निपानी के डिप्रेस्ड क्लास मिशन में उन्होंने कर्मवीर शिन्दे को कसकर फटकारा।

शाहूजी ने 'मूक नायक' में प्रकाशित आम्बेडकर की टिप्पणी फोतदार को पढ़ने को दी—

"डॉ. सर जगदीशचन्द्र बोस ने पूरे विश्व को अपनी इस खोज से चकित कर दिया कि पेड़-पौधों में भी जीवन है, वे भी हमारी तरह संवेदित होते हैं। अंग्रेजों की श्रेष्ठता का गुरूर इस खोज से पंचर हो गया, ध्वस्त हो गए शिखर कंगूरे और भारत के भूदेवों की सर्वोच्चता और विशिष्टता के अहंकार भी। पर ये गर्वान्ध तथाकथित भूदेव अब भी यह मानते हैं कि हम अस्पृश्य कुत्ते-बिल्ली से भी अधम हैं, हमें सन्ताप नहीं होता, न ही संवेदना।

यह मानने के लिए चौड़ी छाती और फौलाद का जिगरा होना चाहिए जो कि एक सच्चे क्षत्रिय के पास होता है। इस तरह क्षत्रिय वंश के सच्चे अवतंश हैं छत्रपति शाहूजी महाराज; अपनी महान आत्मा की रोशनी से तथाकथित ऊँची जाति वालों ने जिन वंचितों को सदियों तक निर्जीव और अस्पृश्य बनाए रखा था, उनको आत्मसम्मान से रौशन कर दिया।"

सह नहीं पाए यह सब ब्राह्मण लोग। उन्होंने गालियाँ बकनी शुरू कीं। तरह-तरह के प्रहार किये। इस तरह का विषवमन विद्या विलास ने किया, जिसने उसे महत्त्वहीन बना दिया। लिखा, "अन्य धर्म मतावलम्बी होते हुए भी ब्रिटिश सरकार ने कभी भी हमारे सामाजिक मूल्यों और मान्यताओं में हस्तक्षेप नहीं किया जबकि छत्रपति शाहू महाराज जो स्वयं आर्य मराठा थे, ने, सदियों पुरानी मान्यताओं और लोक-आस्था की परवाह किये बगैर, अपनी ताकत के बूते समाज में संघर्ष पैदा करने की कोशिश की, वे अपनी कुचेष्टा में कभी सफल नहीं होंगे। दुनिया की कोई भी ताकत हमारी पारम्परिक जाति प्रथा को नहीं तोड़ सकती। बेहतर होगा यदि महाराज इन विवादों से दूर रहें और लोगों को अपने बारे में तय करने दें।"

'मूक नायक' ने अपने 31 जुलाई वाले अंक में ताबड़तोड़ प्रहार किये भूदेवों पर, इस बात की भी चुटकी ली, "आर्य क्षत्रिय मराठा! कब से दादा? आपके लिए तो वे शूद्र थे। आज पीठ पर चाबुक पड़ी तो क्षत्रिय हो गए? वह भी ऐसे-वैसे नहीं, 'आर्य क्षत्रिय'! कहीं इसलिए तो मक्खन नहीं लगा रहे कि पिघल जाए उनकी कठोरता, रोक दें अपना आन्दोलन?"

लोग दबे मुँह खिल्लियाँ उड़ाते, "हमारे देवताओं द्वारा वन्दित भूदेवगण पतित होते हुए इतने पतित हो गए कि अब अंग्रेजों और म्लेच्छों के पास भी चिरौरी के लिए जाना पड़ रहा है। ऐसे कि गवाही के लिए अंग्रेजों के कदमों पर ही जा भहराए—"देखिए, देखिए सर। ये हमारे धर्म का नाश कर रहे हैं। शासक होने के नाते हमारे धर्म को नष्ट होने से बचाना आपका फर्ज बनता है।"

लोगों में तरह-तरह की चर्चाएँ हैं, कोई कहता, "विद्या विलासकर जी, दिन लद गए जब लोग आपकी बन्दरघुड़कियों से डरकर चुप हो जाते, सर जगदीश चन्द्र बोस ने अपनी महान खोज से स्वयंभू महान बने उन तमाम

अंग्रेजों के अहंकार की हवा निकाल दी है कि वे ही सर्वश्रेष्ठ हैं, फिर आपकी स्वयंभू महानता की हवा कहाँ टिक पाएगी?"

"बोलने का क्या है, कुछ भी बोल दो। तिलक को कृष्ण, देश को अर्जुन बताया जा रहा है। वहाँ यह तर्क भूल जाते हैं कि कृष्ण और अर्जुन तो क्षत्रिय थे...।"

"और उनके खाते में क्षत्रिय हैं ही नहीं, परशुराम द्वारा उनका वध किया जा चुका है।"

"और क्षत्रिय रहे नहीं तो विप्रों के सिवा बाकी शूद्र हैं।"

39

आज तनहा चलने का मन है। मुँह पश्चिम दिशा की ओर। घोड़े को रोक दिया है। दूर-दूर तक फैला प्रान्तर। घाटियों की ढलानें ढलने लगी हैं। ढलने लगा है दिन। सूरज अपनी अन्तिम मुहर जड़कर पहाड़ियों के पार चला गया।

परिन्दों का शोर। शाम की सलोनी द्वाभा! डॉ. वेल ने साफ-साफ बता दिया है—जिन्दा रहेंगे तभी तो कुछ करेंगे? और जिन्दा रहने के लिए फ्रांस जाकर स्टीम बाथ ट्रीटमेंट...।

पन्हाला आकर कलम कागज उठा लिया, लिखने लगे—दिन डूबने वाला है, वार्निंग बेल बज चुकी। उत्तर-पुस्तिका जमा करने की आखिरी चेतावनी! और मुझे याद आ रहा है कि अभी कितने काम करने को पड़े रह गए।

15 अप्रैल, 1920। नासिक में उदाजी मराठा छात्रावास से शिलान्यास के अवसर पर बोलते हुए शाहूजी ने किंचित उभरती जातीयता को सूँघकर उन्हें सावधान किया—"जातीय सम्मेलनों को जाति व्यवस्था को सुदृढ़ करने नहीं, उसके खात्मे का साधन मानना चाहिए। जातिगत शत्रुताओं ने इस देश को कितना बड़ा आघात पहुँचाया है, इसे कभी भी नहीं भूलना चाहिए। ब्राह्मणों ने छत्रपति शिव जैसे वीर पुरुष और मराठी योद्धाओं को शूद्र माना। देश के उज्ज्वल भविष्य के लिए जाति प्रथा समाप्त होनी ही चाहिए। मैं इसका खुल्लम-खुल्ला विरोध करता हूँ। वैसे मैं इस भ्रान्ति को दूर कर देना चाहता हूँ कि मैं ब्राह्मण जाति के लोगों का विरोधी हूँ। जी नहीं। कतई नहीं।

लेकिन चूँकि जाति व्यवस्था के वे ही जनक हैं, वे ही पोषक, वे ही संचालक, अत: वैचारिक मतभेद है। इसी कारण ब्राह्मण विरोधी माना जाता हूँ। फिर से स्पष्ट कर दूँ, मैं ब्राह्मणों से द्वेष भी नहीं, प्रेम चाहता हूँ, प्रेम! पर मैं गांधी जी, श्रद्धानन्द तथा किचलू जी का सम्मान करते हुए भी अकबर को सच्चा महात्मा मानता हूँ। मैं पेशवा शासन के विरुद्ध हूँ। उनके शासनकाल के मुम्बई प्रेसिडेंसी के 16,000 स्कूलों में से एक भी महारों-माँगों के लिए न था। महारों-माँगों को सामने डब्बा, पीछे झाड़ू बाँधकर चलना पड़ता। पूछना चाहता हूँ क्यों?

"तिलक सम्पूर्ण स्वराज्य की बात करते हैं। जब 90 प्रतिशत बाहर हों तो वैसा स्वराज सम्पूर्ण हुआ कहाँ? आश्चर्य, आज सारे ब्राह्मण एक स्वर में तिलक की भाषा बोल रहे हैं। क्यों?

"मालवीय कहते हैं, यदि आम्बेडकर ऐसा कर दें तो वे वैसा कर देंगे।"

"तिलक कहते हैं, यदि अछूत लोग विदेशी शासन से मुक्ति दिला दें तो मैं उनके साथ बैठकर भोजन कर लूँगा।

"बड़ी कृपा महाराज, बहुत उपकार करोगे। तुम्हारे साथ भोजन कर धन्य हो जाएँगे अछूत! मगर वो क्या है कि तुम उतने महान हो कि देवता भी तुम्हारी पूजा करते हैं। सो तुम उन्हें अपना नहीं सकते।

"आज अगर कोई अंग्रेज हिन्दू बन जाय तो वह तुम्हें स्वीकार्य हो जाए पर ये अछूत हिन्दू हैं, इसलिए तुम्हें स्वीकार्य नहीं। तुम गोबर खा सकते हो, मगर अछूतों का बनाया या छुआ हुआ पवित्र भोजन नहीं। हद है!"

स्मृतियों के सघन जाल में जुगनू-सा फँसा रह-रह कर दमकता हुआ दिन। 16 अप्रैल, 1920। अहमदाबाद में गांधी जी से एक छोटी-सी मुलाकात। उसी छोटी-सी मुलाकात में दो अजीम शख्सियतों ने एक-दूजे को अन्दर तक आँक और झाँक लिया। शाहू के मन में असीम श्रद्धा थी उस मोहनदास के लिए जो दक्षिण अफ्रीका और अन्य अप्रवासी भारतीयों की यातना-मुक्ति के लिए लड़ रहा था और अब देश में भी आजादी की अलख जगा रहा है।

बातें घूम फिर कर पुन: लौट आई थीं देश की आजादी के आन्दोलन स्वराज पर। फिर वहाँ से छिटकीं तो डिप्रेस्ड क्लास पर। शाहू ने बताया, "यूरोप की अपेक्षा भारत में डिप्रेस्ड क्लास की स्थिति भिन्न है। बोलने वाले भले ही उन्हें हिन्दू कहें, वे हिन्दुओं के बाहर के ही माने जाते हैं।

गाँव के बाहर सबसे गन्दी जगह ही इन्हें नसीब होती है, गलीज से गलीज बेगार इनका काम, जिसे आप करना और छूना तो दूर, बोलना भी नहीं पसन्द करें। मन्दिर तो दूर, न इन्हें गाँव के जलाशयों से पानी भरने दिया जाता है, न घरों में घुसने दिया जाता है, न ये दूसरे के कपड़े, बर्तन छू सकते हैं, न इनकी छाया...।"

मोहनदास गांधी चुपचाप सुनते रहे।

शाहूजी के साथ आया एक अन्य व्यक्ति बता रहा था, "उनका एकमात्र जीवनाधार मृत ढोर-डांगरों का सड़ा मांस और चमड़ा। एक मुसलमान से एक अछूत ने कहा, 'हम भी मुसलमान ही हैं मियाँ, सड़े मुसलमान।"

मुसलमान ने पूछा, "वो कैसे?"

"आप जीवित गाय का मांस खाते हो, हम मरी गाय का।"

"महज दो पैसे के स्टाम्प के लिए मेरे हलवाहे के बाप को ताल्लुके तक दौड़ाया गया अंग्रेज हाकिम या हिन्दुस्तानी क्लर्क द्वारा। वो गिरा और मर गया। उसकी बन्द मुट्ठी में स्टाम्प था।"

दलित प्रसंग खुले तो खुलते ही चले गए। बाहर तक विदा करने आए थे मोहनदास। बोले, "आपसे मिलने के पहले भी इस मुद्दे पर सोचता रहा, पर नहीं, आज जैसा नहीं। आज तो लगता है, अस्पृश्यता निवारण ही प्रत्येक देशभक्त की वास्तविक अग्निपरीक्षा है। आपने अदम्य नैतिक साहस का परिचय दिया है शाहूजी। अस्पृश्यता गुलामी से भी भयंकर चीज है।"

मानगाँव दलित सम्मेलन में पहली बार अध्यक्ष बने डॉ. भीमराव बाबासाहब आम्बेडकर। मुख्य अतिथि शाहूजी। बोले—

"कितनी प्रसन्नता की बात है कि मेरे मित्र आम्बेडकर सभा की अध्यक्षता कर रहे हैं। शिकार-अभियान छोड़कर मैं खास उनके व्याख्यान से लाभान्वित होने आया। मेरी हार्दिक बधाई और धन्यवाद उन्हें, उनकी समाचार पत्रिका 'मूक नायक' के लिए...।"

आम्बेडकर ने चशमे के पार से देखा, "मुझे आगे कर स्वयं पीछे चलने का निर्णय तुम्हारा ही था महाराज। 'मूक नायक' के प्रकाशन के पीछे संरक्षण भी तुम्हारा ही, पर कोई एहसान नहीं, सिर्फ आदर, अपनत्व! दाता देकर स्वयं को धन्य महसूस कर रहा है। कितनी कठिन साधना से निर्मित होता है ऐसा व्यक्तित्व!"

शाहूजी का भाषण जारी है—"आज मैं आपके सामने 'हाजिरी' पद्धति के खात्मे पर कुछ कहना चाहता हूँ। 'हाजिरी' से आप गरीब लोगों को गाँव के आदमी और ऑफिसर सता रहे थे। यद्यपि आम मजदूरी 12 आने की थी, पर उनसे मुफ्त में ही काम कराया जाता। दिन में एक बार नाम मात्र का भोजन!"

"सोचिए 20वीं शताब्दी में इस तरह की गुलामी चल रही है। मिलने तक न दिया जाता उन्हें—न रिश्तेदारों से, न अपने बीमार बच्चों से। बलूतेदारों से काम कराकर पैसा देने से इनकार। कोई शिकायत न करता। क्या, तो 'हाजिरी' है। कुलकर्णियों और पाटिलों को घर बनाने के लिए उनसे जरूरत से ज्यादा वसूली की जाती सारे महारों सूर्यवंशियों से। गाँव में चोरी होती तो इनकी शामत आ जाती। ईमानदार भाइयों को ये अत्याचार उन्हें जबरन अपराधिकी की ओर धकेलता।...मैंने 'हाजिरी' या बेगारी बन्द की, क्राइम में काफी कमी आ गई।

"मित्रो, मुझसे सूची माँगी गई इन 'हाजिरी' के मुक्त हुए सदस्यों की—सातारा के पुलिस अधीक्षक का 30.5.19 का खत। मैंने 4.6.19 को बता दिया, यह सम्भव नहीं, 'जो बीत गई सो बात गई। सूची क्यों? ताकि अपराधिकी में उनके विरुद्ध उस रेकार्ड का इस्तेमाल कर सकें?'

"तलाशी सिस्टम में वतनदारी तो हटाई पर कुलकर्णियों तक की, पाटिल की नहीं। आदिलशाह के जमाने से चली आ रही पाटिलगीरी में अनेक फायदे थे। पहले तो यह जन्मना जाति न थी, जिस गाँव में जिसकी संख्या ज्यादा होती, उस जाति का पाटिल होता। बाबूराव यादव एक पुस्तिका लाए हैं जिसमें मेरे द्वारा अस्पृश्योद्धार के सम्बन्ध में उठाए गए कुछ विनम्र सुधारों की जानकारी है। कृतज्ञ हूँ उनका। सत्यशोधक समाज, आर्य समाज और अमेरिकी मिशन के प्रति भी। पर मुझे दु:ख है, बहुत कम शिक्षित युवा उधर आकर्षित हो रहे हैं।

"ये महार, मांग, चमार।...कभी अस्पृश्य न थे, व्यवसायी थे। आप सबको मीठी-मीठी बातों में बहकाकर लूटा गया, अछूत सेवक में बदला गया। ठगा गया। क्यों? आपका नेतृत्व आप नहीं, वे 'ठग' कर रहे थे। पक्षियों के लीडर पशु नहीं हो सकते, न ही पशुओं के लीडर पक्षी, जिनके खुद के लीडर नहीं, वे कसाईखाने जा रहे हैं।

"वे मुट्ठी भर ब्राह्मण पिछड़ों के, यहाँ तक कि क्षत्रियों के नेता नहीं हो सकते, जिनके छू जाने मात्र से वे अपवित्र हो जाते, गोबर से भी तुच्छ मानते, खुद गोबर खाकर शुद्धि करते।

"मैं जब आया, एक भी दलित वकील न था, मैंने उन्हें सनद दी—विशेष तौर पर! करो वकालत, जल्द ही उन्हें स्वशासन का अधिकार भी देना चाहता हूँ ताकि अपना प्रतिनिधित्व कर सकें।

"लोग पूछते हैं, 'जाति से राजनीति का क्या सम्बन्ध...?" मैं कहता हूँ कि जब आप औरों को इनसान नहीं समझते हैं तो और रहेगा।

"दुनिया में कहीं भी भारत की तरह जाति व्यवस्था नहीं है कि आप अपने सह-नागरिकों को कुत्ते-बिल्ली मानें। बल्कि कुत्ते-बिल्ली से भी अधम और ऐसे अवांछित लोगों को चुनें कि अहमदाबाद, अमृतसर और बम्बई में दंगे में गरीबों का संहार हो।

"मैं आम्बेडकर की विद्वत्ता से प्रभावित हूँ। उन्हें पंडित क्यों न माना जाए?"

तालियाँ बज उठीं, बजती रहीं। थमीं तो बोले, तनिक रुके, प्रश्न को गहराने दिया, "आर्य समाज, बौद्ध, क्रिश्चियन सबने खुशी-खुशी उनका नेतृत्व स्वीकार किया, आप भी करें।"

कोल्हापुर जाने के लिए तैयार हो रहे थे कि आम्बेडकर सभा स्थल से आते दिखे, निवेदन किया, "शाहूजी, हमें बड़ी प्रसन्नता होती यदि कोल्हापुर जाने से पहले आप हमारे साथ राजपूतबाड़ी कैम्प के सहभोज में शामिल होते।" आम्बेडकर सामने खड़े हैं, जाते-जाते रुक गए शाहू। एकटक ताकते रहे आम्बेडकर को, आँखें चमकती हुईं—"तुमने मुझे अपना माना, इससे बढ़कर सौभाग्य और क्या होगा मेरा! चलो!"

भाकरी तोड़ते-तोड़ते किसी ने पूछा, "तिलक जी सभाओं में सामाजिक न्याय के समर्थक दिखते हैं पर लिखित रूप में अखबारों में वर्ण और जाति के अंगपोषक...।"

"तिलक में हल्का-हल्का बदलाव आ रहा है, संकट में हैं लोकमान्य।"

"ऐसे दोमुँहे चरित्रों की मुश्किलें दिन पर दिन बढ़ती जाएँगी।"

"अरे वही क्यों, गांधीजी—कहते हैं मेरे विचार से अन्तर्जातीय सहभोज और विवाह, उत्तर भारत में जिसे रोटी-बेटी सम्बन्ध कहते हैं, के लिए यह

मान लेना कि यह सामाजिक समृद्धि के लिए जरूरी है...अपने आप में एक अन्धविश्वास है जो पश्चिम से उधार लिया हुआ है।"

"अभी-अभी तो विदेश से आए हैं, कुछ दिन में समझ जाएँगे।"

"जानते हो सेठ जमनालाल द्वारकालाल ने क्या कहा था कि गांधी जी तिलक के विरुद्ध हैं, यह सुनकर मुझे इतनी तसल्ली मिली कि जी हल्का हो गया, मारे खुशी के हवाई जहाज से बम्बई के चक्कर लगाता रहा—देर तक।"

मानगाँव का आयोजन सफल हुआ तो उससे जुड़ी दबी पड़ी खबरें उड़-उड़कर आने लगीं। तिलकपन्थियों ने इसे भंडुल करने में कोई कोर-कसर नहीं छोड़ी थी—'यह धर्म परिवर्तन किये हुए लोगों का आयोजन है। अरे देख लेना, कोई भी इज्जतदार इसमें न आएगा, अब शाहूजी मराठा से महार हो गए।' लेकिन कुत्सा प्रचार के बावजूद 5,000 लोग आ जुटे थे। अगर साँप का मुँह अभी से न कुचला गया तो कल को ये बेकाबू हो जाएँगे। सो आयोजक दादागोंडा पाटिल को हिन्दू और जैन धर्मवालों ने बहिष्कृत कर दिया। उनके लिए मन्दिर के कपाट बन्द हो गए। बड़ी जात तो बड़ी जात, सेवक जातियों ने भी सेवाएँ बन्द कर दीं। नाई बन्द, धोबी बन्द! शाहूजी के पास खबर पहुँची तो राजकीय फरमान आया। "तुम जो कोई हो, मराठा हो, ब्राह्मण हो, जैन या पिछड़ी जाति के, चेतावनी दी जाती है कि तुम्हारी इस ओछी हरकत के लिए तुम्हें दंडित किया जाएगा।" धमकी का असर हुआ। दूसरे दिन सब सामान्य। नाई भी आए, धोबी भी। बाकी सब भी।

जैसा कि मानगाँव और नागपुर सम्मेलन में प्रस्ताव पारित हुए थे, 26 जून को शाहूजी का जन्मदिन मनाना तय हुआ, मूँछें कुछ झुकीं-झुकीं और चेहरा कुछ और भावप्रवण। शाहूजी झेंप रहे थे। आम्बेडकर स्वयं आए सामग्री संचयन के लिए।

ब्राह्मणों के पवित्रता के तिलिस्मी रहस्य लोक पर वेदों का पहरा है, मंत्रों का ताला है। वेद पठन-पाठन के अधिकारी मात्र ब्राह्मण हैं, ब्रह्मा के चार हाथ में चार वेद! शूद्र वेद पढ़े तो जुबान काट दो, सुने तो कान में पिघलता हुआ शीशा उड़ेल दो। आर्य समाज ने जाति प्रथा को तोड़ा, लेकिन वेद की महानता को यथावत रखा। 'पाखंड खंडिनी' में पाखंड तोड़ने का आह्वान किया।

मगर समझ में नहीं आता, वेद को पाखंड से मुक्त माना जबकि उसके पूर्व फुले उसकी कुछ चीजों को पाखंड ही मानते आए थे। खैर सवाल यहाँ फूँक-फूँक कर कदम रखते हुए क्रम-क्रम से अवरोध हटाने का है

शाहूजी ने सोचकर योजना बनाई। आर्य समाज के स्वामी जी से पहले अछूत बच्चों को आर्यधर्म में दीक्षित किया, यज्ञोपवीत संस्कार कराए फिर वेद की कुछ ऋचाएँ पढ़ाने लगे।

"यही था? अरे यह तो कुछ भी कठिन न था। लो, हम भी तो उन ब्राह्मणों जैसे हो गए जो सिरमौर बनते हैं।" वे आपस में हँस-हँसकर बोल-बतिया रहे थे और अपने जनेऊ से खेल रहे थे, शिखा से खेल रहे थे अब वे उनसे छोटे नहीं, उनके बराबर थे। कुछ तो पेशाब न लगने पर भी पेशाब के लिए जाते, ताकि कानों पर नया-नया पाया जनेऊ लपेट सकें।

बहुत दूर से छुप-छुपकर देखते उन्हें लोग और उनकी आन-बान-शान में, आँखों की खिली चमक में, देह की फड़कती भाषा में आए आत्मविश्वास पढ़ते। कुछ को वकालत की सनद मिल गई थी, चाल सध गई थी! कुछ महावत और जमादार थे। कुछ अश्वशाला में काम कर रहे थे। कुछ चीतों के, कुछ बाघों के प्रशिक्षण में। कुछ बाजों में।

और जिस दिन महाराज ने मिस क्लार्क के अछूत हॉस्टल में रियासत के पॉलिटिकल एजेंट को आमंत्रित किया, चकित रह गए। चकित रह गए लोग, भ्रमित रह गए भूदेवगण। क्या देखते हैं? यज्ञोपवीत धारण किये स्वच्छ वस्त्रों, उत्तरीयों में वेद पाठ हो रहा था। कहाँ के ब्राह्मण? अरे ये तो यहीं के अछूत सम्प्रदाय के छात्र हैं—"संगच्छध्वं संवदध्वं सं वो मनांस जानताम। देवाभागे यथा पूर्वे संजनाना उपासते..."

खुल गए सहस्राब्दियों के रुद्ध वज्र कपाट! अरे कोई है, इनकी जबान काटो, कानों में शीशे घोलकर डालो!

कानों में उँगली डाल ली है कई भूदेवों ने।

सबनीश समझा रहे हैं एजेंट को। शाहूजी मुस्करा रहे हैं।

"यू हैव डन ए ग्रेट मिरैकल!"

सामाजिक बदलाव की प्रक्रिया शुरू हो चुकी है पर अभी संस्कार पुराने हैं। बहुतों को इसकी दशा-दिशा की ठीक-ठीक जानकारी नहीं है, अखिल भारतीय बहिष्कृत समाज के नेता अक्काजी गवई को भी नहीं। शाहूजी को आमंत्रित करने आए थे, बोर्डिंग हाउस में ही ठहर गए।

सुदामा की तरह इस सम्मान पर अभिभूत थे कि उन्हें ससम्मान गवर्नमेंट गेस्ट हाउस में ठहरना है। और अगले दिन उनके सम्मान में सोनतली में एक शानदार पार्टी का आयोजन है।

पार्टी में हँसते हुए शाहू ने पूछा, "उद्‌घाटन के लिए मुझे क्यों जबकि मुझसे ज्यादा योग्य, लोकमान्य तिलक सामने हों।"

"क्या कहते हो महाराज, तिलक तो तिलक, उनके भगवान रामचन्द्र भी नहीं। आपने हमें फर्श से उठाकर अर्श पर पहुँचा दिया, कौन देगा हमें इतना अपनत्व?"

भावविभोर हो उठे शाहूजी, "मेरा यह राज रहे या जाए आप लोगों के लिए जो भी करना होगा, करूँगा।"

गवली की आँखें कृतज्ञता में लिबलिबा आईं।

ये आँखें बरसने लगीं तब जब गवली को शाहूजी का पत्र मिला, "बिन बुलाए आए करवीर, इतना विश्वास, इतना भरोसा! यह तुम्हारा अपना घर है गवली, जीवन की इस ढलती शाम में आते रहना भाई, ताकि मैं अकेला न पड़ूँ।"

दूसरी ओर बहिष्कृत समाज का नागपुर अधिवेशन। शाहूजी पर सवर्णों के तिरस्कार चस्पां थे। हर दीवार, हर गली, हर मोड़ पर ढेड़ों के राजा! ढेड़ यानी महार। छुआ न जाएँ के भय से अपने तक भाग रहे थे।

नागपुर महाराज, उनके अपने रिश्तेदार रघुजी राव भोंसले भी राजभवन छोड़कर भाग गए, कहीं छुआ न जाएँ ढेड़ों के राजा से।

राजमहल जाकर राजमाता को प्रणाम किया, "घबराएँ नहीं राजमाता, ढेंड़ों के इस राजा के स्पर्श से अपवित्र नहीं करने आया मैं। प्रणाम करके चला जाऊँगा।"

अनुताप दग्ध राजमाता धर्मसंकट में हैं, "यह तो तुम्हारा घर है बेटा।"

"माते! एक ईसाई मित्र के पास ठहर गया हूँ। उन्हें मुझसे छूत का डर नहीं। मुझे कोई असुविधा नहीं है वहाँ। छोटा-मोटा राजा भी ठहरा, भले ही ढेड़ों का। कहीं भी रह लूँगा।"

41

मामलेदार शेख मोहम्मद यूनूस अब्दुल्ला ने दूर से ही देखा—कोई उनके दफ्तर के बाहर बैठा कुछ पढ़ रहा है। बगल में एक सफेद घोड़ी खड़ी है। तपे हुए पग्गड़धारी अधेड़, जिसका चीमड़ चेहरा अपराह्न की धूप में रक्ताभ हो रहा था। जिज्ञासा जगी, "आप?"

"एक फरियादी! डरो नहीं, मेरा कोई वैसा मामला नहीं है।...बस जरा टेढ़ा है।"

खातिर-तवज्जो के बाद यूनूस ने पूछा, "अब बताइए, क्या है वह टेढ़ा मामला..."

"मेरा नाम पद्मनाभ है।"

"सनातनी?"

"नहीं, एक बौद्ध भिक्षु या एक सत्यशोधक फकीर कह लो?"

"और वो आपका टेढ़ा मामला...?"

"सुना है, महाराज ने आपको मुसलमानों में तालीम के प्रति दिलचस्पी जगाने के लिए बहाल किया है।"

"यह तो उनकी इनायत है।"

"कहाँ मुगल, कहाँ मराठे! दोनों कभी जानी दुश्मन हुआ करते थे। मान लीजिए, मुसलमान पढ़-लिख भी गए तो इससे महाराज को या राज्य को क्या फायदा होने वाला है?"

पद्मनाभ के दो टूक टुकड़े-टुकड़े सवालों को समेटने में यूनूस को वक्त लगा, तनिक खिन्नता आ गई लहजे में, "माफ करना, आप अभी तक महाराज को शोध नहीं पाए सत्यशोधक जी।"

“तो भैये, उसी के लिए तो निकला हूँ।”

“हिन्दू, मुसलमान में कोई भेद न छत्रपति शिवाजी महाराज के दिल में रहा, न छत्रपति शाहूजी महाराज के दिल में। महाराज ने अपनी पूरी प्रजा की बेहतरी के लिए जो बीड़ा उठाया, उससे मुसलमान अलग न थे। उनकी नजर बराबर समाज के सबसे पिछड़े तबके पर टिकी रहती। इस लिहाज से अछूतों और पिछड़ों को उन्होंने ज्यादा तवज्जो दी। रही बात मुसलमानों की तो अछूतों, पिछड़ों की तरह मुसलमानों को भी ज्यादा तवज्जो इसलिए दी जा रही है कि उन्हीं की तरह वे भी न सिर्फ ज्यादा पिछड़े हैं, बल्कि अपनी-अपनी तरक्की के प्रति बेपरवाह भी।

“राज्य की ओर से उनको हर जरूरी सुविधा मुहैया करा दी, पर नहीं पढ़ेंगे तो नहीं पढ़ेंगे। हद से हद कुरान, शरीयत, हदीस की, मुल्लाओं की मनमानी व्याख्या पर यकीन करेंगे, बस हो गई इबादत!

“महाराज ने हर फ्रंट की कमजोरी को दुरुस्त करने की ठान ली है। खुद ही मोहम्मडन एजुकेशन सोसायटी बनाकर पहल की। सेक्रेटरी बनाया यूसुफ अब्दुल्ला को। 1906 का जमाना था। मुस्लिम सोसायटी से दस लड़के चुने विक्टोरिया मराठा बोर्डिंग के लिए, जिनमें एक मैं हूँ।”

पद्मनाभ ने आँख उठाकर सर से पाँव तक अपने इस अजूबे को निहारा।

वे चलते जा रहे थे, बीच-बीच में बातें करते जा रहे थे।

अब वे हजरत पीर के सामने खड़े थे।

“यह जो पीर साहब की मजार है इसकी और इस जैसी इबादतगाहों की मरम्मत और देखरेख के लिए रूकड़ी, हाथकणंगले वगैरह से पैसे आते। महाराज ने उन पैसों के खर्च में कटौती करके सिर्फ पाँच सौ रुपये हजरत पीर की मरम्मत के लिए रखवा कर बाकी रकम ‘सोसायटी’ की ओर मोड़ दी।”

युनूस के हाथ दूर-दूर तक के इलाके को समेट रहे थे, “निहाल मस्जिद, घोड़पीट, बाबू-जमाल और बड़े इमाम से पैसे भिजवाए, मराठा बोर्डिंग के बगल 25,000 स्क्वायर फीट जमीन दे दी मुस्लिम बोर्डिंग को। जंगलात से पाँच हजार पाँच सौ रुपये की सागवान की लकड़ी भी मुफ्त। और बुनियाद रखवाई किससे?”

"किससे?"

"अपने उस्ताद फ्रेजर साहब के हाथों। दो मंजिला बिल्डिंग! कहाँ-कहाँ, क्या-क्या गिनवाऊँ। इतनी इनायत तो मराठा बोर्डिंग को भी नहीं। हर माह दो सौ पचास रुपये की इमदाद देते रहे। मान ऊँचा बनाए रखा मान—मोरल! उन्हें मराठों की तरह ही क्षत्रिय कहा।" युनूस की आँखें नम हो गईं। स्वर भरभरा गए।

"यह क्षत्रिय कोई ग्रंथि है क्या?"

"ग्रंथि भी, स्पिरिट भी, जोश-ए-जज्बा।"

पद्मनाभ अपनी रौ में थे तो यूनूस अपनी रौ में, "मराठा सेना में कितने मुसलमान थे तो मुस्लिम सेना में कितने मराठे, मराठे ही क्यों, दूसरे हिन्दू भी।"

पद्मनाभ की नजर इस बार यूनूस के भावप्रवण चेहरे पर गई तो वे चुप हो गए। घोड़े आगे बढ़ चले। यूनूस ने कहा, "मुसलमान सिर्फ आगे बढ़ें, इतना ही काफी न था, हिन्दुओं, मुसलमानों के बीच कोई नफरत की दीवार न रहे, यह भी जरूरी था। इसके लिए जरूरी था कि दोनों फिरकों में एक-दूसरे के मजहब और उनकी रवायतों के प्रति आदर हो। इसके एवज में उन्होंने कई जमीनी और ठोस कदम उठाए।"

"जैसे?" पद्मनाभ ने अपनी घोड़ी को एड़ लगाई।

"एक के धर्मस्थानों का पैसा दूसरे धर्म के लिए इस्तेमाल करना, दूसरे का पहले के लिए। वक्त मिला तो मैं आपको मौनी बाबा के आश्रम तक ले चलूँगा कभी, पटगाँव मठ। मठ के पैसों का इस्तेमाल मस्जिद बनाने पर खर्च करने पर सोच रहे हैं। अम्बाबाई देवी में दीए जलते आपने देखा होगा।"

"वो...।"

"हाँ, गौर से देखिए, उसकी लौ में रूकड़ी के पीर की प्यार भरी झिलमिलाहट भी नजर आएगी। वैसे ही मजारों पर जलने वाले दीयों में भी हिन्दुओं की प्यार भरी आभा!"

"तो क्या?" रुक गए घोड़े।

"हाँ ऐसी कई जगहें हैं जहाँ एक-दूसरे की रूहें एकाकार हैं।"

"बोहरा सम्प्रदाय, पटगाँव की और शाहूपुरी की मस्जिदें...।"

अगले दिन भी वे साथ-साथ थे, "यार यूनूस, मैंने जितना पढ़ा और देखा, ये धर्म की किताबें भी जहर फैलाती हैं।" पद्मनाभ ने कहा।

"कहीं कुरान शरीफ की गलत व्याख्याएँ भी की गई हैं, जो हिन्दुओं, काफिरों के प्रति विद्वेष उभारती हैं, इसीलिए महाराज अरबी के मूल कुरान शरीफ का मराठी में ट्रांसलेशन करवा रहे हैं। जहाँ तक हिन्दू धर्म ग्रंथों की बात है, आपने गलत व्याख्याओं के उनके पम्फ्लेट्स देखे ही होंगे।

"महाराज तो अकबर की तरह सारे धर्मों की अच्छी बातें चुन-चुनकर एक नया दिन-ए-इलाही चलाना चाहते हैं।"

तीन दिन रहे दोनों साथ-साथ। लौटने का वक्त हो चला था, चन्द सवाल अभी बाकी थे।

"लिंगायतों, जैनियों के लिए भी तो महाराज ने कई पहल की थीं?"

"अगर आप सत्यशोधक हैं तो मुझसे बेहतर जानते होंगे। लिंगायतों ने रूढ़िवादी ब्राह्मणों से अलग पन्थ बनाया, उदार किस्म का। मगर धीरे-धीरे लुढ़कते गए उसी ढलान में। महाराज ने मैसूर के महाराज से उनके शंकराचार्य की धार्मिक परम्पराओं को हिन्दू परम्पराओं की तरह ही मनाए-सजाने की छूट देने के लिए अनुरोध किया। जैनियों और हिन्दुओं के अनुरोध के चलते गो-वध पर पाबन्दी लगाई, मगर ऐसी बेसहारा गायों की हिफाजत के लिए बाड़े बनवाए। पाँजर पोठ सिर्फ गायों के लिए नहीं, सारे जानवरों के लिए।

"आर्य समाज को इसलिए पसन्द करते थे कि वह सभी को अपने में समेट लेता था। महाराज ने उसकी कनात कायेनात तक फैला दी, पूरी दुनिया के सभी को एक मान लेने की नसीहत तक दे डाली थी। कोई अलग नहीं, सब एक हैं।

"जैसा कि यूरोप, अमेरिका, जापान में होता है अपने यहाँ भी फर्ज कीजिए लड़का आर्य समाजी है तो लड़की किसी और जाति की, कहीं की भी, कोई भी। एक ही परिवार में सभी भाई अलग-अलग जाति धर्म के, सब सबकी इज्जत करें। अकबर के दीन-ए-इलाही का विस्तार! पूरी दुनिया एक है, प्रेम और इज्जत से रहने के लिए बनी है न कि अपने लिए गुरूर और दूसरे के लिए नफरत फैलाने के लिए।"

पुणे की सड़कों पर एक ताँगेवाला चोंगे में एक विचित्र ढंग से घोषणा करता जा रहा है—'सज्जनो! सज्जनो!! सज्जनो!!! आज शाम को एक सिनेमा दिखाया जा रहा है जिसका नाम है 'सैरन्ध्री'। मुफ्त! पैसा या टिकट नहीं लगेगा। आप बड़ी से बड़ी संख्या में आकर इस सिनेमा का आनन्द उठाइए। सुनिए! सुनिए!! सुनिए!!!' ताँगे के दोनों ओर कपड़े पर अंकित चित्र विज्ञापित हैं। नगरवासियों के कान खड़े हो रहे हैं।

"यह सिनेमा क्या होता है?" कोई पूछता है।

"नहीं जानते? अरे जिसने सिनेमा नहीं देखा, वह माँ के पेट से अभी पैदा ही नहीं हुआ। अरे बाइस्कोप की तरह परदे पर नाटक!"

"झूठे कहीं के। कहीं परदे पर नाटक होता है? पारसी थिएटर में भी स्टेज होता है, परदा नहीं।"

अकेले जानकार को लोग हुर्र कर देते हैं। पर धीरे-धीरे मन बनने लगा है।

घोड़े पर लाल तिकोनी टोपी लगाए बीसियों पुलिस के सिपाही चक्कर लगा रहे हैं।

अँधेरा गहराते ही भीड़ में ठेलमठेल, चिल्लपों बढ़ती जा रही है। दीवार पर सफेद परदा टँगा है।

एनाउंस करनेवाला फिर हाजिर है अपने चोंगे के साथ—सामने कुछ कुर्सियाँ हैं जिस पर लोकमान्य बाल गंगाधर तिलक और कुछ एक विशिष्ट जन आकर बैठ गए हैं। एनाउंसर उन्हें झुककर प्रणाम करते हुए अपनी बात शुरू करता है—

"महाराष्ट्र की महान विभूतियों और ब्रिटिश सरकार के आला अफ़सरों को सलाम। सलाम यहाँ की जनता को। 'महाराष्ट्र फिल्म सोसायटी' आज अपनी पहली प्रस्तुति लेकर आपके सामने हाजिर है। पहली प्रस्तुति महाभारत की पौराणिक कथा—कीचक वध पर आधारित 'सैरन्ध्री'।

"इस फिल्म के लेखक हैं कृष्णाजी प्रभाकर खाडीलकर। पार्ट किया है बाला साहब यादव, दत्तोबा पवार आदि ने। गुलाबबाई, अनुसाया भी है।

अभी तक औरतों का पार्ट मर्द करते थे, पहली बार औरत का पाट औरत करेगी। फिल्म के निदेशक, माने डायरेक्टर बाबूराव पेंटर, कोल्हापुर के हैं। उनका यह प्रण था कि फिल्म पूरी तरह स्वदेशी होगी और इसमें औरत की भूमिका औरत ही करेगी...तो आज एक स्वदेशी फिल्म, स्वदेशी के पैरोकार लोकमान्य तिलक और पुणे वासियों की सेवा में। ताली बजाइए! ताली!"

कीचक वध का परदे पर उतरना एक आफत थी। वध के दृश्य इतने जीवन्त थे कि लोगों को लगा सचमुच एक आदमी की हत्या हुई है। कई औरतें बेहोश हो गईं। कई रोना-पीटना करने लगीं। बाबूराव को एरेस्ट करने बम्बई पुलिस के सिपाही हथकड़ियाँ खनखनाते हुए आगे बढ़े।

शुकर था, व्यवस्थापकों के समझाने-बुझाने पर लोग शान्त हुए। लोकमान्य स्वयं प्रशंसा में उठकर खड़े हुए। उन्होंने सोने का मेडल प्रदान करते हुए फिल्म को एक आवश्यक कार्य बताया।

बिलकुल यही दृश्य कोल्हापुर में दुहराया गया। यहाँ तिलक नहीं शाहू थे, बाबूराव का अभिनन्दन करने को—

"ये खनकती जंजीरें ही तुम्हारा सम्मान है। बताऊँ सुभाषचन्द्र बोस ने 'नील दर्पण' बांग्ला नाटक के मंचन पर नीलहे अंग्रेजों के अत्याचार पर लेखक और अंग्रेज का अभिनय कर रहे दीनबन्धु मित्र पर जूता फेंका था, जूता लोक कर उसे प्रणाम किया दीनबन्धु ने, 'इससे बड़ा कोई पुरस्कार क्या होगा मेरे लिए'। बाबूराव तुमने कोल्हापुर का परचम देश-प्रदेश और दुनिया में लहरा दिया।"

बाबूराव हाथ जोड़कर खड़े हो गए, "महाराज इसके प्रेरणास्त्रोत तो आप स्वयं हैं।"

"मैं?"

"हाँ आप। याद है, सात वर्ष पहले आपने ही आनन्दराव और मेरे द्वारा सजाए गए प्रेक्षागृह को देखकर क्या कहा था?"

"क्या?"

"यह कि निस्सन्देह तुमने दीवारों पर हमारे पौराणिक आख्यानों को जिन्दा कर दिया। पर अँधेरे में ये आकृतियाँ दिखेंगी कैसे? काश तुम इन्हें पर्दे पर उतार पाते!"

"हाँ, कुछ-कुछ याद आ रहा है।"

"आपसे प्रेरणा पाकर आनन्द और मैं नासिक गए, दादा तोरणे और दादा साहब फाल्के से सिनेमा की तकनीक सीखने। दादा ने तिरस्कार किया, "जाओ, जाओ लौट जाओ कोल्हापुर। यह तुम्हारे वश का रोग नहीं। ऐसा कहा।"

"अच्छा।"

"हाँ महाराज! फिर हम जुट गए फोटो खींचने वाला कैमरा और मशीन बनाने में। आनन्द राव, आज नहीं हैं, मगर मैं आपके सामने हूँ और है हमारी 'सैरन्ध्री'।"

एक दिव्य सन्तोष आकर बैठ गया महाराज के चिबुकों पर, "आपको मुझ पर इतना भरोसा क्यों हुआ, बाबूराव?"

"मुझे मालूम था कि ब्रिटिश रेजिडेंट ने ही कला-तपस्वी अबालाल रहमान को जे.जे. स्कूल ऑफ फाइन आर्ट्स, बांबे भेजा था। उन्हें 1886 में वायसराय का मेडल मिला था। विश्वस्तरीय पेंटर थे। कोल्हापुर लौटे तो तपस्वी का जीवन जीने लगे। तब उन्हें दरबार में लाकर सम्मानित कर अँधेरे से उजाले में लाने वाले आप ही थे।"

महाराज प्रसन्नचित्त सुन रहे थे, "बाबूराव तुम्हारी कला तुम्हीं तक सीमित न रहे—उसका खयाल रहे।"

"पूरा खयाल है महाराज। पूरा। मुझे नासिक की ठेसें याद थीं, 'जाओ-जाओ लौट जाओ कोल्हापुर, यह चलचित्र की तकनीक तुम्हारे वश का रोग नहीं।' पर अब मैंने खोल दिये हैं विद्या के द्वार। आओ कोल्हापुर वालो, आओ देशवासियो, सीखो और सिखाओ, मेरा दर खुला है सबके लिए।"

"और एक बात! मेरे लिए जीवन और युद्ध के अलग-अलग रंग अलग-अलग नहीं, एक हैं। तुम्हें मालूम, शिकार में मेरे खड़खड़े पर इधर एक चीता उधर एक चीता, साथ में दौड़ने वाला देवा और खड़खड़े पर यदा-कदा अबालाल—शिकार और पशु-पक्षियों के सैकड़ों चित्र खींचे हैं उसने। देखना आकर तुम्हारा चित्रपट जिन्दा हो उठेगा।"

शाहूजी और तिलक की राय कहीं मिले, न मिले मगर बाल-गन्धर्व और कोल्हापुर के पेंटर बाबूराव के मामले में एक है।

अनुपम देहयष्टि, कोकिल-सा कंठ। क्या कोल्हापुर, क्या पुणे, क्या बम्बई, क्या बड़ौदा—पूरे महाराष्ट्र का चहेता बाल गन्धर्व। उसकी तुलना अगर किसी से हो सकती है तो केशवराव भोंसले से। मात्र केशवराव भोंसले कहने से काम नहीं चलने वाला, कहना पड़ेगा संगीत-सूर्य केशवराव भोंसले। पुणे और कोल्हापुर थिएटर का ध्वज उड़ रहा था। क्या कुश्ती, क्या संगीत, क्या अन्य कलाएँ—सोलहों कला सम्पन्न कोल्हापुर! नाम ही बदल गया। कोल्हापुर नहीं, कलापुर।

बम्बई में आज इन्हीं दो की टक्कर है। केशवराव धौरिआघर बने हैं और नारायण राव भामिनी। और लीजिए केशवराव मंच लूट ले गए।

वे 1916 की विजयदशमी के दिन रहे होंगे जब केशवराव भोंसले अपनी कम्पनी के साथ कोल्हापुर आए। अभी कल की बात हो जैसे। नाट्य मंडलियाँ जब स्वत: इतना विकास कर रही हों तो संरक्षणदाता राजा का भी कुछ फर्ज बनता है।

"बनता ही है।"

'सो पैलेस थिएटर' के पीछे शाहूजी ने रोमन थिएटरों की तर्ज पर एक विशाल नाट्यशाला की नींव रखी थी। ग्रीस की तरह का विशाल स्टेडियम भी। इधर केशवराव के संगीत और नाटक के निरन्तर प्रदर्शन चल रहे हैं। कभी-कभी शाहूजी, महालक्ष्मी और परिवार के साथ देखने चले आते हैं। शकुन्तला का मंचन देखा, और भी कई, मगर जिस नाटक ने मन मोह लिया वह था शूद्रक का महान नाटक 'मृच्छकटिक'।

"यह सब तो हुआ खास मध्यवर्गीय भद्रजनों के लिए, मुश्किल से जो 4 से 5 प्रतिशत हैं, ब्राह्मण, प्रभु और सम्पन्न मराठों के लिए। मगर बाकियों के लिए...? मराठी सम्पन्नता के पीछे कुनबियों और अन्य पिछड़ी और दलित जातियों के लिए क्या है?" किसी ने टिप्पणी की।

"क्यों? ये 'तमाशा', 'पोंवाड़े' और 'लावणी'...!"

"दुनिया में जो भी श्रेष्ठ और सुन्दर है, चुन-चुनकर वहाँ से प्रेरणा लेकर सजाते रहे। " कोई बता रहा है।

"सिर्फ कुश्ती छोड़कर, महाराज खुद भी मल्ल रहे।" कोई धीरे से टुहुँकता है।

"अरे वह भी...काफी पहले दिल्ली या पंजाब गए थे। वहाँ के पहलवानों ने कोल्हापुर के पहलवानों को धूल चटा दी। तब से महाराज ने कोल्हापुर में अखाड़े शुरू किये। कहते हैं, गामा जैसे दूसरे मल्लों को संरक्षण में रखा। आज कोल्हापुर पहलवानों के लिए भी जाना जाता है।"

अस्तबल में हाल ही में आए नये घोड़े को साधने की साध रह ही गई। आज लेकर निकले हैं। नाम दिया है ईगल! मस्त दुलकी चाल से चला जा रहा है ईगल। झिरझिर झिरकती हवा के साथ बढ़ता जा रहा है ईगल कि कानों में कोई आवाज रह-रह कर आने लगी है। क्या है यह? आलाप! अल्लादिया खान बम्बई से लौट आए हैं क्या! न! यह शायद करीम खान हैं। लय के साथ निबद्ध घोड़े की चाल को और धीमा कर दिया है। अब स्वर स्पष्ट है। पुरुष कंठ के साथ कोई नारी कंठ भी प्रतीत होता है। ओह! यह तो केशरबाई है! कुछ ही महीने पहले तो उसने दरबार में मुझसे कहा था कि उसका मन उस्ताद अल्लादिया से सीखने का करता है और मैंने करीम खाँ से कहा तो वे अपनी शिष्या को यह छूट देने को राजी हो गए। अब अल्लादिया को मनाने की बात थी।

तो इसका मतलब अल्लादिया खान भी मान गए हैं। एक मन कहता है, चलें जरा करीब से सुनकर देखें, दूसरा मन कहता है, साधना में विघ्न पड़ेगा। यहीं रुककर सुनते हैं।

अब केशरबाई और अल्लादिया खान का गायन पार्श्व संगीत बन गया है उस मंजर का जो सामने खिल रहा है।

वाह! शाबाश! गले की क्या नक्काशी है। रवीन्द्रनाथ ने उसके सिर पर हाथ रखकर यूँ ही आशीर्वाद नहीं दिया था—'तुम सुरश्री हो।'

उन्हें घरानों के भेद-प्रभेद का पता नहीं, पर अच्छा लगता है। कोल्हापुर की बेटी कोल्हापुर का एक और तमगा है।

जिन्दगी क्या एक लम्बा अलाप है?

वह तो रहा पर्दे के चित्रपट पर...और मन के चित्रपट पर?

गहरे एकान्तों में चिन्ता और चिन्तन के गड़े मुर्दे जाग जाते। याद आई 10 जून, 1917 की तिथि, जब संस्कृत के विद्वान को लिबरल ब्राह्मण समझकर कोल्हापुर के शंकराचार्य के पद पर बहाल किया था। मराठों का इतिहास लिखने का दायित्व भी लगे हाथ दे डाला। पर वे इस तरह नक्कारा निकलेंगे, कयास भी न था। अस्पृश्यों के मामले में भी, कुलकर्णियों के मामले में भी और दीगर मामलों में भी बस ऐसे ही ठहरे! इसी के साथ यह भी याद आया कि उनसे यह भी पूछा था, कि ब्राह्मणों को कैसे सन्तुष्ट रखा जाय और कूर्तकोटि ने उनके उत्साह पर पानी डाल दिया था, 'आप उन्हें किसी भी तरह सन्तुष्ट नहीं रख सकते।' 'क्यों नहीं सन्तुष्ट रख सकते', तो इसका जवाब यह कि समाज में गहरे तक धँसे पड़े हैं ब्राह्मण। कुलकर्णियों को ही लो, ग्राम पंचायती व्यवस्था बहाल हो जाय तो भी वर्चस्व इन्हीं का बना रहेगा। आपने कुलकर्णियों के अड़ियलपने से आजिज आकर 'ग्राम पति' को हटाकर 'दलितों' को बहाल किया। किया था कि नहीं? वेतनभोगी व्यवस्था! कोर्ट तक जाना पड़ा। कर पाए? नहीं न! क्यों? इसलिए कि कुलकर्णियों को गाँव की राई-रत्ती का पता था। सूद पर पैसा चाहिए, कुलकर्णी के पास चलो। लग्न, तिथि, पूजा का कोई मसला हो, कुलकर्णी के पास चलो। नाम के छत्रपति हैं शाहू, असल छत्रपति तो वे हैं। उसने स्वयं पर ही अपनी बात सत्यापित कर दी। दो टूक कह दिया कि वे कुलकर्णियों और जोगियों के विरुद्ध कोई काम नहीं कर सकते। दूसरी ओर तलाठियों का निषेध! क्या तो वे 'सत्यशोधक' हैं। तो फिर काम कैसे हो? आखिर 15 सितम्बर को पद त्याग कर चले भी गए, कूर्तकोटि! कूर्तकोटि नहीं, उनके अन्दर का ब्राह्मण। ठीक ही कहता था, ब्राह्मणों को आप किसी भी तरह सन्तुष्ट नहीं कर सकते। अगले चरण में एक मराठा और एक ब्राह्मण को मिलाकर एक सलाहकार समिति बना दी थी...वह भी फेल हो गई। आड़े आ गई अहं की टंकार—'क्षत्रियों के अधीन ब्राह्मण कैसे काम करेगा?'

तब क्या किया जाय समाज की इस जटिल मानसिक संरचना में?

इतिहास देखो तो वहाँ ब्राह्मण हमेशा दूसरे पद पर होते आए थे। मजा यह कि पुराण देखो तो वहाँ भी, स्मृतियाँ देखो तो वहाँ भी। दूसरे पद पर होते हुए भी इन्होंने मनवा लिया कि ये राजा से बड़े हैं। इतिहास क्या है? पुराण क्या है? क्या हैं स्मृतियाँ? मिथ की गुंजलक और फफूँदी की सड़ाँध!

जब भी राजा कमजोर हुआ, हथिया लिए सिंहासन। पर प्रकट में जोखिम भरी युद्ध भूमि में जाने का साहस नहीं। ब्राह्मण बनाम क्षत्रिय-युद्ध सनातन है। कितनी-कितनी उत्पत्तियाँ, व्युत्पत्तियाँ और प्रतिपत्तियाँ! इसीलिए छोड़ गए बौद्ध, छोड़ गए जैन, छोड़ गए लिंगायत। फिर भी समाज की मानसिक निर्मिति बदल नहीं रही। लोग कहते हैं, ब्राह्मण पुरोहित न आया तो कैसी पूजा, कैसे अन्य अनुष्ठान! कबीर ने कहा, जितने भी भगवान या उनके अवतार हैं, सब के सब स्त्रियों के भोगी हैं—यौन-लोलुप! जब इसी बात को मैं सप्रमाण बताने लगता हूँ तो आँधी चलने लगती है।

'चैलेंज' में लिखा, 'ईश्वर की पूजा-उपासना करने की जरूरत नहीं, वह सर्वशक्तिमान भी नहीं है। अपने ही नियमों से बँधा है बीच के दलाल या पुजारी से। उसे जीता नहीं जा सकता। जो कण-कण में व्याप्त है, सर्वज्ञ है, उसे तुम धोखा कैसे दे सकते हो? अन्त में एक अज्ञात कवि की वाणी—

'मनुष्य की प्रशंसा करो, ईश्वर की नहीं। ईश्वर स्तुति नहीं देखता, कर्म देखता है। ईसाइयों के कनफेशन करके पाप मुक्त होने की बात भी मिथ्या विश्वास है। यदि ईश्वर एक है तो विभिन्न धर्मग्रंथों में उसकी बात अलग-अलग कैसे है? धर्मग्रंथ स्वयं अनैतिक और अश्लील कथाओं से भरे पड़े हैं। उन्हें हम धर्मग्रंथ क्यों मानें? इनकी तोड़-मरोड़ कर गलत व्याख्या करने वालों को दंडित किया जाना चाहिए।'

पम्फ्लेट में धूर्तताओं का भी जिक्र है, "ज्योतिष फरेब है—स्वार्थी ब्राह्मणों द्वारा रचा हुआ। वर्ण या जाति फरेब है, प्रतिमाएँ पुरोहितवाद का औजार मात्र। पुजारी कहते हैं, धर्मग्रंथ बताते हैं कि अपने-अपने वर्ण के हिसाब से लोग आचरण करते हैं। झूठ! कमोबेश सभी वर्गों में काम करते हैं।" क्रिश्चैनियों में उसके विकारों को दूर कर 'प्रोटेस्टेंट' तक आए, शाहूजी के प्रोटेस्ट कुछ ऐसे ही थे।

15 जून, 1920 को शाहूजी ने अपने खासगी विभाग से यह आदेश जारी किया—"यदि हमारे देवताओं की पूजा हमारे लिए ब्राह्मण करते हैं, हमें उन्हें स्पर्श तक नहीं करने दिया जाता और ये ब्रह्मदेव कभी हमें क्षत्रिय, कभी शूद्र बताते रहते हैं। इसलिए आज की तिथि से सोलहों अनुष्ठान और क्षत्रियों के सारे अनुष्ठान मराठे पुरोहितों द्वारा सम्पन्न किये जाएँगे, जिन्हें रायबहादुर डोंगरे प्रशिक्षित करेंगे। मेहरबान बाबा साहब खानविलकर इस काम में डोंगरे की सहायता करेंगे।"

इस आदेश का पालन नहीं हुआ। ब्राह्मण पुरोहितों द्वारा तंजोर, सातारा और नागपुर के देवताओं का अस्तित्व मिटा देने का उपक्रम रचा गया। वजह क्या बताई? "ये शूद्रों से निकले हैं। इसका मतलब यह निकलता है कि क्षत्रिय ब्राह्मणों से ज्यादा श्रेष्ठ है। दूसरे यह कि ब्राह्मण जन्मना अन्त्यज है। भगवान के द्वारा बनाई गई सृष्टि और विधान ही बदल देने की कुचेष्टा है।"

1914 का मन का धँसा काँटा! तब से कसकता रहा रह-रह कर। अपना विद्वान मित्र लट्ठे! सच्चा सत्यशोधक! सम्राट एडवर्ड की प्रतिमा पर कालिख पोतने के अभियोग में जाधव और लट्ठे को कोल्हापुर से जलावतनी का दंड देना पड़ा था। मैं सत्यशोधक नहीं हूँ। उनसे मेरा कुछ भी लेना-देना नहीं! यह जानते हुए भी कि यह उनका काम नहीं था। झूठ! सफ़ेद झूठ! ताकि अंग्रेजों को शक न हो। जबकि भोज में विष देने वाली साजिश की तरह अन्तिम सत्य तक पहुँचना चाहिए था मुझे। मैं खड़ा न हो सका मित्र तुम्हारे पक्ष में, खड़ा न हो सका सत्य के पक्ष में। क्षमा करना।

27 जून, 1920 को एक राजा अपनी एक प्रजा से अपनी गलती के लिए क्षमा याचना करते हुए और उसकी देशभक्ति, स्वामिभक्ति और निर्दोषता पर मुहर लगा रहा है। साजिश की थी ब्राह्मणों ने ताकि एक तीर से सत्यशोधक, मैं और मेरे दोस्त तीनों अंग्रेजों की नजर में गिर जाएँ।

और लट्ठे? न कोई मान, न कोई अभिमान, न कोई शिकवा, न कोई शिकायत! बोले, "मुझे मालूम था महाराज, सब मालूम था, तुम्हारी बेबसी भी, सीमाएँ भी, तुम्हारा स्नेह भी। इनायत या क्षमा माँग कर शर्मिन्दा न करें।

तुम्हारे विश्वास के प्रति विनत हूँ, नियति के आगे हम विवश थे, वफादारी, आन्तरिकता पर विश्वास था। जब भी कहो, जहाँ भी कहो, मुझे हाजिर पाओगे।"

डॉ. आम्बेडकर इकॉनामिक्स में आगे के अध्ययन के लिए इंग्लैंड जा रहे थे तो भारत के गर्हित जाति भेद को समझाने, उनकी हर सम्भव सहायता के लिए अपने मित्र सर अल्फ्रेड पीज को पत्र लिखा।

1920 में ही 8 जुलाई के पत्र में शाहूजी ने आम्बेडकर को 'लोकमान्य' कहकर सम्बोधित किया, जैसे लोकमान्य तिलक के सिर पर रखी पगड़ी को उतार कर आम्बेडकर के सिर पर रख दी हो। 'लोकमान्य आम्बेडकर' कहकर पत्र सम्बोधित था, जिसमें सतत दमन से संवेदन शून्यता की स्थिति को प्राप्त हो गए महार-समाज को शिक्षित और प्रबुद्ध करने के उनके अनुभव और सुझाव की भूमिका की सराहना की गई थी।

जहाँ जाइए, हर जगह लोग इसी विवाद में एक-दूसरे के शत्रु बने बैठे थे। 17 जुलाई को शाहूजी ने लिखा, 'मैंने ब्राह्मणों के सम्बन्ध में जो भी कहा है, वह ब्राह्मणों द्वारा रचित धर्मग्रंथों से लिया है, न कि किसी अब्राह्मण द्वारा रचित ग्रंथ से। पहले एक ही जगद्गुरु थे। बाद में एक और जगद्गुरु बनाए गए। अपनी जबान से बोलूँ तो ब्राह्मण नाहक ही राजकुमारों के विरुद्ध अपमानजनक बातें जोड़ रहे हैं। विवेकवान ब्राह्मण उनके जहर देख-सुन रहे हैं। मेरी आई (माता) आनन्दीबाई की अन्त्येष्टि पर उन्हीं ब्राह्मणों ने कहा, 'इस शूद्रा की अन्त्येष्टि कौन करेगा?' कितना अपमानप्रद और बेधक था। पर मैंने जब्त किया। सोचा, धीरे-धीरे उनका विवेक जगेगा तो मान जाएँगे। हाय देवा! मानने को कौन कहे, राजकुमार शिवाजी की अन्त्येष्टि पर फिर वही षट्राग!

देखते-देखते बीत गया वह साल। 24 जनवरी, 1921 को बाबा साहेब खानविलकर के वैदिक स्कूल में क्षात्र जगद्गुरु को लिखा, "आप यथाशीघ्र काम शुरू कर दें। कृपया दर्शनशास्त्रों का अध्ययन करते रहें। आपका लक्ष्य होगा, ईश्वर और व्यक्ति की सेवा। ईश्वर और व्यक्ति के बीच बिचौलियों की कोई जगह नहीं है।"

"इस बीच महारत्ता के एक अन्य राजा की इच्छा है कि संस्कार और अनुष्ठान वैदिक पद्धति से हो। तानाजी मलुसरे, येसाजी जैसे कितने क्षत्रियों ने ब्राह्मणों के शिखा-सूत्र की रक्षा की। उनकी तलवारों का रक्त कभी सूखा नहीं, फिर भी ये कृतघ्न ब्राह्मण लोग उन्हें शूद्र ही बताते रहे। उनकी ही भाषा में पूछूँ, क्या यह क्षत्रियोचित कर्म न था?"

क्षत्रिय सशक्त रहे तो 'राजा' हैं वे। पर उनके उत्तराधिकारी कमजोर पड़े कि इन्होंने उनके लिए मुसीबतें खड़ी कर दीं।

शाहूजी ने लिखा, 'बाबूराव यादव पत्र लेकर जा रहे हैं। विद्वान व्यक्ति हैं। इन्हें व्याख्यान देने के लिए हर तरह की सुविधाएँ प्रदान करें।'

शाहूजी द्वारा प्रेरित किये जाने पर मुधोल के महाराजा ने क्षात्र जगद्गुरु को स्वीकार किया। दूसरे राजकुमारों में एक-एक कर यत्न किया जाए।

यह 1921 का नवम्बर था। शाहूजी के युद्ध कौशल में इस बात पर जोर था कि पहली पंक्ति की सेना के पीछे के उत्तराधिकारी भी हर तरह से सशक्त रहें। जैसा कि ठाकरे ने कहा था, एक कमजोर वारिस सारे किये कराए पर पानी फेर सकता है। सुखद था कि रानियाँ भी इन बातों को समझने लगी थीं। उससे भी आगे जाकर वंचित वर्ग के प्रति उनमें गहरी सहानुभूति पैदा होने लगी थी। इस उपलब्धि के लिए जब लोग प्रशंसा करते तो वे कहते, "ऐसे ही नहीं हो गया यह सब। नाकों चने चबाने पड़े उन्हें इस राह पर ले आने में। पुराणों की हकीकत समझानी पड़ी।

"प्रहार पर प्रहार होते रहे, और मैं और मेरे लोग सहते रहे। ब्राह्मणों के प्रेस ने मुझे बदनाम करने में कोई कोर कसर उठा नहीं रखी।

"20 दिसम्बर के लोक संग्रह की 'क्षत्रिय पर्दानसीनों' और कुर्तकोटि की अक्का साहिब पर किये गए प्रहारों को दिखाया। पढ़ाया। परिवार की एक-एक ईंट को कन्विंस किया। बेटे और कुछ अन्य राजकुमार लन्दन गए तो मेरे अछूतोद्धार और अन्तरर्जातीय विवाहों का मर्म समझने लगे।"

पम्फ्लेटों पर जोर-शोर से काम होने लगा था।

परचे लिखवाए जा रहे हैं, छपकर आम जनता में बँटने के लिए। "हिन्दुस्तान के सबसे बड़े कवि कबीर ने कहा है कि सारे भगवत अवतार स्त्री भोगी हैं।"

लिखने वाले ने पूछा—कुछ ज्यादा नहीं हो गया महाराज?

"सोलह आने सही है। दूसरे पर्चे में क्या है?"

"वही मत्स्यपुराण वाला प्रसंग।"

इसमें वह मंत्र जोड़ना बाकी रह गया है।

"जोड़ दो...।"

"जी।"

"दालभ्य ऋषि को भी जोड़ो—दालभ्य ऋषि ने अब्राह्मण स्त्रियों से कहा, 'सुनो, पापनाश और मोक्षप्राप्ति का एकमात्र उपाय है सभी विप्र देवताओं को रति सुख देकर प्रसन्न करो।'"

"महाराज, 'रति सुख' वाली बात...?"

"उसके बिना आशय स्पष्ट नहीं होता।"

"जी।"

"महाभारत के सुदर्शना क्षत्रिय का प्रसंग कहीं आया है?"

"नहीं।"

तो लिखो, "महाभारत में सुदर्शना क्षत्रिय का प्रसंग आता है जो मृत्यु को पराजित करता है।"

"वह तो नचिकेता न है महाराज?"

"ऊहूँ। नचिकेता तो बहुत ऊँची चीज है कठोपनिषद् में। ये सुदर्शना महाभारत के हैं। सुदर्शना अपनी पत्नी को अमरत्व का उपाय बताते हैं कि कोई भी ब्राह्मण यदि तुम्हें भोगना चाहे तो खुशी-खुशी उसे वह सुख प्रदान करना। ऐसा करने से मुझे अमरत्व मिलेगा।"

"क्षमा करेंगे महाराज, एक बात पूछँ।"

"पूछो।"

"इन गड़े मुर्दों को उखाड़ने का मतलब?"

"जन-सामान्य में ये कथाएँ धर्म का मर्म बनकर पैठी हुई हैं। वहाँ वही सत्य है, महात्मा फुले ही इसके सटीक जवाब हैं।"

"महाराज एक पर्चा ये है—शिवाजी को मुगलों के हाथों शिकस्त मिले इसके लिए महाराष्ट्र के कुछ ब्राह्मणों ने चंडी यज्ञ किया था...।"

"इसके साथ उस घटना को भी जोड़ो कि सम्भाजी की मुगलों से प्राणरक्षा ब्राह्मण ने की थी एक ही थाली में भोजन कराकर...।"

"जी लिखा है।"

"उस ब्राह्मण का नाम लिखो। हमें यह दिखाना है कि शिवाजी हों या राणाप्रताप या दारा जैसे दूसरे सच्चे लोग, वहाँ हिन्दू-मुस्लिम भेद न था। देशभक्त सच्चे ब्राह्मणों की भी कमी न थी, न है।

"लिखो—देश के लिए मरना आसान है, देश के लिए जिन्दा रहना कठिन!"

44

विरुदावलियाँ झूठीं। वंशावलियाँ झूठीं। मंत्र झूठे। पुराण झूठे। कपोल कल्पित और गढ़न्त! छोड़ो! सिर्फ मोटी-मोटी बातों पर ध्यान दो। कुछ भी न हो, फिर भी कहेंगे हम महान हैं। वेद मील के पत्थर हैं, मंजिल नहीं। उनमें भी अपनी नाक धसोड़ आए।

कितने-कितने कोणों से लड़ा जाता रहा युद्ध—शस्त्रों से, शास्त्रों से, अपनों से, परायों से। लगता है 5,000 वर्षों से हरहराता हुआ प्रवाह या अप्रवाह, कितने-कितने पहाड़ों को तोड़ता-मरोड़ता, कचरे धोता, कचरे समेटता उभारता-बैठाता चला आ रहा है, हम जो इस महाजागतिक काल-प्रवाह में बच गए अवशेष हैं, किस आईने के सामने जाकर पूछें, 'सच बताओ, हमारा चेहरा कहाँ है। जड़ें कहाँ हैं? जान भी जाएँ तो क्या हासिल!'

बाघों से अकेले में अपना दुःख साझा कर रहे थे—

"तसवीर धुल रही है, जैसे फोटो फिल्म का निगेटिव धुलता है।" चौंककर देखा तो लट्ठे।

"आपको क्या मालूम, लोग आपको पिता की तरह पूजने लगे हैं।" पूजा! सिक्के का दूसरा पहलू भी देखना चाहिए।

अखबारों में आए दिन शाहू निन्दा से भरे रहते। शाहू ही नहीं, शाहू परिवार—बेटी, बहू और रानी निन्दा भी। हुबली के बाद शाहू ने कहा, "मुझे अब छुट्टी दें। राज-काज चलाने के लिए राजकुमार हैं ही, आप सब हैं, परिषद् है। मैं आम आदमी की तरह जिन्दगी के बचे हुए दिन जनता की सेवा में लगाना चाहता हूँ।"

गोखले ने कहा, "ब्राह्मणों के प्रहार से बचने के लिए आपके लिए उचित यही होगा कि आप ब्राह्मण विरोध से दूर रहें।" प्रकारान्तर से खानविलकर ने भी यही कहा।

भन्नाए-भन्नाए घूमते रहते। घूमते-घूमते खड़े हो जाते। कागज कलम उठाया, खानविलकर को लिखा—

"मेरा भला चाहने वाले मित्र, मैंने सिर्फ व्याख्यान भर दिये हैं लेकिन उन्होंने इसका बदला क्या लिया? मेरे परिवार तक को नहीं बख्शा! देव भला करें उनका।

उनकी पेशवाई, उनकी बर्वेशाही और उनकी परशुरामशाही। पहले इन्हें ही बचाएँ! मनाएँ कि वह सलामत रहें, वैसे बकरे की माँ कब तक खैर मनाती है!

"मैं आपकी हर बात मानता हूँ, मगर मैं कोई पीठ दिखाकर युद्धक्षेत्र से भागनेवाला नहीं हूँ। ब्राह्मणों के विरुद्ध नहीं हूँ, कब तक झूठ फैलाते रहेंगे ये कपटी? मैं डरने वाला जीव हूँ नहीं। क्षत्रिय हूँ, क्षत्रिय की तरह मरूँगा। पर चरित्र पर दाग नहीं लगने दूँगा युद्ध से भागकर। और सुन लें, मेरे पूर्वज साक्षात ब्रह्मा, यमराज या स्वर्ग से नहीं, धरती से आए हुए लोग हैं।

"सफलता या विफलता मेरे लिए कोई अर्थ नहीं रखती, मैं एक योद्धा हूँ, युद्ध करना है मुझे, 'I Shall break but not bend'। मुझे बन्दी बना लो तब भी लोगों की भलाई करता रहूँगा। बोटी-बोटी काट दें मेरी तो भी... आपकी बात मान भी लूँ पर व्यावहारिक रूप से उन पर अमल कर पाना मेरे लिए मुश्किल है।

"शान्त होकर बैठे रहने वाले नहीं हैं भूदेव! अब एक नया वितंडा—पंढरपुर के भोग को क्यों बन्द कर दिया मैंने!

"मैं बेचारा भला पंढरपुर के भोग को क्यों बन्द करने लगा! भला बताइए!...तब हाँ, आलसियों के बैठ-बैठकर खाने के लिए नहीं है जनता का पैसा। वह पैसा मैं बच्चों की शिक्षा पर खर्च कर रहा हूँ। मुझे इन कल्याणकारी योजनाओं के लिए और पैसा चाहिए। मैंने बड़ी-बड़ी सभाओं में जिसमें ब्राह्मण भी आए, मराठे भी आए, कभी इस बात को छुपाया नहीं। तब मेरा विरोध नहीं किया किसी ने? आज हो रहा है। क्या हो गया है यहाँ के भूदेवों को?"

"अभी तो इतने पर ही हाय-तौबा मची हुई है, क्या होगा, जब वे सारे कायदे (कानून) आ जाएँगे?"

"कौन से?" रानी आकर सुन रही थीं उनकी बर्राहट।

"शेतकरी वाले...14 मई को जब एक विशेषाज्ञा निकालकर 'किसान की फसल को जब्त करने पर पाबन्दी' लगा दी थी...।"

"हाँ! याद आया। अगले साल एक और कायदा आ रहा है, साहूकार अभी भी शेतकरी से कर्ज वसूली में धाँधली करते हैं, कोड़ा उठा कर एक सिरे से एक-एक की खाल नहीं खींच सकते सो अब हम ऋण अदायगी का जो तरीका निकालेंगे, वही अमल में लाया जाएगा। बिना रसीद किये अब से कोई लेन-देन नहीं।"

पद्मनाभ कब से अपने मन की बात कहने को छटपटा रहे थे, पर विट्ठल के सिवा किससे कहते।

"विट्ठल।" आते ही टेरा।

"हाँ। इस दुनिया में पहले भी राजा हुए हैं, आगे भी होंगे, पहले भी लड़ाइयाँ होती रही हैं, आगे भी होती रहेंगी पर जैसा भयंकर युद्ध शाहूजी लड़ रहे हैं, वैसा युद्ध कम ही लड़ा जाएगा।"

"सूरा सोई सराहिए जो लड़े दीन के हेत, पुर्जा-पुर्जा कटि मरे तबौ न छोड़े खेत! सूरा ही क्षत्रिय है।"

"शायद ठीक कहते हो। मुगलों से लड़ना आसान है, अंग्रेजों से लड़ना आसान है, मगर अपनों से, संस्कारों या धर्म से लड़ना बहुत ही मुश्किल। शाहूजी ब्राह्मणों को भी भाई ही मानते हैं।"

"पर भाई के विरुद्ध भाई की यह लड़ाई, अधिकार दलन के विरुद्ध लड़ी जा रही यह लड़ाई जिसमें अंग-अंग कट रहे हैं, अंश-अंश विलग हो रहे हैं, किसी भी महाभारत की लड़ाई से ज्यादा जटिल है।"

"इसीलिए तो ज्यादा रण कौशल, ज्यादा शौर्य और ज्यादा धैर्य की माँग करती है। क्या अपने शाहूजी में है यह सब?"

"शाहूजी ऐसे बिन्दु हैं, जहाँ क्षत्रिय, राजपूत, कुर्मी, यादव, जाधव, गड़रिए, कामगार जातियाँ, बहिष्कृत, तिरष्कृत योद्धा—सभी मिलकर एक हो जाते हैं,

विवेकवान ब्राह्मण भी। एक बात बताऊँ, फुले महाराज ने जिस सन्तान को गोद लिया था, उसका नाम यशवन्त था और अपने शाहूजी का नाम भी यशवन्त।"

"तो?"

"मानो फुले की ही मानसिक सन्तान हो।"

"मुझे लगता है शाहूजी से मुझे अब मिल ही लेना चाहिए।"

"कई बार कह चुके, मिले क्यों नहीं?"

खुद की पात्रता पर यकीन नहीं। "अगर कहीं खुदा है, तो शाहू को लम्बी उम्र दे ताकि यह पौधा अपने पूरे शबाब में खिले।"

45

आज हवा उलटी घूमी है क्या? ये कैसी आवाजें हैं?

"महाराज, तुम होल्करों के यहाँ अपना रिश्ता जोड़ रहे हो, तुम्हारे अपने जातिभंजक अभियान का यह क्रान्तिकारी कदम है। पर कितना क्रान्तिकारी? जोड़ने के पहले आश्वस्त हो लेना न भूले कि वे क्षत्रिय कुमार हैं या नहीं, यानी मामूली धनगर तो नहीं हैं!"

"कौन है?" कान खड़े हो गए।

एक बात पूछें, "अगर तुम्हें ब्राह्मणों ने क्षत्रिय मान लिया होता तो भी तुम जाति उन्मूलन अभियान के लिए इसी तरह उठ खड़े होते?"

"कौन?"

शाहूजी ने पलट कर देखा, कोई भी तो नहीं था आसपास!

सोच में पड़ गए, कहीं यह अपनी ही आत्मा तो नहीं जो मुझसे छिटक कर सिर पर चील-सी चीखती हुई मँडरा रही है?

एक कार्टून अक्सर छपता रहता है अखबारों में। एक आदमी घोड़े पर सवार है। उसने अपनी छड़ी में चारा बाँधकर घोड़े के मुँह से तनिक आगे कर रखा है। घोड़े को चाबुक लगाना नहीं पड़ता। चारे की लालच में तेज से तेज दौड़ता रहता है घोड़ा। और चारा है कि उतनी ही दूरी पर बना ललचाता रहता है उसे।

हिन्दू धर्म में ब्राह्मण-क्षत्रिय का पद और मोक्ष प्राप्त करना क्या ऐसा ही चारा है! बड़े-बड़े रथी-महारथी शूर-वीर यहीं आकर लोभ के चारे में आ फँसते हैं। स्वयं तुम और तुम्हारे शिवाजी महाराज! शिवाजी के जमाने में 96 कुल मराठे खुद को क्षत्रिय मानते थे और शिवाजी का विरोध करते थे। यदा-कदा लड़कर फैसला होता।

"कभी-कभी तुम इतने आधुनिक लगने लगते हो कि जहाँ तक सामान्य जन की सोच भी नहीं जा पाती।

"और कभी इतने पुराने कि तुम्हें राजा नहीं 'राजन' सम्बोधित करने का मन करता है।

"राजन, मैं आपको नालन्दा विश्वविद्यालय के प्राचार्य धर्मकीर्ति के पास ले चलता हूँ। धर्मकीर्ति कहते हैं—वेद को प्रामाणिक मानना, ईश्वर को सृष्टिकर्ता मानना और पाप निवारण के लिए उपवास करना मूर्खतापूर्ण व्यवहार है। "यही हमारे सारे निर्गुणिया सन्त कहते हैं।

"फिर ये वेद, ये वर्ण, ये जनेऊ, ये पूजा के अनुष्ठान! तुम्हारा एक अंश इन्हें तिलांजलि देकर नवीनतम दिगन्तों को छू रहा है और दूसरा वहीं लिथड़ रहा है।"

पीछे खिसकने लगते हैं शाहू, "मैं अभी बनने की प्रक्रिया में हूँ। बना नहीं। ललकारो मत मुझे।"

"कहना आसान है, करना कठिन। मित्र आम्बेडकर ने कहा है, मेरे लोग सो रहे हैं इसलिए मुझे रात-रात भर जागना पड़ता है। मैं कहता हूँ, मेरे लोग सो रहे हैं सो उन्हें छोड़कर अगले अभियानों पर नहीं जा सकता मैं। धीरे-धीरे वे जागेंगे। बदलेंगे। दुनिया बदलेगी।

"जिस शत्रु से मैं जिन्दगी भर लड़ता रहा, प्रकट भी, अप्रकट भी, वह मायावी था। मूर्त नहीं, अमूर्त!

"नहीं, यह अर्धसत्य है। पूर्ण सत्य यह है कि वह तुम्हारे अन्दर घुसकर बैठा था, तुम्हारे समाज में, परिवार में, तुममें...।"

"आप किससे बात कर रहे हो?" पलट कर देखा, खानविलकर और सबनीश थे।

"खुद से।"

बीज चुनते-बिखेरते चले जा रहे हैं। कुछ कल जमेंगे, कुछ परसों, कुछ बरसों बरसों बाद! कुछ नहीं भी जमेंगे, वे पत्थरों पर गिरे होंगे, पर कुछ पत्थरों को फाड़कर जमेंगे, भले ही उनके अंकुरित होने में बरसों लग जाएँ!

कहीं-कहीं से अन्तरर्जातीय विवाह की सूचना आ जाती, कभी महीनों नहीं आती। हिन्दुओं में ज्यादा, मुसलमानों में कम। पहले शाहू का मुखर विरोध करनेवाले ब्राह्मणों की संख्या ज्यादा थी और वे आक्रामक थे, इधर अब्राह्मणों की नई संख्या उभर रही थी और अब वे आक्रामक हो रहे थे

जाति! हाय रे जाति! सारे सामाजिक रोगों की जननी जाति! जड़ें गहरी, चेतना बहरी और विवेक अन्धा हो तो उपचार कहाँ? पर जैसा कि लग रहा था, 'उस अन्धे टट्टू' को अब कुछ-कुछ दिखने लगा था कि जाति का यह गजराज साक्षात काल है।

शाहूजी की तरह ही मद्रास के डॉ. टी.एम. नायर भी परदु:खकातर थे, न सिर्फ नायर बल्कि उनका पूरा शिक्षित परिवार! बल्कि सुदूर भारत के कोने-कोने से कुछ शिक्षित लोग भी। प्रफुल्ल चन्द्र सरकार, देशबन्धु चित्तरंजन दास, डॉ. पी. वरदराजालु और नवजागरण काल के कुछ दूसरे नेता भी...उनका मानना था कि मुँह से जाति के विरुद्ध भले बोलें, अगर मांटेग्यू चेम्सफोर्ड सुधार ने सत्ता ब्राह्मणवादी व्यवस्था के पुरोधा लोगों के हाथों सौंपी तो संविधान के रूप में ये मनुस्मृति को लागू करके रहेंगे। फिर से झूलने लगा था आकाश से मनुस्मृति का काल सर्प। मद्रास-अंचल में तो ब्राह्मणों को देखना तक अपशकुन माना जाने लगा था। अजीब सी घुटन थी। इसके निदान के लिए लन्दन तक दौड़! इस कड़वाहट ने डॉ. नायर, तिलक, शाहू छत्रपति सबको शुगर का मरीज बना दिया और अब धीरे-धीरे वे मृत्योन्मुखी होने लगे थे। आखिर डॉ. नायर जैसे योद्धा की इहलीला 17 जुलाई, 1919 को समाप्त हो गई। बेटे शिवाजी, भावनगर के महाराजा के बाद यह तीसरा वज्रघात था। शाहू हतवाक!

बीमारी के बावजूद अपने पक्ष में जमीन बनाने के लिए लोकमान्य विलायत गए तो इसे रोकने के लिए शाहूजी ने 19 जुलाई, 1919 को भास्कर राव जाधव को भेजा। जाधव अपने तर्कों पर ही नहीं, विवेक पर भी खरे थे।

लौट आए—'क्या बात करता, मैंने पाया कि यहाँ की आबादी में मराठों का इतना बड़ा बहुमत है कि उनके लिए आरक्षण की बात करना राष्ट्रहित के विरुद्ध लगा।' शाहूजी सिर हिलाने लगे।

इस तरह विलायत से लौट आया। पक्ष भी, प्रतिपक्ष भी। और भारत में कदम रखते ही दोनों अपने-अपने रंग में। तिलक का बूढ़ा शेर सिन्धु पार करने या विदेश गमन के पाप की 'पारम्परिक शुद्धि' के बाद फिर से दहाड़ने लगा, "शाहूजी को ब्राह्मणों से माफी माँगनी पड़ी।...और इस बात का क्या तुक है कि 'जब तक जाति व्यवस्था का खात्मा नहीं हो जाता, स्वराज का कोई मतलब नहीं है।' यह तो वैसा ही हुआ कि आपको नदी पार करनी है तो उसके तट पर बैठकर नदी के सूख जाने तक हम प्रतीक्षा करें।"

"मुझे आपसे यही उम्मीद थी।" हँस पड़े शाहू।

8 फरवरी, 1920 की ब्राह्मणों की सभा अब्राह्मणों ने होने नहीं दी। तिलक पर सड़े अंडे तक फेंके गए।

"क्या कहते हो, जिन ब्राह्मणों पर देवता तक फूल बरसाते थे, उन पर सड़े अंडे...?" पद्मनाभ ने तंज कसा।

"यह मजाक का समय नहीं है, तिलक कुछ भी हो, सच्चे देशभक्त तो हैं ही।" विट्ठल ने कहा।

"महाभारत के युद्ध में सब कुछ जायज है।"

"सब कुछ जायज नहीं है, ये अतिवाद शिवाजी क्लब वालों का या सनातनियों का हो, या अब्राह्मणों का, मोरैलिटी के बिना कब अन्धा बन जाय—कोई नहीं कह सकता।"

अब्राह्मणों ने ब्राह्मणों की सभा न होने दी तो ब्राह्मणों ने पुणे में शिवाजी सोसायटी में शाहू की सभा भंडुल कर दी। शिवाजी सोसायटी के शाहू आजीवन अध्यक्ष और उन्हें बोलने तक न दिया गया—'बैठ जाओ बैठ जाओ।' गोखले तक को उन्मादी भीड़ ने बैठा दिया। तिक्तता की इन्तहा यह कि मंच से ब्राह्मणों ने ऐलान किया कि वे शिवाजी को महान नहीं मानते। फिर क्या! सभागार रणक्षेत्र बन गया। खुलेआम लाठी, डंडे चले, सरेआम धींगा-मुश्ती! शाहू चुपचाप खड़े देखते रहे यह सब। उनके एक बगल बड़ौदा के खासेराव जाधव थे, दूसरे बगल पी.सी. पाटिल।

माहौल के रेशे-रेशे में तनाव था।

पाटिल ने कहा, "इनके इरादे नेक नहीं लगते महाराज। पिछले दरवाजे से निकल चलें।"

शाहू ने इनकार किया।

काफी देर बाद उन्हें कार से बाहर ले जाया गया।

यही प्रहार क्या कम थे कि जून 1920 को गुरुवर फ्रेजर ने कैलिफोर्निया से लिखा, "पिछड़ी जातियों के लिए आप बहुत अच्छा काम कर रहे हैं। उसका अर्थ कोई यह निकाले कि यह सब ब्राह्मणों को तकलीफ देने के लिए कर रहे हैं तो निकालता रहे।" इधर बाहर के कई मित्रों का बधाई सन्देश और 'विजयी मराठा', 'जागृति', 'जागरूक' उनके कार्यों को विस्तार से छाप रहे थे, लड़ाई काँटे की थी। पर तिलक जैसा दुर्धर्ष ब्राह्मण सेनापति अब थकने लगा था। कुछ स्वास्थ्यगत कारणों से भी, पर उससे कहीं ज्यादा मानसिक आघातों से। वेदों, स्मृतियों, पुराणों में जिन्हें देवताओं से भी महान, अबध्य, अदंडनीय, सर्वाधिक पूज्य बताया गया, उनके सामने ये नये मराठे, माँग और अन्त्यज, अस्पृश्य सिर उठा कर तुर्की-ब-तुर्की जवाब दें; जहाँ पुष्प वृष्टि होती थी, अंडे फेंके जाएँ! जिस हिन्दू समाज और विप्र वर्ग का परचम आसमानों में उठाए रखा, वे ब्राह्मण भी 'तेलियों, तमोलियों के नेता' कहकर उनका अपमान करें!

हाथ पीछे बाँधे बेचैनी में टहल रहे हैं।

तिलक अस्वस्थ हैं। पूरी तस्वीर तैर गई आँखों में। तोफखाने को बुलाकर कहते हैं—"उनसे कहना, मिरज चले आएँ, मेरे घर, मेरे डॉक्टर उन्हें ठीक कर देंगे। मेरा आवास खुला है, खुली हैं मेरी बाँहे उनके लिए। तिलक जिद्दी हैं, जिद करें तो बेटे को मनाना...।"

लोकमान्य के नाम का पत्र लेकर चल पड़े तोफखाने, विचारे और पोंक्षे। आश्चर्य! यथेष्ट श्रद्धा के बावजूद उनका सम्बोधन इस बार 'मिस्टर श्रीधर पन्त' मात्र था, 'लोकमान्य' नहीं।

पर नहीं। नहीं हो सका यह सब। तिलक चले गए सदा के लिए।

भोजन पर बैठे थे शाहू। हाथ से परे ठेल दी थाली। आँखें भर आईं। उठ खड़े हुए। रानी, नौकर-चाकर, परिवार जन, सब सकते में—"हो क्या गया सहसा?"

आँखें कसकर बन्द कर ली हैं, फिर भी आँसू हैं कि थमने का नाम नहीं ले रहे। रुँधे कंठ से गुहार—मेरा महान शत्रु चला गया। अब किससे लड़ूँगा? इन बहके छोकरों से? तुम्हारा हमारा झगड़ा क्या था लोकमान्य? एक ही मंजिल के राही तो थे हम दोनों! मैं भी यह बात तुम्हें समझा कहाँ पाया लोकमान्य! तुम ब्राह्मणत्व के स्वयंभू शिखर से नीचे उतर ही न पाए। जाति क्या आदमी से बड़ी हो गई? उसी कुलघातिनी ने तो हम दोनों को मिलने न दिया।

उस दिन राय बाग में पूर्व प्रस्तावित शिकार धरा का धरा रह गया। घोड़े कूच कर गए थे निर्दिष्ट स्थान को। महाराज जीप पर थे। चीते आ चुके थे—बगलगीर होने के लिए। पर नहीं। उस दिन मांस नहीं आया महल में। चीतों तक को दूध दिया गया। एक शोक की छाया तिरती रही पूरे महल में।

मन कहाँ-कहाँ भटक रहा था!

"समाज सुधारक आन्दोलन कुछ एक मजबूत नेतृत्व पायों पर टिके होते हैं। उनके जाते ही उनकी विरासत बिखरने लगती है, पुरानी व्यवस्था फिर से हावी होने लगती है।

"मर जाने के बाद भी कब्रिस्तानों में ऊँची और नीची जाति की कब्रें दूर-दूर हैं। सवर्ण ही अकेले दोषी नहीं। असवर्ण कुछ कम नहीं! एक ही जाति की उपजातियों तक में ऊँच-नीच है, छुआछूत है। कम्युनिस्टों ने विदेशी चश्मे से देखा, जाति क्या हटाते? खुद जाति पंक में लिथड़ते गए।

"कभी खड़े होकर घड़ा गढ़ने वाले बैठकर गढ़ने वाले कुम्हारों से खुद को बड़ा मानते थे! कभी दो बैलिया तेली खुद को एक बैल वाले से ज्यादा श्रेष्ठ मानते थे! शादी-ब्याह तक में भेद मानते थे। मैं बाघबन्दी के उसूलों को जानता हूँ। आप फ्रंट पर हैं, आपके पीछे कोई नहीं है तो आप मारे जाएँगे। निर्बल उत्तराधिकारी नहीं चाहिए। फुले हो या नारायण गुरु या मैं, अगर मैं योग्य उत्तराधिकारी नहीं दे जाता तो जो कुछ कर रहा हूँ वह कभी भी ढह सकता है। ऐसे मौके पर याद आता है मेरा छोटा बेटा शिवाजी। बड़े में वह मजबूती नहीं है। क्या-क्या उलटा-पुलटा सोच रहा हूँ—दुःस्वप्नों की तरह।" शाहूजी का मन-मस्तिष्क साफ नहीं हो पा रहा था आज।

"इस देश का दुर्भाग्य रहा कि उदारपन्थी विवेकवान ब्राह्मण हारते गए और कट्टर सनातनी जीतते गए। नामों की लम्बी सूची है, गिनाकर क्या होगा? लोकमान्य तक अन्त-अन्त तक वही नहीं रह गए थे, जो पहले थे।"

"आप उनकी मृत्यु पर कुछ ज्यादा ही भावुक नहीं हो रहे हैं क्या?" फोतेदार ने पूछा।

"हो सकता है। पर मैं पूछता हूँ वेद का यह कथन—'तुममें न कोई बड़ा है, न छोटा। तुम विश्व मानवो! भाई-भाई की तरह परस्पर मिलकर अपने कल्याण के लिए कार्य करो...' और 'संगच्छद्धवं, संवदध्वं...' का पाठ करने वाले भी क्या उसी ब्राह्मण समाज से नहीं आते जिन्होंने व्यास स्मृति के प्रथम अध्याय में कहा—

बर्द्धको नापितो, गोपो, आशापः कुम्भकारकः

रोक दिया गंगाराम ने, "महाराज, तनिक देसी में इसका अर्थ बताइए।"

"बढ़ई, नाई, ग्वाले, कुम्हार, बनिए, किरात, कायस्थ, माली, चांडाल, दास, भंगी, कोल—ये सभी अन्त्यज यानी अधम हैं। इन पर दृष्टि पड़ जाए तो सूर्य दर्शन करना चाहिए और इनसे बातें करने के उपरान्त स्नान करना चाहिए। तब द्विज शुद्ध होता है।"

बहुत से लोग कुछ बोलना चाह रहे थे, मगर शाहूजी ने हाथ बढ़ाकर रोक दिया सबको—लोकमान्य के सम्मान में आज और नहीं।

उस दिन बम्बई में शवयात्रा अराजक हो गई है। उन्माद का जुनून! कल तक तिलक को तेलियों-तमोलियों का नेता बताने वालों के सुर रातोंरात बदल गए हैं। रणबांकुरों ने लिंगायतों के तीन नन्दी तोड़ डाले। देशप्रेम और राष्ट्रवाद इनसान को अन्धा बना देता है क्या? पर यह कैसा राष्ट्रवाद और कैसा देशप्रेम है जिसमें तिलक और सनातनवादी तो हैं, पर लिंगायत और अन्य नहीं हैं? पता नहीं, यह असहिष्णुता और बर्बर उन्माद देश को कहाँ ले जाएगा?

पद्मनाभ ने विट्ठल से पूछा, "अब बोलो, इन्हीं पर दया दिखला रहे थे?"

विट्ठल ने कहा, "यहाँ भी वही...न्यूनतम नैतिकता तो होनी ही चाहिए।"

उस दिन चर्चा तिलक और सिर्फ तिलक पर घूमती रही...शिवाजी चतुर्थ पर बर्वे और उस अंग्रेज हाकिम द्वारा ढाए जा रहे जुल्म का आगरकर के साथ प्रतिकार करते तिलक, नेपाल से बड़ोदरा और पता नहीं कहाँ-कहाँ तक

स्वराज की अलख जगाते तिलक, उनके सिर पर पगड़ी रखकर 'विजयी बनो' का आशीर्वाद देते तिलक से लेकर अंडों के प्रहार पर तिलमिला कर ताकते तिलक। सच्चे देशभक्त योद्धा थे तुम लोकमान्य! काश एकांगी न होते! काश तुम्हारी आँखों पर ब्राह्मणवाद ने पट्टी न बाँध रखी होती!

उस दिन और बाद में कई दिनों तक शाहूजी के इस तिलक प्रेम की औचक गन्ध को बुम्बई से पुणे और पुणे से कोल्हापुर तक सूँघते रहे अंग्रेजों के जासूस।

"उँह, सूँघते रहें। मेरी बला से!"

47

यह पंचगंगा की धारा और इसका तट। वेदोक्त की जहरीली फुफकारों से यहीं तो टूटा था श्रेष्ठता का गुरूर!

और यह सोनतली। सामाजिक परिवर्तन और प्रयोगों की स्थली सोनतली। 47 बरस की अब तक की छोटी-सी जिन्दगी में सामाजिक परिवर्तन के कितने प्रयोग कर डाले शाहूजी! कितनी लांछनाओं और प्रहारों के बीच! कितना बदल पाए, कितना नहीं?

हाथों पर शिव का गोदना, माटी की शिवलिंग की पिंडी, शिवभक्त नीलकंठ को सौ-सौ जहर मुबारक! सौ-सौ जुहार! सौ-सौ मुबारक! छापामार युद्ध के योद्धा के सौ-सौ जख्मों को सौ-सौ सलाम!

रुडियार्ड किप्लिंग के सन्धान में उनके शिकारी मित्र जॉन क्रुक आए तो देखते रह गए...।

यह तुम्हारा राजमहल है? तीन ओर बरामदों से घिरा एक मामूली दो मंजिला मकान! बस?

और यह तुम्हारा शयन-कक्ष है—चौखम्भे पर छाजन से ढका सख्त तख्त! उस पर बारहसिंगी मृगचर्म! बस? एक गद्दा तो डाल लेते! नहीं? दुनिया में और किसी राजा-महाराजा का होगा ऐसा शानदार शयनकक्ष! हवाएँ इधर से उधर सहलाती हुई गुजर जाएँ।...और समय भी।

और सिंहासन...? सिंहासन कहाँ है राजा? किसिम-किसिम के फूलों के बागीचे बीच चला गया है रास्ता अन्दर को। अगल-बगल पड़े हैं मूज के बाध से बुने खटोले। ये...? देखा नहीं आपने खटोलों पर लेटे चोतों ने अँगड़ाई लेकर अभी-अभी आपका स्वागत किया है! हिचकिचाइए नहीं। डरिए नहीं। यहीं आकर बैठते हैं एक से बढ़कर एक विशिष्ट जन—राजकर्मचारी, संगीतज्ञ, पहलवान, कलाकार विद्वान तुम्हारे जैसे लेखक और आम आदमी भी। थके होंगे। रात का भोजन करके सो जाइए...सवेरे बात करेंगे। शिकार पर जाते समय।

रात नींद आई ठीक से? चलो तैयार हो लो? क्या कहा—महाराज कहाँ हैं? वो देखिए उनका शाही स्नान चल रहा है। इस कड़कड़ाती भोर में सिर पर रघू अबादार पानी डालते चले जा रहे हैं।

कलश-कलश ढालते जाओ, ढालते जाओ...जब तक तन-बदन ठंडा न हो जाय। बड़ी आग है...।

बारहों महीने का यही क्रम है।

और यह रही महाराज की पोशाक!

झीने मल-मल का लम्बा कुरता है और धोतार? ओह रंग क्या है? बबूल का! यहाँ भी चुना तो क्या काँटे! और यह पगड़ी, यह झूलता छल्ला! क्या शान है निराली!

दोपहर का भोजन...? देखते नहीं, जंगल के किनारे पेड़ की उस गझिन छाँव में बिछ गया है माबदौलत का दस्तरखान! हंडिया उतारी जा रही पूड़ी-पराँठों की, सब्जियाँ, दही। राजा को घेर कर किसानों की भीड़ जमा हो गई है, सब अपनी-अपनी पोटलियाँ खोले खड़े हैं। शाहूजी ने केले का पत्ता उठाया है और घूम गए हैं याचक-से! केले के पत्ते पर राजा माँग रहा है किसानों से मोटा चावल, मडुए का आंबील, जोआरी की भाकरी, दोने भर गए हैं, केले की थाली भर गई है...राजा प्रसाद की तरह पवित्र भाव से ग्रहण कर रहा है। तनिक प्रशंसा सुनिए...

"तुम्हारे दही ने तो मन मोह लिया।"

"महाराज ऐन आपके लिए उपलों की नरम आँच पर पकाती रही दूध को?" उधर पतीले के पराँठे बाँट दिये, पूड़ियाँ बाँट दीं, छाछ बाँट दिया,

सब्जियाँ बाँट दीं, लहसुन की चटनी...? नहीं, थोड़ी-सी तो शाहूजी के लिए छोड़ दो। राजा का भोजन प्रजा खा रही है, प्रजा का भोजन राजा। दोनों तृप्त—याचक भी, दाता भी!

जाइए, शिकार पर जाइए। एक महान शिकारी के करतब देखिए... लेकिन भोजन का समापन अभी नहीं, लौटते हुए शाम को गंगाराम कांबले की चाय के बिना समाहार कहाँ? पर तोलते सामाजिक परिवर्तन के उड़ान की चाहना की चाह!

एक कुजात की चाय पीने के लिए फुले, शाहू, आम्बेडकर का जिगरा चाहिए है! है आपका जिगरा ऐसा?

"नो, दिस कांट बी ए राजा!

दिस कांट बी ए राजाज लंच!

दिस कांट बी हिज लाइफ स्टाइल!" क्रुक हैरान हैं।

"बट दिस इज!" जवाब मिलता है।

आपको राजा के खास राजसी भोजन की प्रत्याशा थी क्या? तब तो देर कर दी आपने। आपको एक खास पेशवा के दरबार के दस्तरखान को देखना था...। कहीं चर्चा चल रही थी...

चन्दन[1] की चौकी पर सोने का थाल। थाल में अट्ठाईस कटोरियाँ! हर थाल में एक सोने का चम्मच! दस किस्म की सब्जियाँ, दस किस्म की चटनियाँ। कढ़ी और घी से भरी कटोरियाँ। घी की छौंक, आप जैसे अतिथि और साथ में आगत अन्य जन के लिए भी प्राय: यही। हर पंगत के लिए रंगोली, पीढ़ा, केशर और अगरबत्तियाँ। सिर्फ सोने की थाल की जगह केले के पत्तल!

प्रतिदिन आधा सेर कपूर महाराज, माने हमारे पेशवा की आरती उतारने के लिए। अष्टगन्ध भी, फूल भी...? अर...र बेहोश हो गए...? अभी यह तो आधा ही है। रसोइए और जलसेवक को मिलाकर सात सौ लोग होते उन दिनों। वर्ष भर भोजन पर व्यय होता मात्र एक लाख बत्तीस हजार रुपये।

---

1. मराठी के प्रख्यात आलोचक द.ग. गोडसे की पुस्तक 'असलेले फूल पाँखरू' ('जहरीले काँटों वाली तितली') में ब्रह्मावर्त का पेन्सनर से साभार।

पेशवा—शासन तो एक क्षेपक की तरह ही रहा। असल थे मराठे। मराठे मात्र ही नहीं, शौर्य का एक आलोड़न जो महारत्तावासी जन के बीच उभरा था। पर इसका उन्मेष बिन्दु तो एक ही हैं—शिवाजी।

शिवाजी का स्मारक!

48

आसमान में रह-रहकर बिजलियाँ कौंध रही थीं और धरती पर उत्तेजनाएँ! मध्यभारत की इतनी पराक्रमी जाति! इतनी-इतनी रियासतें—गायकवाड़, सिन्धिया, भोंसले वगैरह-वगैरह! फिर अभी हाल-फिलहाल में प्रथम विश्व युद्ध में गड़ी हुई मराठा सैनिकों की शौर्य-पताका आज भी फहर रही है, बावजूद इन सबके उनका कोई स्मारक नहीं है। इधर प्रिंस ऑफ वेल्स का भारत आगमन हो रहा है। उनके हाथों मराठा सैनिकों के साथ-साथ शिवाजी महाराज के स्मारक का शिलान्यास हो जाय तो कितना अच्छा! चलो देर आयद, दुरुस्त आयद!

उधर विरोधी खेमों में चेमेगोइयाँ उठने लगी हैं—"शिवाजी तो एक जातिविशेष के व्यक्ति थे। प्रिंस ऑफ वेल्स ऐसे-वैसे व्यक्तियों के स्मारकों का शिलान्यास करने लगे तो बाकियों ने क्या गुनाह किया? ये ब्राह्मण, प्रभु, जैन, पारसी और दूसरे तबके? प्रिंस आएँगे ही नहीं।" पर तमाम अपशगुनी चर्चाओं के बीच शाहूजी का विश्वास अविचल है—"कैसे नहीं आएँगे? शिवाजी किसी जाति विशेष के महाराज नहीं, सम्पूर्ण महारत्ता के नायक हैं।... और मराठे सिर्फ जाति विशेष नहीं, उसमें सभी शामिल हैं।"

और वही हुआ। तमाम आशंकाओं को धता बताते हुए प्रिंस आए। 'प्रिंस की जय!' 'शिवाजी महाराज की जय!' 'शाहू छत्रपति महाराज की जय!' के घोष से समारोह-स्थल गूँज उठा। यह दक्षिण के अब्राह्मणों का उभार था, एक झँझा, एक तूफान जिसे रोक पाना नामुमकिन था।

बन्दूकों और तोपों की सलामी और जैकारों के उल्लास के बीच अपनी विशिष्ट गरिमा और भव्यता के साथ प्रिंस ने दोनों स्मारकों की आधारशिलाएँ रखीं।

शिवाजी की आधारशिला रखते हुए उन्होंने अपनी आलंकारिक भाषा में कहा—

"यह मेरे लिए गर्व और प्रसन्नता का विषय है कि अभी 'वार' में वीर शहीद मराठों के स्मारक की आधारशिला रखकर आ रहा हूँ, जिन्होंने शिवाजी का प्रतिरूप बनकर अपने प्राण न्यौछावर किये और अब उस देदीप्यमान शिवाजी के स्मारक की आधारशिला रख रहा हूँ जिन्होंने महान मराठा साम्राज्य की आधारशिला रखी थी—उनके वंशज शिवाजी का प्रतिनिधित्व करने वाले शाहूजी, साथ ही दूसरे प्रिंस और प्रधान और अन्य के बीच यह मेरे लिए हर्ष का विषय है कि आप सारे शिक्षण संस्थानों को भी शिवाजी के नाम से जोड़ रहे हैं जो इस महान योद्धा जाति को आधुनिक संसार में गौरव के साथ आन्तरिक दृढ़ता और आत्मनिर्भरता से जोड़ेगा जिसके आप हकदार हैं...!"

आलोचनाएँ प्रिंस ऑफ वेल्स के लौट जाने के बाद भी जारी रहीं।

शाहूजी ने जवाब दिया, "स्मारक में 'मराठा' शब्द जोड़ने के पीछे कोई संकीर्ण दृष्टिकोण न था। 'मराठा' का मतलब वे सारे देशवासी जो मेसोपोटामिया और फ्लैंडर्स के युद्ध में मराठा रेजिमेंट के नाम से लड़े, चाहे वे किसी भी जाति-धर्म के क्यों न हों। लेकिन हम उन लोगों की चौधराहट भी नहीं होने देने वाले, जिनका अवदान शून्य रहा और जो इसका विरोध करते रहे।"

विट्ठल ने महाराजा का पक्ष लिया, मगर पद्मनाभ कहीं दूर टीले के पार देखने लगे—"काश! महाराज सिर्फ 'मराठा' तक महदूद न रहे होते, इस आन्दोलन को अन्य गैर-ब्राह्मणों तक फैला पाते...और ब्राह्मणों तक भी।"

बादलों की रक्ताभ अपराह्न वेला। जाने कहाँ से निकल पड़े हैं इत्ते सारे परिन्दे और हिरण। ऊपर परिन्दों की चक्राकार उड़ान है और नीचे हिरणों की। कोई झालर-सी है, जो उड़ी जा रही है लहराती हुई। अचानक बादलों की चादर मसक गई और नीचे जा गिरा लाल धूप का जलता टुकड़ा। याद आया दिल्ली में कार का धू-धू करके जल उठना, याद आए जलते, बुझते, धुआँते कितने-कितने क्षण।

याद आया जीप से डिबके की बाधा दौड़ को पार करने का खेल। कितने पार किये, कितने रह गए! बापू साहब निर्मित मुरगूड तालाब का उद्घाटन अभी बाकी है। उनकी बायको स्नेहमयी भगिनीवत भावजई ताराबाई साहिब की तबीयत बिगड़ती जा रही है।

काम! काम! काम! अभी कितना काम पड़ा है और देह है कि साथ छोड़ती जा रही है। काम के समय देह की सुधि कहाँ! स्वास्थ्य की सुधि कहाँ! चार घंटा शिकार के पीछे भागा कि देह थकने लगी। एक नशे की ढलान है कि लुढ़कते चले गए। चार घंटे गुजर गए। हाँफ रहे हैं।

जूलियस सीजर ने चाकू से हत्या होने के पूर्व कहा था, 'मैं ऐसी मौत चाहता हूँ जो अचानक हो।' और रानडे चाहते थे, 'काम करते-करते मर जाएँ—वही सबसे अच्छी मौत है।' करने वाले के लिए काम की कमी कहाँ, मृत्युपर्यन्त काम ही काम! सदा के लिए सो जाने के पहले सतत जगे रहना होता है। 'ऊपर-ऊपर जीवन का कितना सफर तय हो चुका, पर अन्दर ही अन्दर मेरा आहत 'मैं' वहीं खड़ा है—पंचगंगा के ठंडे जल में जलता हुआ!'

हाथ छुड़ा कर भागते हुए इस समय को पकड़ने की व्यर्थ-सी कोशिशें... कहाँ याद रहती हैं हिदायतें! कहाँ याद रहता है वंशानुगत रोग मधुमेह! दिल के जर्जर होते जाने के खतरों की! ब्रिटेन या फ्रांस के बाथ लेने के उपचार की! काम के समय सब कुछ भूला रहता है, बस एक ही धुन सवार रहती है—अपने लक्ष्य को कैसे प्राप्त किया जाय!

शिकार में भी इधर अक्सर भटकते रहते। कभी-कभी सहज ही मिला हुआ। शिकार छोड़ देते। कभी-कभी आत्मालोचन—क्यों बर्बाद कर रहा हूँ बचा खुचा कीमती समय? जीप निकालते और चल देते लक्ष्य विहीन... इधर-उधर भटकते फिरते। अगल-बगल के खेतों, दरख्तों, जंगलों, पहाड़ों में क्या ढूँढ़ते रहते, पता नहीं! क्या अपने बिछड़ों को...?

शरीर की सीमा है। मन की कोई सीमा नहीं। सौ साल जी सकते थे मगर अड़तालीस वर्ष में ही जीवन की लौ थरथराने लगी। बम्बई में लोग उन्हें सनकी राजा समझते हैं। कोई तो इस अभियान को समझता! समझता इस रूहानी हलचल को! धाराओं, अन्तर्धाराओं, भँवरों, तूफानों से भरे बेचैन मन-मस्तिष्क की इस बेचैनी को!

शिकार का शिकार भले न कर पाए, पर बिद्ध जरूर कर डाला है उसे। और यह घायल शिकार भटकाते-भटकाते उन्हें किस निविड़ अरण्य में ले आया है इस ढलती वेला में...या तमाम वर्जनाओं को धता बताते, तमाम हिदायतों को हाशिए पर डाल खुद ही इतनी दूर निकल आया है अहेरी? कौन किसे छका रहा है?

पिछले कुछ दिनों से उन्हें अपनी सेहत में अजीब-सा बदलाव महसूस होने लगा है। दाँत हिलने लगे हैं। एक को तो निकलवा ही देना पड़ा। कान दुखने लगे। नजर धुँधलाने लगी। आईने में खुद को देखकर डर लगने लगता है। डॉक्टर कहते हैं, यह सब बेटे की मौत का स्नायविक आघात है।

रायबाग गए विश्राम के लिए। जुलाई में फिर बीमार पड़े। नवम्बर में सर जार्ज लाउंडलेस को लिखा—

"दिल्ली में मुझे एक फोड़ा हुआ था। ऑपरेशन कराया। दुर्भाग्यवशत: यहाँ आते ही फिर फोड़े का ऑपरेशन! अभी दो सप्ताहों के लिए डॉ. बेल की निगरानी में हूँ। पहले से बेहतर महसूस कर रहा हूँ।"

यह सच नहीं था। कुछ बुखार में ही हवाई जहाज की यात्रा। 1920 में लिखा, 105 डिग्री बुखार और सर्दी में दो घंटे बम्बई के ऊपर-ऊपर तक घूमता रहा। उतरा तो ठीक था। डॉ. कल्याणदास और रैले नाहक रोकते थे। मैं चेक-अप के लिए जा रहा हूँ। सिर्फ 52 ही तो लगेंगे।

4 मार्च, 1921 को लिखा, उनके समूचे बदन में दर्द है। यूरिक एसिड बहुत बढ़ गया है। यह उचित समय है कि मैं प्रशासन का दायित्व बेटे को सौंप दूँ और सारी चिन्ताओं से मुक्त हो जाऊँ। अप्रैल में बड़ौदा जाना जरूरी हो गया। यह सूरते हाल और बड़ौदा का सफर! सबने मना किया मगर रुका न गया। लक्ष्मी देवी का विवाह था, महारानी पद्मावती देवी को मृत्यु सेज पर वचन दिया था। जाना तो पड़ेगा ही।

5 अप्रैल, 1922। पंडिता रमाबाई की मृत्यु-सूचना। चली गई वीरांगना। मन भारी हो गया।

वह 27 अप्रैल थी जब बम्बई से बड़ौदा के लिए रवाना हुए। बाबासाहब खानविलकर के साथ कोलाबा स्टेशन पर खड़े थे कि एक विक्टोरिया घोड़ा उनके मोटर से टकरा गया।

और बड़ौदा का वह साठी का खेल? किस रौद्र भाव से वह हाथी मंच की ओर बढ़ा आ रहा था! दर्शकों के प्राण सूख गए। शाहू पर हमला करने ही वाला था कि वहीं से डाँटा—'ऐ रुको!' रणभूमि से अलग-थलग पड़े महान योद्धा की हुंकार।

अचकचा कर जहाँ का तहाँ रुक गया हाथी। दर्शकों के दिल की धड़कनें बढ़ गईं। सहसा महावतों को होश आया। फिर तो मार बल्लम, मार बल्लम। पिल पड़े महावत।

टल गया जोखिम। शाहूजी ने एक हजार बख्शीश दी। जोखिमों की शृंखला में एक जोखिम और। 'ये कैसे अशुभ संकेत हैं?' खानविलकर बुदबुदाए। "मुझे डरा रहे हो?" शाहू हँसे।

एक पत्र पॉलिटिकल एजेंट को—मैं बड़ौदा से 20 मील दूर दबका नामक स्थान पर जा रहा हूँ। चीतों को परताब सिंह के हवाले किया और बताया, "बहुत ट्रेंड है। आधा दर्जन बत्तख तो आसानी से मार सकते हैं।"

सारी रात तड़पते बीती है। सिर फटा जा रहा है। इस समय कुछ सूझ नहीं रहा। न राग, न रोष! इस महाजागतिक महाशून्य में समा जाने को प्रस्तुत हो जाओ महायोद्धा!

पौने 6 बजे प्रातः उठ बैठे—"मैं जाने को तैयार हूँ। मुझे कोई डर नहीं। सब कू सलाम!"

आधी रात को लाश पहुँची कोल्हापुर। उस अशुभ सूचना के मिलते ही जो हाहाकार मचा था, अब एक बार फिर जग उठा। एक-एक कर गण्य मान्य जन इकट्ठे होते गए।

राजकुमार राजाराम को स्वयं ही खुद को राजा घोषित करना पड़ा। विप्रगण एकत्र हो रहे हैं। मराठा वैदिक स्कूल के छात्रों को बुला भेजा गया है। अन्तिम संस्कार की विधि पर माँ-बेटे में मंत्रणा हो रही है। रानी ने निर्णयात्मक स्वर में कहा—

"मेरा पति सारी जिन्दगी जिस उद्देश्य के लिए लड़ता रहा—मैं उसकी इच्छाओं के विरुद्ध कैसे जा सकती हूँ? वह अब्राह्मण रहे। अब्राह्मण ही कूच करेंगे।" भला ऐसा भी कहीं होता है?

धर्मप्राणों को मिरगी आ रही है। पर नहीं। हवाओं में कोई ललकार रहा है, "सँभालो अपने को। क्षत्रिय हो, सच्चे क्षत्रिय बनो।"

इस तरह चला गया वह। कोल्हापुर और देश में उत्पन्न सबसे तेजस्वी, सबसे बलशाली राजाओं में से एक, जिन्हें इस देश के सुदीर्घ शानदार इतिहास ने कभी उत्पन्न किया।

उस छत्रपति (शिवाजी) ने छापामार युद्ध के कौशल से उस विशाल मुगल सेना की दाढ़ों से छीनकर महाराष्ट्र का निर्माण किया। इस छत्रपति (शाहूजी) ने देश की दकियानूसी से छापामार युद्ध किया और उसे पराभूत कर एक नई हिन्दी जाति की नींव डाली, जहाँ हिन्दू नहीं होंगे, मुसलमान नहीं होंगे, ब्राह्मण नहीं होंगे, दलित नहीं होंगे। क्या औरत, क्या मर्द सभी समान होंगे। वहाँ शत्रु प्रत्यक्ष था, यहाँ गुप्त। यह उससे भी ज्यादा धूर्त था, उससे भी ज्यादा बर्बर, खुद अपने और अपनों के ही मांस, मज्जा, खून में समाया हुआ। उसे नोच-नोच चबाता हुआ—अहरह! उस छत्रपति ने ब्राह्मणों की सनद लेकर क्षत्रियत्व अर्जित किया। बाद में खड़ी की गई वह बालू की भीत धसकती रही। इस छत्रपति ने कहा, 'रखो अपनी सनदें अपने पास, क्षत्रियत्व कोई जाति नहीं, एक अवधारणा है। हर योद्धा क्षत्रिय है। मैं भी क्षत्रिय हूँ, महार, चमार, समेत ये तमाम योद्धा क्षत्रिय हैं।'

'केसरी' तक को उनकी शारीरिक क्षमता की भूरि-भूरि प्रशंसा करनी पड़ी। उन्हें 'समाज को बदलने वाला' कहना पड़ा...अगर वे पहले पैदा हुए होते! ऐसे बीज बो कर जा रहे हो कि वे एक न एक दिन अँखुआएँगे। धरती से शोषण और विषमता का नामोनिशान मिट जाएगा।

अन्दर एक आग-सी लिए दौड़ती रहती हैं ये प्रतिभाएँ, आग के बीच ही जल कर धुआँ-धुआँ होती रहती हैं, फिर फीनिक्स की तरह फिर-फिर उभरती रहती हैं इस देश या किसी और देश में। इस भेष या किसी और भेष में।